빛나는
결혼

빛나는 결혼

초판 1쇄 발행 2019년 12월 25일

지은이 | 서경
발행인 | 김성룡
기획, 편집 | (주)스마트빅(쉼표)
교정 | 이연하
표지디자인 | 1984
출판등록 | 제2014-000017호 (2011년 6월 30일)

펴낸곳 | 도서출판 가연
주 소 | 서울시 마포구 월드컵북로 4길 77, 3층 (동교동 ANT빌딩)
전 화 | 02-858-2217
팩 스 | 02-858-2219
ISBN 978-89-6897-056-6 03810

Shiny Wedding

빛나는 결혼

서경 장편 소설

Contents

Contents

프롤로그

한가한 오전, 윤지는 카페 오픈 준비를 끝내고 커피를 한 잔 마셨다. 출근 시간이 되면 눈코 뜰 새 없이 바쁠 테니 커피를 마시려면 지금 마셔야 한다.

커피 향을 음미하던 윤지가 조용한 카페 안을 둘러보았다. 이렇게 혼자 있을 때면 문득 그 침묵의 무게가 답답해질 만큼 무겁게 다가오곤 했다. 그렇기 때문에 윤지는 친구들과 동거를 하고 함께 카페를 운영하며 사람과 부대끼는 지금의 삶이 좋았다. 잠깐 과거를 생각하는 그사이 카페 문이 경쾌한 소리를 내며 열리더니, 해인이 모습을 드러냈다.

"왔어? 연주는?"

"연주는 출근했어. 그나저나 몸 괜찮아?"

"괜찮은데. 왜?"

"그래? 밤새 끙끙거리는 거 같더니. 잘못 들었나?"

윤지는 남은 샷으로 아메리카노를 하나 더 타서 해인에게 내밀었다. 해인은 앞치마를 두르며 다가와 커피를 받아 마셨다.

"연주, 얘는 회사 다니기 시작하니 바쁜가 봐. 아침엔 얼굴 볼 시간도 없네."

"그러게. 집 오면 잠만 자더라고."

"넌 오늘 같이 가자니까 왜 이렇게 일찍 출근했어?"

"잠이 안 와서."

밤새 윤지는 잠들지 못하고 뒤척였다. 목에 돌 하나가 탁 걸려 내려가지 못한 느낌이다. 윤지는 먹다 남은 쓴 커피를 개수대에 버린 후 컵을 씻었다. 입맛은 나이에 따라 변한다는데, 정작 그녀는 사람이 쉽게 변하지 않듯 입맛 또한 그런 모양이다. 그러니 제 마음도 변하지 않았겠지.

"하아암. 아직도 졸려. 나."

해인이 하품을 하며 기지개를 켜는 사이, 나이 지긋해 보이는 여자가 들어왔다. 당당하고 여유롭게 카페 안으로 들어선 여자는 주문하지도 않고 익숙한 눈길로 해인과 윤지를 살폈다. 윤지 역시 익숙하다는 듯 아침에 구운 쿠키를 포장해서 카운터에 함께 놓았다.

"젊은 친구들이 아침부터 열심이네."

"사장님, 저희 젊지 않잖아요. 호호호."

"에이, 내 나이 돼 봐. 그 정도면 청춘이지."

여자는 이 건물의 주인이었다. 조물주 위에 건물주 있다는 말을 증명하듯, 건물주님은 여유가 넘쳐 보였다. 세입자로서 건물주를 아침마다 만나는 건 즐겁지 않지만, 얼마나 빠릿빠릿한지 그녀는 소유한 건물을 매일 돌아다녔다.

"내가 뭘 봤는데, 윤지 씨."

"네?"

안에서 커피를 내리던 윤지는 자신을 부르는 소리에 고개를 빼꼼 내밀었다. 평소보다 반짝거리는 여자의 눈동자에는 호기심이 가득 담겨 있었다.

"▊▊▊▊▊!"

"어머! 사장님, 그거 어디서 들으셨어요? 아니, 아닌데요? 우리 윤지 아닌데?"

당황한 해인이 윤지보다 먼저 나가 해명을 했다. 아무리 세상에 비밀이라는 건 없다지만 가장 친한 친구들 외에는 말한 적도 없는 그 일이 어떻게 건물주의 귀에까지 들어간 건지 당사자인 윤지도, 친구인 해인도 당황스럽고 놀랍기만 했다.

"내가 결혼사진을 봤는데, 분명 여기 사장이었어."

"사장님! 아니에요. 절대! 어휴, 누구 혼삿길 막을 생각 있어요?"

"전남편이 피부과 의사 맞지? 아니, 해인 처녀! 왜 이렇게 밀어?"

"어디서 닮은 사람을 보셨나 보네. 괜히 애먼 사람 잡지 마세요!"

"아휴, 그만 좀 밀어."

해인이 건물주의 팔에 팔짱을 끼더니 문 쪽으로 걸어갔다. 거의 끌려가다시피 하면서도 건물주는 윤지를 보며 할 말이 남은 모양인지 입을 달싹였다.

"내가 궁금한 거 있으면 못 참아서 그래. 그러니까 젊은 사장, 이혼했어? 안 했어?"

"아… 사장님~ 아니라니까요."

딸랑.

해인이 밖으로 사장님을 데리고 나갔다. 저를 위해 입 한 번 뺑긋해 주지 않는 친구들 덕분에 가끔은 정말 잊고 살긴 했다. 벌써 2년이 지났으니.

"이혼한 거 맞아요."

두 사람이 나간 문을 바라보며 윤지는 혼잣말을 했다. 새삼 잠을 뒤척인 이유는 전남편 때문이었다. 도종우는 헤어진 것과 동시에 해외 병원으로 스카우트돼서 나갔다. 그러다 무슨 바람이 분 건지 얼마 전 귀국해서 개업한 것이다.

『도우 피부과 개업 기념 할인 폭격!
수술 없이, 주름 없는 탄력 피부 만들기!
상담 문의. ○○○-○○○○』

떡하니 온 문자에 그가 귀국해서 피부과를 개업한 걸 알게 됐다.

"어휴. 저 아줌마 진짜 주책이야. 어디서 뭘 듣고 와서. 윤지야, 신경 쓰지 마."

손을 부딪쳐 가며 탁탁 턴 해인이 씩씩거렸다. 윤지는 피식 웃으며 괜찮으니 마저 커피나 마시라고 잔을 다시 그녀에게 내밀었다.

"윤지야, 우리 이 동네 뜰까?"

"이번에 보증금 많이 올리시면 뜨자. 너무 세가 비싸."

"좋은 생각. 요새 건물주들은 돈독이 올라서 세입자를 귀찮게 해. 사생활 보호도 안 되고. 이 건물 별로네~ 아, 뭐야. 비 오네. 갑자기?"

해인은 빠릿빠릿하게 움직여 우산꽂이를 입구에 두고, 문을 열고 나가 차광막을 내려서 비를 가렸다.

*　*　*

"결혼하자."

"뭐죠? 지금 농담하는 거예요?"

그러나 그의 표정을 보니 농담이 아닌 거 같았다. 분명, 진심이었다. 친구인 듯 편한 선후배 관계로 남는 동안 상대방은 얼마나 무뎌지려 노력하는지 하나도 모를 그는, 지금 이런 말조차 떨린다는 걸 알지 못할 것이다.

"결혼해. 대신, 도종우. 끝은 내가 내."

그렇게, 그와 결혼을 했다. 결혼 생활을 하는 동안 윤지는 최선을 다해 노력했다. 그가 자신을 사랑할 수 있도록. 그리고 6개월 만에 트렁크 가득 제 짐을 싸서 나왔다.

"이제 그만해!"

제 마음껏 사랑하고, 하고 싶던 소꿉놀이는 끝이 났다. 여자가 그만하자고 할 땐 잡아 달라는 건데, 그는 여전히 무심하고 눈치가 없었다. 처음부터 사랑이 아니었기 때문인 걸까. 발을 디디는 곳마다 땅이 꺼지는 것처럼 느껴졌다. 그녀는 뒤를 돌아보지 않았다. 뒤에

선 그가 어떤 표정을 짓고 있을지 무서워서. 도저히 마주할 자신이
없었다. 만약 돌아봤다면, 우리의 끝이 조금은 달라졌을까.

＊　＊　＊

『Web 발신
개업 기념 폭탄 할인!
실 리프팅 ××만 원. 100분께 겨드랑이 제모 무료!』

드르륵.
액정에 뜬 문자에 윤지는 핸드폰을 엎어 버렸다. 전남편이 제게 실
리프팅과 제모를 받으라고 광고 문자를 보내고 있었다. 스팸 번호로
차단을 해 버릴까 고민하던 그녀는 그러나 얼마 지나지 않아 탁자
에 엎어 둔 핸드폰을 다시 뒤집었다. 070으로 시작되는 모르는 번
호의 문자들 사이에 '전남편'이 보였다.

『나 귀국했어. 한번 보자.』

뭐든 쉽지. 우리가 정말 친구 사이였던 것처럼, 그 일이 아무것도
아니었던 것처럼, 그는 대수롭지 않게 친구에게 연락하듯 문자를
보내왔다. 한번 보자고.

『그래. 한번 봐.』

윤지는 답장을 보내고 핸드폰을 앞치마 주머니에 넣었다. 밤새 문
자를 썼다, 지웠다 반복했는데 막상 보내고 나니 속이 시원했다. 한
번 보는 게 뭐가 대수라고. 뭐든 쉬운 남자 앞에서 더 태연하게 굴
고 싶어졌다.

1

아는 사이

몰아치듯 주문을 받던 점심시간이 지났다. 회사 단지여서 좋은
건, 바쁠 때 엄청 바쁘고 한가한 시간에는 정말 한가하다는 거다.
해인은 잠이 온다며 책상 위에 교차한 팔을 베개 삼아 엎드려 누
웠다. 윤지는 그 옆에서 노트북 전원을 켜고 인터넷에 검색어를 입
력했다.

'도우 피부과'.

위치가 어디 있는 건가. 그저 피부과의 이름만 검색했을 뿐인데도
파워 뷰티 블로거들의 후기가 쭉 떴다. 분명 장소가 어딘지만 보려

고 했는데. 어느새 파워 블로거가 쓴 내용을 읽고 있었다.

『너무 좋아요! 너무! 강추! 제모가 하나도 아프지 않아요. 무엇보다 가장 좋은 건, 피부과 쌤이 정말 잘생겼어요. 와우, 피부 대박. 제가 피부 관리 어디서 하냐고, 이슬만 먹고 사냐고 묻고 왔습니다. 또 가고 싶네요~.』

『눈 밑 실 리프팅하고 왔습니다. 보세요, 상처도 없고 확 젊어진 거 보이시나요? 꼭 예약하고 가세요. 사람 많습니다. 가시면 눈 호강을 하실 수 있습니다. 큭. 궁금하시다면, 도우 피부과로! (참고로 의사 선생님 솔로시래요! 쑥덕쑥덕)』

도종우가 잘생기긴 했지. 의사를 하기에 아까운 외모긴 해.

"뭐야? 뭐야? 너 실 리프팅 하게? 나도 좀 보자."

갑작스러운 목소리에 고개를 돌리자 연주가 노트북 화면을 바라보고 있었다. 뒷문으로 들어온 모양인지 가까이 다가온 줄도 몰랐다. 옆에서 고개를 빼꼼히 내밀고 마우스를 뺏어서 보던 연주는 관심 영역이었는지 천천히 스크롤을 내리며 읽었다.

"우리 나이가 눈가에 주름이 생길 나이긴 해. 도우 피부과. 음? 여기서 가깝네? 병원 인테리어 좀 봐 봐. 여자들이 좋아하겠다. 의사 쌤이 잘생기셨대."

블로거가 쓴 내용을 줄줄 읊으며 연주가 피식피식 웃었다.

"보기 좋은 떡이 먹기도 좋다."

"뭐야, 하연주. 갑자기. 관심 있어?"

"그런 말 믿지 말라고. 보기 좋은 떡은 보기만 해야 좋은 거야. 먹는 순간 목 막혀."

타닥, 타닥 마우스 버튼을 누르던 연주가 잠시 행동을 멈췄다.

"왜?"

"정윤지. 나 지금 뭘 보고 있는 거지? 야야. 킴해, 일어나 봐."

연주는 자고 있는 해인을 흔들어 깨웠다.

"왜에! 자는 사람 코털 건드리는 거 아니다. 아오. 하아아암~"

"이거 마법 아니야? 피부과 다녀와서 이렇게 됐대. 당장 갈까? 예약해? 할인율 높대."

해인도 관심 있게 보더니 연주의 두 손을 붙잡고 꼭 같이 가자며 눈을 번쩍 뜬다. 졸리다던 사람치고 눈빛이 초롱초롱했다.

"아아–."

"어디 아파?"

"생리하는 거 같아. 아우, 잠도 제대로 못 잤는데."

"생리대 빌려줄까?"

"아니야, 됐어."

윤지는 가방에서 탐폰을 꺼냈다. 일반용은 불편한 점이 많아서 성인이 되고 나서부터는 탐폰을 사용했다. 같이 살아도 이런 세세한 것들은 여전히 모르나 보다. 몇 개 안 챙겨 왔는데. 잘 버티려나.

화장실로 향했던 윤지는 미간을 좁힌 채 아랫배를 어루만지며 다시 카페 안으로 들어섰다. 설마설마했는데 정말 시작한 걸 확인하자 몸이 더 묵직해 오는 기분이었다. 한숨을 쉬며 자리로 돌아오자 노트북을 앞에 둔 채 어딘가에 전화를 걸고 있는 해인의 모습이 보였다. 노트북 화면에 떠올라 있는 번호를 확인한 윤지가 얼른 그녀에게서 핸드폰을 빼앗아 들었다.

"너 피부과 전화하지?"

"어! 100명 안에 들면 제모 무료라잖아. 나 이제 잔디밭 잔디 깎아야지. 여름 전에."

해인이 자신의 다리를 가리키며 말했다. 잔디를 깎든, 뽑든 도우피부과는 안 된다. 윤지는 다급하게 통화를 끊어 버렸다.

"너 거기 의사 누군지는 알고 전화해."

"잘생겼대."

"그러니까 그 의사가 누군지 아냐고."

"누군데? 윤지 넌 알아?"

옆에서 듣고 있던 연주가 회사로 복귀하려는지 카디건을 입으면서 그니에게 물었다.

"어. 도종우. 종우 오빠."

"헙!"

"……오늘은 해산!"

해인과 연주가 서로 눈치를 보더니, 오늘은 해산이라며 뽀로로 흩어졌다. 연주는 인사를 한 뒤 카페를 얼른 나가 버리고 해인은 카운터 쪽으로 향했다. 그 모습을 보며 윤지는 피식 웃었다. 잠깐 결혼이라는 소꿉놀이를 한 거다. 그의 할머니를 위해 잠깐, 아주 잠깐. 그런데 그들은 자신이 종우의 집에서 나온 순간부터 아예 '도종우'를 기억에서 지운 모양이었다.

대화가 나오려고 하면 피했고, 도종우의 '도'도 꺼내지 않는다. 당사자가 말을 해도 역시 호응 따윈 없었다. 해인이 커피잔을 꺼내 들다 윤지를 향해 슬쩍 물었다.

"근데 너 왜 검색하고 있었어? 아직 마음 있어?"

"음…… 해인아."

"너 내가 오지 않을 남자 기다리지 말랬지? 맹추같이."

"그런 거 아니라니까."

더 이상의 미련은 없었다. 그러나 허울뿐인, 그저 말장난일 뿐인 결혼과 이혼은 쉬웠다고 해도 그와 자신의 관계는 벌써 10년이 넘었다. 친구보다도 가깝고, 가족만큼 뗄 수 없는 관계.

온전히 그 사람이 되지 않는 한 이해할 수 없는 일들, 그런 게 도종우와 자신 사이에 있다. 그렇기에 2년 만에 귀국해서 아무렇지 않게 보자고 연락을 하는 거겠지. 윤지는 배를 부여잡고 카페 뒷문으로 나갔다. 그러다 정문에서 들어오는 손님을 보고 해인에게 손짓했다. 주문 잘 받으라는 뜻이었다.

* * *

병원 근처의 파스타집. 여자와 마주 앉아 있는 종우의 얼굴은 그다지 밝지 못했다. 하지만 자리가 자리인지라 그는 억지로 표정 관리를 하며 인상을 부드럽게 했다.

"도종우입니다."

종우는 명함 지갑에서 명함 한 장을 꺼내서 여자에게 내밀었다.

"네, 저는 김성아요. 어머, 비뇨기과?"

"……제가 그걸 드렸어요? 잠시만요."

종우는 다른 명함 하나를 다시 꺼내서 줬다.

"하루 종일 남의 존슨 보고 있다고 하면 민망해서요. 주 업무는 피부과라고 보시면 됩니다."

"존슨요? 하하하하."

별거 아닌 말에 깔깔 웃으며 여자는 손으로 입가를 가렸다. 원래는 재신이 나와야 했지만, 갑자기 일이 생기는 바람에 종우가 대신 나오게 된 자리였다. 그냥 부탁이었다면 거절했을 텐데 재신에게 빚진 것이 있는지라 어쩔 수 없이 받아들여야 했다. 부랴부랴 마지막 환자의 진료를 끝내고 온 종우는 억지로 입꼬리를 끌어 올렸다.

"유머러스하시다."

"그런 말 좀 듣습니다."

마침 타이밍 좋게 주문한 음식이 나왔다. 성아라는 여자는 먹을 때마다 냅킨으로 입가를 야무지게 닦았다. 그녀는 한 모금이면 끝 █ ██ ██ ███ ███ ████ ████ ██████ ███████ █ ██████ 리 종우는 포크를 몇 번 움직일 뿐이었다. 흰색 양념에 배배 꼬인 파스타를 보고 있자니 입맛이 뚝 떨어졌다. 면발은 역시 라면이 최고였다. MSG 꽉꽉 들어간. 익숙한 맛이 제일 맛있는 법이었으니까.

"피부과에 여자 손님 많죠?"

"네."

"그럴 거 같아요. 의사 쌤이 이렇게 훤칠하시니까, 금방 부자 되겠어요."

"지금도 쓸 만큼은 있어서요. 굳이 부자까지야."

학창 시절엔 배가 고팠다. 가족이라곤 할머니와 자신뿐이라 남들보다 세 배 네 배로 노력하며 의대를 졸업했다. 의대는 왜 그렇게 돈이 많이 나가는지 매일 코피 쏟던 대학 생활을 생각하면 그다지 유쾌하진 않다.

그렇지만 돈은 쓸 만큼만 있으면 된다는 주의이기에 지금의 그에겐 차고 넘쳤다. 더 부자가 되고 싶은 생각은 없다. 그러고 보니 그가 가장 힘들었던 때인 대학생 시절에 정윤지가 내내 함께였다. 그래서 그런가, 그녀에겐 전우애 같은 게 있다.

『그래, 한번 봐.』

윤지가 보낸 문자가 생각났다. 그 밑에 함께 보낸 카페 주소는 이곳과 매우 가까이에 있었다. 자신의 병원과도 가깝고. 자신이 일부러 카페와 매우 가까운 곳에 병원을 냈다는 걸 그녀는 아직 몰랐다. 그것 때문에 유재신에게 부탁해야 했고, 결국 이런 의미 없는 선 자리에 대신 나와 있게 되었다는 것도.

카페를 차리겠다고 대학생 때부터 노래를 부르더니 결국 해낸 모양이었다. 그녀는 불의를 못 참고, 정의를 사랑하며, 목표한 것을 이루는 친구이자, 옆에 있으면 편안하고 굳이 말하지 않아도 제 기분을 다 알아주는 사람이었다. 귀국하면 제일 먼저 윤지의 얼굴부터 보려고 했는데. 가장 먼저 1:1로 얼굴을 맞댄 여자는 바로 앞에 있는 여자였다. 항상 '먼저' 해야 할 일은 '뒷전'이 되고 마는 것 같다.

"어어? 저기, 여자 저러다 맞겠다."

"어머머, 어머머."

종우는 여자가 보는 방향으로 고개를 틀었다. 파스타집 투명한 창문 너머로 덩치 큰 남자와 싸우고 있는 여자가 보였다.

정윤지.

2년 만에 본 그녀는 머리카락이 조금 더 긴 거 외엔 달라진 게 없어 보였다.

"어디 가세요? 도와주러 가세요? 그런 데 끼면 안 되는데."

지금 나온 자리가 맞선인 것을 잊은 건지, 종우는 눈 깜짝할 새 파스타집을 나갔다.

"이분이 택시 줄에 먼저 서 있었고, 아저씨가 새치기하셨잖아요."

"그쪽은 무슨 상관인데 아까부터 계속 끼어들어요? 어차피 기다리면 곧 택시가 올 텐데, 뭘 그렇게 빡빡하게 살아?"

"빡빡하게?"

윤지는 씩씩거렸다. 오늘은 몸 상태도 안 좋은 데다 해인과 연주가 카페 마감을 대신한다고 해서 일찍 퇴근했다. 택시를 타기 위해 일렬로 줄을 기다리던 중 아저씨 한 명이 새치기를 했다. 윤지가 직접 ▪▪▪▪ ▪▪▪ ▪▪ ▪▪ ▪▪▪▪. ▪▪▪ ▪▪ ▪▪▪ ▪ ▪▪ ▪▪▪ ▪▪▪▪ 가 말싸움을 벌이기 시작하고, 아저씨의 언성이 점점 높아지자 결국 그냥 보고 있지 못하고 윤지가 나서게 된 것이다. 아저씨는 윤지에게로 눈을 돌리더니 더욱더 언짢은 얼굴을 했다.

"중요한 사정이 있었으면, 이럴 땐 미안하다고 사과를 하셔야죠."

"이래서 여자는 밖에 나오면 안 된다니까. 쯧."

아저씨는 혀를 차며 말했다. 그러더니 손찌검을 할 기세로 손을 번쩍 들었다.

"아오, 진짜. 재수가 없으려니. 퉤! 빡빡하게 살면 남자한테 사랑 못 받아. 괜히 사회에 나와서 남자 하는 일에 끼어들지 말라고. 어?"

여자 둘이서 남자와 싸우고 있고, 게다가 맞게 생겼는데 도와주는 이가 하나도 없다.

"그래요. 그만 좀 하고 비켜요. 뒷사람들 생각도 해야죠."

오히려 욕을 먹는 건 싸움을 진전시킨 윤지와 윤지 앞에 있던 여자였다. 이래서 여자는……. 갑자기 온갖 전의를 상실한 기분이었다. 20대 때는 끝까지 아득바득 우겨 승리를 거머쥐곤 했는데, 서른셋이 되니 그럴 여력이 없다. 이만큼도 잘했다. 주변 생각하며 살아야지.

"봐 봐, 뒤에서도 너한테 뭐라고 하잖아."

분명 참으려고 했는데, 정말 그랬는데. 아저씨의 손이 가슴 바로 위쪽, 조금만 방향이 틀어져도 가슴이었을 곳을 툭툭 치며 말하자 윤지는 뚜껑이 열렸다. 그녀는 아저씨의 손가락을 잡고 비틀어 꺾었다.

"으악!"

"야, 이 새끼야. 지금 뭐라고 했냐? 와, 빡치네. 너 여기서 사람들 기다리고 있는데 새치기했잖아. 적반하장도 유분수지, 뭐? 여자가 뭐가 어쩌고 어째? 이게 이러면서 은근히 가슴 만지네? 너 같은 새끼 경찰서에 보내는 것도 수치다. 그냥 뒈져라, 뒈져. 튀튀!"

아저씨의 손등에다가 침까지 퉤 뱉었다. 때릴 거면 때리라는 식으로 눈알을 위로 올려서 째려보는데, 정말 화가 났는지 아저씨가 윤지의 머리채를 잡았다. 윤지도 지지 않겠다는 듯 바로 앞에 보이는 팔뚝을 왁, 물었다.

"이년이, 아오!"

윤지는 이번엔 제대로 맞겠다 싶어서 눈을 질끈 감았다. 내일 인터넷에 동영상 뜨는 거 아닌가 몰라. 분명 누구는 '그냥 넘어갈 일인데 여자가 너무했다'라고 제 탓을 할지도 모른다. 그렇지만 흔하게 벌어지는 일일수록 바로잡아야 한다. 싸워서 쟁취해야 한다. 누구 하나 이번에도 저를 막아 줄 사람은 없을 것이다. 한 대 맞고 깽판 쳐야지 생각하는데, 익숙한 향기가 코끝을 스쳤다.

"그만하시죠. ……이 성격 나쁜 여자 돌아버릴지도 몰라요."

도종우.

윤지는 감았던 눈을 떴다. 제법 시간이 흘렀음에도 불구하고 남자는 별로 바뀐 것이 없었다. 이런 식의 재회라니. 얘는 왜 아직도 싸움박질하고 다니나 생각할 것이다. 이번 재회는 좀 우아하게 하고 싶었는데……. 자신이 한번 핀트가 어긋나 돌아 버리면 끝장을 보는 걸, 누구보다 잘 아는 도종우라서 하는 말일 거다. 저건 진심이다.

"그리고 이 여자 돌면, 눈알 뒤집힐 사람 많거든. 나를 포함해서."

우두둑, 우두둑.

뼈가 꺾이는 소리가 괴이하게 들렸다. 오늘의 마무리를 경찰서에서 하게 될지언정 속은 시원했다.

＊ ＊ ＊

윤지는 객식구들을 이끌고 카페 '조이'로 다시 갔다. 전남편 도종우와 맞선을 보던 여자까지. 연주와 해인은 다시 돌아온 윤지를 보고 고개를 갸웃하다, 뒤이어 등장한 종우의 모습을 보고는 얼굴을 굳혔다. 추궁하는 눈빛을 받은 윤지가 어쩔 수 없다는 듯 입술을 뗐다.

"이쪽은 도종우, 그리고 이쪽은."

"……맞선 본 김성아요. 아시는 사이일 줄은 몰랐네요. 이렇게 무서운 친구가 있을 줄이야. 하하."

"뭔 일 있었어?"

"어어. 약간의 트러블?"

"넌 그게 약간이야?"

대수롭지 않은 듯한 윤지의 대답에 도종우는 당사자보다 더 격한 반응을 보이며 얼굴을 구겼다. 그러거나 말거나 윤지가 말을 이었다.

"일단 뭐라도 마시자. 뭐 먹을래? 뭐 마시겠어요?"

"안 팔아."

"나도 안 팔아."

윤지, 해인, 연주의 목소리가 거의 연달아 나왔다. 종우와 맞선녀의 얼굴이 동시에 세 사람을 향해 돌아갔다.

"얘들아, 나 도와주신 분들이야."

"종우 오빠, 여기 미국 아니야. 우리 윤지랑 끝난 지가 언젠데 마주 보고 커피를 마시다니, 허! 거기다 맞선녀까지 데려와서. 아니, 그냥 연애하다가 끝난 거 아니잖아. 둘이 결혼했었잖아!"

참을성 없는 해인이 먼저 폭발했다. 그걸 듣고 있던 성아는 황당한 표정을 짓더니 종우를 향해 시선을 돌렸다.

"그쪽, 결혼했었어요?"

"네."

"……아뇨."

종우는 '네', 윤지는 '아니'라고 말했다. 그 대답이 거의 동시에 나오자 성아는 씩씩거리며 인상을 팍 썼다. 그러더니 주선자에게 전화하려는지, 핸드폰을 귀에다 대며 카페를 나갔다.

"사랑해서 한 결혼은 아니잖아. 그냥 친한 친구의 부탁을 들어준 거지. 너무 그러지 마, 도종우 당황한다. 아앗."

윤지는 말을 하다가 왼손으로 배를 부여잡고, 오른손은 테이블을 잡고 주저앉았다. 잠시 아랫배에서 뭉친 아픔이 골반으로 싹 퍼지면서 고통이 배가 되었다. 그러다 괜찮은 순간이 오자 손등으로 이마를 짚으며 겨우 일어났다. 눈앞이 핑핑 돌며 어지럼증이 밀려왔다. 그사이 종우가 빠르게 그녀를 부축하더니 다시 자리에 앉혔다.

"윤지야, 괜찮아? 뭐 줄까? 뭐 필요해? 얼음물 줄까?"

"오빠 주문은 안 받아요! 흥. 윤지 뭐가 필요해?"

"……얼음물."

윤지는 자신의 상태를 파악하고 필요한 것을 곧바로 얘기하는 종~~우는 인듯 했다. 그게 해인에게 말했나 그러자 드르륵, 빈 의자~~의 소리가 들리더니 연주가 얼음물이 담긴 컵을 빙빙 돌리면서 달려왔다. 시원한 물을 마시고 나니 아픔도 조금 가시는 거 같았다.

"아. 나, 그거 없다. 그거."

종우가 옆에 있는 터라 확실하게 이야기하지 못하고 해인에게 눈짓을 주었는데. 알아들은 건 오히려 해인이 아닌 종우였다. 그가 자리에서 벌떡 일어나더니 대신 대답을 했다.

"내가 사 올게."

"아니 괜찮……."

말을 다 마치기도 전에 종우가 밖으로 나갔다. 윤지는 조금 당황스러운 눈길로 그의 뒷모습을 바라보았다.

"이때다! 연주야, 문 잠가. 헤어진 연인은 절대 다시 만날 이유가 없어. 만나서 몸정 나눌 거 아니고선 없다고."

"……연인이었던 적 없는 사이잖아. 도종우 오기 전에 생리대나 좀 빌려줘."

"잠깐만."

카운터로 간 해인이 파우치 안에서 생리대를 꺼냈다. 그 옆에 있던 연주가 생리대를 받아서 윤지에게 전했다.

"해인이가 좀 오버하긴 해. 자 이거."

윤지는 생리대를 받아서 앞뒤로 돌려 보다가 주머니에 넣었다.

"파우치도 줄까?"

"됐어. 주머니에 넣고 가면 괜찮아."

화장실로 가야 하는데 어째 몸을 일으키기가 쉽지 않았다. 얼음물을 몇 모금 더 들이켜며 아랫배를 쓰다듬다 자리에서 일어나려는데 딸랑, 카페 문이 열리며 바람이 밀려 들어왔다. 바람보다 더 빠른 스피드로 뛰어온 종우가 검은 봉지를 윤지에게 내밀었다.

"이게 뭔데?"

연주가 중간에서 검은 봉지를 낚아채더니 안을 열어 보았다.

"탐폰? 윤지야, 너 이거 써? 왜 몰랐지? 너 좋은 ×× 쓰지 않아?"

"그건 해인이고."

"아~."

종우는 연주가 눈앞에서 물체를 들어 보이자 민망한지 뒤를 돌아 괜히 목을 만지다가 머리를 긁적거렸다. 그 모습에 윤지가 연주의 손에서 탐폰을 낚아채듯 빼앗아 들고 봉지 안에 다시 집어넣었다. 친구들은 감정을 공유하고 서로 배려할 수는 있어도, 일정한 선이 있다. 단순히 뭘 좋아하고 싫어하는 수준이 아니라, 삶의 취향과 태도처럼 사소한 것들은 같이 살더라도 잘 모르는 경우가 많다. 그에 반해 눈앞의 남자는 2년 동안 떨어져 있었음에도 윤지의 소소한 습

관들을 모두 잊지 않고 기억하고 있었다. 참 아이러니한 일이었다.

"윤지야, 다녀와."

"어어. 도종우 너는 좀 가고."

"너 데려다주고 갈게. 어지럽잖아."

"……그래."

됐다고 거절하려던 윤지는 굳건한 종우의 표정을 보고는 이내 고개를 끄덕였다. 이 이상 티격태격할 힘도 없었을뿐더러, 뭐라고 하든 본인이 하고 싶은 건 꼭 하는 녀석이었다. 윤지는 종우가 사 온 탐폰을 들고 카페 후문으로 나갔다.

* * *

종우는 종이 한 장을 깔아 놓고 연필을 깎았다. 아날로그적인 느낌을 좋아하는 윤지는 매번 커터 칼로 연필을 깎아 썼다. 그러다 손을 한 번 베인 적이 있었고, 그 후론 그가 연필 열 자루를 모두 깎아 놓곤 했다.

"이게 은근 묘한 쾌감이 있단 말이야."

뭉툭한 끝이 뾰족해지고 노란색에서 베이지색으로 속살이 점점 드러나는 연필을 보면서, 그가 만족스럽게 웃었다. 연필심까지 완벽하게 깎은 후 그는 연필밥이 떨어진 종이를 구겨서 쓰레기통에 넣었다. 그러고는 '준비 완료'라고 병원 메신저에 입력했다.

딸깍.

진료실 문이 열렸다.

박복녀,

직업은 건물주. 그의 진료실에 올 때마다 이런저런 푸념을 늘어놓는 덕에 그는 환자의 가족 관계와 경제력을 알게 되었다.

"안녕하세요, 어머니."

종우는 예의가 잔뜩 밴 몸짓과 웃음으로 상대를 살살 녹였다. 엄친아 부자 친구들 사이에서도 그는 항상 예쁨을 받았다. 귀공자로 태어나 천상천하 유아독존 같은 친구들은 살갑지 못했다. 그러나 종우는 없는 살림에 살아서 남에게 고개 숙이는 것부터 배웠고, 그게 결국 이익을 취하는 법이란 걸 깨달았다.

"선생님. 요기 제모 받은 데가 아파서 왔어요. 무료라더니, 싼 기계 쓰는 거 아니죠?"

반지의 알이 엄청나게 컸다. 얼굴에 주름 세기와 시술받은 흔적을 보던 종우는 이 사람은 굳이 하지 않아도 될 것과 사지 않아도 될 것들에 돈을 쓰는 사람이라고 판단했다.

"아프셨어요? 그럴 리가 없는데. 저희 제일 좋은 거 쓰는 거 아시잖아요~. 우리 어머니, 기계만 봐도 아실 거 같은데요?"

종우는 환자의 인중과 그 옆쪽 제모한 곳을 손으로 살살 쓸었다. 문제없는데. 그는 예의 바른 미소로 한 번 더 웃었다.

"어머니 이렇게 웃어 보세요."

"이렇게?"

"젊었을 적에 미인이셨을 거 같아요. 여기, 여기 주름이 좀 아쉽다. 의사로서 조금 손 보고 싶은, 우리 엄마 생각도 나고."

"엄마요? 하하하. 아유~ 나 그쪽 할머니뻘인데. 그쪽만 한 손자가 있어요."

손뼉까지 치며 좋아하던 환자는 팔자 주름 외에도 눈 밑 꺼짐 현상까지, 시술을 권유할 때마다 모두 하겠다고 했다.

"잠시만요."

그가 차트에 피부과 실장이 알아볼 수 있게 시술 항목을 체크하고 있는데, 바로 코앞까지 환자가 얼굴을 들이밀었다. 눈알만 도로로 굴려 제 눈앞에 확대되어 있는 얼굴을 보고 그가 침을 꿀꺽 삼켰다. 할머니뻘인 분께 볼 뽀뽀는 싫은데. 아무리 돈이 좋아도, 이…… 이건 아닌데. 열심히 깎아 둔 연필심이 뚝 부러졌다.

"그래, 이 사진. 아무리 봐도 똑같이 생겼는데."

후유. 다행히 할머니의 목적지는 그의 얼굴이 아니었다. 그는 놀란 가슴을 달래며 환자가 가리킨 방향으로 고개를 틀었다.

싱윤지회 ᄎ신의 ᄤᅥ ᅵ ᄉᄇ신.

귀국할 때 그가 가장 먼저 챙긴 사진이었다.

"닮은 사람인가."

환자는 고개를 갸웃하더니 미간을 좁혔다.

"그치. 도플 깅어인가 뭔가 그건가 봐요. 내가 아는 젊은 사장이 있는데, 똑 닮았어."

환자는 잠시 생각에 잠기는 것 같더니 종우를 향해 물었다.

"의사 선생님, 듣기로는 이혼했다던데."

"아니에요."

"그래? 하긴, 이혼했는데 떡하니 결혼사진을 놔둘 리가 없지. 미안해요, 의사 양반. 아휴, 그 카페 사장한테도 사과해야겠네. 괜히 혼삿길 망칠 뻔했어. 아까 보니까 남자도 있는 거 같던데. 이 동네가 소문이 얼마나 빠르게 도는지 무슨 말을 못하겠어."

그 소문의 원천이 환자인 것 같은 건, 자신의 착각인 걸까.

"나중에 심심하면 한번 보러 가 봐요~. 건너편에 조이 카페. 거기 사진과 똑 닮은 젊은 사장 있어. 하하하, 내가 이런 거 말 잘 안 하는 데, 그 건물이 내가 경매로 나왔을 때 딱 사서……."

지금까지 환자의 말을 잘 들으며 웃어 주던 종우는 기계적인 미소만 슬쩍 보였다. 조이 카페라면 윤지의 카페였다.

혼삿길을 망친다…….

그 후로도 한참이나 이런저런 이야기를 하던 환자는 전화가 오고 나서야 겨우 엉덩이를 뗐다.

종우는 환자가 나간 후 잠시 자리에서 일어났다. 블라인드 중간을 열어 반대편 건물을 내려다보았다. 때마침 카페에서 나온 윤지가 기지개를 켜며 카페 앞을 쓸고 있었다.

'남자에게 전혀 관심이 없는…… 친구인데.'

그는 고개를 갸웃하며 조금 더 그녀를 주시했다. 간호사가 다음 환자 차트를 올리러 들어올 때쯤, 카페 안에서 나온 남자가 그녀를 향해 무언가 말을 붙이더니 이내 즐겁게 웃기 시작했다. 두 손을 앞치마 주머니에 찔러 넣고 고개를 젖히며 깔깔 웃고 있는 윤지를 보고 있노라니 조금 전 환자의 목소리가 머릿속을 맴돌았다.

'카페 사장 남자 있는 거 같더라고.'

그는 자리로 와서 두 사람의 결혼사진 위를 손으로 쓸었다. 아직 늦지 않은 거겠지.

* * *

"석현 씨 왔다 갔어?"

"어. 꽃 주고 갔어."

"이야- 꽃 한번 환하다, 환해. 꽃이 예뻐, 내가 예뻐?"

해인이 윤지가 받은 꽃 옆에 얼굴을 딱 붙여 놓고 그녀에게 물었다. 윤지는 손바닥으로 해인의 이마를 탁 밀었다.

"비교할 걸 비교해!"

"그래. 나 독초다, 독초. 해인이 꽃이라 불러 주는 남자, 내가 만나고 만다! 우쒸!"

셋 중에 제일 절세 미녀인 그녀는 본인을 꽃이라 불렀다. 꽃을 좋아해서 시도 '꽃'만 읊는 친구이다. 하도 들었더니 김춘수 시인이 꼭 옆집 아저씨 같다.

"그런 미친 건데 세끼?"

"……글쎄. 연애 좀 해 봐? 이 언니가 함 보여 줘?"

윤지가 장난스럽게 말하자 해인이 두 손을 꼭 모으고 고개를 끄덕였다.

매일 꽃을 주고 가는 남자.

카페에 출근 도장을 찍는 석현의 마음을 알 것도 같다. 그런데 그 사람을 알아가도 될지, 내가 남자 사람을 만나 연애를 할 수 있을지에 대해서는 의문이 들었다.

"응. 언니 좀 보여 줘. 연애 세포 팡팡 터트려 줘."

"연주가 잘 터트리고 있는데, 뭘."

"에이, 김샜다."

윤지는 손목시계를 힐끗 봤다. 곧 손님들이 밀려올 시간이었다. 앞치마를 꽉 메고 머리를 다시 묶는 걸로 전투력을 다졌다. 한가롭던 주방 테이블에 테이크아웃 컵 스무 잔이 놓여 있었다. 윤지는 음료를 하나씩 탄 후 빨간 펜으로 주문서에 체크하고 해인에게 내보냈다. 안쪽에서 아르바이트생 신정은 열심히 생과일을 갈았다.

한 시간이 정말 빠르게 지나갔다. 늦은 점심을 먹는 직원들이 듬성듬성 카페를 찾아올 때쯤, 윤지와 해인은 동시에 기지개를 켰다가 서로를 보고 풋 웃었다.

"이야. 늙으니까 기지개 켜는 시간도 똑같아. 우리 젊은 친구는 저렇게 쌩쌩한데."

"언니들~ 저도 힘들거든요!"

"서른 넘어 봐. 기지개 켤 때마다 뼈들이 발광해. 빠각, 빠각! 가끔 심할 땐 공포 영화 저리 가라야."

"주문하시겠습니까?"

손목에서도 소리 난다며 아래위로 손목을 움직이며 뼈 소리를 들려주는 해인을 보며, 윤지는 손님에게 메뉴를 주문받았다.

"오늘 더 예쁘시네요~ 언니. 전 라떼요."

"아이스 맞죠? 세 잔?"

"네~ 맞아요. 계산은 이 카드로 해 주세요."

윤지는 손님이 내민 카드를 받아서 쓱 긁었다.

"참참, 언니. 어제 그 승모근 화난 남자 누구예요? 애인?"

"누구?"

"어깨 깡패에 얼굴 하얗고, 막 웃을 때 진짜 잘생기셨던데. 어젯밤에 야근하고 지나가다가 봤어요. 이 주변 회사래요? 어디요?"

아, 윤지의 입이 작게 벌어졌다. 과거에도 그의 과를 묻는 동기, 후배들이 많았다. 그땐 그게 왜 그렇게 싫었던지. 아무 사이 아닌데 숨기면 괜히 찔려서, 싫으면서도 그가 누군지 술술 불었다.

"그냥 아는 사이요."

"오, 다행이다. 만약 애인이라고 했으면 깔끔하게 포기하려고 했거든요. 제가 사장님 옆에 서면 오징어가 되니까……."

"무슨 오징어예요. 저 너무 띄워 주시는 거 아니에요?"

윤지가 해인이 만들어 온 라테 세 잔을 캐리어에 야무지게 담은 후, 카운터 서랍에서 스티커를 꺼내서 붙였다.

유쾌한 단골손님이 커피를 받아서 싱긋 웃었다.

"어어…… 저 남자인데! 저 남자! 이런, 사무실 바로 들어가 봐야 하는데. 힝."

딸랑, 경쾌한 소리와 함께 종우가 들어왔다. 카운터로 성큼성큼 ▓▓▓▓ ▓▓ ▓▓▓▓ ▓▓▓▓▓

"아메리카노로 열 잔? 열 잔이면 되겠다. 시원하게 말아 줘."

윤지가 그의 카드를 받으려는데, 그가 도로 물렸다. 뭐 하냐는 표정으로 찌릿 위를 쳐다보자 그가 사람 좋은 미소를 보였다. 사무실로 복귀해야 한다던 손님은 그 옆에서 헤벌쭉 한 표정으로 그를 보고 있었다.

"뭐야?"

"너 결혼해?"

"무슨 소리야."

"아니지?"

"카드나 줘. 실없는 소리 말고."

종우는 어깨를 으쓱하며 다시 카드를 내밀었다.

"어디서 무슨 소리를 좀 들어서."

"그 어디가, 어디야? 나도 좀 알자. 잠깐만, 커피 타 올게."

윤지가 결제를 한 후 카드를 돌려주고 안쪽으로 들어갔다. 원두가는 소리가 계속 들리는 동안 옆에 서 있던 손님이 그에게 아는 척을 했다. 윤지는 안쪽에서도 두 사람의 목소리가 들려 고개를 절레절레 저었다. 도종우는 저기서도 영업을 하고 있었다. 꽃 미소를 날리며. 조만간 이 동네 피부과를 다 씹어 먹고 승천할 것 같다.

* * *

커피를 마시고 사무실로 복귀한 종우는 오전보다 기분이 상쾌했다. 정윤지 결혼하는 줄 알고 괜히 놀랐네. 그는 입꼬리를 쓱 올리며 결혼사진을 뿌듯한 표정으로 봤다. 그러다 갑작스레 찾아온 친구 녀석 때문에 흠흠 헛기침을 하며 일어났다.

"건물주님! 수금하러 오셨습니까?"

한류를 쓰는 샤인 프로덕션 사장이자, 이 건물의 소유주 재신이었다. 종우도 이 동네는 아니지만 분당 쪽에 소소하게 건물 하나를 갖고 있다. 상가 1층이 때마침 비어서 그쪽으로 개업을 하려 했는데, 윤지의 카페가 재신 건물 앞이라는 소식을 듣게 되었다. 마침 재신도 상가 세입자를 구하고 있을 때라 그가 이곳에 개업하면 아는 배우들 많이 소개해 주고, 월세도 반으로 깎아 준다고 조건을 걸었다.

그런 조건이 하나도 없더라도 자신은 재신의 건물이나 그 주변에서 개업했을 거지만.

"너 일부러 여기로 온 거 맞지? 이미 알고 있었어?"

"뭘?"

종우는 테이블 턱에 등을 기댄 후 긴 다리를 뻗은 채 친구를 보며 물었다. 183cm인 자신보다 1cm 더 큰 유재신을 올려다보며 말이다.

"앞 건물에 윤지 씨 있는 것."

"……아, 뭐."

이미 눈치챈 재신 앞에서 종우는 멋쩍게 웃었다. 일부러 티 안 내려고 했는데, 그게 또 그렇게 티가 나. 윤지에게 부담 주고 싶지 않은데.

"사실 나 미국 갈 때 윤지가 다신 보기 싫다고 했어. 연 끊자고."

"너희 그런 말들로 끊어질 사이 아니잖아. 그랬으면 이미 끊어졌겠지."

"……성낼 않으려고 있는데."

그런데 버티다 버티다 못해 결국 귀국을 결정했다. 정신을 차렸을 땐 윤지의 주위를 맴돌고 있었다. 그는 그가 마지막으로 기억하는 윤지의 모습을 떠올렸다.

눈인지, 비인지 얄궂은 날씨가 지속되던 겨울. 할머니가 돌아가신 지 3개월이 지난 시점이었다. 딱 하나 있던 제 피붙이, 가족이 떠나간 자리는 공허함만 남았다. 어차피 윤지와의 결혼은 할머니에게 보여 주기 위한 거였다. 친한 친구에게 돈을 빌려 달라고 부탁하듯, 잠시만…… 잠시만 부탁했었다. 3개월만 남았다던 할머니께서 6개월이나 사실 줄은 몰랐었다. 부부 행세를 하는 삶, 집에 오면 할머니와 윤지가 저를 반기는 것, 오순도순 화투 치고 함께 밥 먹는 게 일상처럼 편했었다. 그래서 약속한 기한이 많이 지났다는 걸 잊었다. 아니, 잊은 척했었다.

……할머니가 돌아가신 후 제자리로 돌아가야 했다. 가짜 결혼이었으니.

"이제 그만해."

제 몸집만 한 트렁크를 끌고 나와 덜덜 떨면서도 그녀는 그를 보고 명확한 발음으로 말했다. 그는 붙잡을 수 없었다. 이미 약속한 기한이 많이 지났기에.

"다신 보지 말자."

"……윤지야."

"도종우, 넌 내가 보이지도 않지?"

새빨갛게 충혈된 눈동자를 보니 가슴이 시큰거렸다. 그런데 윤지를 보니 저녁상에서 셋이서 함께 웃던 기억이 눈앞을 스쳤다. 아직 그는 할머니를 마음속에서 보내지 못했다. 윤지를 볼 때마다 할머니가 떠올랐다.

"윤지야. 나, 널 보면 할머니가 떠올라. 그래서 힘들어. 집에 못 들어가겠어."

"하…… 그래. 오빠랑 내가 지금은 아닌 것 같다. 그냥 끊자, 끊어! 내 눈앞에 나타나면 죽을 줄 알아. 나타나기만 해. 죽여 버릴 거야."

얼마나 살벌하게 말을 하는지, 종우는 착한 아이처럼 고개만 끄덕였다. 그녀는 하, 한숨을 뱉으며 손바닥으로 이마를 짚더니 고개를 절레절레 저었다. 몸만 한 트렁크를 끌고 골목 아래로 내려갔다.

"도와주러 내려오기만 해. 그럼 나 콱 죽을 거야."

가려던 발걸음이 멈칫, 했다. 그에게 있어서 '죽음'이란 단어는 금기와도 같았다. 부모님의 죽음, 할머니의 죽음. 세상에서 가장 무서운 단어가 있다면 '죽음'이었다. 누군가의 생이 마감된다는 건 그에

게 트라우마로 작용했었다. 그렇게 그는 스카우트 제의가 온 미국
에 있는 대학 병원으로 갔고, 윤지와는 작별 인사를 하지 못했다.
고맙다는 인사도.

"도종우. 야!"
"아, 미안…… 옛날 생각 좀 하느라고."
"이제는 다시 도망가지 마라."
"안 가."
"앞 건물에 전 부인 있으니까 신경 쓰여?"
"어, 엄청. 전 부인이라고 하지 마, 걔 호적은 깨끗해."
"그럼 디 던 남자 호적에 온다 사두 뒀겠네?"

어. 당연하지. 이 말이 머릿속에선 맴도는데 입 밖으로 나가진 못
했다.

"뭐……"
"쯧. 넌 숟가락 위에 밥을 올려 줘도 못 먹을 놈이다."
그러면 먹지. 그런데 정윤지는 그 당시엔 내가 찾아가면 콱 죽어
버린다고 했거든. 속사정을 모르니까 재신은 함부로 말할 수 있는
거다. 종우는 테이블에 기대고 있던 몸을 일으키고선 목을 주물렀
다. 친구와 대화하는 사이 10분이 지났다.

"주말에 한잔해."
"그러자."
두 사람은 목을 까닥이는 거로 서로 인사를 마치고 각자의 자리
로 돌아갔다.

'사장님과 그냥 아는 사이시라면서요? 어떻게 아는 사이세요? 제가 사장님 단골손님인데~ 주변 회사 다니세요?'

먼저 명함을 건넨 윤지네 단골손님에게 그도 명함을 줬다. 아, 피부과 선생님이시구나. 호의적으로 보이는 손님에게 영업용 미소를 방긋 날리며 말 그대로 영업을 했다. 그런데 왜 찜찜한 거지. 그냥 아는 사이라는 말이, 결혼한 적 없다고 단호하게 '아니'라고 했던 그 입술이. 다 찜찜했다. 그는 긴 팔을 뻗어 목부터 승모근까지 꾹 누르며 쓸어 올렸다. 몸의 뒤편이 긴장한 듯 딱딱하게 뭉쳐 있었다.

* * *

주말 〈Dia〉 클럽.

토요일 밤, 윤지는 카페 마감을 하고 연주와 그녀의 사촌 동생 민지가 기다리고 있는 곳으로 갔다. 들어야 할 것도 있고, 할 말도 있다고 했다. 윤지는 민지가 직접 준비해 준 옷을 입고 구두까지 챙겨 신었다. 신나게 즐길 생각으로 지하로 내려가서 테이블 쪽을 둘러봤다. 멀리서 윤지를 발견한 연주가 팔을 흔들었다.

"언니 왔어요? 보드카 괜찮아요?"

"그러엄~"

윤지는 안주를 먹기 전에 술을 물처럼 꿀꺽 마셨다. 보드카와 주스가 섞여서 달콤했다.

"언니, 저 오늘 좀 공주 같죠?"

오렌지를 씹어 먹다 말고 윤지가 황당한 표정으로 민지를 봤다. 연주의 사촌 동생인 민지는 프릴이 달린 윗옷을 가리키며 물었다. 어깨를 다 드러내는 오프숄더 블라우스는 안에 입은 속옷이 훤히 비쳤다. 무슨 공주가 이렇게 야한가.

"아니 뭐래!"

"연주 언니 너무해."

"공주 같냐고 물어본 네가 더 너무해."

자세히 보니 연주와 민지의 볼이 모두 빨갰다. 적당량보다 조금 더 마신 모양이다.

"아아- 연주 언니 낙하산이래요~ 낙하산. 근데 존잘 씨랑 친한 거 보니, 부러워. 으아. 존나 잘생긴 씨발놈이긴 하지만 진짜 조오오오오온나 실생겼니."

이미 동창 김재현과 연주의 멜랑꼴리한 관계를 눈치채고 있던지라 윤지는 어깨를 으쓱하며 술을 한 잔 더 마셨다.

딱 세 잔쯤 마셨을 때, 윤지의 입가에도 미소가 번졌다. 신이 난다, 신이 나. 이게 젊음이지.

"우왓. 저기 오빠들이 우리 막 보는데. 합석하고 싶나 봐~"

"김칫국 마시지 말고."

"칫. 아닌가? 언니들 우리 춤추러 가요!"

민지의 주도에 그들은 무대를 장악하러 스테이지로 나갔다. 맥주와 소주, 닭발과 오돌뼈를 먹으러 동네를 자주 다니긴 했어도 힐을 신고 이곳에 나온 건 근 1년 만이었다. 민지 덕분에 호강하는 것 같다. 윤지는 음악에 몸을 맡긴 채 살랑살랑 흔들었다. 잘 추진 못해도 박자 감각은 좋았고, 민지가 추천한 티와 청바지 모두 타이트해서, 춤을 출 때마다 몸의 곡선이 더 부각되었다.

"윤지 언니는 살짝만 춰도 섹시해~"

"그럼 난?"

"……언니 뭘 물어. 나는 클럽에 큰 은행나무 한 그루 있는 줄 알았잖아. 무슨 천 년 됐는지 흔들리질 않아."

"웃겨서 봐줬다."

윤지는 연주를 보며 민지의 말에 고개를 끄덕였다. 연주의 두 다리가 나무의 뿌리처럼 느껴졌다. 몸을 움직이는데 팔만 휘적휘적, 나름 귀엽긴 했다. 슬금슬금 허리로 들어오는 손길을 느끼며 몸을 피하려는 찰나, 뒤에서 익숙한 향기가 코를 자극했다. 향수로 체취를 가리긴 했어도 그 사람의 체온, 살결, 특유의 아우라까진 없애지 못한 모양이다.

"어어……."

도종우의 품으로 끌려가기 전, 다른 남자의 품으로 안겼다. 부드럽게 감기지만 단단했던 도종우와 달리 그는 단단하면서도 거칠었다. 윤지는 고개를 위로 들어 상대를 봤다.

"안녕하세요! 이런 데도 오시나 봐요?"

"어? 안녕하세요."

점심에 꽃을 주고 갔던 석현이었다. 윤석현. 진한 눈썹과 차가운 인상이지만 꽃도 사서 여자에게 줄 줄 아는 남자.

"석현 씨는 어쩐 일이에요?"

"저 회식이요. 여긴 2차고요."

석현의 눈이 향한 테이블엔 그의 회사 직원으로 보이는 몇몇이 앉아 있었다.

윤지가 연주와 민지를 보니 두 사람은 얼굴을 가리고 킥킥거리고 있었다. 그들은 서로의 팔에 손을 올리고 도리도리 춤까지 추며 자리를 쓱 피했다.

"언, 니, 잘, 해, 봐, 요!"

일행이 있다고 말하기도 전에 손목이 잡혔다. 윤지는 그대로 석현의 호의를 받으며 클럽 밖으로 나갔다.

* * *

"……."

자리에 남아 있던 종우는 친구들이 있는 자리로 왔다. 테이블에 올려져 있던 담뱃갑을 찾아서림배 미니를 세세 집배 마 ㅗ 가 ㅜ 께에게서 라이터를 받았다.

"너 끊지 않았어?"

"……좀 당기네."

할머니의 삶이 얼마 남지 않은 걸 안 다음부터 독하게 끊었다. 금단 증상도 이길 정도로 할머니의 죽음이 무서웠으니까. 이렇게 잘 살아갈 줄, 전보다 덜 아플 줄은 몰랐다.

"아까 윤지 맞지?"

도형이 오더니 담배를 물었다. 포토그래퍼인 그는 젊을 땐 담배 피우면서 사진기를 들면 작품이 나온다며 피웠고, 지금은 단 하루라도 이 녀석이 없으면 살 수 없다며 피웠다. 유일하게 그가 담배를 주머니에 넣고 있는 순간은 재신의 여동생과 함께할 때였다.

"……그 옆에 내가 어디서 봤더라, 분명 봤는데."

재신이 고개를 갸웃하더니 정신이 번쩍 들었는지 일어났다. 그는 윤지가 있던 테이블로 가서 두 명의 여자를 데리고 왔다. 정윤지는 없었다. 웬 놈이 팔목을 잡고 바깥으로 데려갔으니까.

"어? 안녕하세요! 재현이 선배님 맞으시죠?"

"네네, 김재현이 제 까마득한 후배긴 하죠. 연주 씨, 맞죠?"

"네. 이런 곳에서 볼 줄이야."

연주는 손으로 입가를 가리더니, 테이블 쪽으로 상체를 바싹 숙이고 작은 목소리로 말했다.

"혹시 재현이랑 같이 오셨어요?"

"아뇨. 근데 여기 온 거 비밀이에요?"

"네. 아니, 뭐. 몰래는 아니고, 아직 그런 것까지 보고할 사이 아니어서요."

하하 호호 웃는 틈에도 종우는 윤지가 조금 걱정됐다. 윤지의 친구와 눈이 마주치자 찌릿, 순간적으로 가자미눈을 하고 자신을 봤다.

─봄바람 휘날리며, 흩날리는 벚꽃 잎이.

"어? 벚꽃 연금!"

연주 사촌 동생이라고 소개한 민지가 스피커를 가리키며 말했다.

"벚꽃 연금이요?"

"봄노래 중에 이게 최고봉이잖아요. 따봉. 벚꽃만 피면 이 노래 울린다고 해서 벚꽃 연금이라고 불러요. 우와, 둘이 걸어요~ 윤지 언니 좋겠네. 연하남하고 썸타고."

"……그놈이 연하예요?"

"네네! 이제 서른이었나. 저희 회사 직원이에요."

민지가 상세히 설명했다. 연주는 굳이 안 해도 된다며 팔꿈치로 민지를 찔렀다.

"윤지 언니 핸드폰하고 가방 다 두고 갔네. 다시 안 오나?"

"저 잠시 나갔다 올게요."

종우는 손에 담배와 라이터를 들고 자리를 벗어났다. 클럽 밖으로 나온 그는 주변을 두리번거리며 익숙한 얼굴을 찾으려 애썼다. 반대편 편의점 앞에서 하하 호호 웃고 있는 커플을 보며 그는 저벅저벅 길을 건넜다. 가는 길에 들고 있던 담배와 라이터를 휴지통에 버렸다.

* * *

"석현 씨, 정말 재밌는 사람이네요."

"재밌다니요. 과묵하단 소릴 더 많이 들어요."

"그래요? 술 마셔서 그런가."

윤지는 석현이 해 준 가족 얘기를 들으며 깔깔 웃었다. 부모님과의 에피소드, 동생과 싸웠다가 화해한 일. 듣다 보니 부러워서 더 웃음이 나왔나 보다. 그녀에겐 딱히 가족이란 관계에 추억이 없었으니.

……또 다른 가족이라 생각했던 도종우는, 평범한 가족이라 하기엔 나사 하나가 빠져 있었다.

"별거 아닌 얘기에도 되게 잘 웃네요. 윤지 씨는."

"그래요? 웃음이 많은 편은 아닌데."

"저도 재밌는 사람은 아니고요. 근데 제가 윤지 씨 앞에서는 재밌는 사람이 되네요~ 윤지 씨는 제 앞에서 웃음이 많은 사람이 되고. 그죠?"

"……그런가?"

"어. 방금 말 놨죠? 나도 놓는다."

"그쪽 나보다 어리잖아요."

"그럼 깍듯이 모실까요, 누님?"

윤지는 청량한 웃음소리를 뱉었다. 윤지가 주스를 다 마신 후 테이블 위에 빈 캔을 놓자 그가 자신이 먹던 걸 그녀에게 내밀었다. 부족해 보인다며. 윤지는 고맙다고 말하며 캔을 받았지만 마시지 않고 손에 쥐기만 했다.

"정윤지?"

캔을 만지작거리고 있는데 낮은 목소리가 들려왔다. 고개를 들고 확인하지 않아도 알 수 있는 익숙한 목소리. 천천히 시선을 돌리자 자신을 내려다보는 도종우의 모습이 보였다.

"……안녕."

윤지는 오른손을 들어 도종우에게 인사했다. 언제부터 와 있었는지 그가 의자 하나를 빼고 앉더니 담배 하나를 물었다.

"뭐가 그렇게 재미있어서 사람이 가까이 다가오는 것도 몰라?"

"술 마셔서 시야가 좁아졌나 봐. 앞사람만 보여."

"누구세요?"

앞에 앉은 석현이 도종우를 향해 경계 어린 시선을 던지며 물었다.

"아는 사이."

"……."

종우가 입을 벙긋하기도 전에 윤지가 먼저 말을 막았다.

"그냥 아는 사이."

"아…… 난 또. 친하세요?"

"아뇨? 도종우랑은 썩. 그다지."

윤지는 석현이 먹었던 음료수 캔을 차마 입 대고 마시지 못한 채 내려놓았다. 그러자 그 캔이 도종우의 손에 들어갔다.

"어쭈, 세 살이나 어린 게 꼬박꼬박 도종우래. 반갑습니다. 도종 우입니다."

"네, 저는 윤석현입니다."

두 사람은 윤지가 보는 앞에서 악수를 했다. 소꿉놀이에서 남편 역을 맡았던 도종우와 이제 소꿉놀이를 해 보려는 윤석현. 그걸 바라보고 있으니 윤지는 자신이 대단한 사람이 된 것처럼 웃음이 나왔다. 착각이라도 하고 살아야 인생이 살맛 나지. 상대는 그런 마음이 아니더라도 말이다.

"……근데 윤지 씨. 아까 말 놓는다니까 어리다고 못 하게 했으면서. 똑같이 세 살 차이 나는데 형님껜 말 편하게 하네요?"

"석현 씨도 놔요, 그럼."

"그래. 윤지……."

"그건 아니죠."

종우가 두 사람의 말을 막았다.

"우린 10년도 넘은 사이라 가능한 거고. ……근데 이 음료수 윤지 네 취향 아니잖아?"

"어."

"입맛이 바뀌었어?"

종우가 석현이 입을 대고 마셨던 자리에 정확히 입술을 대고 남은 한 방울까지 싹 쓸어 마셨다.

"맛은 있네."

"그래?"

윤지는 아까 다 먹고 테이블 위에 둔 빈 캔을 집어 들어 흔들었다.

"내 건 이건데?"

"그럼 이건…… 아. 이런!"

"서로 간접 키스한 두 분은 여기서 오순도순 담배 태우시고, 저는 이만 들어가 보겠습니다."

윤지는 편의점 의자에서 일어나 엉덩이를 탈탈 털었다. 높은 굽 때문에 휘청일 뻔했으나 홀로 잘 버텼다. 인상을 쓰며 손등으로 입을 쓱 문댄 뒤, 그대로 담배를 무는 도종우를 보며 그녀는 피식 웃었다. 힘들게 담배 끊어 놓고 미국 가서 배워 왔나 보다. 이래서 부모가 자식을 바다 건너 보낼 때 함께 가야 하는 거다. 엄한 나라에서 나쁜 거나 배워 오고, 어디 하나 마음에 드는 구석이 없다.

정말 아는 사이로……. 도종우가 뭘 하든 신경이 쓰이지 않는 그냥 아는 사이가 되고 싶다.

"같이 가요, 윤지 씨!"

그녀가 다시 클럽으로 들어가려는데, 석현이 같이 가자며 따라나섰다. 그 뒤로 종우가 꺼림칙한 표정으로 윤지를 보며 입을 열었다.

"너 청바지 뜯어졌어."

정말? 윤지는 고개를 뒤로 돌려 잘 보이지 않는 엉덩이 부위를 보기 위해 목을 길게 뺐다. 청바지 뒤를 터는 척을 하며 엉덩이 뒤편을 만지다가 사실을 깨달았다. 청바지가 멀쩡하다는 걸.

"아, 진짜. 도종우 죽는다."

유치하게. 아는 사이로도 남지 않는 게……. 정신 건강에 좋을 거 같다.

2

상쩌질이

은색 벤츠가 도로 위를 가로질렀다. 귀국하자마자 구입한 차는 아직 새 차 냄새가 가득했지만 여러모로 만족스러웠다. 주말에는 고속도로라도 좀 달려서 길을 들여야 할 것 같았다. 그는 핸들을 틀어 부드럽게 차선을 변경했다.

『출근길은 다들 안녕하신지요? 8시 라디오의 임재욱입니다.』

스피커 죽이네. 그는 사운드를 올렸다. 듣기 좋은 멘트와 아침을 여는 음악이 그의 귓가를 즐겁게 했다. 목을 까닥거리며 박자를 탔다.

문득, 주말에 본 윤지가 떠올랐다.

타이트한 상의에 스키니 청바지. 원래도 글래머러스한 몸이 옷 때문에 더 부각되었다. 남자라는 새끼들은 원래 다 속에 늑대 한 마리를 키우고 있어서, 그 정도면 안 보려 해도 눈이 가게 되어 있다. 심지어 옆에 여자 친구가 있더라도 말이다. 그래서 과거에 박스 티 같은 헐렁한 옷 입고 다니라고 했던 건데……. 살이 쏙 빠진 그녀는 모델처럼 훤했다. 오물거리는 붉은 입술이 예뻐 보였다. 물론, 하는 말은 예쁘진 않았지만.

"저 남잔 누구야?"

"도종우, 나한테 관심이 너무 많다?"

"언제는 없었나. 항상 있었지."

투덜거리듯 말을 던지자 상대가 웃었다. 종우도 따라 웃었지만 마냥 밝지만은 않은 미소였다. 어딘가 씁쓸하기도, 또 아련하기도 한 표정으로 윤지를 바라보며 중얼거렸다.

"그래도 윤지 너 하고 싶은 거 다 하고 살아서 다행이다. 정말."

"다른 사람은 몰라도 도종우, 오빠 잘 알 텐데. 내가 정말 하고 싶은 게 뭔지."

"……."

그는 제 곁을 스쳐 가는 윤지를 잡을 수가 없었다. 쾌쾌한 담배 연기 틈을 헤치고 그녀는 스테이지로 향했고 거기선 아까 인사한 그 남자와 대화를 주고받으며 웃고, 나중엔 손을 잡고 테이블 쪽으로 가기도 했다. 더 이상 그 자리에 앉아 있을 수가 없어 친구들에게 인사하고 나왔지만, 그 뒤에도 돌아가지 못하고 한참 클럽 앞을 서성였다. 윤지가 친구들과 함께 집으로 돌아가는 것을 보고 나서야 자신도 택시를 탔다.

『첫 번째 사연이네요. 재욱 오빠, 저는 모 직장 1년 차 직원입니다. 요새 사내에서 마음에 드는 남자를 만나서 썸타고 있는 중인데요. 축하드립니다, 딸꾹 님. 봄이라 연애하기 좋은 계절이죠. 이어서 읽겠습니다. 근데 1년 전 헤어진 남자가 요새 자꾸 찾아와요. 저번에 썸남과 밥 먹는데 가운데 껴서 밥을 먹더라니까요. 끝난 사인데 왜 이렇게 질척거리는 거죠? 이 밀께님, 신씨님이 빼서 애들 방법 좀 알려 주세요. 또 막 못되게 스토킹하고 욕하고 사귀자고 잡는 건 아니라서, 딱 꼬집어서 뭐 때문에 오지 마라! 할 수도 없는 상황입니다. 저희 회사 거래처 직원이거든요. 그러셨군요. 딸꾹 님 같은 분들이 생각보다 세상에 많은 것 같습니다. 신청곡입니다. 에일리의 유앤아이, 가사가 죽이네요. 네가 어디서 뭘 하든 상관 안 할래. 딸꾹 님의 마음인가요? 노래 듣고 나서 다시 이야기 나눠 봐요. 채널 고정!』

종우는 신청곡을 들으며 미간을 모았다. 딸꾹 님의 마음이 궁금해졌다. 누군진 몰라도 자꾸 아는 얼굴이 사연에 겹쳐진다. 썸남, 썸녀, 상찌질이. 그는 다른 이들의 생각과 사연을 읽어 주는 이의 해결책을 듣고 싶어서 집중을 하느라, 신호를 제대로 보지 못했다. 끼이익. 쿵.

급하게 브레이크를 밟아 차를 세웠다. 하마터면 횡단보도 위의 사람을 칠 뻔했다. 급정거하는 것과 동시에 뒤에서 쿵 소리가 났다. 충격은 크진 않았으나 분명 제 차를 누군가 박은 것이 틀림없었다. 그는 목을 부여잡고 차에서 내렸다.

"아니…… 운전……."

종우는 말을 하다 말고 멈췄다. 자신의 뒤 범퍼를 박은 차주는 주말에 봤던 연하남 석현이었다. 석현의 차 앞 범퍼는 팍 찌그러져 있었다. TG 전자를 다닌다고 했으니 출근길이었나 보다. 석현 역시 종우의 얼굴을 확인하고는 꽤 놀란 듯 눈을 크게 떴다가, 이내 표정 관리를 했다.

"괜찮으세요?"

"네, 뭐."

"갑자기 급정거하셔서 놀랐습니다. 혹시 보험 처리하실 건가요?"

보험 처리……. 원래라면 당연하다는 듯 보험을 불렀을 것이다. 따지자면 석현의 과실이 큰 데다 오늘 처음으로 끌고 나온 새 차에 흠집이 나기도 했으니. 하지만 종우는 별거 아니라는 듯 미소 지었다. 왠지 이 남자 앞에서는 그러고 싶었다.

"아닙니다. 저는 긁힌 정도인데……. 그쪽 차는 부서졌네요. 몸은 괜찮습니까?"

"네, 괜찮습니다."

석현은 종우의 말투에서 묘한 뉘앙스를 느꼈는지. 잠깐 그를 바라보다 이내 마찬가지로 입꼬리를 올렸다.

"어차피 바꿀 생각이거든요. 연애하려면 좀 더 안전한 차를 타야 하니까요."

"……그러시군요."

두 남자의 시선이 묘하게 허공에서 부딪혔다. 윤지의 이름을 언급하지 않았을 뿐, 두 사람 모두 서로를 보며 그녀를 떠올리는 중이었다.

"그럼, 그냥 가죠."

"정말로요? 따로 합의금 안 받으시고요? 새 차인 거 같은데."

"괜찮습니다."

대수롭지 않다는 듯 대답한 종우는 다시 차에 올랐다. 시동을 거는 손길이 가벼웠다. 차는 흠집이 났어도 마음만은 시원했다. 나 이런 거에 개의치 않는 쿨한 남자라는 걸, 어린놈에게 알려 준 것 같아 뿌듯하기도 했다. 차에 타자 대리운전에서 아까의 문자 알림이 왔다.

『얼마나 유치한지 제 앞에서 쿨내 풀풀 풍기는데 어휴 전혀 안 쿨해요. 더 찌질해 보여요. 커피값을 낸다거나. 누가 봐도 가만히 있을 상황 아닌데 멍청하게 웃으면서 쿨한 척하고. 내가 어쩜 그런 상찌질이를 만났었나 몰라요. 딸꾹 님의 실시간 문자를 보니 정말 화가 많이 나신 듯합니다. 우리 같이 욕해 줍시다. 상찌질이 님! 이미 지나간 사랑 붙잡지 말고 잘 살게 내버려 둡시다! 이 사연을 듣고 계신다면 오늘부터는 딸꾹 님께 접근 금지입니다.』

……방금 엄청 쿨하다고 생각했는데. 그는 우회전해서 샤인 건물 지하 주차장으로 들어가 한 번에 주차했다. 썸남, 썸녀를 의식해서 신경 쓰는 자체가 상찌질이라면……. 자신은 쿨워터 향이 아니

라 상찌질 향 나는 그저, 전 남편일 뿐이었다. 오늘도 담배가 절실하게 생각났다.

*　*　*

"생일에 못 온다고?"

윤지는 스팀기로 거품을 내며 핸드폰을 귀에 붙여 동시에 통화했다. 거의 반년 만에 들어 보는 엄마의 목소리는 반가움과 걱정보다는, 뭔가에 쫓기는 듯 바쁜 기색이 느껴졌다. 늘 그랬던 것처럼. 윤지는 라테를 만든 후 해인에게 주고 안쪽 창고 룸으로 들어갔다.

―어. 그때 얘기했잖아. 호주 가서 터 잡을 거라고. 다음 달에 넘어갈 건데 이래저래 비자 때문에 비행기 스케줄이 안 맞아서 얼굴볼 시간 없을 거 같아. 윤지, 너 다 컸으니까. 이제 엄마 안 가 봐도 되지?

"……그럼."

윤지는 세상에서 저 말이 제일 싫었다. 너 다 컸으니까, 아빠 이해 좀 해 줘. 엄마 이해 좀 해 줘. 바쁜데 혼자 있을 수 있지? 이모네 가 있을래? 할머니네 찾아갈 수 있지? 내일 알아서 택시 타고 학교 갈 수 있지? 착하지? 윤지야. 항상 부모님께선 그녀의 답을 구했지만 결국 정해져 있는 질문이었다. 우리 바쁘니까 너 혼자 있어. 이모네 가 있어. 할머니네 가. 택시 타고 알아서 학교 가. 너 착하잖아, 아빠 말 잘 듣잖아. 윤지야.

아주 어릴 때부터 지금까지 물질적으로는 넉넉하고 풍요롭게 살았지만. 그 대가로 윤지는 할머니네, 이모네, 고모네를 전전하며 친척에게 맡겨져야 했다. 어릴 적엔 부모님께서 매일 야근을 하시느라 따로 추억이 없고. 이제는 다 키웠다며 해외를 도시느라 여전히 그녀 곁에 안 계셨다.

윤지가 사는 집 평수는 커지고 동네도 잘 사는 곳으로 바뀌었지만, 그 이후에도 그녀는 부모님과 함께하지 못했다. 조금 더 잘 살기 위해 아등바등하며 모두 그녀를 위한 것이라 했다. 방학엔 거의 친척 집에서 살았던 학창 시절, 혼자 먹던 저녁 식사. 도종우와 부부로 지낼 때 가장 좋았던 건, 세 사람이 저녁마다 함께 식사를 했던 거다. 그게 좋아서 그녀도 6개월을 그렇게 살았나 보다.

－생일 축하해. 아빠 바꿔 줄까?

"아니, 괜찮아. 올해는 선물도 보내지 마 해 신발 안 맞는 데 또 " 지 말고 엄마, 아빠 맛있는 거나 드세요."

－선물을 어떻게 안 해? 신발 보낼게. 235 맞나?

"아니, 245."

－오케이. 올해 명절에는 가 보도록 할게.

뚝. 전화가 끊겼다. 생일날 미역국을 바란 건 아니지만 해도 너무하다. 매번 발 사이즈가 245라고 해도, 생일 선물이라 보내온 신발은 240이었다. 윤지의 발에 전혀 맞지 않는 구두와 운동화. 어쩌다 그 덕을 보는 건 발이 작은 해인이 되었다. 올해 생일도 친구들하고 보내야 하나. 그녀는 핸드폰 액정을 끄고 앞치마 주머니에 넣었다. 그때 드르르, 메신저가 왔다.

『수요일에 바빠요? 저녁 사 주세요!』

석현이었다. 저번에 카페에 온 날 포스기와 연결된 컴퓨터가 고장 났었는데 석현이 뚝딱 고쳐 주었다. 그 대가로 저녁을 사 주기로 했다.

『한가해요. 먹고 싶은 거 있으면 말해 줘요.』

답장을 보낸 후 다른 메신저도 확인했다.

『오늘 생일이지? 축하한다. 윤지, 선물은 통장에 보냈다. -아빠가.』

하아……. 윤지는 지끈거리는 머리를 부여잡았다. 그녀의 생일은 이틀 뒤, 수요일이었다. 예나 지금이나 딱 하나 소원이 있다면. 자신을 많이 사랑해 주는 남편과 서로의 생일과 발 사이즈 정도는 아는, 서로에 관해 관심이 많은 따스한 가정을 만드는 것이다. 오로지 제 편을 만드는 게 먼저겠지만. 잡히지 않을 연기처럼 떠오른 누군가가 있었으나 윤지는 휘휘 고개를 저어 기억에서 지웠다. 먼지처럼 날아가 버려라. 도종우.

* * *

수요일 점심, 종우는 기지개를 쭉 켜고 자리에서 일어났다. 한숨 자려고 했지만 재신의 동생 지유가 놀러 온다고 해서 얼굴 볼 겸 병원을 나와 엘리베이터 앞에 섰다. 제일 꼭대기 층을 누른 후 고개를 한쪽으로 틀어 목을 주물렀다.

띵.

문이 열리자 피부과가 있는 층과는 비교도 안 될 정도로 화려한 복도가 나왔다. 히트 친 드라마, 영화 포스터들이 양쪽 벽에 쭉 걸려 있었다. 시선을 빼앗는 복도를 지나 안쪽에 있는 사무실 문을 열고 들어서자마자 애교 섞인 목소리가 들려왔다.

"종우 오빠~"

종우는 그보다 한참 작은 지유를 보고는 얼른 양팔을 벌렸다. 때마침 다가와 안기려던 지유가 도형의 팔에 가로막혔다.

"도형이도 와 있었어? 못 봤네."

"넌 밀데 같은 서그에끼니 지싸끼 삐세 끄썼어기"

꺼림칙한 표정을 짓는 도형 옆에 있던 재신이 웃음기를 띤 목소리로 물었다.

"그럼, 지유 말고 나머진 흑백 배경으로 보이는데?"

"아하하, 종우 오빠 역시 재밌어."

종우는 귀여운 지유의 머리를 쓱쓱 쓰다듬었다. 그러다 문득 등 뒤로 따끔한 감각이 느껴졌다. 시스터 콤플렉스인 재신인 줄 알고 돌아본 자리엔 서도형이 있었다. 쟤, 오늘 저기압인가? 쏘아보는 시선이 매서웠지만 대수롭지 않게 넘기며 종우는 소파에 자리를 잡고 앉았다. 그를 따라 얼른 맞은편에 앉은 지유가 웃으며 포크를 내밀었다.

"오빠, 타이밍 잘 맞췄다. 케이크 같이 먹자."

"웬 케이크?"

"내가 요 앞의 카페 수제 케이크 아주 좋아하잖아. 안 그래도 주문하려고 갔는데, 거기 사장 언니가 친구들하고 먹으려고 만든 케이크라면서 몇 조각 주더라고."

"조이 카페?"

재신이 접시를 가져오더니 지유가 먹기 좋게 포장 곽을 제거해 주었다. 그녀는 포크를 쥐고 달달한 케이크를 떠서 입가에 가져갔다.

"응. 거기 사장 언니들하고 내가 친하거든. 가까이만 살았어도 단골인데, 아쉽다. 도형 오빠, 먹어 봐 봐. 엄청 맛있어. 적당히 달고, 남자들도 좋아할 거 같아."

도형에게 먹어 보라며 내민 케이크를, 종우가 중간에서 쏙 가로챘다. 맛있네. 윤지가 만든 거라는 거지. 제빵도 할 줄 알았나? 요리할 때 손맛이 좋은 편이었는데, 재료가 밀가루여도 이렇게 맛있구나. 그는 고개를 끄덕였다.

"친구들끼리 하는 카페인데 엄청 부러워. 생일 파티해 줄 친구들이 바로 가까이 있잖아. 난 친구라고는 딱 한 명인데."

지유의 입에서 나온 '생일 파티'라는 단어에 케이크를 음미하던 종우의 미간이 살짝 좁아졌다.

"재신아, 오늘 날짜가 어떻게 되지?"

종우는 재신에게 질문하면서 제일 가까이 있는 탁상 달력을 찾았다. 빠르게 확인한 달력의 날짜가 눈과 머리에 각인되듯 박혔다. 바로 윤지의 생일이었다. 유독 외로워하던, 꼭 누군가와 함께 있고 싶어 하던 생일. 결혼을 부탁했을 때 그럼 자기 생일 챙겨 줄 거냐며, 까먹으면 죽여 버린다고 협박을 했었다. 꼬박 잊지 않고 있었는데, 미국에서도 이맘때쯤 생각났었는데. 왜 정작 한국에 와서 잊어버린 건지.

"야! 도종우! 야!"

뒤에서 부르든 말든 그는 건물을 뛰쳐 나갔다. 점심시간이 얼마 남지 않았다.

* * *

윤지는 샌드위치 마흔 개를 커다란 박스 하나에 촘촘히 포개 넣은 뒤 배달 준비를 했다. 혼자 갈 수 있겠냐고 해인이 걱정스럽게 보았지만, 윤지는 걱정하지 말라는 듯 박스를 한 번에 든 뒤 빠른 걸음으로 카페를 나섰다.

오늘은 생일이라 니킷만 배달하고 퇴근할 말 예정이있다. 헤인과 연주는 그냥 일찍 카페 문을 닫고 생일 축하 파티를 하자고 했지만 단호히 거절했다. 대신 주말에 축하하면 되지 꼭 당일에 챙길 필요가 있냐고, 나이 먹을수록 그런 거 챙기는 거 아니라고 괜찮다 했지만, 조금 아쉽기는 했다.

기분도 낼 겸 높은 하이힐을 신고 출근했는데. 오랜만에 신은 구두에 적응하지 못한 발뒤꿈치가 아팠다. 운동화로 갈아 신을까 했다가 오늘은 평소보다 더 예뻐지고 싶은 날이라 참았다. 퇴근한 뒤 석현을 만나 저녁을 먹기로 되어 있고. 약속을 잡을 당시에는 생일이라는 것을 의식하지 않았었는데. 막상 이렇게 되고 보니, 어쩐지 석현을 이용해서 생일을 보내는 듯싶어서 마음이 좋지 않았다.

"샌드위치 배달 왔습니다~."

"……윤지 씨, 이쪽으로. 오늘 회의가 있어서 저녁 대신 먹을 거라 일부러 조이 카페에서 주문했어요. 잘했죠?"

빛나는 결혼　57

"네. 감사합니다!"

"여기 샌드위치가 정말 알차다니까. 우유도 함께 팔면 좋은데. 정 대리, 이거 이성화학에 전달해 주고 와. 저번에 빌렸던 자료들."

과장이 한쪽 구석에 놓여 있는 박스를 가리키며, 옆에서 분주하게 서류를 정리하는 남자에게 말했다. 그러나 남자는 말을 듣지 못했는지, 이쪽을 쳐다보지도 않은 채 손을 움직일 뿐이었다.

"……정 대리!"

과장이 한 번 더 남자를 불렀다. 목소리에는 이미 언짢은 기색이 담겨 있었다. 그 모습을 보고 있던 윤지가 살갑게 웃으며 한 발 나섰다.

"아휴. 저 주세요. 어차피 저희 건물에 있는 회사니까 가는 길에 주고 갈게요. 곧 회의 시작 아니에요?"

"아…… 그렇긴 한데, 그럼 부탁해도 될까요? 좀 무거운데."

"샌드위치 마흔 개보다 더 무겁…… 윽, 무겁긴 하네요. 나중에 빚진 거 갚으러 오셔야 해요."

"그럼요. 문은 정 대리가 열어 주고 와."

윤지는 샌드위치보다 더 무거운 박스를 으쌰, 힘을 줘 들었다. 엘리베이터에 타서 손잡이에 박스를 걸쳐 놓고 숨을 쉬었다가, 1층에 도착하자마자 들고나갔다.

역시 구두를 신는 게 아니었다. 괜히 안 하던 짓을 했다가 몸만 고생하는 기분이었다. 뒤늦은 후회를 하며 걸음을 옮기다가 순간 삐끗, 발목이 꺾였다. 윤지는 악 소리도 못 내고 이로 입술을 깨물었다가 다시 오뚝 섰다. 어차피 혼자 사는 세상, 이깟 고통은 참아…… 참아야지.

"어…… 비 오네."

건물에서 건물로 이동하는 동안 화려하게 피었던 벚꽃이 비와 함께 흩날렸다. 윤지는 박스를 든 채로 잠시 멈춰 유리문 너머를 봤다. 벚꽃이 예쁘게도 휘날렸다. 그녀는 바닥에 박스를 내려놓고, 입고 있던 카디건을 벗어서 박스 위를 덮었다. 그러곤 다시 들어서 건물 밖으로 나갔다. 머리 위로 비가 세차게 떨어졌다.

* * *

마지막 시술이 끝나자마자 종우는 직원들에게 정리를 부탁하고 급하게 병원을 나섰다.

낮에 윤지의 생일을 깨닫자마자, 바로 재신의 사무실을 나서 선물을 사러 간 그였다. 무엇을 사야 할지는 딱히 고민하지 않았다. 윤지의 취향이나 좋아하는 것에 대해서는 누구보다 잘 알고 있다고 자신했으니까. 신발 매장을 한번 둘러본 뒤 어울릴 것 같은 운동화를 골랐다. 디자인이 마음에 든 까닭에 하나 더 살까 하다가, 혼날 거 같아서 그냥 윤지 것만 계산했다.

선물을 들고 카페로 향하는 발걸음이 즐거웠다.

"아…… 이런."

입구에 서자마자 종우의 얼굴에 곤란한 기색이 비쳤다. 비 온다는 소식이 없었는데, 하늘에 구멍이 난 것처럼 비가 쏟아져 내리고 있었다. 일기 예보가 빗나간 탓에 옆 편의점에선 우산을 사는 고객들로 붐볐다. 그는 한 발자국 내디며 손을 뻗어 빗줄기를 맞아 보다가, 다시 올라가서 우산을 갖고 내려오려 했다.

다시 엘리베이터 쪽으로 발을 옮기려는 순간, 멀리서 낑낑거리며 걸음을 옮기는 윤지의 모습이 보였다. 제 옷으로 큰 박스를 가리고 온몸은 비에 젖어서 낑낑. 거기다 높은 굽을 신어서 도로에 푹푹 구두굽이 빠지고 있었다. 그는 우산을 가져올 생각도 못 하고 달려 나가 윤지가 들고 있는 박스를 뺏어 들었다.

"어디로 가?"

"우리 카페 건물 5층. 회사."

그는 입매를 굳게 다물고 때마침 바뀐 건널목을 성큼성큼 건넜다. 남자가 들어도 꽤 무거운 걸 보니 박스 안에 든 게 책과 같은 종류가 아닌가 싶다. 이걸 윤지한테 시키다니. 그는 박스에 찍힌 로고를 한 번 노려보았다.

"내가 갔다 올게. 넌 여기 있어."

건물에 들어와서 그는 비를 맞아 흐물거리는 박스를 내려놓고 윤지의 옷을 반으로 접었다. 그 옷과 그가 산 선물을 그녀의 품에 안기고 다시 박스를 들었다.

"됐어, 왜 네가 해."

"……내가 해."

싫으면 싫다. 무거우면 무겁다. 비가 와서 못 들고 가겠다. 외로우면 외롭다. 옆에 같이 있어 달라. 뭐 하나 제대로 말하는 게 없다. 그는 저도 모르게 감정을 실어 말을 한 후 엘리베이터에 올랐다. 5층에 가서 박스를 전달하자 직원 중 한 명이 비 오는데 감사하다며 박카스 한 병을 내밀었다. 그 고생을 해서 배달한 윤지가 받을 대가가 고작 박카스 한 병이라니. 그는 그걸 받아서 나오는 길에 휴지통에 던져버렸다.

1층으로 내려가자 입구 쪽에 서서 비가 내리는 걸 멍하니 바라보고 있는 윤지가 보였다. 어딘가 어정쩡한 자세로 서 있는 그녀를 보자 그의 얼굴이 더 굳어졌다. 비상구를 확인한 그가 그녀를 데리고 그 안으로 들어갔다.

"야! 도종우."

"여기 앉아 봐."

"싫어!"

그는 그녀를 억지로 계단에 앉힌 다음, 한쪽 무릎을 꿇고 앉았다. 하이힐을 벗기니 뒤꿈치가 벗겨져 짓물러 있는 게 보였다. 그는 윤지의 허벅지를 덮고 있는 자신의 젖은 재킷을 가져와 안쪽 주머니에서 밴드를 꺼냈다.

"너 이거, 주말부터 이랬지?"

"……어."

"여자 발이 이게 뭐냐. 어?"

그는 발목을 잡은 채로 이리저리 휘휘 돌리며 그녀에게 타박했다. 그러면서도 밴드를 꼼꼼하게 붙여 주었다. 그러고는 그가 산 선물의 포장을 직접 뜯어서 운동화를 꺼냈다. 서비스로 받은 양말의 비닐을 벗긴 후 윤지의 발에 신겨 주었다.

"운동화네?"

"생일이잖아."

"……기억하고 있었어?"

"언제는 기억 못 했나. 생일은 꼭 챙겨 달라며."

그녀가 눈을 피하며 두 발에 꼭 맞는 운동화를 봤다. 발을 까닥거리며 편하다고 웃는데 왜 안쓰러운 건지 모르겠다.

"너 내가 좋은 신발 신고 편하게 살라고 했지. 그 무거운 걸 네가 왜 들어? 비 오면 전화해서 그 회사 직원한테 들고 가라고 했어야지. 맹추야? 내가 들어도 무겁던데."

"어휴. 잔소리꾼."

"잔소리 안 하게 생겼어?"

"그래도 도종우, 이거 나한테 딱 맞는다."

까닥까닥 발목을 돌리며 그녀가 웃는다.

"역시 내 발 사이즈는 네가 제일 잘 알아."

"그럼. 그것만 잘 알겠어? 신체 사이즈 다 잘⋯⋯."

"뒤진다."

윤지의 험한 말에 그는 입을 꾹 다물었다. 계단에서 벌떡 일어난 윤지가 두 발자국 걷더니 발이 아픈지 아아- 신음을 뱉었다.

그가 지금까지 적당히 윤지에게 선을 긋고 애매한 친구 사이로 지냈던 건, 그녀의 바람을 들어줄 수 없기 때문이다. 행복한 가정. 누구에겐 평범한 소망일지 모르지만, 그는 그럴 수 있으리란 자신이 없었다.

종우는 할머니 밑에서 컸다. 사랑받고 자란 것보다 악착같이 살기 위해 버틴 기간이 더 길었다. 지금은 여유롭다고 해도 남편 역할, 아빠 역할, 가족이란 것에 대해 제대로 배운 적 없기에 함부로 섣불리 그러겠다고 할 수가 없었다. 오히려 그녀에게 더 큰 상처가 될 수도 있으니까. 그가 할 수 있는 거라곤 지금처럼 그녀의 생일을 챙겨주는 것. 그것뿐이었다. 한편으로는 무서웠다. 가족으로 엮여 제 곁을 떠날 누군가를 생각하는 건 더더욱.

그런데⋯⋯ 그녀가 혼자일 땐 혼자여서 신경 쓰이고. 다른 이의 곁이라고 생각하면 목덜미부터 뻐근해진다. 전처럼 제가 무엇을 부탁하면 쉽게 들어주지 않을 것 같다. 종우는 비상구를 나가려는 윤지의 손목을 잡아 품에 꽉 안았다.

아주, 조금은 그리워했던 향이었다. 다정한, 편안한 그녀의 향기.

"놔라."

"윤지야."

"왜."

축축하게 젖은 채로 안았더니 몸에 옷이 닿아 더 차가웠다. 불쾌해야 하는데 그렇지 않았다. 제 것을 다시 찾은 것처럼 뿌듯하기만 하다.

"그냥 우리 다시 살실까?"

"뭐라고?"

"……나도, 너도 아무도 없으니까. 이번엔 진짜 도장까지 찍어서, 우리 합칠까?"

종우는 지그시 눈을 감았다. 미국에서 바삐 생활하며 하나씩, 하나씩 버렸다. 다 버리고 나서 그에게 남은 건 정윤지였다. 처음엔 버리느라, 그다음엔 아무것도 생각하기 싫어서, 그리고 난 후엔 벌써 2년이란 시간이 지나 있었다.

-Rrrrrrrr.

윤지의 핸드폰이 울렸다. 그는 어쩔 수 없이 윤지를 품에서 놓아주었다.

"네. 석현 씨."

-저 퇴근했는데, 어디쯤이세요? 우산 들고 갈게요. 멀리 가서 식사 대접하고 싶었는데, 그냥 윤지 씨네 건물 파스타집에서 먹어요.

"네. 그럼 10분 뒤에 봬요. 그리고 이번에 제가 사는 날이에요. 지갑은 두고 오세요."

비상구이다 보니 상대편 목소리도 정확히 들렸다. 윤석현. 연하남. 종우의 미간이 좁아졌다. 전화를 끊은 윤지는 그를 힐끗 보더니 몸을 돌렸다. 종우는 버림받은 강아지처럼 서 있다가 그녀를 따라 비상구를 나갔다.

"정윤지! 내 말에 대답……."

"종우 오빠."

"응?"

"놔."

"싫어."

"……잘 생각하고 대답해. 평생 놓지 않을 자신 있으면, 그때 잡아. 나는 누군가의 어설픈 마음보다는 확실하고 내 눈에 보이는 사랑을 원해. 도종우, 오빠 너는 네 마음도 잘 모르잖아. 깨닫기 전에 내 손 잡지 마!"

그녀는 기어코 그가 잡고 있는 손을 떼어 냈다. 그러고는 1층에서 또 다른 남자를 기다리며 비 오는 거리를 두리번거렸다. 그는 그녀의 뒷모습을 꽤 오래 응시했다.

내 마음, 어떤 마음이지.

정윤지가 편하고 좋다. 뭘 부탁해도 들어주는 정윤지가 좋다. 그가 가장 힘들 때 옆에서 비타민처럼 즐겁게 해 줬던 그녀에게 고마웠다. 그리고 할머니의 마지막 소원을 그녀가 들어줘서 완성할 수 있었다. 그에게는 은인 같은 사람이었다. 버리고, 버렸을 때 딱 하나 남는 그런 사람.

여전히 행복한, 그녀가 꿈꾸는 가정은 채워 주기 어려울 거 같은데. 그래도 갖고 싶다. 다른 남자에게 주고 싶지 않다. 벚꽃 잎이 비와 함께 내리는 곳에 서서 다른 남자를 기다리는 모습 따위 보고 싶지 않다. 그는 성큼성큼 걸어가 그녀의 뒤에 섰다. 이번엔 정말 잡아야지. 그 손,

놓지 말아야지.

그런 생각을 하며 손을 잡으려는 순간, 연하남이 환한 미소를 장착한 채 우산을 들고 왔다. 잡기도 전에 손에서 빠져나간 정윤지는 석현에게 다가갔다. 그가 지금 우산을 탈탈 털며 윤지 곁에 서 있다.

"안녕하세요."

차를 박은 비닐봉이 있어선지 시뻘건 내씨민 오 오 오 기오며 그륵 봤다. 종우는 고개를 끄덕여 인사를 받아 준 후 윤지를 힐끗 봤다.

"어디 가세요?"

"저희 저녁 먹으려요."

"아, 저도 마침 저녁 전인데. 같이 먹어도 되죠?"

종우는 두 사람보다 먼저 앞으로 걸었다.

『우리 같이 욕해 줍시다. 상찌질이 님! 이미 지나간 사랑 붙잡지 말고 잘 살게 내버려 둡시다! 이 사연을 듣고 계신다면 오늘부터는 딸꾹 님께 접근 금지입니다.』

개뿔. 종우는 라디오 속 사연을 떠올리며 속으로 욕설을 뱉었다. 그 남자는 상찌질이가 아니라, 제 여자를 다른 새끼한테 뺏기기 싫은 상남자라고. 같은 남자로서 응원은 못 해 줄망정 찌질하다고 욕

하는 DJ의 아침 라디오는 앞으로 듣지 않을 것이다. 그는 시동을 꺼서 듣지 못했겠지만, DJ는 그 후에도 말을 덧붙였었다.

『그래도 그 남자 용기는 대단하네요. 저라면 못 할 텐데요. 남자가 자존심이 얼마나 강한 존재인데 본인이 하는 행동 잘 알 겁니다. 아마, 그 자존심보다 사랑이 큰 거겠죠. 상찌질이 님이 어쩌면 상찌질이가 아닐 수도 있습니다.』

종우는 절대 알 수 없었지만 말이다. 종우는 성큼성큼 걸어가면서도 본인의 젖은 셔츠보다 윤지의 옷이 젖은 걸 걱정했다.

* * *

"짠! 우리 윤지 생일 선물."
"이것도!"
윤지는 친구들로부터 생일 선물을 받았다. 이번에 취업한 연주는 윤지에게 고마운 마음을 담아 향수를 선물했고, 해인은 옷을 선물했다. 윤지는 해인이 선물한 티셔츠 몇 개를 꺼내 상체에 대봤다.
"티셔츠가 좀 과하게 작은데?"
"어우, 그거에 청바지 입고 앞치마 하면 죽여~ 죽인다니까."
해인이 양쪽 엄지를 들었다. 그녀의 생일 이후로 많은 일이 있었다. 연주와 동창 김재현의 연애, 다시 찾아온 전 남친. 거기다 해인의 혼전 임신. 아빠 될 자격이 있는지 자기가 1부터 100까지 점쳐보느라 당분간 그 집에 가 있겠다며 아르바이트생을 한 명 더 구해 달라고 했다. 각자 고민들이 많아 보여서 윤지는 제 고민을 털어놓는 대신 친구들을 다독였다. 뭐 어떤 선택이 옳고 그름을 떠나서 친구들은 옆에서 이야길 들어 주고, 네 말이 맞는다고 해 주는 사람이 필요할 거다. 그녀가 전에 그랬듯이.

"입고 나와 봐. 얼른!"

윤지는 해인이 적극 추천한 상의로 갈아 입으러 방으로 들어왔다. 연주가 준 향수를 손목에 뿌려서 향을 맡아 보고 티셔츠를 홀렁홀렁 벗었다. 라운드 넥 티셔츠 밑에 단추 몇 개가 달려 있는데, 그녀가 입으니 터질 것만 같다. 거울을 보고 거실로 나가려는데, 쇼핑백 하나가 보였다. 윤지는 생일날 저녁이 떠올랐다.

"도종우는요?"

"말도 없이 그냥 나가던데요? 근데 오늘 무슨 일 있으셨어요? 옷이 다 젖으셔서. 제 옷이라도 걸쳐요."

그녀는 석현의 양복 상의를 받아서 입은 후 단추를 잠갔다. 화장실에 가서 티슈로 머리의 물기는 닦아냈지만, 이 파스타집에 온 커플들하고 비교하자면 꼴이 좀 추했다. 그나저나 도종우는 말도 없이 갔네.

그녀는 석현과 별자리, 오늘의 운세, 즐겨 듣는 음악, 가족 관계 등을 이야기 나눴다. 언제 들어도 석현의 가족사는 정말 즐겁다. 저런 가정에서 태어나면 얼마나 좋을까. 쓸쓸한 미소를 짓는데 그들의 테이블 접시 위로 검은 그림자가 아스라이 올라왔다.

"옷 갈아입고 와."

"도종우? 간 거 아니었어?"

"응. 밥 먹을 거면 젖은 옷부터 어떻게 하고 먹어. 얼른. 저기요, 저는 물 한 잔 좀 부탁해요. 여기, 라면 없죠?"

파스타집에서 라면을 찾으며, 그는 윤지를 일으킨 후 화장실 쪽으로 밀었다. 그러고는 그녀가 앉았던 자리 안쪽에 자리를 잡았다.

그날 종우가 사 왔던 옷을 깨끗이 빨아서 넣어 둔 쇼핑백, 그게 그녀의 방문 앞에 놓여 있었다. 아직 전해 주지 못했다. 그 이후로 그가 찾아오지도 않았고. 그날을 떠올리자 생각이 자연스럽게 석현에게로 옮겨 갔다. 종우가 나타나기 전부터 적극적으로 관심을 표현하던 그는, 그날 종우와 윤지 사이에 흐르는 묘한 분위기를 눈치챈 건지, 그렇다고 포기하진 않을 거라는 말을 선언하듯 해 왔다. 포기하라고도, 그렇다고 포기하지 말라고도 할 수 없어서, 윤지는 그저 그의 단호한 눈빛을 바라보고만 있었다.

"윤지야! 우리 동네에서 드라마 촬영한대!"

"뭐? 정말? 어디?"

윤지는 거실로 나왔다. 연주는 연애하느라 소파에 누워 핸드폰을 보며 킥킥거리고 있었고, 해인은 얼른 나가자며 현관에서 신발을 신고 그녀에게 손짓했다. 연예인이 오는 건가! 윤지는 연주를 두고 해인을 따라 나갔다.

* * *

골목길에서 담배를 태우고 있는 재신 옆에 종우가 벽에 등을 대고 서 있었다. 3대 기획사 중 한 곳과 피부과를 연결해 준다고 하여 잘 차려입고 나와 회사에서 인사를 나눴다. 국가 간의 MOU를 체결하듯 그에겐 중요한 자리였다. 기획사 사장이 저녁은 다음에 하자며 먼저 자리를 떴고, 종우는 재신과 저녁을 먹으려고 했다. 그런데 재신에게 갑자기 연락이 왔다. 그가 제작 중인 드라마에 출연하는 남자 모델 두 명이 펑크가 났다고 했다. 183cm 이상의 늘씬한 남자 뒷모습이 필요하다기에, 마침 인근 골목이기도 했고 잘 차려입기도 한 상태라 재신과 종우는 모델의 땜빵을 하게 됐다.

"너 밥 꼭 쏴라. 내 뒤태 값 비싼 거 알지?"

"내가 소개해 준 고객."

"……유재신, 네 통 굵다. 내가 쏜다, 쏴!"

"담배 줘?"

"아니, 됐어. 윤지 폐 안 좋아. 아…… 같이 안 살지, 지금은. 나 왜 이러지?"

무의식중에 말이 튀어나왔다. 그는 재신이 피우고 있던 담배를 뺏어서 한 입 빨았다.

"아, 더럽게."

"더럽긴, 내가 한번 간접 경험해 보니까 더럽지 않더라고. 그냥 너나 피워라. 난 됐다."

종우는 재신에게 담배를 돌려줬지만 그 담배는 재신의 발아래 짓이겨졌다. 윤지가 먹은 음료수인 줄 알고 먹었다가 다른 사내와 같은 곳에 입을 대고 마셨던 순간을 떠올리니, 제 친한 친구와 간접키스는 별거 아니었다. 역시 경험이 사람을 성장시킨다.

"윤지 씨는 봤어?"

"응. 다시 합치자고 물어봤는데, 싫대. 내가 정말 싫은가 봐."

종우는 어깨를 으쓱하곤 그대로 주저앉았다. 제대로 버림받았다. 전에 결혼하자고 했을 땐 더 묻지도 않고 좋다고 했으면서……. 하긴, 지금 받아 주는 것도 이상하긴 하다.

"도종우 넌 정말, 밥상 차려 줘도 못 떠먹지?"

"아, 왜."

"월세 반이나 깎아 가며 2층 내준 이유 너도 알잖아. 윤지 씨 좋은 사람인 것도 알고. 서로 마음 있는데 왜 빙빙 돌고 있어, 옆 사람 답답하게. 상병신! 네 마음을 먼저 전달하고 합치든 말든 얘길 해야지. 다짜고짜 합치자고 하면 좋다고 하겠냐!"

"상병신, 상찌질이 이런 거 내 앞에서 금지 단어야."

재신이 쯧 혀를 차며 고개를 젓는 동안, 종우는 재신의 말을 가슴에 새겼다. 자신의 마음을 먼저 전달하고, 전달하고, 마음을. 혼잣말을 반복하는데……. 꺄아악! 환호 소리가 들렸다.

"아……. 나 팬 생긴 건가."

아까 재신과 함께 뒤태 모델 땜빵을 할 때 환호 소리를 들었다. 남자 주인공 친구 역할일 때. 종우는 쭈그리고 앉아 있다가 어깨를 펴며 일어났다. 훤칠한 마스크와 큰 키로, 데뷔를 해도 되겠단 소리를 좀 듣긴 했었다. 괜히 목을 왼쪽으로 꺾어 긴 팔로 목과 어깨를 주무르며 뒤를 돌아보았다.

"저기 윤지 씨 아니냐?"

유재신이 그를 한심하게 쳐다보며 손은 저 멀리를 가리켰다. 거기선 윤지와 해인 씨가 두 손을 붙잡고 꺅 소리를 지르며 남자 배우를 향해 눈을 반짝이고 있었다. 긴 담요 안에 두 여자가 고슴도치처럼 말려 들어간 채로 말이다.

"요새 난 안경 낀 남자가 좋더라. 섹시해."

"나는 요새 연하? 하하하. 윤지 네가 제일 부럽다. 연하 만나니까."

"애 들어."

"내가 태교하려고 나온 거잖아. 잘생긴 사람 보는 게 태교야~."

해인이 자신의 배를 손바닥으로 문지르며 말했다. 예쁘고 좋은 것만 보라고 어른들이 말씀하시는 거 보면 지금 이것도 태교는 맞을 거다. 윤지는 피식 웃었다.

"수고하셨습니다!"

배우들이 인사하고 FD들은 촬영장 정리를 하는 걸 보며, 두 사람은 아쉬움에 입맛을 다셨다.

"이   너 빨리 나온신."

"안녕하세요."

"엄마야!"

뒤에서 누가 갑자기 인사하는 바람에 두 사람은 화들짝 놀랐다. 해인이 너무 놀라서 담요를 당기는 바람에 윤지는 빙그르르 돌아 휘청거렸다.

"……고마워."

윤지는 얼떨결에 종우의 단단한 팔에 안긴 채로 중심을 잡았다.

"종우 오빠? 여긴 어쩐 일? 어, 설마 윤지 스토커? 우리 미행한 거예요?"

"……저기 해인 씨, 내가 그 정도로 최악은 아니잖아요?"

"인사할게요. 유재신입니다. 상황 정리가 필요한 것 같군요. 종우는 드라마 배우 땜빵으로 온 겁니다."

재신의 명함을 받은 해인이 눈을 동그랗게 떴다.

"샤…… 샤샤샤샤샤인. 이 드라마, 외주 제작이겠네요. 그럼 저기…… 제가 태교를 위해서 그런데 쪼오기 남자 배우분과 사진 촬영 좀…… 안 되겠죠?"

윤지는 해인의 옆구리를 푹 찔렀다. 스태프들 한 명 한 명에게 깍듯이 인사한 남자 배우가 때마침 그들 쪽으로 오고 있었다.

"안녕하세요, 대표님."

"네. 해진 씨."

가까이서 보니까 더 잘생겼다. 윤지는 저도 모르게 입을 탁 벌렸다. 요새 경연 프로그램은 '1001'이 재밌더라니, 아무것도 모를 거 같은 순백한 섹시남들이 왜 이렇게 좋은지. 나이 먹더니 주책이다, 주책. 20대 땐 나이 든 사람이 좋더니 참 이상한 것 같다.

"사진 한 장이요? 당연히 되죠. 이쪽 누나와 찍으면 되나요?"

배우가 가까이 다가왔다. 헙, 숨을 쉬는데 뒤에서 누군가 옷깃을 잡고 뒤로 당겼다. 뒤를 보니 도종우였다. 그가 그녀의 옷깃을 쥐고 몇 번 더 당겼다. 결국 사진 속에는 안경 섹시남과 해인만 존재하게 되었다.

"마셔."

종우는 윤지의 지시에 들고 있던 맥주병을 입가에 가져다 댔다. 벌컥벌컥. 목으로 술이 넘어갔다. 세계 맥주 한 병이 빈병이 되었다.

"여기 사나 봐?"

"응. 연주랑 해인이랑 같이 살아."

"그 집은 매일 시끄럽겠다."

"어. 정확히 아네."

짠. 경쾌하게 맥주병이 부딪쳤다. 윤지도 꿀꺽꿀꺽 물을 마시듯 술

병을 비웠다. 종우는 다른 병 하나를 따서 한 입, 한 입 넘기며 그녀의 눈치를 살폈다.

"할 말 있다며. 해."

"응. 할 말 있지, 윤지야."

그냥 집으로 들어가려는 윤지를, 할 말이 있다는 얘기로 억지로 붙잡았다. 이대로 그냥 보낼 수는 없어 우선 붙잡기는 했는데 선뜻 입술이 떨어지지 않았다. 제 마음을 먼저 전해야 하는데…… 너무 갑작스럽게 이야기를 꺼냈다가 바로 거부당할까 봐 겁이 났다.

그나저나 2년 사이에 윤지의 옷 취향이 바뀐 모양이다. 상의가 터기 거갑이 부여다, 거기다 라운드 넥 사이로 아찔한 골이 보여, 그는 자신의 정장 재킷을 그녀에세 무었다.

"옷 취향이 바뀌었네."

"그 말 하려고 나 잡은 거야?"

"……아니."

입이 떨어지질 않는다. 그러나 종우는 용기를 냈다. 정윤지를 다른 남자에게 보내기 싫다. 다른 남자와 썸 타는 것도 싫고, 제게 차가운 건 더더욱 싫다. 전처럼 편안하게 제 곁에 있어 주던 윤지로 돌아왔으면 좋겠다.

그는 긴 손으로 뒷머리를 부여잡고 목을 주물렀다.

드르르, 드르르륵.

테이블 위에 진동이 울렸다. 윤지는 핸드폰을 보더니 피식 웃다가 그에게 보여 주었다.

"도종우, 너 우리 동네 스타 됐다? 이런 배우 있냐고 묻는데?"

윤지의 그룹 톡 방에선 그의 사진 하나가 떠 있었다.

『오늘 촬영지 갔다가 봤는데, 모델인가? 배우인가? 주인공보다 더 빛나더라. 역시 남자는 서른이 넘어야 남자지.』

『우와! 진짜 기럭지 봐. 끝장난다.』

동네 그룹 톡을 보고 있다가 종우도 피식 웃었다. 긴장이 좀 풀렸다.

"거기다 써라. 도우 피부과 원장이라고."

"오빠 그러다 영업의 신 되겠다."

윤지는 큰 이모티콘을 하나 보내더니 핸드폰 액정 불을 끄고 테이블 위에 뒤집었다. 종우는 그녀와 눈이 마주치자 심장이 덜컥, 내려앉았다. 술을 마셔서 살짝 풀어진 얼굴로 해사하게 웃는데 덜컥 내려앉았던 심장이 콩닥콩닥 뛰었다. 그는 손바닥으로 가슴 가운데를 눌렀다. 얘가 왜 이러지. 술을 마셔서 빠르게 뛰나?

다시 술을 벌컥벌컥 들이켠 그는 윤지를 봤다. 아까보다 심장 박동이 더 빠르다. 함께 사는 동안 딱 한 번, 이렇게 미친 듯이 뛴 적이 있다. 제 침대에 누운 윤지의 위에 올라갔던 그날. 분위기에 취해 서로의 처음을 가졌던 그날 말이다.

"윤지야."

"왜?"

"나, 너한테 설렌다."

"……돌았어?"

돌아온 대답은 돌았냐는 물음이었다. 그는 고개를 좌우로 저었다.

"매년 생일 챙겨 줄게. 지금처럼, 평생! 너 두고 어디 가지 않을게. 내 마음 알았으니까……. 이제 네 손목 잡아도 돼?"

그는 그러면서 탁자 위에 있던 윤지의 손목으로 손을 뻗었다. 손이 닿으려는 순간, 윤지가 흠칫 놀라며 손을 뺐다. 그는 거기서 멈추지 않고 윤지의 손목을 결국 잡았다.

"네가 좋아서 심장이 뛰고, 네가 다른 남자 볼 때마다 불쾌하게 심장이 뛰고, 지금은 네가 예뻐서 심장이 터질 거 같아. 나, 너 사랑하는 거 같아."

"……같아?"

"아니, 사랑해."

종우는 냉큼 정정했다. ……같아, 라는 표현은 제 마음을 모를 때나 하는 소리 아닌가. 윤지가 피식 웃더니 제 손 위에 손을 덮었다.

"종우 오빠."

다정한 부름이었다. 상찌질이는 아닌 것이다. 자신은 돌아선 여자 친구를 잡은 상남자, 상남자다!

"꿈 깨. 그 정도 마음으론…… 내 맘이 썩."

그녀는 방긋 웃으며 맥주가 가득한 냉장고로 걸어갔다. 그가 사 준 운동화를 신고서. 전보다 윤지의 발걸음이 가볍고 통통 튀었지만, 그는 거절당했다는 생각에 그걸 보지 못했다. 냉장고 문에 비친 윤지의 입가엔 웃음이 걸려 있었고, 눈가는 촉촉했다.

3
아슬아슬

윤지는 친구들과 함께 잠들기 전, 누워서 영화 한 편을 봤다. 세 사람은 침을 꿀꺽 삼키며 눈만 깜빡였다. 불을 다 끈 어두운 실내에서 여섯 개의 눈동자만 환하게 빛났다.

"와……."

감탄, 또 감탄. 다 벗은 남자의 올라붙은 엉덩이가 화면에 가득 잡혔다. 요샌 19세 영화가 제대로 19세 값을 하는 것 같다. 윤지도 입을 꾹 붙이고 봤다. 영화가 끝났을 땐 오렌지 주스를 한 잔씩 하며 새우깡을 우적우적 씹었다.

"야야~ 너 김재현이랑 했지."

"······어휴, 뭘 그런 걸 물어."

"그럼 그런 걸 묻지~ 뭘 물어. 크크큭."

해인이 윤지의 옆구리를 찔렀다. 원래라면 맥주를 마셨겠지만, 해인을 배려해서 두 사람은 오렌지 주스로 갈아탔다.

"쭙쭙쩝쩝. 김재현은 박력 쭙, 섹 쭙이고······. 나는 감미 쭙. 감미로운 쭙. 석현 씨는 어때?"

"아직 키스 안 했는데."

"뭐어? 몇 주가 지났는데 아직도? 연하남이라 기대했는데 아쉽다. 쭙도 못 하다니."

"○○○는 ○ 때나 ○○ 인데 ○○ 해야 하나? 그리고 진짜, 아무 사이 아니야."

"그럼 도종우야?"

"케케켁."

윤지는 먹던 새우깡이 목에 걸려서 캑캑 기침을 해댔다.

"이제 그만 들어가서 자자. 나 내일 어디 갈 데 있어."

"어디 가는데?"

"비밀."

윤지는 검지로 입을 가렸다. 자신이 비밀이라고 하면 절대 말 안 해줄 것을 알기에 친구들도 잠잠해졌다. 결국 당일 날은 말하게 되겠지만, 우선은 비밀로 남겨 뒀다. 며칠 전 종우와 함께 2년 만에 가진 술자리가 머릿속에 떠올랐다. 갑작스레 폭탄선언을 하듯 말을 던지던 그의 모습이 낯설었다. 생각해 볼 겨를도 없이 고백을 거절했지만, 그 뒤로 심장이 떨리고 가슴이 설레 몇 번이나 몰래 왼쪽 가슴에 손을 갖다 대던 윤지였다.

그리 길지 않은 술자리가 파하고 집으로 돌아서는 그녀의 등에 대고 종우가 다시 말을 걸었다. 주말에 할머니 산소에 같이 가 줄 수 있냐는 부탁이었다. 그 부탁은 조금 전의 고백처럼 매몰차게 거절하지 못했다. 종우가 미국으로 가 버린 이후 윤지도 할머니를 뵙지 못했기 때문이다. 혼자라도 갈 수 있었을 텐데, 엄두를 못 냈다.

"윤지야 우리 종우, 잘 부탁해. 고쳐 쓰긴 어려울 거야."

종우가 늦게 들어오는 날이면 할머니 손을 꼭 잡고 제 외로웠던 유년 시절 얘기를 하기도 했고, 종우의 이야기를 듣기도 했다. 명절엔 함께 떡을 빚기도 했었다. 할머니의 부탁을 들어 드리지 못해서 미안함이 더 컸기에 차마 발길을 못 했다. 이번에 가면 죄송하다고 해야지. 그리고 도종우, 고쳐 쓸지 말지 고민 중인데 어떻게 하면 좋을지도 물어봐야겠다.

* * *

토요일 오전, 종우는 깔끔한 블랙 슈트를 입고 차를 몰아 윤지네 카페 앞으로 갔다. 집 앞으로 간다는 걸, 윤지가 카페 앞에서 보자고 했다. 차 문을 열어 주기 위해 운전석에서 내렸는데, 조수석 안으로 이미 타고 있는 윤지가 보였다. 그는 멋쩍게 웃으며 차에 다시 올랐다.

"출발해."

"응."

종우는 윤지의 안전벨트를 매 주기 위해 가까이 다가갔다. 그러자 그녀가 찌릿, 째려보았고 종우는 얌전히 제자리에 착석했다.

"안 하던 짓 그만해. 적응 안 돼."

"알겠어. 출발할게."

종우는 출발하면서 볼륨을 높였다. 봄 날씨에 맞게 봄 노래들을 선곡해 왔다. 벚꽃 연금이 흘러나올 때쯤 윤지의 벨소리가 울렸다. 종우는 자연스레 소리를 낮췄다.

"여보세요."

ㅡ누나, 바빠요? 주말인데 뭐해요?

"어, 그게……."

종우의 미간이 좁혀졌다. 그는 전화 속 상대방을 의식하며 볼륨을 올렸다. 달달한 꽃노래가 가득 울리자, 윤지가 그를 보며 황당한 표정을 지어 보였다.

"일이 좀 있어서……. 진주에 내려가는 길이야."

ㅡ……혹시 그 사람하고 같이 있는 거예요?

눈치 하나는 정말 빠르다. 윤지가 작게 고개를 끄덕이며 대답했다.

"응. 같이 있어."

ㅡ그럼 내일은요?

"내일, 되지. 점심? 어디서 먹을까?"

그 후론 윤지가 통화 볼륨을 줄여서 상대방 목소리가 잘 들리지 않았다. 그래도 윤지의 말을 듣고 있으면 상대가 무슨 말을 하는지 알 것 같았다.

일요일 점심 예약……. 유쾌하지 않은데.

전화를 끊은 후 윤지는 창문 너머로 펼쳐진 배경을 감상했다. 그는 윤지의 옆선을 한 번 보고, 앞을 보고, 다시 그녀의 턱 선을 따라 소소하게 예쁜 귓불을, 귀를 타고 흘러내린 머리카락을 찬찬히 살펴보았다.

유려한 목선이 해를 받아 하얗게 빛이 났다. 그는 큼큼 기침을 하며 윤지의 다리 쪽으로 손을 뻗었다. 무방비한 손길 위를 제 큰 손으로 덮었다. 이번엔 그녀도 손길을 빼지 않고, 째려보지도 않으며 가만히 있어 주었다. 안정감. 마음이 편해졌다. 제 여자는 지금 제 옆에 있다는 것, 그게 중요했다.

평일에도 고되게 일한 윤지는 경상남도 진주까지 오는 내내 쿨쿨 잤다. 두 번째 휴게소까지는 세수도 하고, 커피도 마시며 참았지만 그 이후부터는 제대로 곯아떨어졌다. 종우는 일부러 도착지까지 쉴 새 없이 달렸다. 점심에 출발했는데 도착하자 해가 지고 있었다. 토요일이라 평소보다 더 막힌 것 같다. 차 시동을 끄자 윤지가 게슴츠레 눈을 뜨며 일어났다.

"깼어?"

"미안, 나 너무 잤지? 안 자려고 했는데."

"피곤한 게 정상이지. 평일 내내 바빴잖아."

"도종우 너도 진료하랴, 수술하랴 바빴잖아. 미안해."

윤지가 정말 미안하단 표정으로 그를 봤다. 그는 한쪽 볼에 바람을 넣고 검지로 그곳을 톡톡 쳤다.

"그럼, 여기."

"나 내린다."

윤지는 그를 더 보지 않고 차에서 내렸다. 남녀가 바뀐 것 같다. 종우는 제 행동에 피식 웃다가 백미러로 제 얼굴을 봤다. 이 나이 먹고 볼 뽀뽀라니⋯⋯. 진짜 윤지 말대로 자신은 돈 거 같다.

"할머니, 종우 왔어요. 2년 만에 왔어요. 색시도 데려왔어요."

할머니는 종우의 부모님과 함께 가족묘에 모셨다. 이곳이 태어난 고향이었다.

"……할머니."

윤지가 무덤 앞에 무릎 꿇고 앉아 풀 위를 손으로 쓸었다.

"너무 오랜만에 왔어요. 죄송해요. ……혼자라도 왔어야 했는데, 용기가 없었어요."

정이 많은 아이다, 정윤지는. 종우는 윤지의 뒷모습을 물끄러미 응시하며 시큰해지는 코와 눈가에 힘을 줬다.

"할머니 저 종우랑 이혼했어요."

"……."

"그런데 도종우가 평생 제 곁에 있겠다고 또 고백했어요. 할머니, 기억나세요? 사람 고쳐 쓰는 거 아니라고 그러셨잖아요. 첫 번째 결혼은 실패했지만, 두 번째는 실패하면 안 되니까 할머니도 이해해 주실 거죠?"

정이 많기는 개뿔. 쓸데없이 솔직하네. 종우는 윤지 옆에 같이 무릎을 꿇고 앉았다.

"할머니. 걱정 마. 두 번째 남자도 나야. 내년에도, 내후년에도, 한참 뒤에도 같이 올게. 할머니가 좋아하던 윤지 얼굴 평생 보게 해 줄게."

"……누구 맘대로?"

"내 맘대로. 나도 할머니한테 약속하는 거야."

"내가 딴 놈한테 가면 어쩌려고?"

"십 리도 못 가서 발병 난다."

종우의 말에 윤지가 피식 웃었다.

"할머니, 종우 아니어도 제가 할머니 뵈러 올게요. 그동안 못 와서 정말 죄송해요. 많이 보고 싶었거든요. 종우가 할머니 그리워한 만큼, 저도 그 마음이었어요. 처음엔 미국으로 떠난 종우보다 할머니가 더 생각나더라고요. 그러고 보면 할머니도 종우도 그때 절 떠나셨네요. 그때 왜 그렇게 힘든가 했더니…… 둘 다 없었어요."

제 생각만 하느라 윤지가 겪었을 고통은 생각해 보지 못했다. 당시의 종우는 집에 들어갈 수가 없었다. 자고 일어났을 때, 깜깜한 어둠 속에서 불을 켰을 때 싸늘하게 식어 있는 할머니를 봤었다. 그 집에서 밥을 먹으려고 하면 구역질이 나왔고, 들어가기가 무겁기만 했다. 차라리 이사 가자는 윤지에게 화를 냈다. 여기, 할머니와 자신의 추억이 깃든 곳이라고. 제 아픔을 돌보느라 윤지를 못 봤다.

"할머니 잘 살아. 손자 간다. 생일날 또 올게."

"거기선 무릎은 안 아프시죠? 감기도 걸리지 마시고, 거기선 아프지 마세요. 안녕히 계세요. 그리고 오빠는 인사 다시 하고 와. 내려가서 기다릴게. 나 때문에 못 한 말도 있을 거 아니야."

윤지는 인사를 마치고 먼저 내려갔다. 종우는 그녀 말대로 할머니에게 제대로 인사를 하고 금방 그녀를 따라 주차장으로 내려갔다. 차 안은 잠시 침묵이 돌았다. 종우가 시동을 걸지 않았기 때문이다. 윤지는 할머니를 보고 온 종우가 마음이 아파서 그런 줄 알고 잠시 고개를 숙이고 손을 꼼지락거렸다.

투둑, 투두두둑, 툭, 툭.

그때 앞 유리 위로 물방울이 맺혔다. 툭, 투두둑. 비가 떨어지는 소리가 점점 전투적으로 변했다. 시야를 가릴 정도로 비가 떨어지더니, 곧 천둥 번개도 같이 내리쳤다.

"벨트 매야지."

그는 포기하지 않은 모양인지 상체를 기울여 왔다. 아침엔 갑작스러운 스킨십에 당황하여 그를 밀어냈었다. 이번엔 거부할 수 없었다. 또렷하게 눈을 맞추며 다가와 왼쪽 어깨에 이마를 기댔다. 숨을 들이마시면 그의 향기가 콧속으로 파고들었다. 일부러 숨을 멈췄다가 찬찬히 내뱉었다. 그의 머리를 쓰다듬으려고 올라가는 손길을 잡아 조수석 시트를 꽉 잡았다.

그가 얼굴을 들어 눈을 맞춰 왔다. 벨트를 매 주려는 눈빛이 아니었다. 점점 다가온 입술이 닿을 때쯤 윤지가 옆으로 고개를 픽 피했다. 그때였다. 사이드미러를 접고 다시 올 때 맞췄다.

포근하고, 달콤한 키스였다.

그의 고백을 받고 하는 키스는 처음이라 윤지는 심장이 쿵쿵 떨렸다. 그와 할머니를 위해 소꿉놀이를 할 때 딱 한 번 나눴던 키스와 몸정은 그의 마음을 정확히 모르는 상태에서였다. 정말 분위기에 취해, 자신이 그에게 마음이 있으니 그를 선택했었다. 그런데 지금은 그가 그의 마음을 깨닫고 저를 여자로 보고 있었다. 그때완 다른 키스였다. 달콤하게 윗입술을 핥아 입을 열더니 그는 다짜고짜 혀를 넣어 옭아맸다.

점점 그녀에게로 무게 중심을 옮기며 그는 조수석으로 넘어왔다. 지이이이잉, 조수석이 뒤로 밀리며 서서히 내려갔다. 그녀는 꿀꺽, 침을 삼켰다. 그는 그녀의 위로 올라와 양팔로 가두고 위에서 아래로 내려다봤다.

"예쁘다."

"이제 알았어?"

"그러게. 왜 이제 알았지."

그는 그렇게 말하며 고개를 틀어 입술을 부딪쳤다. 안쪽 여린 살을 쓸며 숨 쉴 틈도 없이 키스를 하더니 옷 속으로도 손이 파고든다. 거부하고 싶지 않은 손길이었다. 윤지는 그의 목에 두 팔을 두르며 당겼다.

그 후론…… 세차게 차를 때리는 빗소리를 듣지 못했다. 차 안에서 쭙, 쭙 입 맞추는 소리가 더 크게 들렸다. 서로 얼굴을 틀어 가며 더 가까워지기 위해 입술을 맞췄다. 그러다 그의 손이 맨살을 쓸었을 때, 윤지는 눈을 떴다.

"하. 잠……깐."

"……미안."

입술을 뗀 종우가 그녀의 입가를 닦으며 말했다.

"가볍게 입만 맞추려고 했는데."

"사실은 안전벨트만 매 주려고 했었는데, 아니야?"

"맞아."

그는 떨어지기 싫다는 듯 그녀를 보며 더 이러고 있게 해 달라고 눈으로 말했다. 그러나 윤지는 그의 어깨를 밀어냈다. 옆자리로 가라고. 더 입술을 부딪쳤다간 이렇게 쉽게 자신을 허락할지도 몰랐다.

"윤지야, 너 되게 달아."

차 시동을 켜고 산소를 빠져나가며 그가 툭 던지듯 말했다.

"같이 살 때 맨날 할걸. 아쉽다. 아! 아파."

"매를 벌어요. 아주."

윤지는 절레절레 고개를 저었다. 어쩜, 나이를 먹을수록 애가 되

는 건지. 그런데 볼이 화끈거려서 더웠다. 생각 없이 창문을 열었다
가 얼굴로 쏟아지는 물줄기에 놀라서 바로 창문을 닫았다. 옆을 보
니 쿡쿡거리며 그가 손수건을 내밀고 있었다.

"도종우."

"왜?"

"자고 가……."

끼이이익.

"아얏."

갑자기 그가 브레이크를 밟자, 윤지는 좌석에 뒷머리를 쾅 박았다.
끼이이익, 비싼 차도 브레이크 앞에선 굉음을 냈다.

"뭐야 미치소 자 쓰기 네, 비싼 이렇게 기."

"정말? 자고 가?"

"사고 나면 안 되잖아."

"……방은 하나만 잡으면 돼?"

윤지는 어이없는 웃음을 지었다. 하나를 잡고 방 하나 남았다고
거짓말을 해도 넘어갈까 말까 한 상태인데, 하나 잡아도 되냐고 되
레 묻다니.

"안 돼."

너는 그래서 안 된다고, 도종우.

두 사람의 입가가 동시에 위로 말려 올라갔다.

* * *

그 시각, 석현은 빗길을 뚫고 지방으로 내려오는 중이었다. 아직

자신에겐 기회가 있으니 포기하지 않을 생각이다.

"저 윤지 씨한테 마음 있어요."

"전 아무래도 석현 씨 마음 못 받을 것 같아요. 죄송해요."

함께 파스타를 먹던 날, 그녀에게 고백했다. 그녀가 문 쪽을 바라보며 누군가를 기다리고, 싸늘하게 식어 가는 음식을 보면서 또 문을 바라보고……. 마음의 방향을 모를 수가 없었다.

"저 그럼 누나 포기할 때까지 쫓아다녀도 돼요?"

"……그건 석현 씨 마음이죠."

"그러다가 저 좋으면 언제든지 와요. 저는 옆자리를 비어놓았거든요. 참, 제가 윤지 씨한테 마음 없다고 생각하고 편하게 대해 주세요."

석현은 제 옆자리를 툭툭 쳤다. 언제든지 이쪽으로 와도 된다는 거였는데, 그녀는 씨익 예쁘게도 웃었다.

"근데 안 추워요? 옷 다 젖었는데……. 다음에 먹자고 할 걸 그랬나 봐요."

"어, 괜찮……."

말이 끊겼다. 그녀처럼 옷이 젖은 채로 도종우라는 남자가 들어왔기 때문이다. 급하게 왔는지 우산도 제대로 패킹하지 않아 빗물이 뚝뚝 떨어졌다. 그는 숨을 고르기도 전에 쇼핑백을 그녀에게 건넸다.

그 남자는 이 비를 뚫고 옷 가게를 찾아 옷을 사 온 거였다. 자신은 그저 옷 때문에 불편할 텐데, 그 정도의 생각에서 끝이 났다면 저 남자는 행동으로 보여 준 것이다. 그녀가 옷을 갈아입으러 들어

갔을 때 숨 막히던 공간에서 삐뚜름하게 올라가는 남자의 웃음을 봤다. 넌 하수라는 바로 그 표정.

그날처럼 비가 오는 날, 그는 이번엔 하수가 아니라는 걸 보여 줄 작정이었다. 핸들을 꽉 쥐고 그들이 있는 곳으로 미친 듯이 액셀을 밟았다. 윤지와 자신 사이에서 오작교가 되어 준 민지 사원에게도 밥을 사 줘야 하는데…….

* * *

"비노야 머 아이 있기."
주말이라 그런지 방이 없었다. 어둡고 비까지 오는데 종우에게 더 운전을 시킬 수 없어서, 그녀는 그냥 그를 따라 들어갔다. 호텔 같은 모텔, 안은 스위트룸처럼 넓었다. 그녀는 가방을 내려놓았다.
"와인 한잔할래?"
아까 전 도종우와 키스를 해서 그런가……. 자꾸 입술이 보였다. 여기, 위험한 것 같다.
"됐어. 나는 침대, 도종우 넌 바닥. 오케이?"
"……나 등 아픈데. 바닥에서 못 자."
"그럼 내가 바닥, 네가 침대?"
윤지가 포지션을 바꾸자고 제안을 했지만, 그는 불쌍한 표정을 금세 고치며 고개를 저었다.
"여자는 찬 데서 자는 거 아니야. 내가 소파에서 잘게."
그는 작은 미니바(Bar)가 설치된 곳을 가리키며 말했다. 거기엔 두 사람이 안고 자도 될 정도로 넓은 소파가 있었다. 그쪽으로 걸어간 종우가 커튼을 활짝 열었다.

"나 전화 좀."

그의 뒤에서 그녀가 핸드폰을 들고 욕실로 들어갔다. 누구와 전화하는지 궁금했으나 그것보다 오늘 둘이서만 이곳에 있을 수 있다는 마음에 다른 생각은 다 미뤄 뒀다. 기분이 너무 좋았다.

─어디예요? 저도 진주인데……. 커피 한잔할래요?

전화를 건 이는 석현이었다. 그녀는 욕실에서 고개를 빼꼼히 내밀고 방안을 둘러봤다. 자신은 침대, 소파에 종우, 그럼 바닥엔 한 사람이 더 잘 수 있긴 한데…….

─제가 무슨 짓을 해도 너그럽게 봐주세요. 그게 제가 윤지 씨 포기하는 방법이거든요. 너그럽게, 네? 저는 단호하게 거절하면 더 불타오르니까……. 그러지 마시고요.

석현이 했던 말이 스쳐 지나갔다. 저 멀리서 주먹을 허공에 냅다지르며 아─ 아─ 기압을 넣고, 태권도를 하고 있는 종우를 보니 누군가 부르는 게 좋을 거 같다. 분위기를 타다 보면 고쳐쓰기도 전에, 종우에게 후루룩 넘어갈지도 모른다.

그녀는 욕실 문을 닫고 통화를 이어 갔다. 도종우, 녀석은 겉만 보면 상처 없고 잘난 점만 보이지만 아주 여린 녀석이었다. 쓰러진 할머니를 가장 먼저 목도한 일도 있었지만. 어릴 때 부모님의 죽음을 겪으며 받은 정신적 충격도 컸다. 밤에 자다 깨어나 조용하고 깜깜한 집 안에서 부모님을 찾았을 때, 돌아오는 대답은 없었다고 한다. 불을 켰을 때 어린 종우의 눈에 들어온 건 할머니 때와 마찬가지로 약을 먹고 삶을 포기한 두 사람이었다. 하필이면 왜 그런 일이 연달아 일어난 건지. 종우는 잘 때도 불을 끄지 못했다.

서울까지 갈 수 있음에도 자고 가자고 한 건, 그런 것에 대한 걱정이 컸기 때문이었다. 가능성은 낮았지만 껌껌한 도로를 달리다 맞은편 차가 헤드라이트라도 세게 켜면, 혹 그 일들이 떠오를까 봐 윤지는 그를 말릴 수밖에 없었다.

"커피 말고 그냥 이쪽으로 올래요? 맥주 사서 와도 되고."

ㅡ네. 어디로 갈까요?

"×× Hotel요."

ㅡ……헙. 네?

"이상한 생각 말고요. 도종우도 함께 있어요."

ㅡ아, 네.

실망한 목소리더니 맥주 말고 다른 건 필요 없냐고 묻는다. 윤지는 올라올 때 1인 추가 비용을 내야 되는지 확인만 하고 올라오라고 했다.

"오빠, 불 끌까?"

두 사람은 차례로 샤워를 하고 나왔다. 윤지는 입고 있던 옷을 다시 입고 나왔고, 종우는 가운 하나만 걸친 채였다.

"음……. 다 끄진 말고, 등 하나만 켜면 돼."

미니바 소파에서 잔다던 그는 의자 하나를 끌어와 침대 옆에 뒀다. 그러고는 협탁 위의 버튼을 눌러 조도를 낮춘 뒤 누워 있는 그녀를 봤다.

"윤지야. 오늘 함께 와 줘서 고마워."

"아니야. 한 번은 왔어야지."

그는 슬쩍 그녀의 손을 잡았다. 새하얀 손등을 제 손으로 덮고 꽉 힘을 줬다. 그녀는 손을 빼지 않았다.

"내가 결혼하자고 했을 때, 왜 고민 한 번 안 하고 허락했어? 혼인 신고를 안 한다고 해도 쉽게 들어줄 수 있는 부탁은 아니었잖아."

그땐 쉽게 묻지 못했다. 할머니의 삶이 길어질수록 거짓말에 대한 무게감이 그를 짓눌렀고, 혹시라도 이걸 물어보면 지금이라도 윤지가 떠나 버릴까 봐. 아직, 아직은 아니다, 조금만 더 하다 보니 6개월이 지나 있었던 거다. 혼자 생각하고, 결정하고, 행동하고. 혼자서 하는 게 편한 그는 철저히도 이기적이게 자란 모양이었다.

"도종우가 좋았으니까."

쿵.

제 몸 안의 심장이 옥상에서 지하 주차장까지 한 번에 쿵 떨어진 느낌이다. 그는 흡하고, 숨을 삼켰다.

"그리고 그때, 나도 오빠가 필요했어. 조금…… 지쳤었거든."

그는 그녀의 손등을 덮고 있던 손을 들어 윤지의 머리를 쓰다듬었다. 조금 더 의자를 바짝 당겨서 보드라운 볼을 엄지로 쓸었다. 당시 자신이 필요했다는 그녀. 그땐 친한 친구의 부탁을 들어준 거라 여겼다. 조금만 생각을 깊게 해 봤으면 알 수 있었을 텐데. 어떤 여자가 아무리 흉내라고 해도 그 부탁을 들어주겠는가.

"나 오빠 오래 좋아했어."

"내가, 더 잘할게."

네가 원하는 가정을 만들어 주진 못해도. 네가 원하는 것을 이뤄 주진 못해도 최소한 더 잘하려고 노력은 할 수 있다.

"그러는 오빠는 왜 자꾸 머뭇거렸어? 상대 헷갈리게."

"……널 잘 아니까. 네가 원하는 가정을 이뤄 주기엔 나도 부족하니까.”

차라리 잡초같이 아득바득 잘 사는 남자, 윤지가 그걸 꿈꿨다면 조금은 쉬웠을 거다. 그런데 그녀가 상상하는 가정은 그도 배워 본 적이 없기에 너무 어렵게 느껴졌다. 남들은 쉽고 평범한 것들이 그에겐 어려웠다.

결혼을 부탁했을 땐 몰랐던 감정이었는데 함께 살다 보니 조금씩 깨달을 수 있었다. 윤지가 단순히 편한 후배라 그런 부탁을 한 게 아니었음을. 자신도 모르는 사이에 그녀가 제 마음에 스며들어 와 있었음을.

그러나 그 감정을 깨닫고 받아들이기도 전에 할머니가 돌아가시고 있었다. 이제 과거의 일과 같이 사라에 사람을 마주할 정신도 그럴 여유도 없었다. 과거의 일과 할머니의 죽음이 뒤섞이며 슬픔과 공포에 잠식되어 도망치는 것만이 최선이었다. 지금 생각해 보면 윤지를 조금도 생각하지 않은 어리석은 행동이었다. 겁내지 말고 한 발 앞으로 나갔다면 아까운 시간을 흘려보내지 않았어도 됐을 텐데.

“혼자 커서 내가 이기적이야. 제대로 혼나 본 적도 없고, 뭐가 옳은지 그른지도 몰라.”

“지금은?”

“그런 고민조차 생각 안 나. 너 다른 사람한테 뺏길까 봐 불안해. 내가 왜 한국으로 돌아왔는지 모르겠어? 너 때문이야. 오자마자 너부터 찾아가려고 했는데……. 너무 늦어졌지?”

그녀는 고개를 끄덕였다. 따스한 볼이 그를 위로하듯 손바닥 안에서 그를 쓸어 주었다.

"우리, 그럼 사귀는 거야?"

종우는 의자에서 일어나 슬쩍 침대에 엉덩이만 걸쳤다. 두 눈을 보며 상체를 슬며시 숙이자 그녀가 방긋 웃는다. 그 모습이 예쁘고 사랑스러워서 그도 함께 웃었다. 하얀 얼굴 위로 흘러내린 머리카락을 귀 뒤로 넘겨줬다.

"아니. 꿈 깨."

그녀는 침대 위에서 빙그르르 돌아 옆자리로 갔다. 손안에 넣을 때가 되니 스르르 다 빠져나갔다. 그가 미간을 좁히고 그녀를 보며 자리에서 일어났다.

"나는 저기서 잘게. 자, 윤지야."

그래, 조금 더 그녀에게 제 마음을 보여 주는 게 먼저였다. 그가 돌아서는 순간, 그녀가 그의 손을 잡았다. 그러곤 그대로 침대에서 내려와 뒤에서 그를 꽉 안았다.

"내가 오빠 옆에 있는 게 익숙함 때문이 아니라 내가 좋아서, 사랑해서…… 아니, 내가 너무 간절해서. 그렇기를 바라. 그런 순간을 나는 기다리고 있어. 도종우 눈에 다른 것보다 내가 먼저 보이는 순간을. 그때, 우리 만나."

뒤를 돌아 그녀를 안아 주려는데, 윤지가 힘을 꽉 줬다. 그는 그녀에게 져 주기로 했다. 저를 안고 있는 등 뒤로 쿵쿵, 자신인지 그녀의 것인지 심장 박동 소리가 들렸다. 그가 꿀꺽, 침을 삼켰다.

"오늘 우리가 사귀지 않는 의미에서 손님을 초대했어."

"손님?"

"……어."

버벅거리는 윤지의 모습을 보고 그는 이 먼 곳에서 오고 있을 손님이 상상되지 않아 고개를 갸웃했다. 고급 유머인 건가? 그 손님이 윤지의 마음이라고, 찾아왔으니 이제 사귀자고. 뭐 그런? 혼자 이것저것 상상해 보는데 방 안에 초인종 소리가 울렸다.

딩동.

"어? 왔다."

따스하던 감촉이 사라졌다. 그는 큰 손으로 목을 감싸고 주무르며 그녀를 따라 신발장 쪽으로 나갔다. 활짝 문을 열자, 오늘 같은 날은 절대 여기서 마주쳐서 안 되는 상대가 서 있었다. 맥주와 꽃을 들고서.

※　※　※

"그 회사는 되게 한가한가 봐요?"

"보고 싶은 사람이 있으면 잠을 쪼개서라도 와야죠. 시간 없어 못 만난다는 건 핑계 아닌가?"

두 남자의 불꽃 튀는 경쟁이 시작되었다. 윤지가 잠시 함께 사는 친구와 통화하러 발코니로 나가는 동안, 종우는 석현과 술잔을 기울였다.

"윤지, 나랑 결혼했었어요."

"지금은 아니잖아요. 요새 이혼이 대수인가요."

이미 대강 들어서 안다는 듯 석현은 대수롭지 않게 으쓱 어깨를 올렸다가 내렸다.

"그리고 한 번 못 잡았으면 끝 아닌가요?"

그에게 비수를 꽂는 말에 종우는 목이 타서 눈앞에 있는 소맥을 벌컥벌컥 마셨다.

"워워, 형님. 그렇게 드시면 간에 안 좋으세요~ 나이도 있으신데."

아오, 진짜. 동생이었으면 한 대 쥐어박는 건데. 종우가 한마디 하려는 찰나 윤지가 두 사람 가운데로 들어와 앉았다.

"다시 봐도 많다. 석현 씨 뭘 이렇게 많이 사 왔어요? 치킨, 곱창, 오돌뼈, 닭발. 우와! 이거 다 어떻게 먹어요?"

"……뭘 좋아하는지 몰라서. 예전에 아빠가 저랑 동생이 뭐 좋아하는지 몰라서 종류별로 사 오신 적 있거든요. 그게 생각났어요."

"다정한 아빠네요."

윤지는 두 다리를 접어 안은 후 무릎에 턱을 댔다. 그리고 비닐장갑을 끼고 닭발을 입에 넣고 순식간에 뼈를 발라 퉤퉤 뱉어냈다.

"천천히 먹어."

종우가 그녀의 먹는 속도를 제지하자. 석현은 그 옆에서 윤지의 손이 닿지 않는 곳에 있던 치킨을 가져와 그녀의 손에 쥐여 주었다.

"고마워요."

그러면서 술도 빼지 않고 마셨다. 종우는 손바닥으로 머리를 탁 짚었다.

"도종우, 핸드폰 좀."

"윤지 씨, 제 거 쓰세요."

"네에. 음……."

얼마 지나지 않아 핸드폰 안에선 90년대 곡이 흘러나오기 시작했다. 그는 곡을 들으며 슬며시 미소 지었다. 두 사람이 같이 살던 때, 그녀는 주말이면 90년대 곡을 틀어 놓고 춤을 추며 집안일을 했다. 그땐 대학 병원 전문의로 있을 때라 지금보다 훨씬 바쁘고 여유가 없었다. 집에 들어가는 시간도 일정하지 않았는데, 자신이 들어오는지 몰랐던 그녀가 엉덩이를 실룩거리며 춤추고 있던 모습을 몇 번 목격했다.

윤지에게 이런 면이 있었나. 참 귀여웠다. 트레이닝복 짧은 반바지에 티셔츠 하나를 입고 실룩샐룩. 끈 하나로 대충 질끈 동여맨 똥머리가 그녀가 살랑살랑 움직일 때마다 조금씩 풀어졌고, 나중엔 긴 머리가 어깨로 찰랑거렸다. 이미 그땐 윤지를 서서히 마음에 담고 있을 시기라 뭘 해도 예뻐 보였던 것 같다. 그 시기가 오래 지속되기 전에 할머니만 돌아가시지 않았다면……. 그랬다면 그녀에게 상처를 줄 일도 없었을 텐데.

"꼭 취향이 특고 네요!"

"석현 씨는 어려서 모르나 본데, 원래 노래는 90년대 곡이 더 좋아요."

"신세대 곡도 좋은 거 많습니다. 형님이 모르시나 봐요."

아주 어린 녀석이 하나도 지질 않아. 차 박았을 때 수리비를 다 받을 걸 그랬나. 종우는 그런 생각을 하며 다시 그들과 잔을 부딪쳤다. 절대 저 녀석보다 먼저 쓰러질 순 없단 생각으로 그는 발끝에 힘을 줘 가며 술을 마셨다.

인턴, 레지던트 때 잠도 부족한데 그 시간 쪼개서 술자리도 다니다 보니 정신력 하나는 일반인보다 세다고 자부할 수 있었다. 아니나 다를까, 얼마 지나지 않아 석현은 꾸벅꾸벅 졸기 시작했다.

"그만 파할까요?"

"아닙니다! 더 마실 수 있습니다!"

"아니에요."

"정리는 그럼 제⋯⋯."

일어나려던 석현이 휘청였다. 하필 넘어지려는 방향이 윤지 쪽이라, 종우는 잽싸게 그를 막았다. 거의 뺄다시피 한 그를 들어 올려 침대 아래쪽 바닥에 대충 눕혀 놨다. 꼭 MT 갔다가 취한 후배를 정리하는 느낌이었다. 미니바 테이블을 차지하고도 모자라 소파 위에 올려 놓아둔 음식들을 윤지가 정리하기 시작했다. 그는 얼른 다가가 그녀의 두 손목을 잡았다.

"내가 할게. 넌 쉬어."

"⋯⋯그럴까?"

그녀는 배시시 웃으며 소파에 등을 기대고 앉았다. 사각사각, 또르르. 그의 손길이 지나는 곳엔 남은 음료와 음식이 모였고, 일회용 접시들도 착착 쌓였다. 금세 딱딱 정리를 마친 그가 물티슈로 테이블을 닦았을 땐, 윤지도 졸린지 꾸벅꾸벅 졸고 있었다. 그는 소파 아래에 털썩 앉았다. 석현이 와서 와이셔츠와 정장 바지를 다시 입었더니 여간 불편한 게 아니다.

"정윤지 너 일부러 이러는 거지?"

그래도 좋다. 일부러 그래도 좋은데⋯⋯. 석현이 너무 들이대서 불안하기도 하다. 새근새근 오르락내리락하는 윤지의 실루엣이 예뻐서 한참을 봤다. 입가에 묻은 소스를 닦으려 엄지를 입가에 대자 그녀가 살며시 입을 벌린다. 잇몸과 이 사이에 엄지가 닿자 종우는 화들짝 놀라 손을 뗐다.

이러다 큰일 나겠다. 그는 뒤를 돌아 거친 숨을 몰아쉬고 갑갑한 셔츠 단추 두어 개를 풀었다. 어느 정도 가슴을 진정을 시킨 후, 불편하게 누워 있는 윤지를 품에 번쩍 안아 침대에 내려 주었다. 하얀 시트 위에 누워 있으니 천사가 다름없다.

그는 피식 웃으며 이불도 꼼꼼하게 덮어 주었다. 소파에서 자기로 했으니 다시 돌아가야지. 발길을 돌리려는데 아까 침대 옆 바닥에 내팽개쳐 둔 석현이 보였다. 그는 석현을 반대편으로 굴린 후 담요 하나를 찾아서 덮어 주었다. 그러고는 석현과 침대의 사이, 아주 좁은 틈 사이에 자신의 몸을 밀어 넣었다.

베개 하나를 베고 누웠지만 여전히 불편했다. 옆으로 누워 석현을 보고 자자니 기분이 썩 별로였고, 침대를 보고 누우니 그건 그거대로 불편했다. 그는 침대 위로 손을 뻗어 이불 속으로 쏙 넣었다. 그의 손에 딱 들어오는 작은 손이 잡혔다. 그는 조금 불편하지만 침대 ㅁㅔㅔㅔ서 ㅓㄴ 느ㅇ 뻔이 ㄱㄴ의 ㅅㅅ 갇ㄱ ㅏㅇ 부였다.

＊　＊　＊

"아아- 아."

윤지는 몸을 말아가며 배를 움켜쥐었다. 밤에 너무 과식을 해서 그런가? 닭발이 몹시 맵긴 했다. 속이 쓰리고 배가 아파서 그녀는 움켜쥔 채로 침대 위에서 몸을 비틀었다. 거기다 먹은 술도 섞여서 머리까지 지끈거렸다.

벽 쪽으로 몸을 굴리려는데 제 손을 꽉 잡고 있는 게 느껴져 이불을 들추자, 종우의 손이 보였다. 절대 놓지 않겠다더니 자면서도 힘을 어찌나 주고 있는지, 그녀는 억지로 손을 뺐다. 그러고는 한 손으론 배를 살살 만지고 한 손은 시트를 부여잡았다.

친구들과 자취하는 까닭에 밖에서 사 먹는 음식이 많고, 카페에서 일할 땐 거르기도 하고, 삼시세끼를 제대로 챙기지 못했다. 그래서 요샌 장이 예민해져서 자주 아픈 것 같다.

"왜? 어디 아파?"

윤지가 몸을 뒤척여서 그런지, 아니면 손을 억지로 빼내서 그런지 어느새 눈을 뜬 종우가 조금 잠긴 목소리로 물어 왔다. 윤지는 괜히 미안해져 아무것도 아니라는 듯 고개를 저었다.

"⋯⋯아니야, 자."

몹시 피곤할 텐데. 운전도 하고 여기 어질러진 것도 다 치우고. 할머니께 인사드리느라 긴장 도 했을 텐데. 그녀는 얼른 자라며 침대에서 등을 돌렸다. 그는 이미 깬 건지 침대에 엉덩이를 걸치고 앉아서 그녀의 이마에 손을 댔다.

"아아."

윤지는 이로 입술을 질끈 물며 두 손을 이불 속으로 넣고, 오른손으로 반대편 엄지와 검지 가운데를 꽉꽉 눌렀다. 제대로 체했는지 꽝꽝 뭉쳐 있었다.

"안 되겠다, 윤지야. 잠깐만 기다려."

"종우야, 괜찮아⋯⋯!"

그는 그녀의 말을 듣지도 않고 밖으로 나갔다. 메뉴가 다 섞여서 토할 것 같자 그녀는 화장실로 무거운 발걸음을 내디뎠다. 변기를 부여잡고 게워 내려 했는데, 잘 안 된다.

달깍.

"윤지야, 괜찮아?"

오자마자 불 켜진 욕실로 들어온 그가 주저앉은 윤지를 일으켜 주었다. 그녀는 그의 가슴팍에 등을 대고 세면대를 잡고 섰다.

"어어."

"너 예전에도 잘 체했잖아. 이거부터 먹어."

비상 상비약은 차 안에 두고 다니는 녀석인지라 역시 약이 있었다. 그녀는 그가 준 생수와 소화제를 받아서 꿀꺽 한입에 삼켰다.

"천천히 좀 먹지 그랬어."

"……나는 이럴 때 천천히 먹지 그랬냐는 말보다는 그냥 안아 줬으면 좋겠는데."

천천히 먹지 그랬냐, 내가 너 그럴 줄 알았다. 꼭 이렇게 들려서 그녀는 투덜거렸다. 그러자 그가 뒤에서 긴 팔로 그녀를 감싸며 꽉 안아 주었다.

"그래데 너 그렇지, 너 아프 기 뵈니까 잠이 안 깨네."

"오빠 잠 얼마 못 잤잖아."

"네가 아픈데 잠이 오겠니."

욕실 거울을 통해 제 어깨에 얼굴을 올려놓은 그가 보였다. 배가 아파서 상체를 어정쩡하게 숙이자 쇄골 주변에 있던 손 하나가 배 위로 내려갔다. 그의 손이 살살 부드럽게 쓰다듬기 시작했다.

"아프지 마라, 윤지 배."

"으응…… 하지 마."

그녀는 그의 손목을 잡았다. 그는 내친김에 옷 속으로 손을 넣어 배를 만져 주었다. 확실히 뜨겁고 큰 손인지라 제 배를 다 덮고도 남았다. 따뜻하다. 살살 움직이니 마음이 편해져서 그녀는 다리가 풀릴 것만 같았다.

"석현 씨 들어오면 어떡해……."

"저 사람, 아침에도 못 일어날 거 같은데?"

"그럼 어떡하지?"

"두고 가야지."

"뭐어? 아얏. 고통이 주기적으로 오네. 차라리 토해서 다 게워 내고 싶다."

"너 나 없는 동안 매번 이랬어?"

"물어보지 마. 없던 사람이 잘못이니까."

아마 식생활을 들으면 도종우한테 엄청나게 혼날지도 모른다. 손바닥으로 둥글게 돌리지만 위에서 아래로 힘을 줘서 마사지하듯이 배를 만지자 점점 부위가 넓어졌다. 그녀는 그의 손목을 잡았다.

"그만, 그만……."

정말 느낌이 이상했다. 따스한데, 부드러워서 더 기대고 싶은 느낌. 그는 그녀를 휙 돌렸다. 이마를 살며시 대고 가까이서 눈을 맞춰 왔다.

"배 아직 많이 아프지?"

"응."

"이 상황에서 입 맞추고 싶다고 하면, 이기적인 건가?"

그가 눈을 깜빡일 때마다 그녀의 이마에 닿은 그의 속눈썹 때문에 간지러웠다. 윤지는 쿡쿡 웃으며 그의 목에 팔을 둘렀다. 그는 그걸 허락의 뜻으로 받아들였는지 발로 욕실 문을 닫고 그녀를 잡아 안았다. 두 다리를 그의 골반에 감게 했다. 이번엔 윤지가 위에서 그를 보고 있는 상태였다.

"아아."

주기적인 고통 때문에 인상을 찡그리자 그가 한쪽 팔로 그녀를 받친 채, 다른 손으로 머리를 쓰다듬어 주었다.

"사랑해, 정윤지."

"나, 도."

그의 고백에 윤지는 입 모양으로 대답했다. 그는 부드럽게 입매를 말아 올리며 그대로 그녀의 입술에 닿았다. 사각사각, 그의 셔츠가 모양을 달리하는 소리가 들렸다. 초옥, 초옥. 입가 주변을 그가 부드럽게 빨자 그녀가 그의 입술을 막았다.

"나 이 안 닦고 잤어."

"뭐 어때."

"……싫어."

"그럼 입술만 빼고 할게."

그는 그녀의 앞머리 머리를 내렸네 귀 머리까라운 등 뒤로 넘기 후 다정하게 입을 맞췄다. 맥박이 뛰는 곳에 입술을 대고 있으니, 그녀가 온전히 느껴져서 그는 입술만 빼고 한다는 말을 지키지 못했다. 그녀의 뒷머리를 잡고 그대로 벽으로 밀어붙였다. 고개를 틀어 입술을 다 빨아먹으며 욕실 안이 울리도록 길게 입을 맞췄다.

하아, 하악. 아아-

숨소리가 하얗게 부서지고, 욕실 안은 후끈하게 달아올랐다. 거울에 김이 어릴 동안 그녀의 입술과 귓불, 목과 조금 더 아래까지. 술기운이 남아 있던 건지 갑자기 불이 붙어 주체할 수 없을 정도로 그녀를 몰아붙이던 그가 겨우 그녀에게서 떨어졌다.

"……미안."

"하, 하, 하아. 숨 차."

"괜찮아?"

"응……. 키스도 좋은데 배 만져 줘."

키킥. 그는 웃으며 다시 한번 그녀에게 입을 맞췄다. 그러곤 번쩍 안아 올려 침대에 눕혔다. 이불을 덮어 준 후 아까처럼 배를 마사지 해 줬다. 이번엔 옷 위로.

"너 근데 왜 여기로 안 올라오고 거기 엉덩이만 대고 있어?"

"윤지 네가 바닥에서 자라며."

"그럼 내 옆에 안 눕게?"

종우는 고개를 끄덕였다.

"말 진짜 잘 듣는다. 엉?"

"……나 저기 있는 사람 잊어버릴 거 같아. 지금 누우면."

푸우우우, 푸우우우.

술 먹고 코는 안 고는데 숨 쉬는 소리가 재밌네. 종우가 열심히 굴려서 침대 반대편을 보고 있었는데, 이상한 신음을 내며 석현이 그들이 있는 쪽으로 몸을 돌렸다. 화들짝 놀란 두 사람이 숨을 멈춘 순간, 다시 숨 쉬는 소리가 들렸다.

푸우우우, 푸르르르.

"휴."

"그러게 왜 불렀어?"

"진짜 여기까지 올 줄 몰랐어. 가도 되냐고 묻지도 않고 이미 도착해서 전화했더라고. 재워 달라고."

"없었으면 더 좋았을 텐데."

"……아니, 그럼 나 산 채로 너한테 먹혔을 거 같아. 이게 좋아."

윤지는 그의 손을 잡아다가 제 배 위에 놓았다. 이불보다 더 따뜻한 그의 손이 배를 덮고 있으니 핫팩을 붙이고 있는 것처럼 좋았다. 생리통도 다 잡아 주는 도종우의 손, 손마저도 좋다.

"자. 그만."

"너는?"

"너 자는 거 보고 잘게."

으응. 윤지는 지그시 눈을 감았다.

그가 아까 남자로서 얼마나 강렬했는지 충분히 안다. 자신을 원하고 있다는 것도. 그런데 쉽게 그에게 자신을 주고 싶지 않다. 자신을 두고 2년간 떠나 있어서, 제 마음을 몰라줘서, 그런 그가 괘씸해서……. 이런 이유는 아니었다. 겁이 많아서. 누군가를 사랑하기가 무서워서.

"사랑해, 윤지야. 잘 자."

그녀는 종우에게 보시 시 ㅂ세 ㅼ ㅅ ㄱㅐ빈 ㅐㄱ ㅎ ㅇㅆ다 자꾸 웃음이 난다. 그의 손길이 다정해서 그녀는 솔솔 잠이 왔다. 종우는 그녀가 잠들 때까지 배 마사지를 해 주고, 체해서 차가운 그녀의 손을 데워 주었다. 그렇게 아슬아슬한 밤이 지나가고 있었다.

4

지난 시간

윤지는 작게 한숨을 쉬었다. 휴대폰을 꺼내 부동산 직원과 주고받은 문자를 다시 한번 찬찬히 살폈다. 혼자서는 고민해 봤자 답이 나오지 않기에 해인을 카페로 부른 상태였다. 요새 개인적으로 바쁜 해인이었지만, 착 가라앉은 윤지의 목소리를 듣고는 두말하지 않고 약속을 잡았다. 손님이 빠지고 한가로운 시간이 된 지 얼마 지나지 않아 카페로 해인이 들어섰다. 신정에게 카운터를 부탁한 뒤 두 사람은 구석진 자리에 자리를 잡고 앉았다.

"해인아."

"그래. 무슨 일인데 얼굴 표정이 그렇게 어두워?"

"큰일 났어. 집 전세 보증금이 올랐고, 카페 건물주께서도 올려 달라시네. 아, 진짜 서러워서 집 사고 싶다."

"돈 문제였어? 그럼 그냥 우리 대출받아서 단독 주택 살래? 지방에다가 1층엔 카페 하고, 2층은 우리 쓰고. 3층엔 잘생긴 총각들 받고."

"……널 보면 애를 낳아도 똑같을 거 같아. 그게 눈에 들어오냐. 출산이 가까워지는데."

"뭐 힘줘서 쑥 낳으면 되지."

"?년 동안 우리 임금 빼고 다 오른 거 같아. 우쒸. 집값은 왜 이렇게 치솟는 거야. 물가노 오르고. 씁쓸한데 이따 시녁에 뭐 먹고 싶은 거 있어? 내가 쏠게."

"……나 삼겹살. 진짜 먹고 싶어."

집 보증금을 어떻게 해야 하나, 이야기를 좀 나눠 보려고 했는데. 대화의 마지막은 결국 먹는 것으로 끝이 났다. 윤지는 나중에 보자며 우선 해인을 집으로 보냈다. 이따가 먹는 건, 야식이 될 거 같은데. 보증금이 올라서 마음이 씁쓸한데 배라도 두둑이 채워야겠다. 다시 마음을 가다듬고 카운터로 돌아가 일을 시작했다. 머릿속을 떠나지 않는 돈 문제를 지우려 분주하게 움직이는데 딸랑, 종소리와 함께 석현이 카페 안으로 들어섰다. 오늘도 여전히 그의 손에는 꽃이 들려 있었다.

"라테로 주세요."

"커피는 공짜로 드릴게요. 이런 거 안 사 오셔도 된다니까."

"월급 받아서 뭐 합니까, 선물 사는 재미라도 있어야죠."

윤지는 꽃다발을 받아서 향기를 맡았다. 으음- 저번과 다른데. 그녀는 손가락으로 꽃잎을 만졌다.

"이번엔 말린 거로 가져왔어요. 꽃 받는 분께서 관리를 못 한다고 했더니, 이건 물 안 줘도 되고 어디 꽂지 않아도 되고 그대로 두면 두 달은 간다고 하더라고요."

"저 관리 못 하는 거 어떻게 알았어요?"

"관심 있으면 다 보여요."

그 말에 윤지는 절레절레 고개를 흔들며 안쪽으로 들어가서, 그가 주문한 커피를 맛있게 타서 내밀었다.

"쿠키도…… 주문하시겠습니까?"

"괜찮아요. 저는 그럼 바로 사무실로 가 볼게요. 수고해요."

"네. 이거 고마워요."

석현이 사무실로 돌아가고 꽃다발을 한쪽으로 옮겨 놓기가 무섭게 하늘 위에 있는 건물주님께서 방문하셨다. 윤지는 애써 떨쳐 버렸던 문제가 바로 눈앞에 나타난 기분에 마른침을 꿀꺽 삼켰다. 얼른 표정 관리를 하고 깍듯하게 인사한 뒤 건물주가 제일 좋아하는 달달한 음료를 만들기 시작했다.

"어휴. 덥다. 음료 고마워요, 젊은 사장."

"아닙니다. 여기저기 다니시느라 바쁘시죠?"

"요새 좀 바쁘네요. 부동산에 맡겨만 둘 게 아니라서, 관리할 곳이 한두 개가 아니야. 어머, 젊은 사장 피부가 왜 그래? 눈 밑에 이거 한관종 아니야?"

"무슨 종이요?"

윤지가 고개를 갸웃했다.

"한관종. 나 봐 봐. 피부 깨끗하지? 여자는 관리해야 안 늙어. 2년 동안 우리 젊은 사장도 많이 나이 들었나 봐. 호호호. 관리 좀 하고 살아요."

그러면서 건물주님께선 요 앞 피부과에서 시술받은 이야기를 그녀에게 읊었다. 그러면서 자신과 똑 닮은 여자의 결혼사진 이야기가 또 나왔다. 예전에 한번 사과했었던 일을 왜 또 언급하나 했더니, 사진이 책상 위에서 사라졌다는 말을 해 왔다. 이혼한 게 아니라고 하더니 아무래도 맞는 모양이라며, 아마 이제 정말 마무리가 된 것 같다고 굳이 듣지 않아도 될 이야기까지 들어 버렸다. 입이 가벼운 건물주 덕분에 매번 알고 싶지도 않은 앞집 도종우에 관한 이야기 ~~는 늙어야 하니 에이고 말 웃음을 찌고 기지 띠 주나~~ 은근히 화제를 돌려 우는소리를 했다.

"왜 이렇게 제가 늙었겠어요. 휴. 요새 먹고 살기 참 힘들어요. 여기가 회사 단지라 커피값은 100원도 못 올리는데, 2년 동안 휴. 진짜 아르바이트생 쓰기도 어려워서 겨우 한 명 데리고 나머지는 저희가 다 하잖아요. 이러니 늙지 않고 배기겠어요?"

윤지가 한숨을 푹푹 쉬며 하소연을 했다.

"나도 시세보다 많이는 안 올렸어. 2천만 원이면 거저야, 거저."

그러나 건물주에게는 씨알도 먹히지 않는 이야기였다. 연주, 해인과 같이 사는 집도 올랐다고! 윤지는 외치고 싶었지만 흥분을 가라앉혔다.

"제가 1층 예쁘게 꾸며서 이 건물 가치 많이 올려놨잖아요~ 그걸 봐서 천만 원. 네?"

"……아, 정말. 그래도 안 돼."

사람 마음을 다시 한번 흔들어 놓은 건물주는, 예고 없이 찾아 왔던 것처럼 또 부리나케 카페를 빠져나갔다. 다음에 마주하면 다시 매달려 봐야지. 대출을 알아봐야 하나……. 그녀는 머리를 긁적거렸다.

* * *

"어머니, 훨씬 젊어지셨네요."

종우는 환하게 웃으며 환자를 대했다. 그의 통장에 돈이 찰수록 복녀 씨의 얼굴엔 주름이 없어졌다. 그는 그 모습을 보며 뿌듯해졌다. 만약 할머니께서 살아 계셨으면 10년은 더 젊게 해 드릴 수 있었는데. 10년이 뭐야, 새 삶을 살게 할 수도 있다. 아픈 마음을 누르며 그는 진료에 집중했다.

"젊어지기는요. 계약 만료되는 곳 올려 받으려고 요새 얼마나 피곤한데."

"우와. 시세에 맞춰서 올리시죠?"

"그럼. 더 받진 않지. 2천씩만 더 받으려고 하는데……. 요 앞 젊은 사장이 얼마나 끄떡 안 하는지. 그 집은 공인 중개사한테 맡겨야겠어요."

그는 할머니의 이야기를 들어 드리며 오늘은 가볍게 점을 빼고 가시는 게 어떠냐며 권유했다. 대신 파라핀과 가벼운 피부 마사지는 서비스로 해 드리겠다고 하였다. 가끔은 저렴한 가격에 고퀄리티 관리를 해 줘야 단골이 되고 입소문도 나는 법이었다.

"점 빼는 비용만 주세요. 더 안 주셔도 됩니다."

"그렇게 장사해서 어떡해요? 남는 게 있어요? 젊은 사람이 이렇게 싹싹해서야. 쯧."

"대신 이렇게 좋은 관계 유지하며 어머니 같은 분도 만나고 좋은데요, 뭘."

"하하. 사람이 참 좋아."

그는 가슴이 콕콕 찔려 더 방긋 웃었다. 그가 할머니께 해 드릴 수 있는 건 방긋 웃는 것뿐이었다. 그나저나 젊은 사장이라고 하면……. 윤지네인데. 스쳐 지나가듯 나온 윤지의 이야기가 마음에 걸렸다. 윤지의 사정은 잘 알고 있었기 때문에 보증금이 오르면 꽤 부담이 될 거라는 생각이 들었다. 성격상 부모님께 손을 벌리지는 않을 텐데.

『도종우. 한관종이 뭐야. 내 피부에 그런 게 있대.』

지이이잉. 핸드폰 액정에 문자 메시지 하나가 달랑 떴다. 그는 문자를 보고 피식 웃으며 액정을 뒤집었다. 아직 진료 중이었기 때문에 답변을 보내지는 않았다.

"누구예요? 애인?"

"……아뇨, 전 부인이에요."

"다시 합치려고요?"

"상대가 원하면 언제든지요."

"에이. 그러지 말고 새 사람을 만나요. 앞에 젊은 사장은 폭삭폭삭 늙어 가는데, 우리 의사 양반은 하루하루가 눈이 부시니까 아까워요."

이미 눈치를 챈 모양이다. 하긴, 이 환자와 일주일에 한 번은 얼굴을 보고 있으니. 그는 컴퓨터 메시지 창에서 데스크 직원이 보낸 메시지를 확인했다. 월 2천만 원을 쏟아부어 주시는 대스타님의 방문 시간이었다.

"그럼 얼른 시술부터 할까요? 먼저 가 계시면, 금방 가겠습니다."

"네에."

환자는 나가면서도 중얼중얼 말을 멈추지 않았다. 나이가 들수록 외로움을 많이 타서 말이 많아진다는데. 그는 할머니와 윤지가 오순도순 밤마다 TV를 볼 때, 밥을 먹을 때도 대화를 하던 게 떠올랐다. 참 넉살은 좋았지. 털털하기도 하고.

『한관종? 그거 피부에서 좁쌀 벌레 나오는 건데?』

『뭐? 진짜?』

『이따 잡아 주러 갈게.』

놀란 이모티콘과 함께 폭풍 메시지를 보내는 그녀를 두고 그는 자리에서 일어났다. 윤지의 카페 건물주님. 반값만 받아야 하나⋯⋯. 그는 의사 가운을 펄럭이며 시술실로 들어갔다.

* * *

"신정아, 나 피부에 벌레가 있대."

"네? 벌레요?"

"이거 봐 봐. 이게 좁쌀 벌레래. 움직여?"

"이거 그냥 땀샘이 막힌, 뭐 그런 걸 거예요. 벌레는 아닌데."

"아니야. 피부과 의사가……."

윤지는 말을 하려다가 꾹 입을 닫았다. 그 피부과 의사가 도종우라는 게 문제지. 또 속았다는 생각에 이번엔 메인 포털 사이트에 '한관종'을 검색했다. 벌레라는 말에 괜히 더 간지러워서 긁었는데, 어쨌든 벌레는 아니었다.

오늘 카페 마감은 연주의 차례였다. 도종우는 이따가 온다는데……. 그럼 7시쯤부터 9시까지는 카페에 앉아서 기다려야 할 텐데. 심심하겠다. 윤지는 그런 생각을 하며 오후에 구울 쿠키의 양을 체크했다.

시계 위시간 까페누 께 I 때써 빠느 근근게   기가 아 디께기.

아니, 2호점을 내면 어떨까. 만약 연주가 따로 취업을 안 했으면 셋이서 죽어도 같이 죽고, 살아도 같이 살아 보자며 의기투합을 했을 텐데. 하필 연주는 취업, 해인은 임신. 아직은 시기상조인 것 같았다.

7시. 시계가 7시를 가리키자마자 신경이 쓰여 자꾸 문을 봤다. 도종우가 올 때가 됐는데. 7시 10분, 20분…… 30분. 이렇게 늦을 리가 없는데. 그녀는 고개를 갸웃하며 핸드폰을 봤다.

『이따 잡아 주러 갈게.』

그에게서 온 메시지는 이게 끝이었다. 기다림은 싫은데. 그녀는 심술이 나서 발로 쓰레기통을 꽝하고 찼다. 그러다 카페 안으로 손님이 들어오는 것을 보고 얼른 웃으며 인사를 건넸다. 연주가 카페로 올 때까지도, 도종우의 털끝 하나도 볼 수 없었다.

* * *

"삼겹살엔 콜라지."

"노노. 사이다지."

콜라와 사이다를 갖고 뭘 시킬지 고민하는 두 사람을 위해 윤지는 손을 번쩍 들어 직원을 불렀다.

"삼겹살 5인분하고, 콜라, 사이다, 환타 주세요."

"왜 이렇게 많이 시켜?"

"술 마실 땐 각 1병 하잖아. 음료도 똑같지, 뭐. 각 1병 해."

아주 깔끔하지? 윤지는 으쓱 어깨를 올렸다가 내렸다. 그러다 뭔가 생각났다는 듯 포스기에 메뉴를 찍으러 가는 직원을 다시 불렀다.

"환타는 소주로 바꿔 주시고 잔은 하나만 주세요."

"너 술 마시게?"

"······오늘은 좀 마셔야겠다."

도종우 때문에 속이 쓰렸다. 내가 바보같이 또 기다렸어. 그것도 장장 몇 시간을! 다신 이런 짓 안 하려고 했는데······. 왜 연락이 안 오는지 기다려지고, 연락하자니 뭐 만나잔 약속을 한 건 아니어서 또 왜 연락 안 했냐고 따질 입장도 아니었다. 이런 거지 같은 감정을 다시 느끼고 싶지 않았는데. 2년이 지나도 정말 변함없다.

세 사람은 각각 음료와 소주를 딱 한 병만 하며 삼겹살 5인분과 밥까지 야무지게 먹어 치웠다. 집 보증금은 해인이 해결하기로 했고,

카페 보증금은 윤지가 대출을 받기로 했다. 현재 연주는 보탬이 될 수 있는 상태가 아니었다.

"나 3인분 더 먹어도 되냐?"

"그러엄. 나 전화 좀 하고 올게."

윤지는 술기운이 오르자 자리를 박차고 일어났다. 삼겹살집 밖으로 나와 도종우에게 전화를 걸었다. 옛날의 정윤지가 아니다! 씩씩거리며 통화음을 듣고 있는데, 상대가 전화를 받았다.

－응. 윤지야.

"어디야, 도종우."

－집이지. 넌 집 아니야?

"아니다, 이 가시아! 으빠 변한 게 없어."

－왜 그래? 무슨 일 있어? 벌써 만난 거야? 속상한 일 있었어? 그럴 리 없을 텐데. 잠깐만, 나 차 키 들고 나가고 있어.

띠디디딕, 도어록이 열리는 소리가 들렸다. 벌레 잡아 주러 온다더니 집에 있었단 말이지. 문자 메시지 한 통도 없이.

"오면 죽여 버릴 거야. 도종우, 2년 동안 집세도 오르고 보증금도 오르고 물가도 다 올랐어. 알지?"

－응.

"나도……, 나도 전보다 더 비싸졌다고! 나쁜 자식. 오지 마! 나 집에 갈 거야."

－설마 너 아직 집에 안 간 거야?

"어."

－이런. 얼른 집부터 가 봐. 내일은 너 보러 꼭 갈게.

윤지는 더 듣지도 않고 전화를 끊었다. 내가 얼마나 비싼 여잔데.

물가가 오른 만큼 독해지고, 비싸졌다고. 종우가 제 마음을 정확히 깨닫느라 2년이 걸렸지만, 아직 자신이 그를 원하는 것보다 간절하진 않은 모양이다. 넌 탈락이야. 도종우!

윤지는 안으로 들어간 김에 멋지게 카드를 긁어 준 후, 친구들과 팔짱을 끼고 집으로 갔다. 가까운 거리였기에 금방 도착했다.

"······."

윤지는 제 눈을 벅벅 비볐다. 지금 자신이 잘못 보고 있는 건가? 그녀는 끔뻑끔뻑 눈을 감았다 떴다. 그러고는 친구들을 툭툭 쳤다. 집 앞을 서성이는 인영은 그녀가 잘 아는 사람이었다.

다름 아닌, 엄마였다.

자신을 발견한 엄마가 활짝 웃으며 천천히 걸어왔고, 윤지는 슬금슬금 뒷걸음쳤다. 왜 뒷걸음쳤는지는 모르겠다, 갑자기 몸이 그렇게 반응했다. 그녀는 걸음을 뚝 멈추고 친구들에게 먼저 집에 들어가라고 한 후, 엄마와 대화를 나눌 곳을 찾아서 대로변으로 내려갔다.

* * *

종우는 걱정이 돼서 차 키를 들고나온 김에 병원으로 갔다. 주차해 놓고 카페 앞을 서성였지만 아무도 없었다. 벌레 잡아 준다고 하고 아까 그녀를 찾아갔을 때, 그녀의 엄마를 만났다.

윤지와 얼굴이 너무 닮아서 한눈에 알아볼 수밖에 없었다. 그는 인사하려고 하려다 자신을 뭐라고 소개해야 할지 몰라 난감한 얼굴로 서서 목덜미를 주물렀다.

정윤지 전남편입니다.

윤지의 호적상 남편은 아니었지만…….

현재 남자 친구입니다.

아직 윤지가 허락한 건 아닌데요…….

윤지를 좋아하는 남자입니다.

정말 소개해야 할 단어가 없었다. 그래서 그는 그냥 친구라고 인
사하기로 했다. 그는 어머니에게 다가가 그의 트레이드마크인 미소
를 지으며 고개를 꾸벅 숙였다.

"안녕하십니까, 어머니."

"……누구세요?"

"⋯⋯친구입니다."

씁쓸하네. 친구 사인 아닌데. 불과 지난 주말만 해도 키스를 나
눈 사이인데.

"윤지 어머니시죠?"

"네. 어떻게 알았어요?"

"윤지가 어머니 닮아서 미모가 고운가 봐요."

그녀는 갑작스레 나타난 종우를 위아래로 살펴보다 이내 작게 한
숨을 내쉬며 대꾸했다.

"걔가 나 닮아서 성격이 시한폭탄이에요. 고운 구석은 없는데. 직
설적이고, 힘세고, 시한폭탄."

"……정의가 남다르다고 봅니다."

정의를 실현하느라 조금 다혈질에, 아주 조금 남보다 힘이 세고,
언제 터질지 모르는 시한폭탄. 그는 그녀를 떠올리다 피식 웃었다.

"윤지 놀라게 해 주려고 왔는데, 아직 안 끝났나 봐요. 새우 죽하

고, 저 좋아하는 구두도 사 왔는데."

"새우 죽이요?"

"응. 좋아하는 음식이에요. 아기였을 때 새우 죽을 얼마나 잘 먹던지. 오물오물 먹을 땐 참 예뻤는데."

지금도 예뻐요. 그는 그 말은 참았다. 대신 손에 들린 종이가방을 힐끔거리며 물었다.

"혹시 어머니, 구두 사이즈 몇 사셨어요?"

"걔가 나 닮아서 발이 작아요. 240. 잘 기억했다가 나중에 선물 사줘요. 구두, 운동화. 신발은 다 좋아해요."

"……아."

혹시나 해 물었는데 역시나였다. 윤지의 어머니께선 아직도 윤지를 아이 때 모습으로 기억하고 있는 듯했다. 그 언젠가 윤지 얼굴이 떠올랐다. 씁쓸하게 웃으며 신발을 다시 상자 안에 집어넣고, 해인에게 전화를 걸어 '새 운동화 생겼는데 너 가질래?' 하고 이야기하던 모습이 생각나자 마음이 울렁거리며 가만히 있을 수가 없어졌다.

"실례가 되지 않는다면, 한 시간만 시간 내주시겠어요?"

"……그래요. 윤지도 끝나려면 좀 걸릴 거 같으니까. 몇 시지, 밤 비행기로 일본 가야 하는데."

그는 남과 같은 윤지의 어머니를 보며 입술을 질끈 물었다. 안쓰럽네, 내 여자. 마음이 콕콕 쑤셨다. 그는 어머니를 집으로 모셔 온 후 새우 죽 대신 야채 참치 죽을 만들었다. 육수를 충분히 우려낸 거라 맛도 좋을 거였다. 그는 작은 그릇에 몇 스푼 덜어서 윤지의 어머니께도 드렸다.

"좀 당황했어요. 집으로 불러서요. 맛은 있네요."

그는 씩 웃은 후 도시락통을 꺼내서 뜨거운 야채 참치 죽을 담았다. 윤지가 먹는다고 생각하니 요리하는 시간도 즐거웠다. 평소엔 챙겨 먹기 싫어서 밖에서 사 먹거나 대충 때우곤 하는데.

"그리고…… 이건 제가 선물 주려고 했던 건데, 어머니께서 같이 드리세요."

그는 선물 주려고 사 둔 잘 포장된 명품 구두 쇼핑백을 건넸다.

"윤지 발 사이즈 245예요, 어머니. 그리고 새우 죽 못 먹어요."

"그럴 리가……."

"어머니가 윤지한테 생일에 선물 준 것들 다 걔 친구가 신고 있어요, 쇼ㅅㅅ 읽읽아고 ㅅㅣ썐ㅠ변ㅓㅣㄴ ㅁㅣㄲ민 ㄱㄱㄴ ㄳㅁㅏ ㅂㅓㅇ르ㅁ ㅁ ㄱㅑ을 때고, 본인 일에 대해선 숙맥이에요. 아파도 말 잘 못 하고, 남 먼저 생각하고, 그래요. 어머니 고생하시는 거 아니까, 어릴 때 기억에 부모님은 항상 바쁘셨다고 하더라고요. 그래서 미안하다고. 그게 자기 때문인 거 같아서, 잘 키워 보려고 그러셨다고 생각한대요."

종우는 조곤조곤 말을 이어 나갔다. 잘 키워 보려고, 조금 더 잘 살아 보려고, 자신에게 더 좋은 세상을 주려고. 분명 핑계는 아니었을 거다. 진심은 그거인데 살다 보면 자식보다 하고 있는 것들이 더 보여서 그런 걸 거다.

그는 윤지와 함께 살면서도 그녀를 제대로 보지 못했던 6개월이란 시간과 헤어진 사이의 2년, 총 3년에 가까운 시간을 떠올렸다. 마음은 그게 아닌데…… 상대가 편안하고 아무 말도 안 하니 정말 괜찮은 줄로만 알았던 시간. 그는 그걸 뼈저리게 후회했다.

"미안하다, 앞으로 잘하겠다는 그런 말보다 죽하고 이 구두 선물로 주세요. 그리고 일본 가시기 전에 한 번 안아 주시고요. 윤지가 생각보다 원하는 게 별거 없더라고요. 돈도, 옷도, 구두도……. 그런 것보다 곁에 있어 주는 게 더 좋은가 봐요."

함께 밥을 먹고, 놀러 가고, 소소한 것들을 공유하는 것.

그는 차로 윤지네 집 앞에 어머니를 내려 드렸다. 잠깐 일이 있어서 귀국한 김에 윤지 얼굴 보고 간다는 걸 보면, 사랑이 없는 건 아니다. 다만 항상 괜찮은 윤지이기에 우선순위를 제일 끝에 두고 있는 것일 뿐이다.

자식은 부모가 편해서 제일 끝 순위로 두듯이. 그는 제 친구들을 떠올리며 피식 웃었다. 부모가 없었던 그에겐 할머니가 1순위였는데, 친구들은 부모님이 제일 끝 순위였다. 막 대할 수 있고 어디 놀러 가도 신경 쓰지 않아도 되는 존재, 여행 갔다가 올 때 선물은 안 챙겨도 되는……. 왜냐면 가장 편했으니까.

윤지네 집 앞으로 가는 동안에는 그를 처음 봤을 때처럼 말씀을 많이 하진 않으셨다.

"고마워요."

그녀의 집 앞에서 들은 한마디였다.

갑자기 걸려 온 윤지의 전화를 받고 그는 신경 쓰여 다시 그녀의 집 앞으로 갔다. 한껏 서성이며 그녀를 기다리는데, 저 멀리서 혼자 올라오는 게 보였다. 그는 빠르게 내려가 윤지의 손에 들린 구두와 도시락통을 들었다.

"미안해."

"……가."

"왜 그래, 보고 싶어서 왔는데. 나 정윤지가 세상에서 제일 비싸다고 생각해."

"어쭈, 말은 잘해."

쿡 옆구리를 찌르며 웃는데, 생각보다 기분이 좋아 보여서 그도 한시름 놨다. 혹시 울고불고했으면 어쩌나 싶어 얼굴을 봤는데 동요한 흔적이 없다.

"고마워. 도종우."

"뭐가?"

"……구두, 그리고 이것도."

그녀가 도시락통을 흔들었다. 그가 고개를 갸웃했다. 어머니께 시 말을 히긴 않으셨은 거 같은데 선눈을 느끼고 신시 7고만 오라고……. 그렇게 말씀드렸는데.

"시간이 지나도 사람은 안 변해. 내내 몰랐던 사이즈를 갑자기 알 리가 없지. 얼마 전 생일에도 240을 보내셨는데. 근데 도종우 네가 떠오르더라고. 혹시나 해서 죽을 열어 봤는데 참치 야채 죽이지 뭐야? 냄새만 맡아도 알겠더라고, 도종우 표 죽. 내가 생각보다 오빠에 대해 많이 알아."

"……티 났어?"

"응. 내가 오빠한테 생일마다 받은 선물이 몇 갠데. 포장만 봐도 알아. 도종우가 해 준 음식이 나한텐 되게 소중해서 뇌리에 남았어. 보면 알아."

그는 윤지의 머리를 쓱쓱 쓰다듬었다. 사람은 안 변한다는데, 변하는 것 같다. 아니면 연륜이 쌓이는 건가……. 제 마음을 솔직하게 툭툭 내뱉는데 예뻐 미칠 것 같았다. 자신을 저보다 더 아는 사람, 유일한 사람.

"내가 졌다. 정윤지."

"……그럼 나 좀 꽉 안아 줄래. 방금 좀 힘들었거든."

그는 얼른 다가가 그녀를 꽉 안았다.

"조금 기대했는데 역시나 아니었어. 자기 삶이 더 중요한 거야. 그래서 나도 내 삶을 더 중히 여기려고. 나 많이 사랑해 줘."

"응."

제 품속으로 날아온 새 같았다. 그는 날다가 다친 그녀를 숨이 막힐 정도로 안아 주었다. 그녀가 느끼는 감정이 온전히 제게로 넘어와 가슴이 아려 왔다. 그는 티 내지 않으려 턱을 그녀의 정수리에 올려놓고 앞을 응시했다.

"윤지야."

"응?"

"우리, 진짜 연애하자. 장난으로 말고."

"으응……."

"내가 정윤지 지금보다 더 비싼 여자로 대할게. 넌 날 싼 남자로 대해. 정윤지 한정, 싸게 굴게."

"1절만 해. 도종우. 오빠 2절을 하면 깬단 말이야. 그리고 싼 남자 아니야. 오빠 싼 남자 되는 거 싫어. 나 한정이라도. 도종우를 잘 알고 사랑하는 내가 함부로 대하지 않는데, 누가 함부로 대하겠어? 그러니까 너도 비싸져."

"어휴. 주옥같아. 어디서 연애 강습받고 오는 거야? 너 그럴 때마다 나 심장이 쿵 떨어져."

"흠…… 애교는 없는데, 내가."

"사랑해."

그는 그녀의 두 볼을 감싸고 입 모양으로 말하곤 서서히 입술을 내렸다. 아주 포근한 입술이었다.

5
아깝지 않아

　윤지는 기지개를 쭉 켜며 석현을 기다렸다. 종우의 마음을 알게 되고, 그를 받아들이게 되면서 석현에게 확실히 말을 해야 할 것만 같았다. 마음을 정리할 수 있도록 자신 쪽에서 먼저 선을 긋는 게 좋을 듯했다. 원하는 대로 다 표현하고, 하고 싶은 거 다 하면 미련이 남지 않는다. 석현이 했던 말을 떠올렸다가 고개를 휘휘 저었다. 그래도, 이건 아니었다.

　"석현 씨, 여기요."

　"먼저 와 있었네요. 나가려는데 부장님께서 잡고 또 잡으셔서요."

"정말요? 인기 많으시네요."

"그럼 뭐 해요, 중요한 사람한테 인기가 없는데. 부장님께서 잡으신 건 오늘 낙지볶음 드시고 싶어서거든요. 제가 밥을 잘 볶아요."

"요리도 잘하시네요."

"……밥만 잘 볶아요. 그게 힘을 요구하는 일이잖아요. 힘은 잘 씁니다."

이 상황에서도 저를 어필하는 석현을 보며 그녀는 웃지 않을 수가 없었다. 자꾸 보면 볼수록 동생 같은 매력이 있다. 이런 남동생이 있으면 좋을 텐데, 하지만 감정은 딱 거기까지였다. 뭐 정말 가끔 직장인들 틈에서 슈트발 받고 서 있으면 설레긴 했지만. 이건 관심이 아니라 ……에 ……에 ……시 ……는 곳에 손과 마음이 가지만, 눈알 가는 곳에 손이 가진 않아 참 다행이다.

"먼저 만나자고 해서 엄청나게 설레면서 왔어요. 항상 제가 먼저였잖아요."

"그랬어요? 일단 주문부터 해요. 석현 씨, 뭐 먹을래요?"

두 사람은 각자 먹을 음식을 주문했다. 깔 때 까더라도 밥은 먹여야지. 그녀는 그가 꼭꼭 씹어서 먹는 모습을 힐끗힐끗 봤다. 소리 없이, 음식물이 튀는 법도 없이 오물오물 잘 먹는다. 도종우는 라면 먹을 때 꼭 쪼오옥 빨아 먹는데 말이다. 면은 다 그렇게 먹어야 맛있다며, 파스타도 돌돌 말아 먹는 게 아니라 쪼오옥 빨아 먹었다.

식사를 마친 후 석현은 티슈로 입가를 닦은 후 테이블 아래 휴지통에 버렸다. 밥을 먹고 나서도 먹기 전처럼 깔끔했다. 음식물만 없어졌을 뿐.

"잘 먹었어요."

"……."

"이제 말해요. 뭔지."

"석현 씨, 할 만큼 하신 거 같아요. 그동안은 석현 씨가 부탁한 것도 있고 해서 말 안 했는데, 이젠 그만하셔도 됩니다."

"그분과 합치신 거예요?"

"네. 종우 오빠랑 만나고 있어요."

그녀는 석현의 눈을 피하지 않았다. 자신은 죄인이 아니었다. 틈을 준 적도 없고, 그의 마음과 생각을 충분히 존중해 줬다. 자신도 종우를 혼자 바라보던 시절이 있기에 누군가의 마음을 갖고 장난칠 생각은 없다. 다만, 이런 사이가 오래가면 상대는 더 힘들다는 걸 잘 알기 때문에 그의 마음에 브레이크를 걸어 주는 거다.

"저 사실 그때 깨어 있었어요."

"언제요?"

"호텔에서요. 눈은 뜨고 있는데, 술기운 때문에 몸이 안 움직이는 거예요. 윤지 씨 엄청 아픈데. 약도 사다 주고 싶고, 가서 저도 배 만져 주고, 아니 업고 병원이라도 가고 싶은데 그게 안 되는 거예요. 술도 똑같이 많이 마셨는데. 이미 그때 좌절감을 맛보고 조금씩 접어 가고 있었어요."

"아. 그래서 죽은 꽃을 줬구나. 마음 정리하려고."

"죽은 게 아니라……, 드라이플라워."

석현이 꽃에 대한 정의를 정정했다. 그녀는 조금 마음이 편해져서 큭큭 웃었다.

"어쨌든 죽여서 싹싹 다 말린 거잖아요."

"향 좋고 보기 좋은 꽃, 좀 더 오래 생명 유지를 위해 만든 건데,

너무해요.”

“직접 만들었다고요?”

“네. 저희 어머니께서 꽃집을 하셔서 종종 도와주다 보니까 간단한 건 저도 해요.”

“아– 어머니가 꽃집을 하셨구나. 그건 또 처음 알았네. 새삼 다르게 보이네요.”

“정 떼기 진짜 어렵다. 어려워요.”

“그게 쉬우면 세상 모든 일이 다 쉽겠죠. 그래도 나중에는 고마워할 거예요.”

“아니요. 절대 고맙지 않을 거예요. 안 고마워할 겁니다. 윤지 씨한~~테 ~~~~ ~~~~ ~~~~ ~~~~ ~~~~ ~~~~.”

“발차기요?”

윤지는 고개를 갸웃했다. 발차기? 카페에서 자신을 처음 본 게 아니었나? 혹시 소싯적 학창 시절에 정의를 구현한답시고 못된 놈들 얼굴에 주먹 좀 꽂고 다녔는데, 그걸 봤나? 남들보다 신체적 센스가 좋았던 그녀는 싸우면 지는 법이 없었다. 그래서 여자, 남자 가리지 않고 잘 싸웠다.

남자가 싸움을 걸면 급소와 목을 졸라서 제게 반격을 못 하게 했고, 여자의 경우엔 한 손으로 껌이었다. 어릴 때 부모님께서 음악, 발레 대신 태권도, 합기도, 권투 등 실전에서 쓸 수 있는 호신술 학원을 열심히 보내셨다.

“안 말해 줄 겁니다. 궁금해하다 보면 제 생각하지 않을까요.”

그가 부드럽게 웃으며 미련을 내비쳤다. 그녀는 어깨를 으쓱하고는 화장실을 가기 위해 자리에서 일어났다. 발차기……, 그것도 마음에 있는 상대가 말했으면 궁금했을 텐데, 석현과 자신의 과거 인연은 궁금하지 않았다. 발차기면 뭐, 석현이 어디서 누구한테 당하고 있을 때 슈퍼맨처럼 구해 준 거 아닐까. 그러다 뒤돌아 그를 봤다.

"누구한테 맞을 상은 아닌데."

아! 혹시, 쟤가 나한테 맞고 정신 차려서 이렇게 바르게 컸나? 그건가 보다. 그녀는 홀로 결론을 내렸다.

* * *

『어이, 친구. 포테이토 칩 과자랑 콜라 부탁해.』

잠시 쉬는 시간, 재신에게서 문자가 왔다. 그는 모른 척하며 핸드폰을 엎었다. 그러자 이번엔 부르르 전화가 울렸다.

"아, 왜. 나 곧 진료 시작해야 해. 어떻게 사수한 10분인데."

시술이 끝나고 진료를 하기 전, 그는 꼭 10분 동안 휴식을 취한다. 그 이유는 정교한 시술의 경우엔 신경이 많이 쓰여서 시술이 끝나면 어깨도 뭉치고 머리도 지끈거리기 때문이다. 페이 닥터를 한 명 써야 하나. 현재는 환자가 계속 늘어 대기하는 곳이 부족할 정도였다.

재신이 소개해 준 기획사 연예인들이 다녀가기 시작하면서 입소문을 제대로 탔다. 몸이 남아나질 않겠다. 그래도 해부 한번 하자고 막노동했던 때를 생각하면, 이건 정말 호사 중의 호사였다. 불평할 때가 아니다.

─감히 건물주 부탁을 그렇게 매정히 내쳐도 되는 거야?

"갑자기 과자랑 콜라는 뭔데?"

─사 줄 거야, 말 거야.

종우는 대답 대신 슬쩍 인상을 찌푸렸다. 휴대폰 건너편에서 웃음소리가 작게 들리더니 이내 통화가 끊겼다. 끊어진 휴대전화 액정을 내려다보던 종우는 이내 다시 눈을 감고 굳었던 몸과 긴장을 풀려 애썼다. 하지만 그것도 잠시, 직원만 드나들 수 있는 문이 열리더니 재신이 진료실 안으로 들이닥쳤다.

"이거 받아."

"뭐야?"

종우는 하얀 봉투를 바라보니 멀거니 섰어 받이 듣고는 안에서 카드를 꺼냈다. 이 익숙한 촉감은……, 어디서 많이 본 건데. 그건 청첩장이었다. 새하얗고 빳빳한 종이. 너무 황당해서 고개를 갸웃했다. 전혀 사랑이 담겨 있지 않은 눈빛인데.

"결혼해."

"갑자기?"

"너도 그랬잖아."

"야…… 난."

혼인 신고는 안 하고 조촐하게 식만 올린 거였지. 할머니를 위해 잔치를 해 준 거다. 연기한 거였고.

"누구랑?"

"연주 씨 사촌 동생."

"허억……. 축, 축하한다."

그럼 우리 관계가 어떻게 되는 거지. 연주 씨면, 윤지 친구인데. 윤지 친구의 사촌 동생. 으아, 머리 아파. 그는 머리를 거칠게 쓸어 올렸다.

"얼음 땡, 10분 지났다. 아, 신부님께서 전화가 왔네. 여보세요."

귀를 찌를 듯한 하이 톤 고음에 재신이 귀에 대고 있던 핸드폰을 뗐다. 그러더니 하던 일 하라며 밖으로 나갔다. 그는 오늘 저녁엔 윤지 대신 유재신을 만나러 가야겠다고 생각했다.

『이따 나 좀 봐.』

고새 못 참고 윤지가 문자를 보냈다. 제 마음속에 CCTV를 달아 놓은 건지 재신과 저녁을 먹으려고 생각한 순간에 딱 문자가 왔다. 내 생각이 눈에 보이나? 독심술이 있나? 그는 피식 웃었다가 깨끗하게 손을 씻었다. 10분이 1분처럼 지나갔다.

* * *

윤지는 아이스 아메리카노에 빨대를 꽂아 쪽쪽 빨아 마시며 전투력을 올려서 피부과로 갔다. 오늘 파스타집에 가서 계산할 때 점장님과 안부 인사를 하다가 이상한 소리를 들었다.

"아래 카페도 2천 올랐죠? 그 할망구 절대 100원도 안 깎아 줘요. 이 동네 땅값 제발 오르지 말았으면 좋겠네요."

한숨을 쉬며 하소연을 하는데, 그녀가 고개를 갸웃했다. 건물주가 이번에는 보증금을 올리지 않겠다고 했기 때문이다. 갑자기 마음을 바꾸었을 때는 무슨 바람이 불었나 싶긴 했지만, 어쨌든 대출을 받지 않고 넘어갈 수 있어서 다행이었기에 고마운 마음뿐이었다.

계약서를 재작성할 때도 얼굴을 마주하고 듣기 싫은 소리를 늘어놓는 대신, 공인 중개사를 통해 먼저 도장을 찍고 가서 윤지는 가서 도장만 찍으면 됐었다. 이제부터는 마음을 좀 곱게 쓰시려는 건가 싶었는데, 카페를 제외한 다른 곳은 돈을 다 올렸다니 어리둥절했다. 도대체 뭔 일이야?

이상하단 생각을 하며 카페로 복귀했을 때, 때마침 공인 중개사 사장이 새로운 세입자와 건물주와 함께 카페에 왔다. 아예 위임을 해도 건물주는 첫 계약 때 꼭 빠지지 않는다. 세 사람이 결의를 다지며 계약이 끝날 때쯤 그녀가 건물주님께 가서 물어봤다.

"감사합니다. 서의 사정 봐 주셔서요."

"내가 더 감사하지, 젊은 사장. 앞으로 잘 부탁해. 홍홍."

여자는 이상한 웃음소리를 흘리며 윤지를 향해 어딘가 묘한 눈빛을 보내왔다. 화려한 손톱에 오늘따라 공작새처럼 빽빽하게 보석이 박혀 있었다.

"전남편이랑 다시 합친다며? 우리 손녀가 아기 때부터 예쁘단 소리만 듣고 컸는데, 아휴. 내가 단골로서 부탁 한번 했는데……. 물론 우리 손녀가 예쁘고 연기 연습도 열심히 해서긴 하지만 이번에 드라마 조연이 됐지 뭐야. 사진 한번 볼래요?"

할머니는 핸드폰을 꺼내 손녀 사진을 그녀에게 보여 줬다.

"예……쁘네요."

그냥 흔한 얼굴. 자신의 얼굴을 옆에 둬도 그다지 손색이 없을 정도로. 몸매 비율은 좋았다. 그건 젊은 까닭일 테고.

"의사 선생님이 발이 얼마나 넓던지, 애가 소속사 사기를 당해서 고전하던 중에 뜰 애를 잘 알아보더라고. 그래서 그냥 고마워서 윤지 씨네는 이번에 안 올리기로 했어요. 이건 쉿, 다른 세입자한텐 비밀입니다."

그걸 잘 조합해 보면 흔하게 생긴, 연기력 없는 배우 지망생을 드라마 조연으로 종우가 꽂아 줬다는 거였다. 그것에 대한 대가는 2천만 원의 보증금을 올리지 않는 것. 그렇게까지 할 필요는 없었다. 그가 자신 때문에 친구에게 그런 부탁을 한 게 싫어서 그녀는 눈에 불길이 확 솟았다.

겨우 화를 다스린 후 병원으로 찾아왔지만, 그녀는 들어가지 못하고 그 앞에서 기다리며 발을 툭툭 찼다. 언제 나오려나. 안을 힐끗 보는데 직원들 틈으로 그가 캐주얼한 면바지와 흰 셔츠를 입은 채로 걸어오는 게 보였다. 평소랑 다르게 안경도 끼고 있었다.

웬 안경? 시력이 떨어졌나. 잘 어울리기는 한다. 안 그래도 정갈한 생김새가 더욱 지적으로 보였다. 저도 모르게 종우의 얼굴을 뚫어지라 바라보던 그녀는 고개를 휘휘 저었다. 그것 때문에 온 건 아니었다.

"여기까지 마중 나와 있네?"

"15분 뒤에 카페로 가야 돼. 난 아직 일이 안 끝났어!"

"어휴, 오늘 전투력 최고조에 달했는데?"

그는 그녀의 어깨에 팔을 올려 품에 안고 다정하게 바라보며 말했다. 윤지는 그의 손을 치우고 비상구로 끌고 가 벽에 그를 밀쳤다. 키 높이를 맞추기 위해 그녀는 계단을 올라가서 그를 내려다봤다.

"나 카페 다른 데로 이사 가도 되고, 대출 더 당기면 돼. 그거 하지 마."

"뭐?"

"건물주님 손녀, 재신 오빠한테 부탁하지 말라고!"

"왜? 연기력 좋다던데?"

그가 눈을 아래로 내리고 딴청을 피우며 말했다. 저 표정은 연기력마저 별로라는 거다.

"난 연애하자고 했지. 오빠한테 이런 거 도와 달라고 한 적 없어."

"음…… 윤지 너 비싸다며. 이것보다 더한 값도 치를 수 있어."

"그건 그냥 농담이었잖아. 내 감정이 비싸단 거지. 나도 돈 있어. 은행에 마이너스 통장 만들어서 마통 돌리면 돼."

그녀는 자신 때문에 아무리 친한 친구 사이여도 도종우가 을이 되는 꼴 보고 싶지 않았다 누군가에게 부탁을 한다는 건, 친구 사이여도 마음 편한 건 아니니까.

"나한테만 싼 남자여야 해, 도종우는! 나 그 정도 능력 되니까 걱정하지 마. 마음만 고맙게 받을게."

"좀 받아. 네 남자도 그 정도 해 줄 능력 되니까."

그가 벽에 기대고 있다가 서서히 상체를 떼며 계단 위에 서 있는 그녀의 두 어깨를 양손으로 눌렀다.

"나 하나도 아깝지 않아. 내가 그 돈 줬으면 너 더 안 받았을 거잖아. 재신이는 그 정도 부탁해도 될 친구니까 한 거야. 이것까지 막진 말아 줘. 너를 위한 거면 할 거고, 아깝지 않으니까. 그게 뭐든!"

"근데 내가 사진 봤는데! 드라마 여주인공 외모는 아니었단 말이야. 요샌 조연도 예쁘던데. 연기도 별로라며! 깜냥이 안 되는 앨 거기 앉힌 거잖아."

"아, 그 조연이…… 사극에서 무수리 역할이야. 재신이도 보는 눈이 있거든. 그 사극이 중국이랑 합작이라 이름만 올려도 그 친구에 겐 충분히 이력이 될 거야. 무수리 역할이라도 말이야."

"아아, 무수리였구나."

난 또 주연 같은 조연, 그런 건 줄 알았네. 얍삽하게도 걱정됐던 마음이 싹 가라앉았다. 그 무수리라는 단어 하나에.

"그리고 실물은 그것보단 예뻐. 윤지 너 은근히 외모 지상주의야."

"아니! 나 대놓고 외모 지상주의야. 그래서 오빠 좋아하잖아."

그의 목울대가 꿀렁였다. 비상구에 그의 웃음소리가 울렸다. 중저음의 목소리에 웃음이 더해져 그녀의 귓가를 간질였다. 그는 윤지의 칭찬에 어색한지 고개를 틀어 목을 주물렀다. 그녀는 씩 웃으며 계단에서 앞으로 몸을 기울였다. 그의 눈을 가리고 있는 안경을 빼서 탁탁 접은 후, 엄지와 검지 손가락 안에 끼웠다. 그러곤 그의 목에 팔을 감고 서서히 얼굴을 내렸다. 섹시한 도종우의 입술 내가 가져가야지. 안경마저도 패션이 되는 도종우, 그는 뭐든 잘 어울렸다.

"읍."

먼저 덮친 건 윤지였으나 입술이 닿자마자 상황은 역전됐다. 그가 그대로 벽에 그녀를 밀어붙인 후 양손으로 그녀를 가둔 채 두 사람이 보이지 않게 벽을 짚었다. 누가 올 수도 있는 비상구이지만, 잠시…… 아주 잠시 맛만 볼 생각이었다.

그는 긴 다리 하나를 그녀의 다리 사이에 넣어 주저앉지 못하도록 지탱했다. 그러곤 몸을 꽉 밀어붙여 틈 하나 주지 않고 입술을 먹어 치웠다. 본래 윤지 입술 색이 다 드러날 때까지 그는 그녀를 맛봤다.

띠디디디, 디디디디.

윤지의 핸드폰 알람이었다. 뒷주머니로 움직이는 그녀의 손목을 잡아 그대로 압박한 채 벽에 붙였다. 그러고는 그가 입술을 떼고 씩 웃었다. 입술 사이로 얇은 실이 연결되었다가 똑 끊겼다. 그녀는 손목이 붙들린 채로 눈만 깜빡거렸다.

"오빠, 풀어 주세요, 해 봐."

"돌았냐."

"……나 그럼 이거 안 놓는다."

그는 그녀를 압박한 손목에 꽉 힘을 주고 다시 입술을 붙였다. 상체를 숙여 키를 맞춘 그가 이번엔 왼쪽으로 고개를 틀어 더 깊숙이 입을 맞췄다. 입술 주위도, 볼도, 코도. 그러곤 귓불 가까이 입술을 가져갔다.

"오빠, 풀어 주세요, 해 봐?"

"오빠."

그래, 그렇지. 잘한다. 종우는 만족스럽게 씩 웃었다. 한 번쯤은 윤지를 이겨 보고 싶은 생각이 들었다. 요새 너무 을이었다. 을 중의 최고 을!

"고자 되게 해 주세요, 해 봐."

"뭐?"

"오빠가 그걸 간절히 바라는 거 같아서."

그녀가 아래로 눈을 내려 엄한 곳을 응시했다. 종우는 흡, 숨을 들이켜며 그녀의 손목을 놔주었다. 자유로워진 두 손을 탁탁 털어 낸 윤지가 핸드폰의 알림을 껐다. 그러고는 다시 고개를 돌려 종우를 노려봤다.

네가 감히 기어올라? 그런 표정이었다. 그게 귀여워 그는 피식 또 웃었다.

"다음에 이런 일 있으면 절대 손 놔주지 마, 오빠."

"응?"

"나, 먹어 주세요. 라고 말하는 거야."

"하하하. 내가 졌어."

그는 두 손을 들고 그녀에게 항복했다. 먹어 주세요 라니. 고자 되게 해 주세요. 라고 해서 깜짝 놀랐는데…… 휴, 다행이다.

"내가 15분 안에 온다고 직원하고 약속했거든. 그 친구가 무수리 역할이니까 쌤쌤 할게. 앞으로는 도와주더라도 상의해 줘."

"아무렴. 그럴게."

그는 아까처럼 윤지의 어깨에 팔을 올리고 제품으로 당겼다. 품에 안은 채로 비상구를 나와 카페 앞까지 데려다줬다. 카페에 도착해 막상 그녀를 보내 주려니 너무 아쉬웠다. 종우 역시 병원 일을 마무리하고 넘어온 것은 아니었지만, 헤어지기 싫다 고집을 부리며 그녀를 따라 카페에 들어가 구석에 자리를 잡았다. 일하는 윤지를 보는 것도 하루를 마무리하는데 즐거운 일 중 하나니까.

*   *   *

카페에 돌아온 윤지는 카운터에 서서 일하며 문득문득 구석에 자리 잡고 있는 종우를 힐끔거렸다. 자초지종을 알게 되어 일단은 넘어갔지만 그래도 마음이 쓰이는 건 여전했다. 아무리 무수리 역할이라고 해도 중국과 공동 제작에 들어가는 거면 경쟁률이 셀 것 같았다. 아…… 신경 쓰여. 도종우.

저녁 식사 후 후식을 먹기 위해 카페를 찾는 사람들로 분주했고,

윤지는 종우를 살필 겨를이 없었다. 한참 동안 주문받은 음료를 만들다가, 흘깃 종우를 찾았지만 보이지 않았다. 병원으로 돌아간 건가 싶어 이리저리 시선을 움직이는데, 쓰레기를 버리는 곳 근처에서 서성이는 그가 보였다.

오늘따라 사람이 너무 많아 미처 정리하지 못한 쟁반과 컵들을 도종우가 치우고 있었다. 병원에서는 원장님 소리 들으며 손가락 하나 까딱 안 할 텐데. 여기서 저런 걸 정리하는 모습을 보자 괜히 마음이 술렁거렸다. 그러나 그녀는 종우를 도우러 갈 수가 없었다. 사람들이 끊임없이 카페로 밀려왔기 때문이다. 대략 두 시간이 순식간에 지나갔고, 윤지는 고무줄로 머리카락을 새로 묶고 숨을 크게 들이쉬었다.

"이제부터는 좀 한가해지는 거 맞지?"

옆으로 다가온 연주가 묻자 윤지가 입꼬리를 올리며 고개를 끄덕였다. 연주가 심각한 얼굴로 고개를 도리도리 젓다가 그래도 회사보다 낫다며 다시 주방 안으로 돌아섰다. 이젠 연주까지 TG 전자를 그만두고 이곳에 정식 직원으로 취업하게 된 것이다.

그녀의 꿈대로 친구들과 동업을 하며 똥이든 된장이든 찍어 먹어보기로 했다. 너무 좋다. 해인이만 출산하고 나면 이제 곧 2호점이 고지였다. 미리 터를 봐 둬야겠다.

"나 먼저 갈게."

"그래, 저기서 너 기다린다. 마감은 내가 할게. 고생했어, 윤지 사장님."

"네. 직원님. 오늘 얼마 벌었는지 체크 좀 해 주세요."

그녀는 충성이라며 큰 소리로 인사를 했다. 두 사람은 피식 웃었다. 윤지는 그대로 앞치마를 풀고 자신을 기다리고 있는 종우에게 갔다. 자신은 도종우에게 마음의 빚이 있었다. 그래서 더 그에게 무언가를 받기 싫은지도 모르겠다. 결혼하잔 제안을 받아들였던 건 그를 좋아했기 때문도 있지만, 그것보다 마음의 빚을 갚아야 한다는 생각이 강했다.

10년 전, 종우는 누구보다 힘들게 살았다. 장학금을 받았지만 해부 실습을 할 땐 추가로 큰돈이 필요했다. 그런 것을 감당하기 위해 종우는 공부 외에 과외도 열심히 하고, 방학 때면 잠 동안 막노동도 했었다. 시간이 비는 날은, 몸을 쉬게 두지 않았다. 여자와 술을 멀리하며 정말 착실하게 살았다. 그래서 그녀의 눈에 그가 더 멋져 보였는지 모르겠다.

주변 친구들이 짱짱해서 도와줄 만한데도 그는 친구들에게 도움을 청하지 않았다. 그건 자존심이 상하는 일이라고 했었다. 없으면 없는 대로 안 먹고 말지, 친구들과 돈이 엮이면 그때부턴 친구가 아니게 된다고.

윤지 역시 종우처럼 부모님께 손을 벌리지 않고 혼자 버티기 위해 그 시절부터 고군분투했다. 자신 때문에 부모님이 고생한 걸 알기에 지원을 받기가 미안했고, 잘살기 위해 자신에게 무신경한 건 핑계라는 걸 보여 주고 싶기도 했다.

그런 그녀에게 급전이 필요한 순간이 생겼다. 스물셋, 연주가 많이 아팠다. 당시 연주는 부모님의 사업이 망해서 빚쟁이들에게 시달릴 때였고, 해인은 어학연수를 떠나 있었기에 돈 빌릴 곳이 없었다. 수중에 있는 돈은 몇만 원이 고작인데 맹장이 터진 연주가 급하게 수술에 들어간 것이다. 연주의 부모님은 대출이 막혀 있는 상태였고 윤지도 당시엔 어려서 대출의 '대'도 모를 때였다. 부모님은 어떻게 된 건지 며칠째 연락이 닿지를 않았다. 그저 발만 동동 구르다 떠오른 것이 종우였다.

"그럼 이거 써. 천천히 갚아도 돼."

"……오빠? 중요한 돈 아니에요?"

"응."

그가 봉투 하나를 건넸고, 그녀는 봉투를 열어 금액을 확인했다. 백만 원이었다. 지금의 서른셋 윤지에게 그건 그리 큰돈은 아니었지만, 당시 스물셋 나이의 그녀에겐 큰돈이었다. 부모님과 전화 연█████ ██ ████ ███ ██ ████████████, ███ ██████ ███ 우가 주는 건 의외였다.

그때는 생각할 틈이 없었다. 퇴원하려면 수술비 전액을 다 지불해야 하는데, 어찌할 도리가 없던 연주는 종우의 돈을 받고 말았다. 그 돈은 장학금을 합쳐서 그해 여름에 필리핀으로 인체 해부학 실습을 하러 가기 위해 그가 모은 돈이었다. 그래서 그해 여름, 그는 필리핀에 가지 못했고 대신 그녀와 자주 보게 되었다. 그때 빌린 백만 원은 2주도 안 돼서 연주가 월급이 들어오자마자 바로 갚긴 했다.

다만, 갚는 시기가 이미 해부학 실습 모집 기간이 지나서였을 뿐. 사실 윤지가 필요해서 빌린 돈은 아니었다. 하지만 어쩔 수 없는 상황에서 도와준 종우에게 마음의 빚이 생겼고, 오랜 시간이 지나도록 윤지의 마음 한구석에 자리를 잡고 있었다. 아마도 그가 결혼을 제안했을 때 그리 쉽게 부탁을 받아들인 것도 그 때문인지 모른다.

당시의 도종우가 떠오르자 정말 잘 컸다는 생각이 들었다.

　윤지는 되돌려준 안경을 다시 쓰고 있는 종우에게 팔짱을 끼고 함께 카페를 나왔다.

"시력 떨어졌어?"

"아니."

"근데 왜?"

"이거 알 없는 안경이야."

그가 안경을 벗더니 알이 있어야 할 공간에 손가락을 푹푹 찔렀다. 아까는 왜 몰랐지……. 긴장했었나?

"네가 안경 낀 남자 섹시하다며."

"내가 언제?"

"요새 난 안경 낀 남자가 좋더라. 섹시해~ 이랬잖아, 네가."

아아! 윤지가 생각난다는 듯 고개를 끄덕였다. 그 연하남 배우. 그걸 아직도 기억하고 있었다니.

"오빠 나 진짜 좋아하나 보다."

"그럼. 사랑하지."

"……그런 것도 기억하고."

잊고 있었는데, 종우에게 빚을 졌다는 게 다시 생각났다. 윤지에게 해인과 연주는 가족만큼 소중한 친구들이었다. 가족을 대신할 수 있는 유일한 친구. 종우와는 또 다른 귀한 존재. 당시의 연주가 종우 덕분에 살았다. 그땐 몰랐는데, 맹장 터진 게 죽음으로도 이어질 수 있는 위험한 거였다고 한다.

　윤지는 어쩌면…… 아주 어쩌면, 그 당시의 종우가 입에 달고 살던 전우애가 다른 감정을 동반한 거였을지도 모른다고 생각했다. 연애 한번 할 수 없었던 상황의 종우였기에 정말 그 감정을 몰랐을 뿐이다. 윤지 또한 제 마음의 크기와 그의 크기가 다른 것만을 비교하며 서운해했다. 그가 자신을 사랑하지 않는 것에 상처받으며, 정작 그 마음 따위는 안중에도 없었던 것이다.

"재신이나 도형이, 태훈이처럼 이상하게 윤지 너한텐 전우애가 있어. 의리를 지켜야 할 거 같단 말이지."

어쩌면 지금도 사랑과 전우애를 같은 것으로 생각하는 도종우. 윤지는 그런 그의 마음을 몰랐다. 윤지는 이제야 그의 진심이 서서히 스미는 것을 느꼈다. 봄에서 여름으로 넘어가듯 아주 자연스럽게 밀이다.

6

같이 살자

은행은 열기를 식히려고 에어컨을 가동했다. 여름이 다가온 것이다. 윤지는 적금을 깨고 친구들과 돈을 모아 집 보증금을 냈다. 카페 보증금을 올리지 않았기 때문에 대출을 받지 않아도 되고 돈이 남았다. 다시 적금을 들까 고민하다가 남은 돈을 통장에 넣으며, 종우의 생일 선물을 생각했다.

은행 문 밖은 햇볕이 쨍쨍 내리쬐고, 두툼한 옷이 얇아지고 손목까지 가렸던 소매 길이가 어깨 바로 밑으로 짧아졌다. 사계절이 빠르게도 변해 가고 있었다. 카페로 들어서는 그녀를 연주가 반갑게 맞아 주었다.

"윤지, 왔어?"

"응. 우리 이사 안 가도 돼. 해결했어."

윤지가 손뼉을 탁탁 치며 뿌듯한 표정으로 말했다. 연주는 잘됐다며 쌍 엄지를 들고 까르르 웃었다.

"진짜, 곧 여름 오려나 봐. 봄이 없어지려나?"

"그러게."

"참참! 너 올해는 제모한다고 했잖아. 종우 오빠네서 하는 거야?"

"……연주야."

"어?"

"너는 김재현한테 꿈틀거리며 빌빌거릴 덩어리 새 생명을 보여 줄 수 있겠니? 그거 한 올 한 올 뽑아 달라고 부탁할 수 있겠어?"

"미쳤어?"

"나도 그 마음이야."

연주는 수긍이 간다며 고개를 끄덕였다. 레이저 제모를 하면 초반엔 1개월에 한 번씩 가야 하는데, 장사하다 보면 시간을 못 맞출 때가 많다. 결국 5회치를 끊어 놓고 한 번만 하는 경우가 태반이었다. 그래서 돈이 아까울 때가 많았다.

"그래도 공짜로 해 줄 텐데."

"공짜여도 도종우는 싫다."

"……내가 왜 싫어?"

"으아악!"

윤지는 들고 있던 티슈를 허공으로 날렸다. 티슈 뭉치가 그녀의 손에서 벗어나 바닥에 흩날렸다.

"놀랐잖아. 왜 정문이 아니라 뒷문으로 와?"

"너 놀라게 해 주려고."

직원들이 화장실 가기 좋게 뒷문은 열어 두는 편인데. 언젠가부터 종우도 그 문을 이용하기 시작했다. 정문으로 들어와서 카운터로 올 때까지 그녀가 그를 바라보는 눈빛이 부담스럽다는 게 그 이유였다. 제 눈이 어쨌길래.

"근데 내가 왜 싫어? 뭐가 싫은데?"

"안 싫어."

"방금 싫다고 한 거 들었거든."

그는 윤지의 어깨에 팔을 올리고 기어이 힘을 꾹 줘서 헤드록을 걸었다. 사랑하는 사람에게 줄 수 있는 벌치고는 남들 눈에는 매우 달콤해 보였다.

"연주 씨, 뭔데요?"

"그러니까…… 제가 말하기가 좀."

"싫다는 말 들으니 되게 찝찝한데. 정윤지 말 안 해?"

그는 그녀를 뒤에서 더 꽉 안은 후 정리된 머리카락을 흐트리고 두 주먹으로 볼을 눌러 찌부러뜨렸다.

"악!"

순식간에 전세가 역전되어 그는 윤지의 손아귀에 잡혔다. 팔목을 비틀어 잡은 그녀가 후 숨을 뱉으며 흘러내린 자신의 머리카락을 위로 날렸다.

"두 사람 여기서 이러지 마시고, 저쪽으로 가 주시겠어요?"

연주가 손으로 정문을 가리켰다. 윤지는 종우와 10분만 대화하고 온다며, 그의 팔을 꺾은 채로 나갔다. 그녀에게 끌려나가면서도 종우는 웃으며 연주에게 인사했다.

두 사람을 바라보는 연주와 신정은 혀를 찼다.

"나, 너 안 싫어! 종우야."

"그럼 아깐……."

"으음."

윤지는 입을 꾹 다물고 대답을 피했다. 남친과 털 관련 이야기는 피하고 싶다.

"5분 남았다. 나 다시 들어가 봐야 해."

"나도 다시 가야 해. 시간 왜 이렇게 빠르지?"

종우는 손목시계를 힐끗 보고는 인상을 썼다. 시간이 너무 빠르니, 어쩌지. 시간을 피할 상대에게 온 이래 내 힘은 좀 받기 위해 카페로 온 건데, 저가 싫다는 말을 들었다. 한창 그녀의 마음을 얻으려 노력하고 있는 와중에 들은 소리라 어딘지 모르게 찜찜했다.

그게 뭐든, 자꾸 궁금해진다.

그는 꼭 한번 안아 주고 진료하러 가기 위해 그녀에게 손을 뻗었다. 보는 눈이 많기 때문에 두 사람은 이렇게 짬을 내서 얼굴을 볼 때면, 윤지네 카페 뒷문에 있는 간이 창고를 이용한다. 안쪽 문만 닫으면 사방이 막힌 공간이 된다. 아주 좁은 공간.

종우는 팔로 선반을 짚고 윤지의 얼굴을 내려다봤다. 그는 끈 하나로 머리카락을 질끈 묶은 윤지의 모습을 가장 좋아한다. 예쁜 목선과 어깨선, 그 위로 사뿐히 내려앉은 머리카락을 보다 보면 입을 맞추고 싶단 생각이 절로 들기 때문이다. 서로의 눈을 바라보다가 두 사람은 누가 먼저랄 것도 없이 입을 맞췄다. 그가 상체를 숙인 건지, 그녀가 그의 목에 팔을 감아 끌어당긴 건지, 거의 동시에 일어났다.

선반이 쿵하고 흔들렸다. 불붙은 연인은 5분이란 시간을 알차게 쓰기 위해 치열을 골고루 훑고 아랫입술을 먹었다. 그녀의 등 뒤로 팔을 감아 제게로 끌어당긴 후, 그는 그녀의 목선과 어깨를 매만졌다. 하아, 하아. 갈증 나. 입술을 잠시 뗐다가 촉촉하게 젖은 그녀의 입술을 바라보며 그가 엄지로 쓱 훔쳤다.

통통하게 부푼 입술이 예쁘다. 이대로 돌아서기 아쉬울 만큼. 한 번은 집 안에 그녀를 가두고 창문, 대문, 문이란 문은 다 잠가 놓고 마음껏 취하고 싶다. 그의 손끝은 아쉬움에 가득 찼고, 타액이 묻은 손은 간질간질 그녀의 쇄골을 쓸었다.

"흐아······."

윤지의 미약한 숨소리에 종우는 손이 닿은 곳에 입술을 묻었다.

짝짝짝.

"으아아악."

화들짝 놀란 두 사람이 서로에게서 떨어졌다. 이 자식은 왜 이쪽으로 들어와? 석현이 손뼉을 치며 두 사람을 보고 있었다. 두 사람의 입술이 떨어지자 만족한 듯 깍듯이 고개를 숙이며 당당하게 뒷문으로 들어왔다.

"오늘 왠지 이쪽으로 지나가고 싶더라니. 안녕하세요?"

띠디디딕, 띠디디딕.

엎친 데 덮친 격으로 종우의 핸드폰이 울렸다. 그건, 이제 진료실로 돌아가야 한다고 마지노선으로 정해 둔 알람 소리였다. 그는 젠장, 젠장! 속으로 읊조리며 석현을 노려보았다. 그러다가 자신을 바라보는 윤지의 시선이 느껴져 고개를 돌리며, 마치 어린아이를 혼내는 것 같은 표정으로 중얼거린다.

"눈 안 풀어?"

"……아, 왜. 나한테만."

억울한 표정을 지어 보인 종우였지만 금세 다정한 눈빛을 발사하며 윤지의 입술을 톡톡 건드려 주었다. 윤지가 석현에게 입장 정리를 했다고 하던데, 왜 찾아오는 거지? 아니면 일부러 괴롭히려고?

"얼른 가 보세요. 의사 양반."

"양반?"

"저는 윤지 씨와 일이 있어서요. 안녕히 가세요."

꾸벅, 석현이 고개를 숙였다. 젠장, 젠장! 윤지 손목을 잡고 다른 곳으로 데려가 버릴 배에 그런 두기 있어 되기했다. 질투 앞에서 종우는 여전히 어린애였다.

* * *

"여기로 할게요."

"더 안 둘러보시고요?"

"네. 여기면 됩니다."

윤지의 부친, 성국은 도장을 찍어 계약했다. 그들의 옆엔 30인치짜리 캐리어 두 개가 세워져 있었다.

"오늘부터 바로 입주하면 되나요?"

"아직 청소가 안 되었지만……. 물론 입주는 가능하죠."

건물 주인과 중개사 직원은 그들이 마음을 바꿀까 싶어 냉큼 말했다. 6개월간 비어 있던 집이 한 방에 나간 것이다. 안 그래도 건물주에게 골칫거리인 집이었는데, 해외에서 온 세입자가 이것저것 따지지 않아서 바로 계약이 성사되었다. 성국은 아내와 함께 캐리어를 끌고 골목을 올랐다.

"여기가 윤지네 옆집이지? 여기밖에 없다니까 어쩔 수 없지."

"네. 윤지 아빠, 우리 이제 여기서 터 잡고 살아요."

연숙은 캐리어를 집 앞에 멈춰 놓고 옆집을 봤다. 윤지가 친구들과 사는 집. 이제라도 엄마 노릇 제대로 해야지. 그녀는 그런 마음으로 왔다. 일본으로 돌아가기 전 우연히 마주친 종우와 그 뒤로 만난 윤지 때문에 생각이 많았던 그녀였다. 비행기 시간 때문에 깊게 얘기할 수 없었고, 갑작스레 윤지와 마주하자 어색한 감정이 밀려와 속마음을 다 꺼내 보이지는 못했지만, 그 짧은 순간은 일본으로 돌아가서도 그녀의 마음을 무겁게 했다. 데면데면하게 대꾸하던 윤지의 모습이 머릿속에 남았다. 원래 퉁명스러운 성격이라 그런 거라고 생각했는데. 사실은 그게 아닐지도 모른다는 생각이 들자 결국 윤지의 아빠에게 이야기를 꺼냈다.

"윤지가 어떻게 컸는지 모르겠어. 어느새 다 자랐더라고! 한창 어릴 땐 우리 더 잘살자고, 나중에 더 행복한 세상 윤지가 꿀리지 않게 만들어 주자고 아등바등했잖아. 여보는 여보 프로젝트 때문에 바빴고, 나도 나대로……. 그게 생각해 보니 잘살기 위해서가 아니라 내 욕심 때문이었던 거 같아요."

"윤지 잠깐 보고 온다더니 무슨 일 있었어?"

"윤지 어릴 땐 친척 집 전전하게 했잖아. 난 윤지가 행복한 줄 알았어. 예쁜 옷 입고, 좋은 음식 먹고, 방학 땐 한 번씩 해외여행도 다녔잖아. 어릴 때 난 그러지 못해서 그렇게 해 주면 행복할 줄 알았다고. 내가 이렇게 바쁜데 그 정도 해 주면 최선을 다했다고 생각했어. 그런데…… 윤지가 어릴 때 추억이 하나도 없다네. 이모네, 할머니네, 고모네 전전하고 혼자 밥 먹은 기억밖에 없대. 나쁜 년!"

연숙은 연숙대로 힘들었는데. 그래도 최선을 다하려 노력한 건데, 고마워하지 않는 윤지가 미우면서도 여러 가지 생각을 하게 되었다.

"성인 돼서는 지 편하게 살라고 터치 안 했더니 그게 또 섭섭하대. 그래, 여보! 우리 여행, 이제 그만하고 귀국하자."

"그러자. 윤지도 당신 마음 잘 알 거야."

그땐 하루도 쉬지 못하느라 뒤돌아볼 여유가 없었다. 그러나 지금 두 사람은 여유가 충분했다. 마음만 먹으면 언제든지 윤지의 곁에 함께해 요. 그는 부부 세대치며 사위에게 손 인내미 말기 않게 다고 다짐했지만 결국은 윤지였다. 제 딸 외롭게 두지 말자고, 이제는 엄마 아빠 노릇 하자며, 그들이 원하는 삶을 조금 더 미루자고 그렇게 결론을 내렸다.

* * *

『그 남자 갔어?』

『아니. 대화 중.』

윤지는 답장을 보내고 핸드폰을 뒤집었다. 석현이 가져온 제안서에는 TG 전자 개발 1팀으로 오전에 샌드위치를 3일 제공하는 것에 대한 금액이 쓰여 있었다. TG 전자 1층에도 사내 카페가 있지만, 부서가 워낙 많다 보니 다 소화를 못 한다는 거였다.

"1층 앞에서 전화 주시면 제가 가지러 내려가겠습니다. 보안 때문에 올라오진 못하세요."

지이이잉.

테이블이 진동으로 떨렸다. 석현이 핸드폰을 가리켰으나 윤지는 바로 확인 안 해도 괜찮다며 무음으로 바꿨다.

"저희가 샌드위치 한 개당 드릴 수 있는 금액을 책정해 보았는데요. 저희 부서가 회식을 싫어해서 회식비를 아침밥으로 대체하는 건데, 여기 봐주세요."

그는 제안서 몇 장을 넘겨서 단가표를 보여 주었다.

"재료에서 베이컨을 빼거나, 단가는 맞춰 주셨으면 좋겠어요."

"……재료에서 깎을 순 없고요. 맞춰 볼 수 있을 거 같아요. 주문 수량은요?"

"일단은 스무 개요. 한 달 정도 제공을 하고 반응이 좋으면 그대로 가고, 아니면 도시락이나 다른 메뉴로 업체를 바꿀 거 같아요. 제가 여기 추천했습니다."

"감사해요."

윤지는 꼼꼼히 단가표를 살폈다. 이 정도면 나쁘지 않다. 주 3회면 총 예순 개.

"할게요. 무조건 해야죠."

"감사합니다."

"제가 감사하죠."

"이렇게라도 윤지 씨 얼굴을 봐야죠."

그녀는 제안서를 보던 눈을 들어 그를 응시했다. 자신을 잊은 것처럼, 상대를 편하게 하는 사람이다. 그런 석현이 한 번씩 제 마음을 비치면 미안해서 어쩔 줄 모르겠다. 그녀가 제안서에서 손을 떼자 그가 손바닥으로 그녀의 손을 덮었다.

"무거운 마음으로 더 맛있게 만들어 주세요. 저도 먹을 거니까."

"음."

"누나, 더 약아지셔야죠. 이런 좋은 기회를 놓치면 장사 진짜 못하는 거죠."

절대 누나라고 부르지 않겠다고 말할 땐 언제고, 이젠 누나라며 웃는다. 말은 저렇게 해도 자신을 향한 마음이 전과 같진 않을 것이다.

"나한테 잘 보이면 뭐~ 다른 팀 것도 땅겨 줄 수 있고 뭐……."

"푸흡. 고마워요, 석현 씨."

윤지는 테이블 위에 흐트러져 있는 종이를 한데 모아 탁탁 쳐서 정리했다. 그러고는 다시 한번 감사하다고 인사한 후 자리에서 일어났다. 석현이 꾸벅 고개를 숙여서 나간 후 그녀는 무음으로 바꾼 핸드폰을 켰다.

『걱정돼.』

『보고 싶다. 카페 CCTV를 우리 컴퓨터로도 볼 수 있게 해 주면 안 돼?』

『그래서 그 남잔 왜 온 거야?』

그 이후엔 진료하는 모양인지 따로 문자가 온 게 없었다. 윤지는 큭큭 웃으며 종우에게 답장을 보냈다.

『주 3일 얼굴 볼 시간 내 달라는데. 차마 거절 못 하겠더라고.』

약 오르지. 그녀는 기지개를 쭉 켜고 카페 테이블을 정리했다. 사람들이 왔다 간 자리에 남은 흔적들을 닦고 의자 열을 맞췄다. 한참후에 『그 자식 돈 거 아냐?』라는 문자 하나가 종우의 마음을 대변하듯 신경질적으로 휴대폰을 울렸다.

* * *

진료가 끝난 종우는 지하 주차장으로 내려왔다. 집에 가서 저녁먹고, 옷 갈아입고 씻은 후 윤지를 데리러 다시 올 생각이었다. 아까 점심때보다 더 말끔한 모습으로. 바쁘게 걸음을 옮기면서도 머릿속은 윤지의 주변을 맴도는 석현을 어떻게 처리하면 좋을지 그생각으로 복잡했다. 아직도 윤지를 마음에 두고 있는 게 확실했다. 그 녀석, 점심에 우리가 키스한 모습을 보고 박수 칠 때 손에 힘이실려 있었다. 짝짝짝 경쾌한 소리가 아니라, 아주 찰진 짜악, 짜악, 짜악이었다.

약 올라. 주 3일 내 여자 얼굴은 왜 봐? 윤지가 알아서 차단하겠지만, 그 자식이 무턱대고 찾아오면 어쩌지? 따라다니지 말라고 주먹을 날릴 수도 없고. 이럴 땐 제 나이와 체면을 내려놓고 싶다. 생글생글 웃는 얼굴이 정말 얄미워 죽겠다.

띠딕. 그는 차 시동을 켰다.

"짠!"

갑자기 튀어나온 여자의 인영에 깜짝 놀란 종우가 한 발짝 뒤로 물러났다. 누구인지 얼굴을 확인한 그의 미간이 절로 구겨졌다.

"안녕하세요, 선생님~ 저 아진이에요. 오랜만이죠?"

놀란 종우를 보고 서프라이즈에 성공했다는 생각이라도 한 건지. 아진의 눈웃음이 더욱더 진해졌다. 생글생글 웃는 그녀의 얼굴을 보고 종우가 겨우 표정 관리를 했다.

"네. 그러네요."

그는 영업용 미소를 날리며 말했다. 아진은 여자 아이돌 그룹 '라뷰'의 멤버로 병원의 홍보에 크게 기여하는 중이었다.

"저 여기 뭐 났는데. 자세히 봐주시면 안 돼요?"

"지금요? 진료가 끝났는데, 어쩌죠. 예쁜 사람을 위해 시간을 내는 게 맞는데,"

그는 손목시계를 한 번 보면서 검지로 시계를 툭툭 쳤다.

"그래도. 너무 늦었네요."

"사적으로 다른데서 봐주셔도 되는데."

아진이 볼을 붉히며 속삭이듯 중얼거렸다. 갑작스러운 발언에 종우가 곤란한 웃음을 띠었다. 아진이 이런 식으로 관심을 표현한 게 처음 있는 일은 아니었다. 처음 병원에 찾아왔을 때부터 이것저것 종우의 사생활적인 부분을 물어보더니, 그 뒤로도 피부가 좋아진 감사 인사로 음식을 대접하겠다느니, 언제 시간이 괜찮냐느니 하는 것을 물어 왔다.

어찌 됐든 그것도 병원을 홍보해 주는 소중한 고객이었기 때문에 종우는 은근슬쩍 돌려 거절의 표시를 해 왔었다. 아무래도 아진에게는 속뜻이 전해지지 않은 모양이었지만. 그는 큰 손으로 목을 주무르며 이로 아랫입술을 물었다.

"저희 집은 예쁜 여자 못 들어와요."

"선생님 눈에도 제가 예뻐요?"

"그럼요."

누가 만져 준 피부인데. 누가 놔 준 보톡스 주사인데. 당연히 예뻐야지. 그는 그런 생각을 하며 싱긋 웃었다.

"다행이다."

그러는 사이 지하 주차장 엘리베이터 문이 열렸다. 종우는 누가 볼세라 얼른 아진의 팔을 잡아 차 뒷좌석으로 밀어넣고 옆에 올라탔다. 고객에 대한 최소한의 예의는 지키겠지만, 이상한 소문이 도는 건 사절이었다. 혹시 스캔들이라도 나서 윤지가 신경 쓰는 일만은 피해야 했다. 그러나 걱정스러운 종우와 달리 아진은 자신을 박력 있게 대하는 그의 모습에 또 한번 반한 건지 눈에 하트가 박혀 있었다.

"휴."

인기척이 사라지고 나서도 한동안 주변을 경계하던 종우는 조용한 주차장을 확인한 뒤에야 뒷좌석 문을 열었다. 바닥으로 내려서려는 순간, 아진이 그의 팔을 붙잡고 제 쪽으로 끌어당겼다. 종우가 당황한 얼굴로 돌아보자 마치 아이가 사탕을 달라고 조르는 것 같은 눈빛으로 그를 응시해 왔다. 종우는 발을 바깥쪽으로 뺀 상태로 아진을 향해 낮게 말했다.

"이러면 못써요. 그리고 전 여자 있어요."

미소는 여전히 유지한 채, 자신을 잡고 있는 아진의 손목을 잡아 놨다. 한동안 하루가 멀다 고 병원을 들락거리는 아진을 보고 재신이 조심하라고 경고하긴 했었다. 한번 남자를 물면 꼬실 때까지 들러붙기로 연예계에 소문난 애라고.

그런데 왜 자신에게…… 그가 고개를 절레절레 젓는데. 반대편 뒷좌석 문이 열렸다. 그쪽에 기대서 나른하게 눈을 뜨고 있던 아진이 퍽 반대편으로 고꾸라졌다.

"잠깐 내려 볼래?"

언제부터 보고 있었던 건지 윤지가 표정 없는 얼굴로 아진을 향해 중얼거렸다. 그 모습을 본 종우는 괜히 뜨끔해 등에서 식은땀이 흘렀다. 벤츠 차를 가림판으로 두고 윤지는 아진을 노려보았다.

"야! 유아진."

"허억, 네."

아신이 이름 뭍 ㅂ그ㄴ 소리에 아진이 화들짝 녹라며 대답했다. 왜 이 사람이 여기 있는 거지. 윤지를 보자마자 아진의 머릿속에는 그 생각밖에 없었다. 그녀는 윤지 앞에 다소곳이 손을 붙이고 차에 딱 붙은 채로 입 한 번 벙끗 못 하고 있었다. 윤지가 매서운 눈길로 그런 아진을 훑었다. 윤지는 윤지 나름대로 왜 아진이 갑자기 튀어나와 종우에게 들이대고 있는지 어이가 없었다. 두 사람은 고등학교 선후배 사이였다. 그것도 꽤 사이가 좋지 않은 거로 유명했다. 따지고 보면 윤지가 무척이나 싫어하는 후배라고 해야 정확하다.

"너 저 남자한테 관심 있어?"

"네?"

"있어, 없어."

"없, 없는데요……."

무슨 일인가 싶어 두 사람을 번갈아 바라보던 종우는 윤지의 옆으로 가서 어깨에 팔을 둘렀다.

"그럼 앞으로 이 차 타는 거 볼 일 없겠지?"

"네, 네. 선배님."

조금 전 귀엽게 깜빡이던 두 눈은 손끝만 보고 있었고, 나른하게 풀려 있던 몸은 바짝 기합이 들어 꼿꼿이 서 있었다. 종우는 아진과 윤지를 번갈아 봤다. 나 몸 사려야 하나?

"그럼 가 봐."

"선배님, 혹시 사귀시는……."

"쓰읍. 후배가 궁금해할 일이 아니야. 누구 말대로 예쁜 후배는 이제 누구 괴롭히진 않지? 사람 괴롭히면 안 돼. 알겠지?"

말을 곱씹는 윤지의 표정에 상대방은 파르르 몸을 떤다. 윤지에게 제대로 혼이 났던 모양이다. 어릴 때 껌 좀 씹었다더니, 껌이 아니라 커터 칼이었나 보다. 아진을 돌려보낸 후 이번에는 윤지가 종우를 바라봤다. 그 눈길에 종우가 황급히 웃으며 덧붙였다.

"윤지야, 난 아니다. 알지?"

"그러엄. 오빠 간이 그리 크진 않을 거야."

"……나 간 조그마해."

그가 손톱만큼이라고 강조하며 윤지의 눈치를 살폈다.

"근데 무슨 사이야?"

"아- 세상 참 좁지. 예전에 나한테 좀 몇 번 혼난 적 있는 애야. 맨날 애들 삥 뜯고, 때려서 좀 혼내 줬지. 쟤가…… 학교 후배 눈멀게 했어. 그런 애가 대형 스타 돼서 잘 돌아다니니 세상 말세다, 말세. 내가 또 누구 괴롭히는 거 못 보잖아."

"그럼. 우리 윤지 그런 거 못 보지."

"지금도 약한 애들 괴롭히고 있는 거 아니야? 연예계에서? 쟤 싸움 잘해서 나 말곤 쟤 이길 애 없거든."

윤지의 말에 그는 그녀의 두 손을 잡았다. 그러고는 엄지로 자신보다 훨씬 작은 윤지의 주먹을 매만졌다.

"이 손으로 이제 사람 때리지 마."

"안 때려, 손 턴 지가 언젠데."

"화나도 참고, 누구 혼낼 일 있으면 나한테 말해."

이 손은 이제 누군가를 위해 쓰지 않았으면 좋겠다. 그는 이 손을 보면 마음이 아팠다. 남을 위해 도와줘도 남들은 그녀에게 고마워하지 않을 테니.

"내가 정윤지 한정으로 져 주긴 하지만, 너보단 백 배 힘세."

"에?"

"정말이지."

그녀는 갑자기 팔씨름하자며 종우의 차 트렁크에 팔꿈치를 대고, 까닥까닥 손가락을 꺾어 그를 불렀다. 그는 귀여운 그녀의 제안을 받아들이며, 검지와 중지 두 개만 딱 폈다.

"에이, 도종우. 그거 아니야. 손목 잡을게."

"해 봐. 일단."

그는 여유 있게 웃으며 두 손가락을 까닥였고, 윤지는 그의 두 손가락을 꽉 잡았다. 윤지의 얼굴엔 긴장감이 돌았다. 껌이든 커터 칼이든 뭘 씹었든 그는 자신 있었다.

"시……작!"

윤지가 '작'과 동시에 힘을 팍 줬다. 그는 막강한 힘에 흠칫 놀랐으나 여유를 놓지 않았다. 져 주는 척 손을 쓰러뜨리자 윤지의 눈이 반짝반짝 빛난다. 그래도 지금은 평소처럼 져 줄 시간이 아니었다.

그는 아주 살짝 힘을 줬다.

"으아악! 졌네."

그녀는 다가와 그의 두 손가락을 펴고 요리조리 살폈다.

"치트 키 썼지?"

"윤지야, 네가 봐도 치트 키는 아니지 않아?"

"치. 져 주지도 않고."

"하하하."

"남자 친구가 돼서 여자 친구 꼭 이기려는 사람이 있다던데, 그 게 너였어."

그녀의 말에 종우는 웃던 걸 멈췄다. 내가 언제 이기려고 했나, 매 번 졌지.

"윤지 너 보고 깨달았어."

"뭘?"

"나도 그 자식 집합시켜서 좀 기합을 줘야겠어."

"누구?"

"석현인가 뭔가. 그놈!"

커터 칼 씹은 윤지보다 자신이 한 수는 더 위일 테니. 그는 이를 꽉 물고 힘을 줬다. 힘 풀어, 힘 풀어, 종우야. 이 나가. 윤지의 속삭임 을 들으며 그는 이에 실린 힘을 풀었다. 정말 그녀 말대로 이가 나 갈 수 있는 나이였으니까.

"마감하고 있어. 데리러 올게."

"정말?"

"응. 너 다시 카페 가 봐야 하잖아."

"아차차. 이거 저녁으로 먹으라고."

윤지는 어제저녁 반찬을 만들다가 종우가 생각나 그릇에 담아 놨었다. 종우가 퇴근할 때 주려고 카페 냉장고에 넣어 뒀다가 바로 가져온 것이다.

"고마워."

석현이 주 3일 그녀를 본다면, 자신은 주 7일을 봐야겠다. 그는 그런 결심을 하며 윤지를 카페 앞까지 데려다주고, 다시 지하 주차장으로 내려왔다.

* * *

"많이 늦네."

뒷짐을 진 채 성국은 제 딸이 언제 오나 골목길을 내려다봤다. 저녁부터 딸 좋아하는 요리해 보겠다며 부엌을 서성이는 아내가 아까부터 꾸벅꾸벅 졸고 있었다. 윤지가 오면 꼭 깨워 달라기에 그는 딸을 기다리는 것이다. 윤지 엄마는 요리에 익숙하지 않았다. 요리보다 일하는 게 더 편한 여자. 그렇게 된 건 그의 탓이 컸다. 그래서 성국은 아내에게 미안했다. 자신이 조금 더 능력 있는 가장이었다면, 그녀까지 발 벗고 나서서 고생할 필요는 없었을 것이다.

분명 가정에 집중할 수 있는 시간도 있었다. 삶이 좀 나아졌을 때. 각각 부모를 평생 챙기고도 남을 정도로 여유로웠을 그때, 현상 유지만 하면서 윤지를 돌봐야 했는데, 성국도 제 아내 연숙도 그러지 못했다.

음식 다 식겠네. 유일하게 연숙이 잘하는 요리는 윤지가 아기 때 먹었던 것들이다. 그것만큼은 꼭 본인의 손으로 해 주고 싶어서 새벽까지 이유식, 죽을 만들어 두고 잠들었다. 그의 미간이 좁혀질 때쯤 멀리서 차 헤드라이트가 시야에 들어왔다. 저도 모르게 1층 건물 안으로 몸을 숨겼다.

성국은 몸을 낮춘 자세로 집으로 들어갔다. 문이 열리자 연숙은 딸이 온 건가 싶어서 자다 말고 뛰쳐나왔다.

"윤지는요?"

"저녁은 다음에 먹는 게 나을 거 같아."

"먹고 들어왔대요?"

연숙의 눈이 부엌으로 향했다. 오늘 내내 레시피 찾아가며 열심히 만든 흔적이 곳곳에 놓여 있었다.

"아무래도 우리 딸 연애하는 거 같아."

놀란 아내를 보며 성국은 멋쩍게 미소를 지었다.

* * *

종우는 카페 앞에 차를 대고 윤지를 기다렸다. 이제는 마감까지 기다리는 그 일상에 제법 익숙해졌다. 슬쩍 유리창 너머로 카페 안을 바라보자 윤지와 연주가 바쁘게 움직이는 것이 보였다. 오늘은 두 사람이 함께 마감을 하지만 평소에는 혼자 하는 경우가 많았다. 여자 혼자 돌아다니기에는 늦은 시각이었기에, 윤지가 마감을 할 때면 종우는 항상 그녀를 집에 데려다주었다.

두 여자가 나올 때쯤, 그는 차에서 내려 다가갔다. 지친 두 사람을 위해 루테인 영양제를 챙겨 왔다. 쇼핑백 두 개가 그의 손에 자랑스럽게 들려 있었다. 윤지 것은 특별히 플라스틱 약통에 하나씩 담아 먹기 편하게 만들었다.

"윤지야."

"연주야."

윤지를 부르며 다가서는데 바로 옆에서 또 다른 음성이 끼어들었다. 고개를 옆으로 틀자 자신과 마찬가지로 쇼핑백 두 개를 손에 든 남자가 보였다. 고급스러움이 물씬 묻어나는 쇼핑백을 보고는 다시 남자의 얼굴로 시선을 옮겼다. 윤지와 연주가 두 남자를 발견하고는 쪼르르 다가섰다. 자연스럽게 윤지는 종우의 품으로, 연주는 그 남자의 품으로 갔다.

"안녕하세요, 종우 오빠~."

신주의 종우를 향해 인사를 건네자 종우 역시 미소 지으며 시선을 마주했다. 옆에 서 있던 남자가 그런 종우를 보며 손을 내밀었다.

"안녕하세요. 김재현입니다."

"네, 안녕하세요. 도종우입니다."

악수를 나누며 다시 한번 얼굴을 가까이에서 살폈다. TG전자 대표이자 재신의 후배라던 그 남자였다. 새삼 연주가 다르게 보여 두 사람을 번갈아 가며 쳐다보았다.

"종우 오빠, 여기 우리 동창이자 연주 남친."

"반갑습니다."

"네. 오시는 줄 알았으면 하나 더 챙길 걸 그랬네요. 이거."

그는 재현이 건넨 쇼핑백을 받아 들었다. 선물 두 개를 윤지와 종우에게 하나씩 주고, 연주 것은 따로 챙기겠다고 한다. 쇼핑백을 받아 들며 안의 내용물을 알 수 있었는데 아주 고가의 한우인 거 같았다. 그가 들어도 무거운 정도니 알찬 무게였다.

종우는 자신의 손에 들고 있던 것을 재현에게 건네었다. 재현처럼 두 개 다 건네고 윤지는 다시 준비해 줄까 하다가 플라스틱 통에 나누어 넣었던 게 생각나 그러지 않았다. 자신이 윤지를 위해 직접 하나하나 그날 먹을 영양제를 배분해서 넣어 놓은 것이었다. 다른 사람에게 줄 수는 없었다.

"나중에 시간 나면 피부과 한번 들러 주세요. 재현 씨는 할 게 없어 보이긴 하지만요."

"감사합니다."

재현은 가볍게 웃어 보이며 감사 인사를 전했다.

"다음에 술 한잔해요."

"네. 초대해 주시면 가겠습니다."

"그래요."

짧은 인사를 주고받은 네 사람은 각자의 차를 향해 걸어갔다. 종우는 윤지에게 피곤하지 않느냐 물으며 안색을 살피다 차에 올랐다. 그녀가 안전벨트를 맨 것을 확인한 뒤에 천천히 차를 몰아 카페 인근을 벗어났다. 가까운 공원 주차장에 멈춘 그가 차에서 내렸다. 조수석 문을 열어 주려고 빠르게 갔으나 이번에도 윤지가 먼저 내린 후였다.

"공주 안기, 차 문 열어 주기, 가방 들어 주기. 난 그런 거 별로야."

"그럼 뭐가 좋은데?"

"이런 거."

그녀는 그가 선물한 쇼핑백을 흔들었다.

"도종우가 정성 들인 선물. 내가 잘 챙겨 먹는 스타일 아닌데, 꼭 챙길게. 연주 것도 이렇게 통에 다 담았어?"

"아니. 연주 씨는 약통만 넣었지."

"봐 봐-. 난 이런 특별한 게 좋더라."

"한우도 좋고?"

그의 말에 그녀가 하하 크게 웃었다. 공원에 윤지의 웃음소리가 울렸다. 그는 먼저 앞서 나가서 빙글빙글 거리를 돌며 날씨 좋다를 연발하고 있는 윤지의 손을 꼭 잡았다.

"윤지야."

"응?"

자신의 마음이 너무 급하다는 걸 안다. 윤지가 따라올 수 있도록 기다려 줘야 한다는 것도 잘 알고 있었다. 하지만 그런 이성과 반대로 갑점은 속도를 제어하지 못하고 윤지를 향해 계속 달려 나가기만 했다. 멈추는 법을 모르는 것처럼.

"같이 살자, 우리."

윤지가 그의 손을 놓으려는 찰나, 그가 더 꽉 쥐었다. 제 손을 덮고도 남을 만큼 크고 따뜻한 그의 손. 그녀는 그의 품이, 손이 좋았다. 한 번 같이 살았던 적이 있기에 그녀에게는 쉽게 결정할 문제가 아니었다. 어쨌든 한 번 실패한 적이 있으니까……, 두려웠다. 그녀는 아직도 할머니가 돌아가시고 난 후, 그 집에서의 생활을 또렷하게 기억했다. 잊을 수가 없었다. 저 역시 너무 힘들고 그 집에서 생활하기 벅찼다. 하지만 자신보다 더 고통스러울 종우를 생각하며, 괜찮은 척하려고 애쓰던 나날들이었다.

그 때의 종우는 매번 늦게 귀가했다. 그는 들어와서는 쓰러지듯 잠을 잤고, 일어나서도 말없이 집을 나갔다. 밥은 차려 놔도 떠먹지 못하기 일쑤였고, 그녀의 얼굴도 제대로 봐주지 않았다. 한 번은 화가 나서 종우를 밖으로 데리고 나가 물었었다. 그땐, 그녀도 지쳐서 그 집을 나올 작정을 하고 그를 잡은 것이었다.

"너 나한테 왜 그래? 언제까지 이럴 건데."

"윤지야⋯⋯ 나도 미치겠어. 너 보면 할머니랑 웃던 게 생각나고 그러면 내가 본⋯⋯."

종우가 질끈 눈을 감았다. 병원에서 일하다 보면 삶과 죽음의 경계에 선 삶을 자주 접하게 된다. 하지만 그런 경험과 할머니의 이별은 다른가 보다. 부모님의 죽음을 목격했기에 이번엔 더 힘들었다.

"이제 그만해."

그를 외면했다. 아니 먼저 돌아선 건 윤지 자신이었다. 조금 더 시간을 줬더라면, 당시 종우가 제 감정을 알아 갈 때였는데⋯⋯. 기다려 주지 못했다. 자신을 보며 힘들어하는 그를 보는 게 그녀로서는 견디기 어려웠다.

"다신 보지 말자. 도종우, 넌 내가 보이지도 않지?"

도종우만큼 그녀도 할머니가 그리워 그 집에서 많이 울었다. 고작 6개월이지만 그녀에겐 꽤 많은 추억을 줬던 곳이었으니까. 부모님이 그리웠던 그녀는 종우 할머니에게 많이 의지했었다. 결국 종우의 손을 놨던 건 자신이었는지도 모른다. 먼저 등을 돌린 것도. 종우는 그만하자는 말을 제게 한 적이 없었다. 자신을 보기 힘든데도 집에 꼬박꼬박 들어왔고, 밥 챙겨 먹으라 문자를 했었다.

"윤지야, 조금만 기다려 줘. 이 나이까지 함께 살았어. 얼마나 오래 방황할진 모르지만 기다려 줘."

그런 부탁을 하기도 했었다. 기다려 달라고⋯⋯. 하지만 술을 많이 마신 상태에서 건넨 말이었고, 다음 날 그는 자신이 무슨 이야기를 했는지도 기억하지 못했다.

"종우야. 미안해. 너와 같이 사는 건……, 조금만 더 생각할 시간이 필요해."

"응. 나도 한 번에 허락할 거라 생각 안 했어. 우리 윤지가 얼마나 비싼데."

"너 자꾸 우려먹을래?"

윤지가 그에게 주먹을 들이밀었다.

"나, 정윤지는 감정이 비싼 여자야."

"아니 그 그까이 깨들다, 우리 으기, 멈업 제주기야"

그가 그녀의 어깨에 팔을 올렸다. 묵직하게 누르는 무게감이 좋아 윤지는 웃을 수밖에 없었다. 그녀는 어깨에 걸친 그의 손을 잡았다.

"우리 합치면 여기서 조금 더 손을 내려도 될 텐데, 아쉽다."

짝! 윤지가 그의 손등을 찰싹 때렸다. 거기서 손이 조금 더 내려온다는 건, 가슴이었다.

"아. 아파- 너 손 매워."

"매를 벌어, 아주."

"내가 장난을 많이 치긴 하지만, 윤지야. 오빠도 남자다."

"누가 뭐래? 난 도종우 여자라고 한 적 없다."

"오빠의 매력을 느껴 보고 싶지 않아?"

그가 슬며시 어깨를 손가락으로 쓸었다. 윤지는 턱 주변으로 오소소 소름이 돋아 팔꿈치를 몸에 딱 붙이며 움츠렸다.

"그런 느끼한 말 하지 마."

"……나 진짜 힘들단 말이야."

"왜?"

"그걸 왜라고 물으면, 내가 뭐라고 해야 해?"

"미국에서 없었어?"

"내가 있었겠어?"

그가 반대로 물어 왔다. 윤지는 절레절레 고개를 저었다. 도종우가 가벼워 보여도 여기저기 함부로 감정을 흘리고, 몸을 굴릴 남자는 아니었다. 놀랍게도 그는 서른세 살 때 그녀가 처음이었으니까.

"나 네가 처음이잖아. 정윤지. 그 이후로도 없었어."

"아……. 나도야, 도종우"

"나…… 진짜, 죽을 거 같아. 이러다가."

그가 그녀를 돌려세워 상체를 숙여 눈을 마주했다. 윤지는 그의 눈빛이 애처롭다고 생각했다. 배고픈 강아지처럼 간절해 보이기도 했고……. 윤지는 그와 이런 섹슈얼한 상황이 어색해서 매번 피하기만 했던 거 같다. 막상 키스하면 더없이 좋은데, 거기 가기까지 과정이 어색하고 부끄러웠다. 이번에도 윤지는 꼭 쥐고 있던 주먹으로 그의 등을 퍽 쳤다.

"나 간지러워 미칠 거 같아. 으으 이상해."

부르르, 몸을 떨면서 이번엔 그가 뒤에서 그녀를 폭 안았다. 자신의 체온보다 조금 높은 그의 체온이 그녀의 온몸을 따스하게 감싸며 부드럽게 녹였다. 그 따뜻함에 윤지가 입꼬리를 슬며시 올렸다.

"그래도 개방적인 국가에서 몸 잘 지켰으니, 도종우에게 상을 줘야겠지?"

끄덕끄덕. 정수리에 있는 그의 턱이 끄덕거렸다.

"손 쪼금 내리게 해 줄게."

윤지가 그의 손을 덥석 잡고 쇄골 근처로 이끌었다.

"……하여튼 정윤지, 분위기 깨는 데 뭐 있다. 정말."

그가 피식 웃었다. 윤지는 고개를 갸웃하며 콧잔등을 찌푸렸다. 왜? 뭐가 문제야? 힘들다며? 손을 좀 내리고 싶다며? 그녀는 그걸 들어준 것밖에 없는데. 손 조금 내려서 가슴살 위의 둔덕 정도는 허락해 주려고 했는데……. 싫다면 뭐! 그녀는 킥킥 웃다가 몸을 돌려 종우의 허리를 꽉 안았다.

"같이 사는 건 나한테도 용기가 필요해. 도종우가 힘들 때 도망가지 않을 용기."

아래 한 줄은 흐릿하게 뭉개져 모르다. 사람은 원래 이기적이 동물이다. 그런 상황에 놓이면 자신의 아픔부터 먼저 보일 테고, 자신을 바라보는 상대의 마음이 얼마나 아픈지 모른다. 아마 어쩌면 평생 모를 수도 있고…….

그 시간이 지나고 나면 자신의 아픔이 끝났기 때문에 상대도 그럴 거라 판단하기도 한다. 도종우가 지금 제 과거의 아픔을 모르듯이. 그런 순간순간을 견디고 그를 놔주지 않을 자신이…… 아직 윤지에겐 없었다.

"오빠."

윤지가 까치발을 들었다. 평소보다 작게 속삭이듯이 부르자, 그가 상체를 슬그머니 숙여 왔다. 근데 표정 속에 어떤 두려움이 조금 묻어 있었다.

"오빠- 아."

그녀는 다시 한번 속삭였다. 발레를 하듯이 발끝에 힘을 주고, 최대한 키를 높인 후 그의 귓가에 입술을 가져다 댔다.

"주말에 하자."

귓속말이 익숙지 않은 도종우가 꿈틀꿈틀했다. 그러던 그가 그녀의 말을 듣자마자 번쩍 안은 후 빙글빙글 돌았다. 공원의 한가운데서 회전목마처럼 돌던 그가 그녀를 내려놓았을 때, 윤지는 어지럼증을 이기지 못하고 술 취한 사람처럼 차로 걸어갔다.

* * *

윤지는 집 앞에 도착했지만 차에서 바로 내리지 않았다. 같이 살까. 아니면 오늘만 도종우네 집에 가서 잘까. 조금 더 같이 있고 싶은데. 그리고 종우가 저 때문에 참지 않았으면 좋겠다. 애는 태울 만큼 태운 거 같으니까.

"내일은 내가 학회 때문에 오전 진료만 마치고, 곧바로 부산으로 내려가야 해."

"그럼 점심에도 얼굴 못 보겠네?"

"응. 우리 윤지 지금 헤어지면 이틀이나 못 보겠네."

그가 아쉬운 표정을 지으며 그녀를 쳐다봤다. 더 같이 있고 싶단 티를 팍팍 내는 통에 그녀는 새초롬한 표정을 지으며 발끝을 까닥거렸다. 이틀이나 못 보는 건 싫은데. 서로 같은 감정을 갖고 연애하니 전과는 확실히 다르다. 한 방향에서 볼 때도 그를 자주 보고 싶었지만, 지금은 더더욱 자주 보고 싶고 바로 곁에 두고 싶다.

"정윤지."

그가 안전벨트를 풀고 가까이 다가왔다. 그는 윤지의 보드라운 두 뺨을 손으로 폭 감싸고 나지막하게 말했다. 윤지가 입을 벙끗거려 응하고 작게 속삭이자 그가 다가와 그녀의 안전벨트도 풀었다. 그의 향이 훅 코로 들어왔다. 괜히 긴장돼서 숨을 참았다가 후유 하고 티 나지 않게 뱉어낼 때쯤 그녀의 입술로 다가왔다.

"읍!"

그녀는 조수석에 등을 딱 붙인 채 그의 키스를 받았다. 운전석에서 조수석으로 상체를 내민 거라 평소랑 다른 각도에서 입을 맞추었다. 이쪽저쪽으로 부딪쳐도 그의 입술은 따뜻하고 포근했다. 그녀는 그에게 팔을 둘러 셔츠를 꼭 쥐었다. 등 뒤로 탄탄한 근육이 만져졌다. 그간 운동을 게을리하지 않은 흔적. 그녀는 한 손으로 그의 가슴, 다른 손으로 그의 팔에게 밀치글 꺽 가았다.

"하아……."

이러다가 차에서 일을 치를지도 모르겠다. 종우는 입술을 맛보더니 금세 돌변하여 그녀의 귓가에 거친 숨을 뿌렸다. 귓불과 귓가 주변에서 종우의 입술이 닿을 듯 말 듯 배회하니 그녀도 미칠 것 같았다. 키스를 하고 있을 때보다 지금 이 긴장감 넘치는 끈적한 시간이 더 야하게 느껴진다. 평소라면 장난치듯이 밀었겠지만 그러지도 못했다.

"사랑해."

윤지는 어깨를 움츠렸다. 너무 간질거려서 발끝까지 전율이 느껴졌다. 그런 종우가 좋아서, 이번에는 그녀가 먼저 그를 당겨 입을 맞췄다. 그녀의 초대에 그는 착하게 응했다. 미친 듯이 그녀의 입술을 삼키고 고루고루 맛보며, 그의 손은 서서히 티셔츠 위를 배회했다. 그러던 그의 손이 결국 쑥 들어왔다. 예고 없이.

"흐앗."

윤지는 그의 어깨를 밀어내며 하~ 숨을 토했다. 그의 손길이 지나 갔던 곳마다 간지러워서 그녀는 앉은 채로 몸을 배배 꼬았다. 옷 안에 있는 그의 손을 꼭 잡자, 그는 숨을 뱉어 냈다.

"사랑해, 정윤지."

"나도."

"하아, 힘들다. 근데도 좋아."

"……같이 살까?"

그녀도 지금 도종우랑 함께하고 싶은데. 종우를 온전히 갖고 싶 다고. 그녀만 아는 종우를 더욱더 많이 보고 싶다는 욕망이 속에 서 들끓었다.

"나, 차 돌려?"

말을 하면서 그는 시동을 걸었다. 윤지는 이번엔 긍정도, 부정도 하지 않았다. 알면서 뭘 물어. 나이가 몇인데, 일일이 설명해?

지이이잉, 지이이잉.

그때 윤지의 핸드폰이 진동했다. 그때 윤지의 핸드폰이 진동했다. 띄엄띄엄 알림이 이어지고, 메시지 여러 개가 도착한 것을 분주하 게 알리고 있었다. 종우는 출발하려다 말고 살짝 미간을 좁히며 그 녀의 핸드폰을 슬쩍 내려다봤다.

"뭔가 촉이 별로야."

"그럼 보지 말까? 나 핸드폰 꺼?"

윤지가 그의 눈앞에서 핸드폰을 흔들었다. 이 시간에 연락 온 거 면 연주나 해인일 게 뻔하다. 그녀는 피식 웃으며 액정을 봤다. 역시 나 해인과 연주의 그룹 톡 방이었다.

『윤지야! 왜 연락이 안 돼?』

『아까 카페 앞에서 만났을 때 윤지 네가 먼저 갔잖아! 어딨니?』

『큰일 났어! 바로 확인 바람.』

"뭐가 큰일이란 거지?"

『뭔데?』

윤지가 카톡을 보내자마자 바로 답이 날아왔다. 상대도 카톡을 쓰고 있었던 모양이다.

『우리 옆집에 너희 부모님 이사 오셨어.』

잘 이해가 되지 않아서 윤지는 종우에게 핸드폰을 내밀었다. 왜 그러냐는 듯 그가 그녀를 보더니 서서히 눈을 돌려 액정을 봤다. 친구들의 카톡을 다 읽은 그의 표정이 시시각각 변했다. 놀라움과 아쉬움이 교차했다.

"오늘은 아닌가 보다."

"이사 와서 뭐, 어쩌라고!"

윤지가 퉁명스레 말했다. 이사 올 거였으면 미리 말을 해야지. 또 멋대로 생각하고 결론 내린 후 행동을 실행한다. 도대체 갑자기 왜 온 걸까. 기쁨보다는 의아함이 더 컸다. 종우가 그녀를 살피더니 손을 꼭 잡았다.

"가서 인사는 해야지."

"싫어!"

"대신해 줘?"

"……아니, 인사는 내가 해."

그러더니 그녀가 그의 볼에 기습 뽀뽀를 한 후 차에서 내렸다. 이 시간까지 깨어 있으실진 모르겠지만, 윤지는 자신이 사는 집, 옆 건물을 봤다. 아직 불이 켜져 있었다.

7
녹아내리다

윤지는 밴드를 붙인 후 박스에 차곡차곡 스무 개의 샌드위치를 넣었다. 아침에 샌드위치를 만들다가 베여 손가락에서 피가 났다. 이제는 칼질이 익숙해졌다고 생각하는데 가끔 방심하면 이렇게 피를 꼭 보고 만다. 아르바이트생에게 뒤처리를 맡긴 후 박스를 들고 TG전자 앞으로 갔다. 1층 앞에서 석현에게 전화를 걸자, 뒤쪽에서 벨소리가 들렸다.

"나와 있었어요?"

"그럼요."

석현이 손에 든 핸드폰을 흔들었다. 그녀를 보자 핸드폰을 주머니에 찔러 넣고 다가와 박스를 번쩍 들었다.

"이거 몇 번 맛보더니 옆 부서에서도 회식비로 아침 먹고 싶다고 하던데요. 누나 저한테 더 잘 보이셔야겠어요. 제가 결정권을 쥐고……. 어? 누나 손 다쳤어요?"

그가 박스를 내려놓고 그녀의 손을 봤다. 그러더니 잠시 기다리라고 하며 TG 전자 데스크로 가서 밴드와 연고를 챙겨 왔다. 손가락에 대강 붙인 밴드를 떼어낸 뒤 연고를 바르고, 꼼꼼하게 밴드를 다시 붙여 줬다.

"고마워요."

"아니에요. 아침에 급하게 만드느라 그런 거죠? 내가 가서 토마토라도 썰까요?"

"알바비 달라고 하려고요?"

"하하, 누나도 참. 아뇨. 맛있게 먹을게요."

그가 바닥에 놓인 박스를 손으로 가리켰다. 그러고 보니 그는 아침에 매우 일찍 출근하는 것 같다.

"요새 연애 전선엔 문제없죠?"

"……네에."

"아쉽다. 타이밍이 없어서."

"참, 우리 학교 후배라면서요? 연주가 그러던데."

"네. 누나 발차기를 제가 신입생 때 봤거든요. 쭉쭉, 정의의 사도!"

윤지는 이로 아랫입술을 물며 부끄러워했다. 그러다가 저번에 묻지 못한 그놈의 발차기에 대해 물어보기로 했다.

"근데 발차기는 뭐예요? 저 싸우는 거 본 적 있어요?"

만약 봤다면 그게 아름다운 장면은 아니었을 텐데. 피바람이 날리면 모를까.

윤지의 물음에 석현이 조금 쑥스러운 듯 웃다 천천히 말을 꺼냈다.

"사실은……. 누나가 제 첫사랑이에요."

"네?"

갑작스러운 이야기에 윤지의 두 눈이 동그래졌다. 첫사랑이라니. 처음 듣는 얘기였다.

"학교 후문에 있는 술집 yoyo 뒤쪽에 담배 피우는 공간 있잖아요. 거기서 처음 보자마자 반했죠."

"yoyo……, 제가 주로 정문 쪽에서 놀아서 후문은……. 아아! 생각났다. 그때 봤어요! 발차기 내가 멋있게 때렸데,"

"맞다고요? 아닌데. 발차기 날리지 않았어요?"

"거기 체대생이 여섯 명이었다고요. 제가 남자 한 명은 처리할 수 있는데, 여섯 명까진 힘들더라고요. 저 귀싸대기 맞아서 입안에 피 터졌던 기억이 있어요. 그때, 발차기…… 아, 그거 도종우인데."

"네에?"

"석현 씨 첫사랑이 내가 아니라, 도종우라고요!"

"……오, 누나. 제발 그러지 말아요. 그때 술에 취하기도 하고, 눈 수술 전이라 착각했나 봐요."

그가 냉큼 박스를 들고 진저리를 쳤다. 그러더니 냉큼 출입증 카드를 보안대에 찍고 안으로 들어가 버렸다.

"누나, 비밀로 해 주세요."

보안대를 마주 본 상태로 그가 부탁했다. 윤지는 알겠다며 고개를 끄덕였다. 석현 덕분에 잊고 있었던 옛추억이 저절로 떠올랐다.

* * *

 학교 정문 앞 술집은 학과 신입생 환영회로 이미 만석이었다. 후문 쪽도 속속 사람들이 차기 시작해 윤지네 학과는 몇 번 퇴짜를 맞고 서야 겨우 가게 안으로 들어설 수 있었다. 윤지는 그런 행사에는 별다른 관심이 없어서 참석하지 않겠다는 의사를 표시했지만, 동기들이 자꾸 보채는 데다 마침 아르바이트가 쉬는 날이기도 해서 내키지 않는 걸음을 하게 되었다.

 술집 안은 이미 다른 학과 사람들로 정신이 없었다. 그중에서도 특히 체육학과, 무용학과 사람들이 눈에 띄었다. 언젠가 종우에게 말했던, '나는 외모 지상주의'라는 말은 농담이 아니었기에 윤지는 체육학과 모임을 향해 흘깃흘깃 시선을 주었다. 확실히 같은 과 동기들보다 키가 크고 몸이 좋았다.

 술을 적당히 먹은 시점, 윤지는 집에 가려고 자리에서 일어났다. 밖으로 나온 그녀는 우연히 골목을 보게 되었다. 사실 잘생긴 체대생 선배가 있기에 바라본 것이다. 그런데 미간을 좁혀 자세히 보니 잘생긴 선배를 주축으로 남자 선배들이 모여 있었고, 그 가운데 술에 취해 몸도 못 가누는 여학생이 보였다. 모른 척해야 하는 상황임을 알았지만, 성격상 그게 되지 않았다. 그걸 보자마자 그 자리로 뛰어 들어갔다.

"지금 뭐 하는 짓이에요!"

 여학생의 옷이 풀어 헤쳐져 있었다. 종종 술자리에서 일어나는 성추행, 성폭행에 관련해서 들은 기억이 있다. 갓 제대한 남자는 욕망을 제어하지 못하는 상태고 술을 마시면 극대화가 되니, 더 조심해야 한다고! 물론 모든 남자가 그런 건 아니지만 말이다.

"이거 성폭행이에요. 알아요? 경찰에 신고할 거예요."

그땐 상황 대처 능력이 좋지 못했다. 그녀는 핸드폰을 열고 112를 누르는 걸 보여 줬다. 그걸 본 두꺼비 닮은 선배 하나가 그녀의 핸드폰을 바닥에 집어 던졌다. 박살 난 핸드폰을 본 그녀는 뭔가 잘못됐음을 깨달았다. 이 사람들은 여자도 때리겠구나. 두꺼비 선배의 손이 위로 올라가려 할 때 윤지가 먼저 손목을 잡고 비틀었다. 비튼 손목을 선배의 등에 딱 붙이고 더 힘을 실었다.

"아. 아악. 야 안 놔? 야!"

"이 학생 술 취했다고 이러면 안 되죠. 선배잖아요."

"얘 새끼 미미리 있었다니까, 아니 좋아해 흐흥~ 이러는데?"

"아니 뭐 이런 쓰레기 같은!"

"이년아, 너 지금 뭐라고 했냐?"

짜악! 옆에 있던 남자 선배 하나가 윤지의 뺨을 갈겼다. 제대로 맞았는지 귀가 멍해지며 삐익 소리가 울렸다. 남자 여섯 명을 상대하기엔 아무리 윤지라고 해도 무리였다.

"더 때려. 차라리 때려. 너희 같은 새끼들한테 당하느니 맞는 게 나아."

그녀는 얼굴을 들이밀었다. 시간을 벌자. 그녀는 좁은 건물 틈 사이로 도로를 살폈다. 지나가는 사람이 있는지, 없는지. 제발 누구라도 나타나라. 그러는 와중 키가 큰 남자 하나가 지나가는 게 보였다.

"저기요! 살려 주세…… 읍!"

소리가 상대의 손으로 인해 묻혔다.

"키킥? 얘 재밌는 년이네."

그녀의 입을 막은 남자는 그대로 윤지를 돌려서 벽에다 붙이더니 뒤에서 몸을 비볐다. 옷 위인 상태에서도 충분히 역겨운 상황이었다. 고개를 틀어 건물 틈으로 보자 그 남자가 그녀를 보고 있었다.

"도와줘요."

입 모양으로 부탁했다. 남자는 그녀를 보면서 핸드폰으로 어딘가로 전화를 걸었다. 그러더니 좁은 건물 틈 사이로 걸어왔다. 남자가 점점 가까워질수록 그녀는 왠지 모르게 마음의 안심이 되었다. 남자는 윤지와 그녀가 보호하고 있는 여학생을 보더니 표정을 구겼다. 여기서 뭐 하는 짓인지, 어떤 상황인지 물어보지도 않고 그는 냅다 발차기를 날렸다. 그녀를 잡고 있던 남자가 정말 공중에 붕 뜨듯이 날아갔다. 엄청난 힘이었다.

체대생들도 벌벌 떨 만큼 남자는 빠르게 상황을 해결했다. 나중에는 체대생들 무릎을 꿇린 상태로 도망가지 못하게 꽉 잡아 뒀다. 경찰이 오고 나서 그들을 인계해 준 후 그는 자리를 벗어나려 했다. 윤지는 멀어지는 남자를 잡았다.

"저기요……!"

"네?"

그가 귀에 꽂고 있던 이어폰을 뺀 뒤, 왜 그러냐는 표정으로 그녀를 봤다.

"성함이……? 우리 학교 학생 맞으시죠? 과가? 사례할게요."

"그전에 병원부터 가 보세요."

과하고 이름을 알려 주기 싫은가 보다. 윤지는 그렇게 생각하며 더 묻거나 이야기를 꺼내지 않았다. 그저 고개를 끄덕였을 뿐이다. 그의 말을 듣고 나서야 입안에서 피 맛이 느껴졌다. 그사이에 구경꾼들이 많아졌다. 여기저기서 술에 취해 몸을 못 가누는 사람들이 도로에 즐비했다.

"도종우예요."

제 갈 길을 가려던 그가 고민하더니, 이름을 툭 털어놓았다. 윤지는 그의 이름을 오랫동안 머릿속에 새겼다. 대학교에 들어와서 유일하게 정말로 친해지고 싶은 사람이었다. 잘생겨서 눈 호강하려고 보던 것과는 다르게, 이 사람과 꼭 친해지고 싶다! 내 주변 사람이면 좋겠다! 하는 감정이었다.

* * *

요즘 종우는 윤지와 자주 만나지 못했다. 평일에는 바빴고 그나마 시간이 나는 주말에는 윤지가 부모님과 지내느라 차분히 데이트하거나 시간을 보내지 못했다. 아쉬웠지만 부모님과 새로운 관계를 정립해 나가려고 노력하는 윤지의 모습이 보기 좋았기에 섭섭한 소리를 참아 냈다. 모처럼 한가한 저녁, 윤지와 만나지 못하는 대신 종우는 오랜만에 태훈이 마련한 자리에 참석했다.

"여어~"

"강태훈, 이게 얼마 만이야."

"저도 왔어요."

"도연아!"

한류 스타로 한국뿐 아니라 아시아에서 인기를 얻었던 강태훈. 그는 지금은 그저 한 명의 애처가가 되어 있었다. 물론 나이가 들어도 연예인은 연예인이라 사람들의 시선을 끄는 외모는 여전했다. 그의 옆에 있는 도연 역시 한 시대를 호령했던 여자 아이돌 그룹의 리더로, 나란히 앉은 모습이 마치 그림처럼 잘 어울렸다. 보기 좋은 두 사람을 향해 종우가 반가운 기색을 드러냈다. 태훈이 먼저 자리를 마련하는 것은 꽤 드문 일이었다. 그래서 혹시 무슨 일이 있는 건가 싶었는데. 아니나 다를까 두 사람이 웃으며 서로의 눈치를 보는 듯하다 입을 열었다.

"다른 게 아니고, 우리 애 생겼다."

"정말?"

"네, 오빠들 늦게 말해서 미안해요. 유산을 두 번 했더니 말하는 게 조심스러웠어요. 5개월 됐어요."

"어쩐지 도연이가 포동포동하더라니."

종우의 넉살에 두 사람은 킥킥 웃었다. 옆에서 도형과 재신이 축하한다며 신기해했다. 네 사람 중 아빠가 되는 이는 태훈이 처음이었다.

"감회가 새롭겠다."

"어. 신기해."

"도연아. 태훈이한테 밤에 일본에서 직접 만든 다코야끼 사 달라고 하고 그래 봐. 이럴 때 아니면 언제 애 굴려 보겠어?"

"도형 오빠. 제가 안 굴리겠어요?"

"응."

종우도 고개를 끄덕였다. 유독 태훈에게 순종적이었던 도연을 떠올리면 절대 그럴 리 없다.

"아니야. 나 어제 부산 가서 씨앗 호떡 사 왔잖아."

"……그랬어?"

종우는 밥을 먹으며 태훈과 도연을 살폈다. 부럽다. 저 모습이 자신과 윤지였으면 얼마나 좋을까. 자신이 2년이란 시간을 떠나 있지 않았다면, 어쩌면 저 자리에 나란히 앉아 있는 게 자신과 윤지였을지도 모른다. 그는 아쉬움에 다디단 음식이 쓰게 느껴졌다. 모두 제 탓이다. 할머니의 죽음을 받아들이지 못한.

"도형이는 연애 안 해?"

"……어어."

"아닌데? 연애하는데? 반응이 늦다."

재신이 킥킥거리며 도형을 놀렸다. 옆에서 그 모습을 보고 있던 종우가 급하게 잔을 들고 물을 들이켰다. 도형의 연애 상대가 누군지 일찍 알게 됐고 이었다, 물론 가시드 알게 딘 지 얼마 되지 않았지만……. 종우가 힐끔 도형을 바라보았다가 다시 재신을 향해 시선을 돌렸다. 남자끼리의 의리! 재신과도 친한데, 건물주인데. 도형이 자기가 말할 때까지 기다려 달라고 했었다. 재신의 여동생과 만남, 시스터 콤플렉스인 재신이 알면 아주 난리 아닌 난리가 날 것이다.

"워워- 오늘은 우리 프베 축하 자리라고."

"프베?"

"프리티 베이비요. 태명이에요."

"아들이면 어쩌려고?"

"태훈 오빠가 처음부터 무조건 딸이래요. 그렇게 조준했대요. 근데 진짜 딸이에요."

"저기, 도연, 아니 제수씨. 그게 조준한다고 되는 게 아니에요. 염색체가 말이죠."

종우가 의학적 설명을 시작하려는데 태훈이 막았다.

"난 다 조절한다니까."

"허세는."

혀를 쯧쯧 차자, 이번엔 도연이 종우에게 물었다.

"참, 오빠 유아진이라고 알아요? 걔가 오빠랑 자리 만들어 달라던데."

"아— 저희 병원 고객이에요. 아마 지금 다시 물어보면 그런 소리 안 할걸요? 무서운 언니한테 혼이 좀 난 상태라."

종우는 윤지의 모습이 떠올라 빙그레 웃었다. 그녀가 커터 칼 한 창 씹을 때, 후배를 먼지 나게 패주었다는 말이 떠올랐기 때문이다.

"게다가 내 사람 챙기기도 바빠서."

"내 사람, 우웩."

재신이 손으로 입을 막고 토하는 시늉을 했다. 그러거나 말거나 종우는 좋다고 헤실헤실 웃었다. 윤지를 어디 가서 내 사람이라고 말할 수 있어서 좋았다. 오랜만에 다 같이 얼굴을 보자 대화가 끊임없이 이어졌다. 한창 분위기가 무르익었을 때, 테이블 위에 올려 두었던 휴대폰이 진동했다.

『종우야. 나 손가락 다쳤어. 이거 봐.』

윤지였다. 금세 사진 하나가 전송되어 왔다. 엄지손가락에 밴드가 붙어 있었다.

『저녁은 먹었어? 이따 밤에 약 발라 주러 갈게. 내 마음이 다 아프네.』

종우는 바로 답장을 보냈다. 안 그래도 윤지가 보고 싶었는데, 손가락 치료를 핑계로 자주 봐야겠다.

"밥 잘 먹었다. 나 먼저 갈게."

"어휴. 연애하더니 도종우! 너 아주 동에 번쩍 서에 번쩍이야."

"윤지가 다쳤대."

"정말? 많이 다치셨어? 병원이래?"

태훈이 걱정하지 말고 얼른 가 보라며 제스처를 취했다. 종우는 윤지가 다친 게 엄지라고 말할까 고민했지만 말하지 않았다. 그에겐 윤지의 엄지가 다친 것도 크게 느껴졌으니까.

『오빠 집으로 갈게. 서시시 치고헤 져~』

그다음 문자를 보는 순간, 그의 입가에선 입꼬리가 내려오질 못했다.

＊　＊　＊

"주말에 여행 가요."

"정말? 함께 가 주는 거야?"

"네. 엄마랑 아빠가 여행 다니는 거 좋아하니까. 나도 좋아해 볼게요."

"윤지야, 고마워."

윤지는 엄마가 갑자기 저를 안자 놀라서 몸이 굳어졌다. 이런 스킨십은 익숙지 않았다. 옆집으로 이사 와서 저녁밥을 차려 주고, 아침엔 굳이 카페로 와서 뭐라도 먹이려고 하는 걸 보니 미안해졌다. 아빠는 그녀의 신발 사이즈를 정확히 알고 운동화와 구두를 사 주느라 백화점을 출근 도장 찍듯이 다닌다. 가방에, 옷에…… 못다 한 것들을 한 번에 해 주려는 듯했다.

"근데 나 때문에 해외여행 못 간 거 아니야? 세계 일주하고 귀국한다며."

"그냥 정착하려고. 우리 딸 시집가기 전까지는 여기 있을 거야."

"시집가면?"

"그땐 다시 해외로 나가야지. 이 엄만 말이야, 해외에서 카페 같은 한식점을 차려서 사는 게 꿈이야. 한가한 곳에서 좋은 음식 알리고, 잘 먹는 거 보면 뿌듯할 거 같아."

"엄마 요리 못하잖아!"

"내 요리가 그렇게 맛없어?"

윤지는 고개를 끄덕였다. 이런 건 확실히 해 줘야 한다. 해외에 있는 외국인이 한국 요리가 다 그런 줄 알면 큰일이다.

"아닌데……. 외국인들은 잘 먹던데?"

"엄마. 가족이니까 솔직하게 말할 수 있는 거야. 나는 이제 집에 갈게."

"같이 살자니까."

"난 친구들하고 지내는 게 더 편해."

"싸늘하긴."

아빠가 옆에서 윤지를 보며 말했다. 내가 누구 닮아서 싸늘한데. 투덜거리다가도 부모님을 보니 웃음이 나왔다. 종우랑은 다르게 편안하다. 이제야 마지막 퍼즐이 맞춰진 것처럼 안정감이 들었다.

윤지는 부모님께 인사를 하고 집을 나왔다. 마음을 열고 같이 맥주를 마시고 저녁을 먹다 보니 서운함이 많이 사라졌다. 기분이 너무 좋다. 그런데도 같은 공간에서 함께 잠을 자는 건 아직 불편하다. 그건 부모님도 이해해 줘야 할 부분인 거 같다.

그녀가 기억하지 못하는 신생아 때를 제외하고, 그녀의 옆자리는 늘 비어 있었으니까. 할머니, 고모, 이모, 외삼촌, 사촌 동생 등 부모님이 아닌 분들이 그녀의 옆자리를 지켜 줬다. 잘 때마다 옆자리가 바뀌는 건, 그다지 유쾌한 기억이 아니다.

연주는 종우의 집으로 가기 위해 티콩에 시동을 걸었다. 평소에는 연주가 운전을 해서 자신이 핸들을 잡을 일이 잘 없었지만 오늘은 특별했다. 후우. 작게 숨을 내쉬며 천천히 출발했다.

"주말에 하자."

자신이 했던 말이지만 떠올릴수록 얼굴에 발갛게 열이 오르고 심장 뛰는 소리가 더 커지는 것 같았다. 물론 주말에 부모님과 지내느라 약속을 지키지 못했지만, 종우는 따로 보채거나 하지 않았다. 그런 점이 좋으면서도 괜히 더 안달 나는 윤지였다. 설렘과 동시에 어딘가 불안하기도 하고, 그러다 또 기분 좋아지고. 이렇게 뒤섞인 감정은 오랜만이라 생각하며 그녀가 도로를 가로질렀다.

종우의 오피스텔 앞에 도착한 윤지가 심호흡을 했다. 예전에 같이 살던 그 집은 아니었다. 그러고 보니 그의 집에 놀러 온 건 처음이었다. 그녀는 그의 집 호수를 누르고 호출 버튼을 눌렀다. 그러자 1층 문이 열렸다. 엘리베이터에 가기까지 심장이 너무 떨려서 꼭 아픈 것 같았다. 커피 석 잔을 먹은 느낌. 심장이 터질 거 같다. 10층에 도착하자 엘리베이터 문이 서서히 열렸다. 발끝을 바짝 세우고 괜히 천장을 보고 거울을 보며 딴청을 부리다 그를 마주한 순간! 자신도 모르게 몸이 굳었다. 엘리베이터에서 내리지 못하고 가만히 있으니, 그가 윤지의 손목을 잡아 끌어당겼다.

"문 닫힐 뻔했네."

"종우야."

"응?"

"보고 싶었다고."

그녀의 말에 그가 엘리베이터 왼쪽에 있는 집으로 다급하게 들어 갔다. 신발장에 신발을 벗고 들어가려는데, 그가 그대로 그녀를 안 아서 신발장 위에 앉혔다. 그제야 눈높이가 잘 맞는다. 벌써? 아직 씻지도 않았는데? 아직 마음의 준비가……. 불을 끄고 침대에 누워 서, 순서대로 해야 하는데. 막 갑자기 덜컹덜컹 신발장 위에서 흔들 리고 싶은 마음은 없는데. 윤지의 갈 곳 잃은 눈동자가 미친 듯이 흔들렸다. 그러자 종우가 피식 웃으며 팔을 번쩍 올려 신발장 위 선 반에서 구급함을 꺼냈다.

"엄지 펴 봐."

그는 밴드를 떼어 낸 후 소독약을 바르고 연고도 상처 위에 발라 주었다. 따가움에 아, 인상을 찡그리자 그가 호호, 바람을 불어 주 었다.

"윤지, 너 뭔가 상상했지?"

"어. 종우야, 내가 지금 좀 긴장해서……. 귀가 먹먹해."

"그렇게 긴장돼?"

윤지가 고개를 끄덕였다. 친구들한테 말할 땐 키스 한 방 하는 게 뭐 어렵냐고, 그게 뭐 별거냐 남들 다 하는 건데라며 허세를 잔뜩 부렸지만, 막상 제 차례가 되니 긴장돼서 죽을 거 같다. 허세, 허세, 개 허세일 뿐!

"내가 손 안 아프게 하는 방법 아는데, 알려 줄까?"

"그게 뭔데."

"이쪽 손 줘 봐."

윤지는 그가 달라는 대로 다치지 않은 반대편 손을 줬다. 그러자 그가 손목을 꽉 잡고 피가 안 통하게 한 후 손 마디마디를 하얗게 만들었다. 이거 정전기 오르게 하는 법인데? 그가 손목을 놓으며 손바닥 위에 빙빙 손을 돌렸다.

"뭐야!"

"이제 안 따갑지."

그러더니 그가 엄지를 입에 쏙 넣는다. 윤지는 움찔하며 발끝을 세웠다. 발꿈치를 신발장에 딱 붙인 후 뭐 하는 거냐며 손을 빼려 했다. 그런데 손가락을 쭉쭉 빠는 힘에 빼지 못했다. 아이처럼 혀로 손톱을 따라 그림을 그린다. 그러던 그가 손톱 반대편 부위의 살을 이로 짓이겼다가, 다시 혀로 살살 달래 주며 찌릿하게 만들었다. 눈을 감고 있던 종우가 살며시 눈을 뜬 채로 제 엄지를 입에 문 모습을 보니 등줄기가 오싹해졌다.

"아……."

느릿느릿 엄지가 그의 입속으로 먹혔다가 빠져나오길 반복했다. 아찔한 표정을 한 종우의 모습에 그녀는 저도 모르게 신발장에서 내려와서 그의 발을 밟고 섰다. 종우의 목에 두 팔을 감고, 그를 제 게로 끌어당겼다. 포근한 입술이 닿았다. 제 손을 물고 빠느라 촉촉하게 젖어 있는 입술이 평소보다 더 뜨거운 것 같았다. 윤지는 그의 발 위에 발끝을 세워 선 후, 그를 더 깊이 맛보았다. 그러자 그가 그녀의 뒷머리를 손바닥으로 감싸며 끌어당겼다.

"하아…… 읍."

숨 쉴 틈 없이 작은 공간에서 뜨거운 숨이 얽혔다. 갈 곳을 잃은 종우의 손이 그녀의 옷 위를 타고 들어와 등을 쓰다듬었다. 툭, 가슴이 헐거워진 것과 동시에 그의 손이 둔덕을 움켜쥐었다. 그는 그녀를 신발장으로 밀친 후 그대로 무릎을 꿇고 주저앉았다. 윤지는 다리에 힘이 풀려 그의 어깨를 꾹 잡았다. 바닥에 무릎을 대고 선 그가 그녀의 어깨를 빨고 있었다.

"종우야. 아앗."

"응."

대답할 시간도 없는지 그의 대답이 미적지근하다. 그저 색스러운 소리만 가득할 뿐. 그는 그녀를 안은 후 오피스텔 안방으로 데리고 들어갔다. 집 구경도 제대로 하기 전에 그의 침대 위에 눕혀졌다.

"……으음."

그녀가 무슨 말을 하기도 전에 그가 다시 입을 붙여 왔다. 사각, 사각 상의를 벗는 소리가 들렸다. 이렇게까지 흥분한 종우는 처음인 것 같다. 차에서, 집 앞에서, 못 참을 거 같은 순간은 종종 있었지만. 그래도 이 정도는 아니었다. 그는 그녀의 위에 올라가서 바지 버클에 손을 댔다. 그러면서도 그녀의 입술과 목, 귓불에 키스를 뿌렸다.

"하아."

종우가 거칠게 숨을 토했다. 그의 손바닥에서 아까 정전기가 일어났던 것처럼 이상한 느낌이 든다. 제 살들이 그의 손바닥 위에서 제멋대로 움직이는 것 같다. 윤지가 허리를 뒤틀자 그가 더 꽉 쥐었다.

"나 잘할 수 있을까, 윤지야?"

"……자신 없어?"

예전에 한 번 그와 해 봤기에 어떤 감각을 줬는지 기억이 난다. 그래도 오랜만에 하려니 무서워서 윤지가 이로 입술을 물었다.

"아니. 자신은 있는데……."

"그런데?"

"거칠게 할 거 같아."

"……하면 되지. 나 거친 거 좋아."

온몸이 새빨갛게 달아오르는 느낌이라 이불을 쥐려 하자, 그가 그대로 그녀를 엎드리게 했다. 긴장을 해서인지 그녀가 침이 꼴깍 삼켜졌다. 그는 옷을 입은 상태로 두 얼마든지 사람을 긴장하게 만들 수 있는 남자였다.

"하아……."

그는 베게 하나를 윤지 배 밑에 놔 준 후 엉덩이를 세우게 했다. 그러고는 침대 끄트머리로 내려가 발목 끝부터 키스하며, 그녀의 몸을 타고 오르기 시작했다. 그녀는 침대 헤드 쪽으로 올라가며 시트를 쥐어뜯었다.

"종우야…… 아."

"윤지야."

그는 그녀를 지탱하고 있는 허벅지를 쥐고 입술을 크게 벌려 포식자처럼 먹어치웠다. 윤지는 미칠 것 같아 무릎을 붙이며 신음을 거칠게 토했다.

"……윤지야, 하아."

"종우야…… 도종우, 읏."

"윤지야."

그는 저가 윤지를 부르고 있는지도 모를 정도로 그녀에게 취해 있었다. 그녀가 침대에 무너진 순간, 그가 그녀를 모로 눕혔다. 위에서 내려다보며 다리 사이에 자리를 잡았다.

"아파?"

끄덕끄덕. 윤지가 고개를 끄덕이자 그가 그녀의 머리카락을 넘겨주며 입술을 부딪쳤다. 뜨거운 입술을 한참 받아들이던 윤지가 숨을 후하고 뱉어냈다. 그리고 촉촉이 젖은 입술을 움직여 그의 이름을 불렀다.

"종우야!"

"……사랑해, 윤지야. 나 너무 좋아."

그의 등은 다부지면서도 매우 부드러웠다. 그녀는 그 살결을 만지며 신음했다.

"사랑해, 윤지야."

그가 미간을 좁히며 사랑한다고 속삭였다.

"종우야!"

"하아."

그녀가 팔딱거리며 몸을 일으키자. 그는 다시 그녀의 어깨를 눌렀다.

"후……."

그는 거친 한숨을 한 번 쉬고는 윤지의 얼굴 옆으로 양팔로 지탱한 후 그녀를 내려다봤다.

"나 너무 행복해, 하……. 윤지야, 고마워."

윤지는 그의 목을 겨우 붙잡고, 그의 속도와 욕망을 받아 내야 했다.

"사랑해."

귓속에서 얼마나 사랑한다고 속삭이는지, 온몸이 달달하게 녹아 내리는 것만 같았다.

*　*　*

몸을 씻고 나와 그의 후드 티 하나를 입은 그녀는 노란 고무줄로 머리를 질끈 묶어 올렸다. 차마 함께 씻지는 못하겠다고 말하고, 겨우 혼자 씻고 나왔다. 종우의 집을 제대로 구경해 볼까나. 그가 씻고 있는 사이 유지는 두리번거리며 그의 집을 구경했다. 깔끔한 서재에는 그가 읽는 전공 서적과 일반서가 잘 정돈되어 있었다. 그 옆 방은 봄, 여름, 가을, 겨울 사계절 옷들이 색깔별로 진열되어 있었고, 가운데에는 시계와 벨트가 고이 모셔져 있었다.

"누가 정리해 주나 보네."

도종우가 이렇게 정리를 잘할 리 없다. 깨끗한 편이긴 해도 이렇게 병적으로 정리를 하진 않는다. 그녀는 그의 옷 가까이 가서 셔츠 하나를 꺼내 거기에 얼굴을 댔다. 흐음, 종우 집 냄새. 사람의 집마다 특유의 향기가 있는데, 종우네도 마찬가지였다. 그녀는 그 향이 좋아 셔츠에 얼굴을 비볐다. 꼭 종우에게 안겨 있는 것 같다. 킥킥 웃으며 이것저것 보고 있는데 뒤에서 저를 폭 안는 손길이 느껴졌다.

"벌써 씻었어?"

"남자는 머리에서 발 끝까지 물만 닿으면 다 씻은 거야."

"……정말? 그렇게 씻었어?"

"아니. 뽀득뽀득."

그러면서 그가 긴 팔로 그녀를 폭 감았다. 윤지는 제 목 언저리에 있는 그의 팔을 두 손으로 잡으며 볼을 댔다. 역시 셔츠보단 실제 살이 좋다.

"윤지, 너 아까."

"너 말하면 죽는다."

"아니, 아까 다친 손 괜찮냐고. 무슨 생각 하는 거야?"

"아…… 미안."

네가 음담패설 하는 줄 알았지, 도종우! 사람 민망하게. 그는 그녀의 손부터 확인했다. 더 다친 곳은 없는지. 씻느라 밴드가 벗겨진 손가락에 그가 어느새 새로운 밴드를 붙여 주었다. 그러더니 귓가 주변에 입을 맞췄다.

"윤지야."

"왜?"

귓가가 간지럽고, 몸이 배배 꼬인다.

"씻을 때 엄지 따가웠지?"

"으응. 머리 감을 때 따갑더라."

"내가 안 따갑게 하는 방법 아는데……."

그가 손 하나를 내려 그녀의 허벅지를 슬며시 만졌다. 그녀에게는 커다란 종우의 옷이 허벅지 중간까지 내려와 살랑거리며 시선을 끌었다. 손이 옷깃 주변을 어슬렁거리자 그녀는 그의 손등을 탁 쳤다. 조금 전에도 빨리 낫는다며 다치지 않은 반대편 엄지를 물고 빨던 그가 생각났다. 그 야릇함에 저도 모르게 달려들고 말았다.

"쳇."

그는 냉큼 손을 올려 옷 위로 허리를 감쌌다.

"집 더 구경해야지."

윤지는 그의 팔을 풀고 손을 잡았다. 아이처럼 마주 잡은 손을 흔들며 거실로 나갔다. 그녀의 팔을 다 뻗어도 모자랄 정도로 큰 TV를 틀어도 보고, 거실에 있는 책상 의자에 앉아 노트북과 PC를 켜 보기도 하고, 그가 읽던 책을 들춰 보기도 했다.

"주말에 또 놀러 올 거야?"

"아니!"

"왜? 주말에 우리 집에서 쉬어. 내가 밥해 줄게."

"나 주말에 부모님하고 여행 가기로 했어."

"┃ ╢ ┤ ┃ ┏ ┻ ╥╫ ╫ ⌂╥."

"그럼 부모님끼리 다녀오시라고 할까? 난 사실 오빠랑 있는 게 더 좋긴 해."

그녀가 그의 허리를 와락 끌어안고 품에 안겼다. 그는 그녀의 애정 표현에 피식피식 웃으며 턱으로 정수리를 눌렀다.

"주말에는 우리 원시인 상태로 돌아갈까?"

"……맞고 싶지."

"항복!"

그는 밀림의 왕이 되어 보고 싶다고 너스레를 떨다가 윤지에게 등짝을 맞았다. 그러면서도 킥킥킥 좋아서 웃었다.

"와- 여기 네가 있으니까. 진짜 이상해."

"뭐가 이상해?"

"그냥, 이 그림이 다시 나올지 몰랐어."

"오빠만 탈선 안 하면. 나는 그대로일 거야. 문제없어."

"내가 비행 청소년이야? 탈선하게."

"도종우는 비행 아저씨지. 청소년은 무슨!"

그녀가 코웃음을 쳤다. 비행 아저씨, 도종우. 어디서 청소년을 갖다 붙여?

"나 너한테 오빠야, 삼촌이야, 아저씨야?"

"솔직히 말이야."

그가 침을 꿀꺽 삼켰다.

"……삼촌?"

그녀가 샐쭉 웃으며 그의 품에서 벗어나 소파에 편하게 앉았다. 옆에 다가와 앉은 그가 팔짱을 끼곤 그녀를 내려다봤다. 윤지는 피식 웃다가 그의 허벅지를 베고 누웠다.

"윤지야."

"응, 오빠."

"너 거기서 반대로 얼굴 돌리면, 위험해."

"반대로?"

TV 방향으로 고개를 돌리고 있던 윤지가 반대로 움직이려다 말고, 배시시 웃었다. 급한 불을 껐지만 조그만 불씨에도 그는 활활 타올랐다. 오늘 밤 내내 꺼지지 않을 것 같다. 그는 눈을 깜빡이는 윤지에게 고개를 숙였다. 자리가 불편해서 자연스레 그녀를 안아 소파에 눕히고 바깥쪽에 매달려서 입술을 부딪쳤다. 넓은 소파여도 두 사람이 눕기엔 부족했다. 결국 그의 한쪽 발이 바닥으로 떨어졌고 리모컨을 건드렸다. TV가 켜졌다.

『사물놀이란…… 아주 즐거운 가락이다.』

내레이션이 흘러나오더니, 첫 장단이 시작되었다.

첫 장단은 장구의 덩, 소리와 함께 시작했다. 덩 기덕 쿵 더러러러, 쿵 기덕 쿵 더러러러, 덩 기덕 쿵따 흥겨운 소리로 시작된 장구 소리는 자진모리장단으로 진행되었다. 한 박을 더 넣어 엇박자로 놀던 음이 휘모리장단으로 들어서면서 급박하게 변해 갔다. 한 박이 두 개로 나뉘고, 덩덩 쿵더쿵, 장구를 내려치는 힘이 거세졌다.

덩따! 쿵따! 쿵따! 가죽을 내리치는 궁편이 지나가고 채편이 가죽과 섹시한 줄을 내리치며 흘러내렸다. 장구는 궁채와 채편이 지나가는 자리마다 울림소리를 만들어 냈다. 미친 듯이 박자가 고조되었을 때, 사물놀이의 꽹과리와 북이 함께 어우러졌다.

ᅴ ᄼ세�케 ᄾᄱᆯ에이 ᄟ눈해 ᄂᆞ는 ᄟ세ᄂ ᄟ까ᄂ ᅡᄃᄀ ᅵ ᆻᆻᄃ, 시끄러운 소리에 종우가 TV를 꺼 버린 후 윤지를 제 위로 올렸다. 장구 소리는 멈췄지만, 그들의 육체 풍물놀이는 멈추지 않았다.

* * *

윤지는 아빠 다리를 하고 앉아 순대 곱창볶음을 먹었다. 나무젓가락으로 당면을 후루룩 먹고 쫄깃쫄깃한 곱창을 씹자 저도 모르게 웃음이 났다. 종우에게 두 번이나 안겨 기력을 소진해서 그런 건지 평소보다 더 맛있었다.

"그렇게 맛있어?"

"응. 오빠 왜 못 먹어?"

"매워서."

그는 연신 물을 마시며 깨작깨작 먹었다. 그렇게 맵진 않은데. 윤지는 맛있게 맵다고 생각하며 숟가락으로 당면과 깻잎 곱창을 동시에 퍼서 입에 쏙 넣었다. 예전엔 종우도 잘 먹었는데 미국 가서 느끼한 것만 먹더니 매운 것을 못 먹게 됐나 보다.

"예전엔 잘 먹지 않았어?"

"그때도 윤지 네가 잘 먹었지."

"아닌데. 할머니가 요리 맵게 하셨는데, 아 미안."

윤지는 들고 있던 수저를 놓고 사과했다. 혹시 불쾌했나 싶어 종우의 눈치를 살피는데 그가 피식 웃었다.

"이젠 괜찮아. 눈치 안 봐도 돼."

"눈치 본 거 아니야. 아픈 곳 찌른 걸까 봐 미안해서 그랬지."

그녀는 다시 나무젓가락을 들었다. 잘 볶아진 양배추를 젓가락으로 집어서 입에 넣는데, 뚝 다리 위로 떨어졌다. 그걸 보더니 종우가 다가와 물티슈로 닦아 주었다.

"내가 할게."

"왜? 또 덮칠까 봐 그래?"

"……아니라곤 못 하지. 도종우 나 죽을 뻔했다고."

"좋아서?"

"응. 좋은데 체력이 안 돼. 오빠를 감당할 수 있는 신체가 아니야."

그녀가 자신의 위아래를 번갈아 보며 말했다. 그러더니 허공에 술잔을 잡듯이 손을 흔들었다. 이 손안에 맞는 크기의 잔은 딱 하나뿐이다.

"오빠. 소주 있어?"

"응. 근데 안 줄 거야."

"왜?"

"소주 같이 먹으면 체해. 너 매운 거 먹을 때 술 먹지 말라니까."

그가 잔소리하며 절대 안 된다고 엄포를 놓았다. 윤지는 그가 신경 써 주는 게 좋아 히죽 웃었다. 그러고 보면 매운 걸 먹을 때 꼭 술이 당겼다. 그러고 난 다음 날은 피똥을 싸며 화장실을 들락날락했다.

"주말에 가족들하고 어디 가?"

"몰라."

"나도 같이 갈까?"

"으음, 생각해 볼게."

"따라가고 싶어."

종우의 말에 윤지는 오물오물 음식을 씹어 먹으며 고민했다. 부모님께 종우를 남자 친구라며 소개할 수 있지만, 가족 모임에 그를 데려갈 수 있느냐는 다른 문제였다. 종우가 따라가고 싶단 건 지금보다 한 발자국 더 제게 오고 싶다는 거니까.

"다음 여행 땐 소개해 줄게."

"그래."

"근데 도종우."

윤지가 눈을 가늘게 뜨고 그를 흘겼다.

"요새 봐줬더니, 프러포즈도 안 하고 우리 부모님부터 찾아뵙겠다는 거야?"

그녀가 검지를 펴고 그에게 삿대질했다.

"내가 너무 봐줬지?"

윤지의 장난에 그가 피식 웃으며 그녀의 검지를 와락 입에 넣었다. 놀라서 손을 빼려 하자 그가 그녀의 손목을 잡았다. 손가락을 이로 질끈 물자 그 날카로운 아픔에 윤지가 인상을 찡그렸다.

"악!"

"어디서 서방님께 삿대질이야."

종우는 그녀의 손가락을 놔준 후 얼굴을 가까이 대고 짐짓 엄한 표정으로 말했다. 윤지는 콧방귀를 뀌며 그의 코를 와락 물었다.

"악!"

이번엔 종우가 손바닥으로 그의 코를 가리며 그녀에게서 한 발자국 물러났다.

"서방님 위에 하늘 같은 부인님이 계시지. 훗."

"부인님 덕분에 코가 너무 맵군."

그는 검지로 코를 쓱쓱 문대며 숨을 멈췄다가 길게 뱉어냈다. 물티슈로 콧잔등을 팍팍 닦는 걸 보며 윤지가 고개를 갸웃했다.

"왜 그래?"

"윤지, 네 입에 들어간 걸 생각해 봐."

윤지는 그제야 제가 먹었던 음식물을 봤다. 순대, 곱창, 마늘, 양파, 양배추, 깻잎, 들깨 가득.

"괜찮아. 속 안 좋을 때 뀐 네 방귀 냄새도 아는데 뭐."

"……나 집에 갈래."

윤지는 벌떡 일어나 그녀의 옷가지를 찾아 나섰다. 사랑하는 남자에게 그런 모습을 들키고 싶지 않다. 그걸 또 굳이 놀리는 종우를 보니, 괜히 심술이 났다. 바지에 발을 끼우는 순간 그가 뒤에서 그녀를 안았다.

"가지 마, 정윤지."

"이거 놔."

"싫어."

"놔. 집에 갈래."

"장난이잖아."

"……그런 장난 싫어. 내 냄새를 도종우가 아는 게 싫다고. 모른 척해 주면 안 돼?"

"사랑하는 사이인데 뭐 어때."

그녀는 그를 향해 몸을 돌렸다. 얼굴을 마주하지 못한 채 눈을 아래로 깔고 손으로 입을 가리며 말했다.

"내가 아무리 쿨해도 내 남자 앞에서까지 털털하고 싶지 않거든? 좀…… 연약하기도 하고, 왜 안아 주고 싶고, 사랑해 주고 싶은 여자. 그런 거 되고 싶어."

그녀는 꽤 신경 써서 손을 쫙 펴서 입 전체를 가리며 말했다. 아무리 편하더라도 냄새까지 공유하는 건, 아닌 거 같다.

"난 정윤지 보면 안아 주고 싶고, 보호해 주고 싶고……. 사랑스러워서 미칠 거 같은데?"

문득, 윤지는 그와 실랑이하고 있는 제 모습이 웃겨서 실소가 터졌다. 내가 도종우와 이런 거로 싸우고 있다니. 허탈함에 허허 웃는데 자신을 보는 그의 얼굴이 걱정스럽게 변했다.

"왜 그렇게 웃어, 사람 무섭게."

"내가 어떻게 웃었는데?"

"저 자식을 족쳐야겠다."

"……아직도 날 모르는구나. 도종우는."

그녀는 그렇게 말한 후 그의 발등 위에 두 발을 고이 놓고 올라섰다. 그러곤 넓은 가슴에 볼을 대고 양팔로 꼭 끌어안았다.

"좋아서 웃은 건데."

"살벌했어."

"이러고 있으니까 유치한 게 웃겨서, 좋아서 웃었다니까."

그녀는 발끝에 힘을 줘서 꾹 눌렀다. 종우는 더 대꾸하지 않고 그녀를 꽉 끌어안았다. 커튼이 열려 있어서 밖이 훤히 보였다. 아직 불이 다 꺼지지 않은 건물들을 보며 두 사람은 꽤 오래 안고 있었다. 손가락의 따가움 정도는 잊고 말았다.

*　*　*

"킁킁. 냄새가 난다."

"아, 왜 이래. 김해인. 저리 가."

윤지가 제게 얼굴을 들이미는 해인을 밀어냈다. 오랜만에 해인이 카페에 놀러 왔다. 카페 상황이라도 살피러 들른 건가 했는데. 오자마자 한 자리를 차지하고 앉더니. 이것저것 시키며 윤지를 종 부리듯 부리기 시작했다. 요청을 들어주던 윤지가 결국 못 참고 화를 내려고 하면 그때마다 '아아-' 배를 만지며 엄살을 피워 댔다. 결국 윤지는 해인의 이마에 딱밤을 한 대 날렸다.

"나 연주한테 다 들었어."

"뭘 들어?"

"도종우랑 연애한다며! 난 아직도 신경전 하는 줄 알았지. 그래서 일부러 종우 오빠 볼 때마다 흥, 하고 인사도 안 받아 줬단 말이야."

"……그래도 이해할 거야."

"나 재수 없다고 생각하면 어떡해? 예의 바른 사람인데."

그 말에 윤지가 웃으며 핸드폰을 꺼내 들었다. 종우에게 메시지를 보내 제 친구의 억울함을 대신 풀어 주었다.

"불토에 너도 없고, 연주도 없고 나는 쓸쓸히 집에 있었지."

"정말? 나는 그 송조폭네 간 줄 알았지."

"나 맨날 거기서 자는 거 아니거든. 이제 다 접고 이 아이와 둘이서 살 거야. 송 변 따위 없어도 잘 살 수 있어."

"왜 싸웠는데?"

윤지는 그녀를 달랬다. 결혼할 거라 하더니, 또 뭐가 마음에 안 들어서 토라졌는지 몰라. 그러다 토요일 밤 종우와 별거 아닌 거로 투덕투덕하다 정말 감정이 순간 상해서 집에 가려 했던 자신을 떠올리곤 피식 웃었다. 싸움은 원래 사소한 것에서 시작하는 거다.

"새끼네부사 니빠 괴 기."

해인이 이를 부득부득 갈자 윤지가 그녀의 턱을 잡고 고개를 저었다.

"임산부 이 약하대. 이 갈지 마. 평생 고생한다."

"으아아아아아! 한때는 내가 지나가기만 해도 남자들이 다 코피 터졌는데, 이젠 질투나 하고 있고, 내 신세 어쩌다가…… 으아아아아악!"

해인은 머리를 쥐어뜯었다. 윤지는 해인의 말에 적당히 동의했다. 그녀는 고등학교 때부터 지금까지 여전히 예뻤다. 화려하게 예쁜 얼굴이라 본인도 본인을 꽃이라 불렀다. 꽃해인이라고 핸드폰 이름을 바꿔 놓기도 했었다. 본인이 예쁜 걸 너무 잘 아는 친구. 그래서 더 자신감 있고 예뻐 보였다. 물론 지금도 임신한 거 같지 않게 예쁘지만, 그녀는 전과 다른 모습에 조금 속상해하는 듯 보였다.

"눈물 콧물 쏙쏙 빼 봐야 했는데."

"그래도 김해인, 넌 네 멋대로 남자 요리하려는 그 버릇은 제발 고쳐야 해."

신경질 나면 집어 던지고, 폭력을 행사하고, 떼 부리고. 말하다 보니 저도 그런 모습을 종우 앞에선 보이는 거 같아 미간이 좁혀졌다. 상대가 나를 사랑한다. 내가 무슨 짓을 해도 상대는 나를 사랑할 거 같다. 유일하고 절대적인 사랑을 받을 때. 이건 그럴 때 나오는 행동이었다. 전에는 절대 있을 수 없던 행동. 지금은 도종우의 마음을 믿고, 제게 절대적인 사랑을 준다는 걸 알기에 자신이 있어서 그렇게 행동하는 것이다. 떼 부리고, 화도 내고…… 사랑하면 더 잘해야 하는데, 왜 이렇게 애가 되는 걸까.

"어이, 어이."

"미안. 어? 손님 왔다. 넌 안쪽에 앉아 있어."

"도와줄게."

"30분 안에 송 변 올 거 같으니까 쉬고 있어. 너 일 시키면 혼나."

"……얼마 받았냐. 우리 정 사장이 절대 인력을 쉬게 할 사람이 아닌데."

윤지는 피식 웃으며 모른 체했다. 아주, 조금 송 변으로부터 선물을 받긴 했다. 해인이 잘 부탁한다며 주는 선물들. 선물을 건네주던 모습을 떠올리다 생각이 자연스레 종우에게로 흘러갔다. 이번 주 주말은 종우네서 같이 보내고 싶은데. 종우의 품에 안겨 잘 때도 좋고, 그의 배 위에 엎드려 누워 잘 때도 좋고, 살갗을 부대끼고 자는 것도 좋고, 그냥 좋고 좋아서 함께이고 싶다. ……그런데 이번 주엔 부모님과 함께 시간을 보내야 한다.

* * *

"잘 다녀와."

종우는 윤지에게 전화를 걸었다. 하늘을 보니 비가 올 거 같기도 하고, 아닐 거 같기도 했다. 운전은 윤지의 아버님이 하시고, 뒷좌석에 어머님과 윤지가 탄다고 했다.

－같이 갈까?

"아니, 아니. 다음번에. 이번에 연애 뉘앙스 풍기고 올게. 하하하, 날씨 진짜 좋다. 아빠 더워요. 에어컨 좀 빵빵하게 틀어 줘."

종우는 윤지가 아빠와 나누는 소소한 대화를 들으며 슬그머니 입꼬리가 올라갔다. 가끔 지기 싫한 때도 있지만 누구보다 빠르게 마음을 열고, 한번 열면 간이고 쓸개고 다 빼 준다. 그래서 그는 자신이 정윤지의 사람이어서 너무 좋았다. 재지 않고 저만 바라보고, 제게 응석 부리는 윤지가 좋다. 전보다 더욱더.

－밤에 술 먹지 말고. 앞에 잘 보고 다니고.

"내가 애야? 나도 서른셋이라고."

－알지.

"걱정 안 해도 돼. 이 나이 되면 지나가던 남자들이 도망가. 크크 큭. 아빤 아니라네."

도망가긴. 정윤지 예뻐서 아무도 도망 안 간다. 여전히 그 석현이란 놈이 샌드위치를 월, 수, 금마다 배달받고 있지 않은가. 빵이 아무리 맛있어도 한국 사람이면 그렇게 계속 먹기 힘들 텐데. 굳이 얼굴 맞대고 받아 가는 것도 수상하고.

－사랑해.

"미투. ……해."

－뭐라는 거야.

"대충 알아들어!"

그러곤 전화가 끊겼다. 가족들이 있으니 차 안에서 통화하기가 곤란했나 보다.

『나도, 사랑한다고. 도종우 씨.』

띠링, 핸드폰 알림이 울렸다. 거기엔 윤지가 보낸 문자가 와 있었다. 그는 픽 웃으며 액정을 내려다봤다. 연애하는 게 이렇게 좋은 거였나. 과거에 함께 살 당시에도 그녀가 예뻐 보여서 병원을 나오면 얼른 집에 가고 싶고, 오프엔 함께 있고 싶었던 적이 있었다. 그렇지만 지금처럼 문자 하나에도 감사하고 행복함의 척도를 측정할 수 없는 정도는 아니었다. 분명히 그때보다 지금 그의 감정이 더 커졌다. 이런 행복이 오래가면 좋겠다. 그는 먹구름이 드리운 하늘을 바라보며 핸드폰을 들어 윤지의 문자를 눈에 새겼다.

＊ ＊ ＊

콘도에 짐을 풀어놓고 침대에 벌러덩 누운 윤지는 종우와 했던 톡 내역을 보자 키득키득 웃었다. 엎드려 누워 다리를 접은 후 발꿈치로 허벅지를 탕탕 때리며 올렸다 내렸다 했다.

"우리 저녁 먹으러 갈 건데, 같이 가자."

"엄마, 아빠 데이트하고 오셔요. 나는 눈 좀 붙일게."

"저녁 안 먹어도 돼?"

"응. 속이 안 좋아."

윤지는 소화제를 보여 줬다.

"죽이라도 사 와?"

"아니야. 괜찮아. 물 마시고 한 끼 굶으면, 내일 괜찮아져."

아무리 행복해도 예민한 장이 정상으로 돌아오진 않나 보다. 윤지는 정말 괜찮다며 부모님의 등을 떠밀었다.

"맛있는 거 드시고, 좋은 시간 보내다 오세요. 여기 주변에 바다도 예쁘다던데."

"정말 같이 안 가?"

엄마가 그녀를 다시 잡았으나 윤지는 다시 한번 거절했다.

"누가 낳았는지 진짜 싸늘하다니까."

"나 엄마 닮았어. 그리고 싸늘한게 아니라 솔직한 거야. 난 지금 잠이 필요해. 카페 운영하는 게 은근히 막노동이라니까."

"차라리 아르바이트생을 써."

"……엄마, 나도 그러고 싶은데, 그게 안 돼. 머릿속으로는 일 줄이고 한가하게 지내야지, 이것만 끝나면 쉬어야지 하는데. 막상 시간이 생기면 일을 벌여. 나도 내가 왜 이러는지 모르겠어. 바쁘게 살지 않으면 불안한가 봐."

엄마, 아빠가 그랬듯이. 잘 살고 조금 더 나은 삶을 위해서라는 핑계를 대며 자신을 아주 바삐 살도록 쉴 틈을 주지 않았다. 거기서 스트레스를 받으면서도 일을 놓지 못했다. 두 분 다 워커 홀릭이셨으니까. 그런데 원망이 가는 마음은 엄마에게 더 컸다. 그건 왜 그런지 모르겠다. 아빠보다는 엄마에게 더 섭섭하고, 원망도 더 하게 됐다. 엄마와 연결되어 있던 적이 있었기 때문인 걸까.

"넌 그렇게 살지 않길 바라."

"아빠도 참, 나 만족하는데?"

"주변도 좀 보라고. 우리처럼 살지 말고."

"알겠어, 알겠어. 근데 나 진짜 오늘은 잠이 필요해."

종우한테 시달리고 일을 했더니 주말쯤 되자 죽을 거 같았다. 머리만 대면 바로 잠들 수 있을 거 같다. 오랜만에 했던 행위가 정말 제대로 운동이 되었나 보다.

"그럼 다녀올게."

"응. 가, 가 얼른."

윤지는 문밖으로 부모님을 보내고 콘도 문을 닫았다. 휴, 역시 같이 있는 것보다 혼자 있는 게 더 편하다. 그녀는 TV를 켜고 소파에 무릎을 올려 안은 후 영상 통화를 종우에게 걸었다. 그는 서재였다. 공부하던 중이었는지 책이 펼쳐져 있었다.

"공부 중이었어?"

ㅡ응. 너도 없고 해서, 쓸쓸해서 잠이 안 오네.

"치. 내가 언제부터 거기 살았다고."

ㅡ그러게 이상하지, 여기서 잔 건 딱 하루인데 왜 벌써 익숙해진 건지. 네 품에서 자고 싶다, 윤지야.

"나도."

그녀에게 너무 익숙한 도종우. 그 품도, 사람 자체도. 어떻게 전혀 남인 그를 만나, 이렇게 편해진 걸까. 저를 알고, 가족을 알고, 바닥 끝까지 다 알고 있는 상대. 앞으로 이런 사람을 만날 수 있을까 생각해 보면 끔찍하다. 자신의 모든 것을 새로운 상대에게 알려 주고,

그를 알아 가는 일은 종우 한 명이면 충분하다. 그 일이 행복하기도 하지만, 서로를 이해할 때까지 꽤 오래 걸리기 때문이다. 분명 많이 부딪치며 상처도 받을 것이다. 윤지는 그런 생각을 하니 몸이 부르르 떨렸다. 그냥 도종우가 최고다.

─추워?

"아니, 도종우가 좋아서 몸이 떨렸어."

─말은 잘해요. 예쁘게.

"대놓고 칭찬하면 적응이 안 돼. 으아악, 닭살 돋았어. 종우야, 난 남자로 태어났어야 했나 봐."

─무슨 소리야. 네가 여자여서 난 얼마나 좋은데.

"그데?"

─응. 네가 위에 있으면 얼마나 좋은데.

"내가 1절만 하랬지."

2절까지 가면 꼭 과하단 말이야. 남들보다 유독 큰 가슴이 스트레스였는데 종우는 그게 참 좋다고 한다. 내 귀여운 변태 같으니라고. 근데 또 웃긴 게, 가슴 큰 여자 연예인한텐 눈곱만큼의 관심도 없다는 것이다. 참 이상한 녀석이다.

"하아암. 잠이 온다."

─자.

"나 자는 거 구경할래?"

─……아니.

"그래, 뭐."

─너 자는 거 보면 그 옆에 눕고 싶어서 안 돼. 나중에 내 침대에서 보여 줘.

"그럼 자는 것만 보고 있지 않을 거잖아."

─들켰네.

종우의 웃음소리가 귓가에 감겼다. 그의 부드러운 미소가 화면에 보이니 윤지도 절로 입꼬리가 올라갔다. 미치겠다, 행복해서. 죽을 거 같다, 달콤해서.

"종우야, 나 자꾸 웃음이 나."

─나도.

"사랑해."

─나도. 조심해서 올라와. 안아 줄게.

"나는 그 말이 좋더라. 안아 준다는 거. 서울에서 봐."

그게 정말 안아 주는 건지, 아니면 육체적으로 격렬하게 안아 준다는 건지 모르겠지만. 통화하며 머리를 침대에 대고 있으니 정말 잠이 솔솔 왔다. 언제 잠들었는지도 모르겠다. 부모님 오실 때쯤 깨야지 하던 그녀는 새벽에 갑자기 울리는 벨 소리에 피곤한 몸을 일으켜야만 했다. 그러나 비몽사몽으로 전화를 받은 윤지는 상대방의 이야기를 듣자마자 핸드폰을 떨어뜨린 채 바닥에 주저앉았다.

8
아픈 손가락

"김해인, 고생했어."

윤지는 해인의 출산 소식에 놀라 뜬눈으로 밤을 지새웠다. 부모님께 인사도 제대로 못 하고 콜택시를 타고 서울로 왔으나 가족 아닌 외부인은 그 시간에 들어갈 수 없다는 소리를 듣고 어쩔 수 없이 집으로 돌아갔다. 오전에 예약이 들어온 샌드위치를 만들어야 했기에 연주를 먼저 산부인과를 보낸 뒤 자신은 카페로 출근을 했다. 오전 내내 멍한 정신으로 카운터를 보다 오후가 되자마자 병원으로 향했다.

"흐어엉. 윤지야아."

서로를 바라보는 그들의 눈가에 눈물이 고였다. 애가 반쪽이 돼서 있는 걸 보니 마음이 아팠다. 윤지는 해인에게 다가가 간이침대에 앉았다.

"아팠어? 나 전화 받고 어제 다리 힘 풀렸잖아."

"그랬어? 흐어어엉. 그것보다 기름지고 매운 거 먹고 싶은데…… 못 먹는대. 수유해야 해서. 흐어어엉."

아파서, 힘들어서 그런 줄 알았는데 입맛이 도는데 미역국만 먹어서 그렇단다. 그녀는 친구의 출산으로 긴장했던 마음이 툭 풀렸다. 그러자 입에 미소가 번졌다.

"커피광, 커피도 못 마시겠네."

"몰래 마시면 안 되겠지?"

"당분간은 의사 쌤 말 잘 들어. 출산 스토리 좀 얘기해 봐."

"뭐 똥꼬에서 수박이 나온 느낌? 그냥 죽었다가 살아난 거 같아. 의료가 발전하지 못했던 옛 시대 땐 출산하다가 죽었다고 하던데 이해가 되더라고."

"그걸 이렇게 감정 없이 말해? 너도 참."

윤지는 절레절레 고개를 저었다. 그래도 출산을 겪으면 힘들고 지쳐서 한풀 꺾여 있을 줄 알았는데 역시 해인은 해인이었다. 괜찮아 보이는 모습에 안심이 되는 한편, 못 말리겠다고 생각하며 눈물을 닦는데 병실 문이 열리며 해인의 남편이 들어왔다. 떡 벌어진 어깨에 사람을 긴장하게 만드는 남자인 그는 입도, 행동도 거칠었지만 오늘은 순둥순둥해 보였다.

"안녕하세요."

"오셨어요?"

"출산은 해인이가 아니라, 변호사님이 하셨나 봐요."

"출산은 내가 했으니까 남편이 젖을 물리면 좋을 텐데. 으아악! 태초에 인간을 만든 분을 만나거든 이건 공평하지 않다고 하고 올 거야. 흑흑. 지금 걷지도 못하겠는데 여기도 아파."

해인이 본인의 가슴 위를 가리켰다. 뭐가 어쨌든 이것저것 다 아픈 거구나. 윤지는 오면서 사 온 과일 바구니를 송 변에게 안겼다.

"감사합니다. 해인이 잘 먹일게요."

"네. 수유할 때 먹어도 되는 게 있고, 아닌 것도 있다는데 잘 몰라서 바구니째로 샀어요."

"ㅆ ㅔ ㅅ ㅏ ㅃ ㅔ ㅉ ㅓ ㄱ ㅣ ㅅ ㅣ ㄹ ㅇ ㅣ ㅔ ㅿ ."

해인의 직설적인 말에 윤지의 볼부터 귀까지 새빨개졌다. 웬만해선 부끄러운 일이 없는데, 송 변 앞에서 함께 들으니 어찌해야 할지 모르겠다.

"아래가 빠져? 왜? 뭐가 또 나와?"

송 변이 안색이 파리해진 채 다가와 물었다. 의사 선생님 부를까, 어디가 어떻게 아픈데, 내가 어떻게 해 줄까 등등. 세상 다정한 남자처럼 굴었다. 그게 신기해서 간이침대에서 일어나 팔짱을 끼고 두 사람을 봤다. 종우가 보고 싶다. 우리도 언젠가, 이런 날이 있겠지. 종우와 나를 닮은 2세. 윤지는 해인과 송 변에게 인사를 남긴 후 입원실을 나왔다.

* * *

부모님과 여행을 가느라 못 만날 줄 알았는데, 종우는 일요일 오후 윤지를 봐서 너무 좋았다. 저녁을 함께 먹을 거야…….

"해인 씨 몸 상태는 좀 어때?"

"괜찮아. 오히려 너무 평소랑 다를 게 없어서 맥이 탁 풀리더라. 처음 봤을 때는 눈물부터 났는데."

"울었어? 왜?"

"……몰라. 연주 시집갈 때도 울고."

여름에서 가을로 넘어가는 계절, 그녀의 친구 한 명은 출산을 했고 한 명은 결혼을 했다. 이제 그 집에 윤지 혼자 남은 것이다. 혼자 지내는 게 외롭고 싫어서 셋이 모여 살게 된 건데. 모두 자신의 짝을 찾아 떠나자 어쩐지 뿌듯하면서도 씁쓸한 기분이 들었다.

"종우야, 나 부모님네 들어갈까?"

"그게 낫지. 혼자 있는 것보단."

"……오빠 집은? 아니다. 동거는 안 돼."

혼자 묻고, 혼자 답하고. 그는 윤지의 머리를 흐트러뜨리다가 두 손으로 얼굴을 감싸고 입술에 쪽 입을 맞췄다. 사랑스러웠다.

"어우! 밖에서 이러지 마."

그녀가 그의 입술을 밀어내며 얼굴에 부채질을 했다. 간질간질, 달달한 거 정말 못 참는 건 여전하다.

"여행 갔다가 나만 먼저 와서 연락도 못 했네. 해야 하나? 서로 원래 연락하고 어디에 있는지 보고하는 사이 아니긴 한데…… 걱정하실까?"

"문자라도 남기는 게 좋을 거 같아."

그의 말을 듣고 윤지는 부모님께 문자를 보냈다. 내용은 친구가 출산을 했고 잘 낳아서 회복 중이라는 것이었다.

"집 내놔야지."

"전세 기간 남지 않았어?"

"응. 근데 혼자 그 집에 살긴 좀 그래……. 팔아서 연주랑 해인이 줘야지. 지금 당장 필요한 돈은 아니라지만, 비상금으로 두라고 하려고."

두 사람은 주문한 음식을 마주 앉아 먹으며, 서로에게 반찬을 밀어주었다.

"오빠, 우리 다 먹고 뭐 해?"

"우리 집 갈래?"

"…… 자 비 배드이 틀이 이제 오빠 집으로 정해질 거야? 오빠 집, 도종우 침대로?"

윤지가 그를 흘기자, 그는 그것도 좋은 거 같다며 웃었다. 종착지가 같으면 정말 좋을 텐데. 아쉽기만 하다.

"나 너 시간 된다고 해서 바로 나오느라 커튼 달다 말았어."

"커튼?"

"네가 바꾸라며."

그냥 지나가는 말로 잘 때 암막 커튼이 좋다고 한 건데, 그걸 기억해 뒀다가 정말 바꾼 모양이다. 그의 집에서 더 푹 잘 수 있겠다고 생각하는데 휴대폰이 진동했다.

『누나, 어디예요?』

"누구야?"

"석현 씨."

윤지의 말에 그가 핸드폰을 쏙 뺏더니 그의 겉옷 속에 집어넣었다. 이름만 들어도 기분이 좋지 않다. 함께 캔 음료 주둥아리를 나눌 때부터 별로였다. 어린놈이 아직도 윤지에게 마음이 있는 걸 알기에 더더욱 연락이 거슬린다.

"압수!"

"그럴 거 없어. 석현 씨 첫사랑이…… 하하."

그녀는 말을 하다 말고 박장대소를 했다. 둘만의 비밀인가. 종우는 뭔지 말해 달라는 표정으로 그녀를 봤지만, 이상한 눈빛으로 자꾸 웃기만 한다.

"핸드폰 줘. 진짜 걱정할 일 없어."

윤지가 손바닥 위를 검지로 툭툭 치며 핸드폰을 요구했다. 종우는 핸드폰이 들어 있는 제 겉옷을 허벅지 아래에 넣고 고개를 저었다.

"우리 집에 가면."

"……가. 도종우네. 가려고 했어."

그제야 종우는 그녀에게 핸드폰을 내밀었다.

『형님한테 말 안 하셨죠? 혹시나 해서…….』

『말을 할까 말까 고민 중이었어요. 크큭. 첫사랑은 원래 이뤄지지 않는 거라더니, 그 말이 맞나 봐요.』

윤지는 얼른 답을 보냈다. 자꾸 웃음이 나오니 그녀를 마주 보고 있는 종우의 표정이 점점 굳어져 간다. 그녀는 계산서를 들고 먼저 일어났다.

"계산은 내가 할게, 오빠~."

* * *

성국은 대학 병원 수술실 앞을 서성였다. 딸과 함께 간 첫 여행, 설레었던 감정은 없어진 지 오래였다. 갈 때까지만 해도 좋았는데, 이런 일이 있을 줄 몰랐다. 그의 손등과 팔도 쓸려 피가 맺혀 있었지만, 수술실 안에 있을 아내 생각에 아픔조차 느끼지 못했다. 파리한 얼굴로 그 앞을 왔다 갔다 하다 의자에 털썩 주저앉아 두 손을 꼭 모았다.

"우리 윤지랑 추억 빨리 반듯사. 에네 얼기나 조규 미루고 그게 맞아, 윤지 아빠."

귀국길, 아쉬움이 내내 남은 얼굴이었지만 그는 내색하지 않았다. 오래 고민을 해 보니 딸에게 해 준 게 없는 거 같다고 한다. 열심히 일해서 저 하고 싶은 거, 갖고 싶은 거, 먹고 싶은 거 다 부족함 없이 해 줬지만 그건 부모의 생각일 뿐이란다. 힘들 때 부모님께 응석 부리지도 못하고 도움의 손길도 뻗지 않는 윤지를 생각하면 가슴이 아프다고 했다.

연숙은 남은 삶은 윤지에게 집중하자며, 딸의 관심사가 뭐고 어떤 사고방식을 갖고 세상을 보는지, 부모라면 응당 알아야 할 것들을 지금이라도 알아 가자고 했다. 말렸어야 했는데. 평생 일만 한 한국으로 돌아가지 못하게, 그랬어야 했는데.

그는 손등으로 이마를 짚었다. 저녁을 먹고 리조트로 가는 길에 졸음운전을 하던 트럭과 부딪치는 사고가 발생하고 말았다. 운전

수는 화들짝 놀라서 액셀을 밟아 버렸다. 브레이크가 아닌…… 제 눈앞에서 공중에 떠올랐던 연숙의 모습이 떠오르자 성국은 갑자기 숨이 막혀 호흡을 제대로 못 했다. 그의 얼굴이 더 하얗게 질릴 때쯤 지나가던 간호사가 그를 발견했다.

"환자분! 환자분!"

"선생님, 선생님!"

삐이익. 삐이익. 스러져 가는 의식 속에서 수술실 문을 열고 나오는 의사 선생님이 언뜻 보였다. 의사의 표정이 좋지 못했다. 꼭 저곳에서 누군가의 삶이 끝난 것처럼. 그는 눈을 감았다. 윤지 엄마가 마지막으로 그에게 했던 부탁이 있었다.

"윤지는 사고 알면 안 돼. 나중, 나중에."

그게 사고 현장에서 마지막으로 들은 아내의 목소리였다. 절대 사고를 윤지에게 알리지 말라고 그에게 부탁했다. 이미 그때 연숙은 예감했던 거 같다. 제 삶이 거기서 끝이라는 것을.

* * *

"종우야, 나 이거 봐."

"또 베였어?"

"응. 오늘. 꼭 밥 먹다가 잇몸 씹으면 다음에 또 씹게 되잖아. 그것처럼 이것도 그래. 한번 베이면 연속으로 그렇더라고."

"너 자꾸 다치고 다닐래?"

종우는 그녀의 손을 잡아당겨 호호 바람을 불었다. 그러고는 구급상자를 가져와 정성 들여 치료해 주었다.

"이거 선물."

밴드까지 꼼꼼하게 붙이고 구급상자를 정리한 뒤 종우는 한쪽에 놓아두었던 쇼핑백을 들고 와 윤지의 앞에 내밀었다. 거리를 지나다가 쇼윈도 앞에서 저도 모르게 멈춰 서서 샀던 원피스 하나와 트렌치코트였다. 그녀는 쇼핑백 안에서 내용물을 확인하더니 종우의 볼을 감싸고 쪽, 쪽, 쪽 입을 맞췄다.

"와아- 진짜 예뻐. 도종우 센스 역시 남달라. 코트 너무 예쁘다."

"다른 것도 봐 봐."

"응. 다른 것도 있었어?"

"……원피스도 있어."

그녀는 쇼핑백 안에 아직까지 있던 원피스를 꺼내 들었다. 무척 여성스러운 디자인이었다. 요새 박시한 티셔츠에 슬랙스 위주로 입고 다니는 윤지를 보니, 이런저런 다른 옷도 입혀 보고 싶었다.

"나 원피스는 클럽하고 경조사 때만 입는데."

"내 앞에서도 입어 줘."

"도종우, 너도 남자구나."

그녀는 그러면서도 원피스를 들고 옷 방으로 들어갔다. 사각사각, 옷을 갈아입는 소리가 들리더니 금세 그녀가 나왔다.

"짠~"

두 팔을 펴고 그 앞에서 빙글빙글 도는데, 그녀가 사랑스러워서 바로 앞까지 다가가 번쩍 안아 올렸다. 그가 고른 선물을 이렇게 좋아해 주니 너무 예뻤다. 또 사 주고 싶게.

"잘 어울려."

"정말? 가을에 이거 입고 갈대숲이나 갈까? 가자, 가자. 오빠랑 여기저기 놀러 다니며 사진도 찍고, 그러고 싶어."

"그래, 그러자. 너 선물 주니까 오빠 소리 한다?"

"몰랐어? 내가 속물이잖아. 물욕 빼면 시체지."

그는 그녀의 볼을 꼬집어 잡아당겼다. 그녀는 한 바퀴 더 그 앞에서 돌더니 그녀의 취향인 트렌치코트를 입고 거울 앞을 떠나질 못했다. 아마 이 트렌치코트 안에는 그의 취향보다는 그녀의 취향인 옷들을 주로 입을 것이다. 그래도 좋았다. 뭘 입든 정윤지는 예쁘니까.

그는 거울을 보고 있는 그녀에게 다가가 트렌치코트를 벗겼다. 가지런하게 옷 방의 서랍장 위에 걸어 두고, 원피스의 지퍼를 내렸다. 그가 쉽게 벗길 수 있게 윤지는 머리카락을 오른쪽 어깨 앞으로 넘겼다. 찌이익, 소리가 좁은 공간을 울렸다. 지퍼가 열리며 드러난 등과 어깨를 그가 손으로 어루만졌다.

"부드러워."

그러더니 입술을 대고 깊이 빨아 당겼다. 예민한 살결은 금세 빨갛게 부풀었다. 그는 그곳을 엄지로 쓸며 척추를 검지로 쭉 내렸다. 엉덩이골까지 내린 원피스를 마저 벗겼다. 거울 속에는 속옷만 입은 그녀가 그의 눈을 마주하고 있었다.

"하고 싶어."

"또?"

"응. 매일 그래."

그녀는 그와 마주 보도록 몸을 돌린 후 그의 티셔츠를 벗겼다. 탄력 있게 자리 잡은 가슴 근육을 만지고 서서히 내려와 복근을 쓸었다.

"하아."

장골 주변을 만지자 그의 복근이 꿈틀거렸다. 그녀는 무릎을 꿇고 앉아 그의 장골을 잡고 그 언저리를 혀로 쓸었다.

"아─ 윤지야."

그는 탄식하며 그녀의 작은 머리를 잡고 힘을 바싹 줬다. 그녀의 혀가 장골을 타고 복근을 할짝거리자 아래가 터질 듯이 부풀어 오르는 게 느껴졌다. 갑자기 피가 몰려 당장이라도 그녀를 눕혀 버리고 싶은 마음이 들었다.

"좋아?"

"응."

종우는 참을 수가 없어서 그녀를 돌려 전신 거울을 두 손으로 짚게 했나.

"일단 한 번 하자, 하아……."

그녀의 손길이 닿으면 참을 수가 없다. 종우는 그녀를 선 채로 상체만 엎드리게 한 후 말의 고삐를 잡듯이 두 손목을 잡았다. 그녀가 신음하며 도리질을 친다. 제 눈에 보이는 모습과 거울 속에 비친 모습……. 너무 야해서 그는 당장이라도 폭발할 것만 같았다.

"윤지야."

그는 그녀를 번쩍 안았고, 침대 곁에 있는 그녀를 내려다봤다.

"으으응…… 종우야."

"미안. 성급했지?"

한 번 느낀 이후엔 쾌감이 오는 속도가 빨라졌다. 그녀는 다시 한 번 종우로 인해 온몸의 기력을 소진한 후에야 그에게서 벗어날 수 있었다.

"사랑해, 정윤지."

"······하아, 나도."

윤지는 손 하나 까닥할 수가 없어서 그의 품에 안긴 채 숨을 몰아쉬었다. 이불을 덮고 있는 두 사람은 서로를 꼭 껴안았다. 후희를 즐기다 그는 그녀의 정수리에 입을 맞췄다. 그러다 볼록한 이마에, 눈가에. 서서히 제 위로 다시 올라와 나른하게 응시하는 그를 보며 그녀는 절대 안 된다고 고개를 저었다.

"하지 마."

"······뭘?"

"그거, 키우지 마."

"네가 줄여 줄래?"

윤지는 허, 허탈한 숨을 쉬었다.

"거기에 힘 넣지 말라 했어."

"얜 내 의지를 배반해."

"또 하기만 해 봐."

"······그럼 어떡할 건데?"

그는 옆에 있으니 가만히 있을 수가 없다고, 사랑하는 여자가 있는데 어떻게 본능이란 녀석이 참고 있냐고 물었다.

"알겠어. 대신."

"······대신?"

"이따가 나 씻겨 줘. 이대로 잠들기 싫어."

"그거야 언제든 환영이지."

그가 이불 속으로 쑥 들어갔다. 윤지는 그가 주는 애무를 받으며 온몸을 비틀고 고개를 꺾었다. 종우가 주는 건 무엇이든 그녀를 미치게 했다. 손가락 하나만으로도 말이다. 오늘은 참 행복한 날이었다. 제 주변을 감싼 것들이 외곽을 가득 채워 안정화를 이뤘고, 바로 옆에 종우가 있어서 매일 오늘 같기만 하면 좋겠다고 생각했다. 그 뒤에 닥쳐올 일들을 전혀 예감하지 못한 윤지의 얼굴엔 미소가 가득했다.

9
편안했으면 좋겠다

성국이 정신을 차렸을 때는 병실 안이었다. 연락을 받고 달려온 형이 그의 옆에서 자리를 지키고 있었다. 성국은 형의 얼굴을 보자마자 연숙의 생사를 확인했다. 그리고 형의 입에서 나온 믿을 수 없는 이야기에 또다시 자리에 드러눕고 말았다.

꿈속에서 연숙이 웃으며 떠났다. 바로 앞에서 아내가 뒤돌아 걸어가는데 발은 땅에 붙은 듯 꼼짝할 수가 없었다. 사고가 나던 당시처럼. 꿈속에서도 구해 주고 싶었는데, 몸은 세월의 흐름을 무시하지 못했다.

"제수씨 소원이라고 해도 윤지한테 알려야지."

"나중에. 나중에. 형."

"……연숙 씨 보험이랑 재산 정리도 해야지."

그는 주저앉은 상태에서 고개만 들어 형을 봤다. 이 상황에서 보험, 재산 정리에 대해 언급하는 것이 이성적이기 때문인지, 아니면 남의 일처럼 생각해서인지 객관적으로 판단할 수가 없었다.

"윤지가 어릴 때 추억이 없다네. 이모네, 할머니네, 고모네 전전하고 혼자 밥 먹은 기억밖에 없대. 나쁜 년."

바쁜 두 사람을 대신하여 윤지를 돌봐 줬던 집 중에 형네도 있었다. 성국은 형에 대한 고마움에 조카 두 명의 학비를 주기도 했었다. 에 까스 갈 비 다라는 거였다 연숙과 한국에 오기 전에 나눴던 대화 중 그 말이 유독 귀를 맴돌았다.

"내가 알아서 할게. 형 그만 가 봐."

"혼자 괜찮겠어?"

"……어. 윤지 엄마, 우리 여행길에 사고 난 거 윤지가 알면 평생 괴로워할까 봐! 그래서 그런 걸 거야."

눈을 감기 전, 그를 보며 힘겹게 말을 했었다. 제 죽음을 알리지 말란 건, 그가 생각하기에 시기를 조금 늦춰 달란 듯 같았다. 차라리 이기적인 엄마로 남는 게 낫다고, 괜히 윤지 마음 아프지 않게, 무겁지 않게…… 그는 액자 속 제 마지막 연인이자 윤지의 엄마인 연숙을 다시 한번 봤다. 그는 그녀의 마음을, 소원을 지켜 줄 거라 다짐했다. 더불어 윤지도.

* * *

종우는 TG 전자 데스크 앞에서 재현의 이름을 말했다. 그의 이름을 말하는 순간 직원은 친절한 미소를 짓더니 그를 임원 전용 엘리베이터로 안내했다. 위압감이 들었지만 그는 티 내지 않았다. 나중에 윤지에게 들어 보니 자신이 나이가 더 많았다. 밥을 몇 그릇은 더 먹었는데, 긴장한 모습을 보이고 싶지 않았다.

아……. 어릴 때 굶은 적도 많으니, 어쩌면 밥그릇 개수는 비슷할지도 모르겠다. 위층에 도착하자 그가 연락을 받은 건지 문 앞에 나와 있었다.

"안녕하세요. 형님."

그는 넉살 좋게 웃으며 종우를 형님이라 불렀다. 종우 역시 미소 지으며 그에게 인사를 건넸다.

"신혼여행은 잘 다녀왔어요?"

"네. 이쪽으로 오시죠. 커피와 티, 어떤 게 좋으세요?"

"재스민차 있어요?"

"네. 그걸로 준비해 줘요."

재현은 종우에게 깍듯이 대답한 후 그의 수행 비서에게 차 메뉴를 주문했다. 앞서간 재현이 전무 이사실 문을 열었고, 종우는 그 안으로 들어갔다. 그리고 자신의 진료실보다 배로 넓은 공간을 보며 입을 탁 벌렸다. 이래서 재벌, 재벌 하는구나. 그 앞에선 분당의 소소한 건물은 블록 장난감 건물 수준일지도 모르겠단 생각이 그때 들었다.

"형님도 윤지 씨와 결혼하실 거죠?"

"그럼."

"친하게 지내야겠단 생각에 초대했습니다. 병원으로 갈까 하다가 제가 이동하는 동선마다 기자들이 따라붙어서요."

"괜찮아요."

그는 비서가 옆에서 우려내 준 차를 한 모금 마셨다. 재벌계에서
잔뼈 굵게 살아온 그가 종우를 초대한 건 단순히 친해지고 싶어서
때문은 아닐 거다. 주식 사항을 공유하며 중간중간 윤지와 연주에
대한 이야기를 하였다. 그래서 마지막 결론은 '병원 사업'이었다.
TG가 가진 의료 재단을 그가 먹어 볼 생각이라 한다. 재현은 사실
회사 경영 쪽으론 자신이 있는데 의료 재단의 경우엔 기본적 지식
이 바탕이 되어야 하는 거라. 약을 들여오는 루트나 계발비 등이 정
말 그 금액에 맞는지, 뒤에서 얼마나 조작하는지 숫자만 보고 알 수
있을 수준이 되지 않는다고 솔직히 말했다. 그는 종우에게 그걸 조
금 봐줄 수 있겠냐고 물었다.

"나도 도와주곤 싶지만, 몸이 하나여서."

종우는 어릴 때 부족하게 살았다. 보통 그러면 돈에 욕심이 생기
고 좀 더 악착같이 살아야 하는데, 그는 아니었다. 돈은 필요한 만
큼. 그와 제 가족이 먹고 싶은 거 있을 때 먹을 수 있고, 가고 싶
은 곳 갈 수 있고, 갖고 싶은 거 가질 수 있는 정도……. 딱 그 정도
면 됐다.

지금껏 열심히 살아서 그 정도는 이뤄냈다. 윤지, 윤지와 자신 사
이에 있을 아이들. 그다음 세대까지 어디 가서 부족함 없이 살 수
있을 정도로, 그가 처음부터 꿈꿨던 목표치를 이뤘기에 더 이상의
사업 영역을 넓힐 생각은 없었다.

"그리고 내가 피부과가 전문이라 전체를 알진 못하죠. 그래도 동
생이 카톡으로 궁금한 거 물어보면 시간 내서 상세히 설명할게요."

그는 알아들은 눈치였다. 더는 권하지 않고 아쉬운 표정만 내비쳤다.

"대학 병원으로 들어갈 생각은 없으시죠? 기다리시는 분들 많다던데."

"갈 생각 없어요. 생사를 드나드는 곳은 이젠 별로여서요."

그는 어깨를 으쓱하며 일어났다. 병원으로 가 볼 시간이었다. 그가 일어나자 재현이 그를 배웅하기 위해 일어났다. 전무이사가 1층까지 바래다주는 건 또 처음이네. 깍듯한 연주의 남편을 보며 그는 흐뭇하게 미소 지었다. 로비에 도착한 그들이 데스크 앞에서 인사를 주고받을 때쯤, 점심 식사를 마친 직원들이 1층 카페에서 커피를 사서 사무실로 올라가는 게 보였다. 그중엔 석현도 있었다.

"안녕하십니까."

지나가던 직원들이 재현을 보고 모두 고개 숙여 깍듯이 인사했다. 90도로 숙였다가 고개를 들 때, 종우는 석현과 눈이 마주쳤다.

"아…… 안녕하세요."

"네, 석현 씨."

"형님, 그럼 조심히 가세요. 조만간 술 한잔 사겠습니다."

눈치가 빠른 재현은 그들 앞에서 종우에게 고개 숙여 인사했다. 술을 사겠다며 을의 자세를 정중하게 보여 주자, 석현의 표정이 사색이 되어 가는 게 보였다. 종우는 속으로 웃으며 다음번에 술은 자신이 사야겠단 생각을 했다. 유치해도 어쩔 수 없다. 석현 저놈의 얼굴을 안 볼 때까지 신경 쓰일 것 같다. 감히 제 여자를 탐내는 녀석이니까.

* * *

"불이 계속 꺼져 있네."

요 며칠 정신이 없던 터라 윤지는 부모님에 대해 신경을 쓰지 못했다. 수요일쯤 되니 이제 주변이 보이기 시작했다. 윤지는 불이 꺼진 창을 가만히 바라보다 휴대폰을 꺼내 메시지를 하나 보냈다. 종우와 육체관계를 맺은 후부터 급격히 체력이 부족해진 것 같다. 일만 하기에도 피곤한 몸이었는데. 이래서 나이는 못 속인다.

혼자 있으니까 이상하네. 그녀는 냉장고에서 맥주 한 캔을 꺼냈다. 2호점을 종우네 집 쪽으로 오픈을 해야겠어. 미리 봐 둔 곳을 떠올리며 시세 확인을 했다. 사전 조사를 위한 자료들을 검토하며 오랜만에 사장님다운 면모를 보였다.

한참 동안 화면을 바라보다 윤지는 노트북을 탁 덮고 자리에서 일어났다. 휴대폰을 확인했지만 답장은 아직 없었다. 전화해 볼까 하다가 이내 휴대폰을 내려놓고 부엌으로 향했다. 냉장고에서 맥주 두 캔을 꺼내서 쇼핑백에 담았다. 오징어와 집에 사 둔 과자 봉지 몇 개를 넣어 옆집으로 갔다. 부모님께서 자신과 친해지기 위해 노력하는 것을 알기에 보답하고 싶었다. 그녀의 입가 주변에 부드러운 곡선이 생겼다.

딩동.

종우가 아닌, 부모님과 함께 살아 봐? 친구들이 하나둘씩 가니까 자신도 괜히 결혼해야 할 것만 같은 느낌이 든다. 그녀는 아무 반응 없는 초인종 소리를 들으며 고개를 갸웃했다. 아직 잘 시간이 아닌데. 다시 딩동, 초인종을 눌렀다. 그냥 돌아갈까 하다가 편하게 드나들라고 했던 엄마의 말이 생각나 조금 용기를 내서 비밀번호를 누르고 들어갔다. 엘리베이터를 타고 올라가는 내내 심장이 크게 뛰었다. 부모님 집의 현관 비밀번호는 그녀의 생일이었다. 언제든지 들어올 수 있게, 까먹을 수 없는 번호. 그녀는 떨리는 마음으로 비밀번호를 누르고 안으로 들어갔다.

"으음……?"

다시 떠나시는 건가. 거실엔 캐리어 두 개가 덩그러니 놓여 있었다. 출장을 가던 엄마와 아빠의 모습이 절로 연상이 되는 건 뭘까. 그녀는 신발을 벗고 안으로 들어갔다.

"엄마? 아빠?"

"……어어, 윤지야."

불을 다 꺼 두고 소파에 누워 있던 아빠가 놀란 듯 일어났다.

"벌써 자? 엄마는요?"

"어어, 잠깐 생각 좀 하고 있었다. 엄마는 급한 일이 생겨서 일, 일, 일본으로 먼저 갔다."

"사업체 정리한 거 아니야? 아직 일이 남았어? 엄마도 참, 그 나이에도."

그녀는 고개를 절레절레 흔들며 부엌의 불을 켠 후 맥주 캔을 꺼냈다. 아빠와 둘이서 먹지 뭐. 접시를 찾아서 과자를 종류별로 담고 아빠를 불렀다. 종종 동기들이 아빠와 영화를 보고, 같이 술을 마시는 게 그렇게 부러웠는데. 그녀는 접시에 이것저것 담으면서 자꾸 웃음이 나왔다. 이런 거 사진 찍어서 어디다 자랑 좀 하고 싶다. 아빠랑 쇼핑도 가야지.

"뭘 이런 걸 준비했어."

"가족끼리 잘 먹으면 좋잖아. 여행은 어땠어? 엄마랑 데이트 잘 했어?"

"······어어."

"진짜 좋았나 보네. 아빠 당황하는 거 처음 봐."

캔 맥주를 따서 아빠에게 건배 제의를 했다. 아빠가 피곤해 보이긴 했으나, 그녀가 하는 대로 맞춰 주었다.

"아빠도 다시 가······게?"

그녀는 맥주 캔을 빙글빙글 돌리며 딴청을 부리다 물었다.

아빠····· 다시 가? 언제 와? 안 가면 안 돼? 나 혼자 여기 두고 가? 싫어. 바쁜 부모님을 잡으면 안 될 거 같아서 차마 입 밖으로 내~~뱉지 못해 비밀 피웠던 속삭임이었다.~~ 윤지는 이제는 그 속삭임을 무시하지 않기로 했다.

"안 가면 안 돼? 나 결혼 생각도 하고 있어서. 엄마랑 아빠한테 보여 주고 싶은 사람 있는데······."

눈을 마주치지 못한 그녀가 말끝을 얼버무렸다.

"아빠는 조금 더 있다 갈게. 소개해 줘."

"정말? 엄마는 언제 와?"

"우선 아빠부터 소개해 줘. 아빠가 엄마한테 전할게."

"······음, 그래. 다정한 사람이야."

아빠한테 종우를 소개하는 자리라······. 왜 이렇게 심장이 떨리지. 부끄럽기도 하다. 그녀는 애꿎은 과자만 똑똑 부러뜨렸다.

"저기 캐리어 보고 아빠도 가는 줄 알았어."

"윤지 네가 잡는데 가지 말아야지."

"어릴 때도 잡으면 안 갔으려나? 아빠, 나 지금 남자 친구가 엄청 좋아. 그래서 시기가 되면 바로 결혼하려고. 우리 종우한테 손만 딱 넘겨주고, 아빠도 엄마도 두 분 인생 살아. 그때까지만…… 그때까지만, 정윤지 아빠로 살아 줘."

그녀의 말에 아빠의 눈가가 빨개졌다. 감동적인 말은 아니었는데, 아빠를 본 윤지의 코도 시큰거렸다. 그녀는 이제 자러 가야겠다며 엉덩이를 툭툭 털고 일어났다. 남은 맥주 두 캔을 싱크대에 쏟아부었다. 아빠는 입도 안 댔나? 거의 그대로였다. 술을 좋아하셨던 거 같은데. 고개를 갸웃거리곤 남은 음식들을 그대로 쇼핑백에 담아서 밖으로 나왔다. 불이 꺼진 부모님의 집을 바라보는 그녀의 눈은 반달처럼 휘어 있었다.

'정윤지의 엄마, 아빠…….'

그게 참 간질거려서 두 발을 동동 구르며 뛰었다. 그리고 도종우의 여자.

"끄아악!"

나 왜 이렇게 여성스러워졌지. 그런 단어에 의미 부여하는 성격은 아니었는데. 윤지는 집에 들어가서 자기 전까지도 심장이 쿵쿵 뛰었다.

*　*　*

2호점의 1층 상가를 둘러본 윤지는 카페에 앉아 파일에서 자료들을 꺼냈다. 여기가 세 번째로 찜해 둔 곳이었다. 다음 곳을 방문할까 하다가 이곳이 유독 마음에 들어서 계속 주변을 돌고 있었다. 가격이 제일 착했다. 꾸미는 걸 좋아해서 재활용품으로도 신혼집처럼 예쁘게 인테리어를 할 수 있을 정도로 그녀는 재주꾼이었다. 실제로 블로그에서 그녀가 만든 인테리어 소품들이 인기를 끌어 종종 문의가 올 정도였다. 나름 소소한 부업이라고 생각한다.

"루루루루~"

콧노래를 부르며 공인 중개사에게 전화해서 계약해야지 생각할 때쯤, 익숙한 얼굴이 보였다. 윤지는 자리에서 일어나 오랜만에 보는 여자에게로 다가섰다.

"재인이? 재인이 맞네."

"어머…… 언니, 여긴 어쩐 일이야?"

"어어. 난 일 때문에. 카페 2호점 이쪽 인근에 내려고."

너 아 친구두 이 ㅣ쨏에 썼나시…… 띠만이 새라했다.

"정말?"

윤지는 재인을 좋아하는 편은 아니었다. 아빠의 형, 큰아빠의 딸. 그 집에서 저녁을 먹을 때마다 큰아빠, 큰엄마, 재인이와 재희. 네 식구 사이에 낄 수 없는 벽이 있어서 매우 불편했었다. 그래도 친척이기에 아는 척을 한 것이다. 부모님께서 재인의 대학 학비를 다 내줬다는 것을 안 이후로 미워하는 마음이 더 커졌던 것 같다. 재인의 가족은 자신을 볼모로 제 가족에게 눈곱만큼도 고마워하지 않았다.

"언니…… 괜찮아?"

"뭐가?"

윤지의 얼굴색을 살피는 재인의 눈빛이 어딘가 조심스러웠다. 어딘가 의문스러움이 담겨 있는 것 같기도 했다. 그녀는 한참 동안 윤지를 살피다, 윤지가 고개를 갸웃하자 이내 시선을 내리며 얼른 화제를 돌렸다.

"아니야. 아니야. 여긴 내 남자 친구, 우리 사촌 언니."

"안녕하세요."

"안녕하세요. 조성호입니다."

그녀는 사촌의 남자 친구와 악수를 냈다. 연주의 사촌 민지는 참 친근하고 좋던데, 제 사촌은 예전부터 미웠다. 이제 서로 다 컸고 미워할 일이 없는데도 아직 앙금이 남아 있나 보다.

"그럼 좋은 시간 보내세요. 재인아, 언니 가 볼게."

"으응."

딱히 길게 나눌 말도 없는지라 윤지는 인사를 한 후 자리로 돌아와 가방을 쌌다. 볼펜과 핸드폰을 가방 속에 넣고 큰 파일은 테이블 위에 뒀다. 계약해야지. 아주 터가 좋은 거 같아. 그녀는 두 사람이 불편하지 않게 눈이 마주쳤을 때 방긋 웃으며 인사를 했다. 카페를 나선 윤지는 부동산 사장에게 전화를 걸었다.

―네, 안녕하세요.

"사장님, 저 결정했습니다. 토림 빌딩 1층 상가, 계약하겠습니다."

―오우~ 좋은 선택하셨습니다. 거기가 정말 목이 얼마나 좋은지. 계약서 작성해 둘 테니 주중에 오시면 될 거 같습니다.

"오늘 온 김에 하겠습니다."

―네, 그럼 인감 증명서와 등본은…….

윤지는 사장님의 말을 막았다. 이미 전에 계약을 해 봐서 미리 다 준비해 왔다. 마음에 드는 곳이 있으면 바로 계약할 생각으로 온 거였다.

"준비해 왔습니다. 지금 챙겨서 가겠습니다."

전화를 하면서 자료를 찾던 윤지는 카페 유리문 너머로 두고 나온 파일을 발견했다.

'잃어버린 줄 알고 깜짝 놀랐네.'

전화를 끊은 뒤 다시 카페로 들어섰다. 사촌 동생과 그녀의 남자친구가 아직 있으니 쥐새끼처럼 들어가서 저것만 가져와야지. 죄를 진 것도 아닌데 어색한 사람과 두 번이나 마주하고 싶지 않은 마음이 컸다. 윤지가 파일을 집어 그들의 주위를 지나갈 때였다.

"그 언니가 옛날부터 좀 독했어. 우리 집에 얹혀살 때도 미안한 기색도 없더라니까."

얹혀산다는 표현은 맞지 않는다. 그들은 자신의 부모님으로부터 돈을 받았고, 새어른 내어놓시고 니것에는 유하는 갔다. 어쩌면 자식이 있다는 게, 부모님에겐 짐일지도 모른다. 부모님의 삶이 나아지면서 친척들은 더 많은 것을 요구했고 그들은 각각 집의 가장이 되어야 했다.

자신 외에도 부모님 등에 쌓인 짐들. 그건 어쩌면 자신 때문에 쌓인 걸 거다. 돈을 주기 싫은 상황에서도 줘야 했고 오히려 상대가 큰소리를 내는데도 찍소리 못했다. 그곳에 자신이 있었기 때문에. 윤지는 여기서 아는 척을 하면 어색해질 것을 알기에 카페를 나가려고 했다. 그러나 발길을 잡는 이야기에 들고 있던 서류철을 떨어뜨렸다.

"자기 엄마 죽었는데도 웃는 거 보면 대단해. 하긴, 부모님하고 같이 있던 시간보다 여기저기 전전한 시간이 많을 거야. 그래서 정이 없나? 작은엄마는 일만 하다가 제삿밥도 못 먹겠다. 쯧."

귀에서 이명이 울렸다. 오래된 창문을 열 때 끼이익 하고 귀를 찌

르는 소리와 비슷했다. 너무 놀란 그녀는 지금 들은 게 뭔지 와 닿
지 않았다. 그녀는 재인에게로 달려갔다.

"정재인, 그게 무슨 말이야?"

"어…… 언니."

간 줄 알았던 윤지가 다시 오자, 재인은 귀신이라도 만난 것처럼
화들짝 놀란 채로 일어났다.

"우리 엄마가 뭐 어쨌다고? 너 방금 한 말 다시 말해 봐."

"그게 말이야, 언니."

재인이 일단 진정해 보라며 윤지의 팔을 잡았다. 윤지는 재인의 팔
을 뿌리치며 눈 한 번 깜빡이지 않고 노려봤다. 마주친 눈에서 당
황한 기색이 역력했다.

"지금 일본에 있는 사람이 어떻게 죽어? 사람이 할 말이 있고 못
할 말이 있어. 사람 갖고 장난……."

말을 하는 와중에 윤지의 눈빛이 흔들렸다. 캔 맥주를 들고 부모
님의 집에 갔을 때 봤던 집 안 상황과 평소와 다르던 아버지의 행동
들. 재인은 함께 사는 동안 한 번도 윤지의 앞에서 이런 표정을 지
은 적 없었다. 이렇게 당황하여 어리바리한 모습은 그녀로서도 처
음인지라, 재인의 말이 사실일지도 모른다는 생각이 그녀의 머릿속
을 더 혼란스럽게 만들었다.

"언니…… 설마 모르고 있었던 거야? 어떻게 그런……."

"그만, 재인아. 그만."

윤지는 두 귀를 막았다. 그다음 말을 더 들을 수가 없었다. 벌써
눈과 코가 매웠다. 눈을 깜빡이면 눈물이 후드득 떨어질 거 같아 그
녀는 더욱 눈가에 힘을 줬다. 세상에 신이 있다면 제게 너무 가혹하

단 생각이 들었다. 어머니의 배를 통해 저를 세상에 보내 주고, 저를 키우기 위해 어머니를 평생 희생시켰다. 이제 다 커서 부모님과 떨어져 있어도 될 나이가 되니 그대로 빼앗아 가셨다.

말도 안 되는 일이야. 말도 안 돼. 윤지는 쓰러지려는 몸을 의자에 지탱해 기댔다. 윤지는 눈가가 시큰거려 두 입을 꼭 모으고 온몸에 힘을 줬다. 여기서 울면 안 된다. 제게 엄마의 죽음을 알리지 않은 아빠가 밉다, 미워 죽겠다. 엄마도. 그럴 거면 일본에서 오지 말지.

그녀는 카페에서 나와 지나가는 택시를 잡아탔다. 사람의 시선이 닿지 않는 좁은 공간에 앉게 되자 눈물이 폭포처럼 흘러내렸다. 허벅지 위 연청바지의 색이 짙게 변해 갈 정도로. 눈물은 소리 없이 그녀의 눈을 타고 내려 옷이 흘렀다.

*　*　*

2호점 계약은 잘했나? 연주는 연락이 없는 윤지가 걱정되어 그룹 카톡에 물음 표시를 잔뜩 보냈으나 답은 없었다. 출산 후 자유를 얻은 해인이 따뜻한 차를 마시며 아직도 연락 없냐며 그녀를 봤다.

"내가 전화해 볼게."

결국 해인이 참지 못하고 윤지에게 전화를 걸었다.

─여보세요.

"헤이, 정 사장~"

─어…….

"정윤지? 목소리가 왜 그래?"

─해 해인아.

평소 침착하던 친구의 목소리가 아니었다. 괜찮은 척했지만 목소리는 심히 떨렸고, 한참 울고 난 이후임을 알 수 있었다.

-내가 나중에 연락할게.

"정윤지. 윤지야!"

전화가 그대로 끊겼다. 그 이후엔 핸드폰이 꺼져 있었다. 해인은 손톱을 물다가 연주에게 도종우의 번호를 물었다. 윤지를 이렇게 흔들 수 있는 상대는 도종우뿐이다. 처음부터 합친다는 거 마음에 안 들었는데, 결국 사달이 났다.

"핸드폰 번호는 모르고 병원 전화번호는 알아."

"……됐어. 아줌마가 얼마나 무서운지 보여 주겠어. 나 피부과 엎고 올게."

"워워. 윤지가 뭐 때문에 그러는지 알고 엎어도 늦지 않아."

해인의 불길을 막은 연주가 카페를 정리하기 시작했다. 안으로 들어서는 고객들에게 테이크아웃만 가능하고 오늘 사정상 일찍 닫게 되었다고 설명했다.

"오늘 장사 접어. 윤지 보러 가자."

"그래. 정윤지가 웬만해선 진짜 감정의 동요가 없거든. 이상해. 불안하고."

"우리 힘들 때 옆에서 잡아 주더니 지 힘든 건 말도 안 하고. 정윤지 진짜 못된 년이야."

윤지를 걱정하며 급하게 카페를 정리한 두 사람은 서둘러 주차장으로 갔다.

"아……, 나 그래도 열 받아서 안 되겠어."

운전석에 탄 연주가 시동을 걸 때쯤, 해인이 안 되겠다며 차에서 내렸다. 그다음엔 연주가 잡을 새도 없이 빠르게 달려 옆 건물로 들어갔다. 너무 빠른 스피드라 연주가 도착했을 땐, 해인이 종우의 멱살을 쥐고 있을 때였다. 그나마 다행인 건 진료실 안이었단 점, 환자들의 눈앞은 아니었단 거다.

* * *

택시에서 내린 윤지는 카페 주차장으로 갔다. 내리고 보니 여기였다. 무의식적으로 집이 아닌, 카페 주소를 말한 모양이다. 주차된 자신의 차에 타서 액셀을 밟아 집으로 향했다. 무슨 정신으로 운전 ~~을 했는지 기억에 전혀 없었다~~. 차에서 내린 윤지는 집으로 걸어갈수록 몸의 떨림이 심해지는 것을 느꼈다. 이로 입술을 짓이기며 무거운 발을 움직였다.

띠디디딕.

초인종도 없이 비밀번호를 누르고 문을 열었다. 여전히 깜깜한 거실은 암막 커튼으로 인해 더 어두웠다.

"아빠."

"어어…… 윤지 왔니?"

그녀와 맥주를 마신 이후 씻지도, 먹지도 않은 모양새였다. 그땐 왜 몰랐을까, 아빠의 표정을 보니 알 것 같았다. 사랑하는 사람을 영영 보낸 사람의 눈빛을. 그녀는 아빠를 보자마자 울컥해서 눈물이 나왔다.

"……아빠."

목소리가 떨렸다. 윤지는 바닥에 털퍼덕 주저앉아서 흐느끼기 시작했다.

"왜 왔어, 한국! 왜 왔냐고!"

"윤지야. 내 말 좀."

"아빠는 내가…… 하흑!"

그녀는 손등으로 입을 막고 울음을 막았다.

"내가 맥주 마시면서 웃고 떠들 때라도 말해 줬어야 했어. 흐흡…… 흑. 내가 밖에서 엄마의 소식을 알게 해서는 안 됐다고. 흐흑. 마지막 인사도 못 했잖아. 마지막 인사도!"

윤지의 눈가 주변이 시뻘겋게 달아올랐다. 충혈된 눈은 누가 톡 건드리면 피가 흐를 것처럼 빨갰다. 이마 주변 핏줄이 곤두설 정도로 그녀는 온몸에 힘을 줬다.

"나 원망만 했단 말이야. 계속. 한국에 있는 내내 그랬다고! 나도…… 한 번만 응석 부리고 싶어서. 흐흑. 고맙단 말도 못 하고, 아빠. 아빠아…… 왜 말 안 했어, 왜 그랬어!"

어려서부터 일찍 철들었다는 말을 들었다. 그 말이 좋아서, 자신이 철이 드니 부모님께서 만족해하셔서 좋았다. 외롭고, 부모님이 필요했으나 애써 아닌 척했다. 괜찮다고, 나는 정말 괜찮다고. 부모님의 바쁜 삶을 이해할 수 있다고 말하며 이해되지 않아도 그런 척했다.

어버이날, 생신에는 고맙단 인사를 했고 사랑한다는 말도 편지에 적어 보냈었다. 딱히 그런 감정을 느껴서라기보다 그땐 그렇게 해야 할 것만 같았다. 철 잘 들었네, 우리 윤지. 그런 칭찬이 좋았던 거 같다.

그런 자신이 사회생활을 하면서 부모님의 마음을 언뜻 느끼게 됐다. 내 삶만큼이나 부모님의 삶도 소중하다는 것을. 자신이 아니었

다면 부모님은 세상으로부터, 그녀를 돌봐 주는 가족으로부터 죄인
이 될 필요가 없었다. 해외여행을 하면서 노년을 즐기는 삶을 조금
더 빨리 누릴 수 있었을지도 모른다. 남의 가정 딸, 아들까지 챙길
필요는 없었다. 그래서 고맙고, 미안하고, 원망스러웠다. 남들처럼
못 먹고 못 입어도 옆에 있어 줬으면 좋겠다는 마음 반, 남들보다 풍
족한 삶에 감사하는 마음 반.

 ……그래도 딱 한 번, 응석 부려 보고 싶었다.

 내가 그렇게 엄마를 미워하는 건 아니라고. 원망하지만, 사랑하
는 마음이 먼저라고, 감사하고 있다고. 그런 말을 제대로 해 주지
못했다.

"난 어릴 때 엄마 이뻐뎠 추억이 없어. 행복한 기억이 없냐고. 친
척집을 전전하기만 하고."

 감정 없는 목소리로 엄마에게 부렸던 응석. 정말 일본에서의 생활
을 접고 바로 귀국할진 몰랐다. 그 말만 아니었어도…… 응석 부리
지 못한 애는 시간이 지나도 응석을 부려선 안 되는 거였다.

 "왜 마지막 인사도 못 하게 했어! 왜! 왜에!"

 콧물과 눈물이 범벅이 된 상태로 윤지는 소리를 질렀다. 그녀의
그런 모습을 처음 본 아빠가 놀라서 윤지를 안아 줬다. 안긴 상태로
몸을 밀쳐 내다 제풀에 지쳐서 힘이 빠졌다.

 "사고는 언제 난 건데? 어디서? 어떻게 난 건데. 엄마 죽음의 이
유라도 알자. 차에 치인 거야? 왜 돌아가신 건데! 이것마저 숨기면
아빠 다신 안 봐."

윤지의 말에 아빠가 흠칫 놀랐다.

"나한테 숨기는 게 나를 위한다고 생각하지 마. 그런 건 하나도 날 위한 게 아니야. 그런 배려, 나는 고맙지 않다고! 그건 배려를 가장한 폭력이야. 누구를 위한 배려인데!"

"너희 엄마 부탁이었어."

"엄마 편하자고 한 부탁이었잖아. 흐흑. 난…… 그럼 나는 평생 미안해하면서 살아야 하잖아. 그런 거잖아. 흐흐흑. 나는 이제 어떻게 살라고."

"미안해하지 마. 윤지야."

"그러니까 말해. 뭐 때문에 갑자기 가신 건데?"

급격히 흙빛이 되는 아빠의 얼굴 앞에서 윤지는 멍해졌다. 설마, 아닐 거야. 하늘이 그렇게 내게 잔인하진 않을 거야. 그녀는 속으로 읊조리다가 입을 열었다. 어머니의 죽음, 발인 날짜. 그런 것들을 떠올리던 그녀는 날짜가 얼추 그들의 여행과 관련 있다는 결론을 내렸다. 추측과 실제로 아는 건 다르다.

"설마, 우리 여행 갔을…… 맞구나."

울음조차 나오지 않았다. 아빠의 표정을 보니, 사실을 모를 수가 없었다. 세상이 빙빙 제 눈앞에서 돈다고 생각한 순간, 윤지는 정신을 놔 버렸다.

* * *

종우는 윤지 친구들을 태우고 바로 집으로 갔다. 오후 예약 스케줄은 다른 날 다시 50% 할인된 금액에 진행할 테니 취소해 달라고 실장에게 요청했다. 그깟 돈과 신뢰보다 윤지가 중요했다. 심상치 않았다는 그 목소리가 걱정됐다. 그에게 있어서 윤지보다 더 중요한 건 세상에 없으니까. 윤지의 목적지는 집이 아니었다. 그 옆, 부모님의 집이었다. 그녀의 차 앞에서 차를 빼 달라고 전화하며 인상을 쓰고 있는 사람들 덕에 뭔가 일이 터졌다는 직감에 더 확신이 생겼다.

"죄송합니다."

"아니, 여기다 이렇게 차를 두고 나가면 어떡해요? 차 못 빼게."

주차장을 반쯤 가로막은 채 아무렇게나 주차한 차, 혹시나 해서 문을 열자 차 문은 열려 있었고 차 키도 그대로였다. 종우는 어딘지도 모르고 일단 집 안으로 뛰어 들어갔고, 연주는 그들 대신 친구의 차를 빼서 주차를 하였다.

"윤지야. 윤지야. 제발."

아무 일 없어. 종우는 불안함에 엘리베이터를 타고 올라가는 동안에도 가만히 있을 수가 없었다. 다행히 해인이 윤지 부모님 집 호수를 알아서 그들은 바로 집 앞에 당도할 수 있었다.

딩동, 딩동.

안에서 답이 없자 초인종을 누르는 힘이 거세졌다. 그러다 종우는 쾅쾅 문을 두드렸다.

"어이구, 시끄러워 못 살겠네."

그가 두드리는 문이 아닌, 옆집 문이 열렸다.

"그 집 병원 갔어. 아까 응급차 와서 싣고 가던데. 아이고. 저 집만 들어가면 왜들 다 초상이 나고 난린지 몰라. 싸움박질도 해 대고."

"그게 무슨 말씀이세요?"

"초상이 났다니요?"

종우는 닫히려는 옆집 문을 막고 물었다.

"저 집 귀신 씐 집이라고. 이번엔 괜찮다 했다니 역시나 사람이 죽었어. 부인이 죽었다나? 어디 여행 가서 죽었다던데. 에효. 아까 또 한 명 실려 나가더니……."

종우는 이곳에서 가장 가까운 병원을 떠올렸다. 그는 해인과 연주가 따라잡을 수 없을 정도로 빠른 발걸음으로 계단을 내려갔다. 차에 올라탄 그는 그들에게 인사도 없이, 가까운 대학 병원으로 액셀을 밟았다.

* * *

성국은 쥐 죽은 듯이 자는 윤지의 손을 잡았다. 제 손 위에 올려도 아직은 작은 손이지만, 애처럼 작진 않았다. 그게 새삼 신기해서 보다가 미안함에 고개를 푹 숙였다. 서툰 부모를 만나, 윤지가 마음이 많이 아픈 것 같다. 추억을 만들기 위한 장소에서 어미가 죽었다.

그는 아내를 따라가고 싶단 생각을 버렸다. 손목이 가늘고, 긴 손가락 하나하나에 세월의 흔적이 고스란히 있는 고사리 같은 손을 보니 아직은 조금 더 곁에 있어 줘야 할 거 같았다. 아내의 마지막 과제였던 윤지와의 추억을 대신 많이 쌓고 가야 덜 미안할 거 같았다. 평생 일만 하던 아내의 손을 잡았을 때 느꼈던 감정이 지금 딸의 손을 잡았을 때도 느껴졌다. 이 손 잡고 놀이공원 한 번 가 주지 못했다. 그래서 성국은 미안함에 눈가가 촉촉해졌다.

드르륵, 벌컥. 성국은 놀라서 윤지의 손을 놓았다.

"윤지야!"

문이 벌컥 열리더니 그보다 머리 두 개는 큰 남자가 들어왔다. 하얗게 질린 얼굴로 들어온 남자는 죽은 듯이 자는 윤지 앞에 무릎을 꿇더니, 성국이 잡고 있던 손을 잡고 이마를 손등에 갖다 댔다.

"정말 다행이야. 윤지야. 후."

언젠가 윤지를 데려다주던 남자가 떠올랐다. 멀리서 봤던 거라 자세히는 살피지 못했지만 윤지가 말하는 소개해 주고 싶은 사람, 결혼하고 싶은 상대가 그 남자라는 것을 아버지의 직감으로 알 수 있었다. 연숙과 함께 인사를 받았다면 더 좋았겠지만······.

"흠흠."

성국은 헛기침을 하여 그의 존재를 알렸다. 그제야 저를 발견한 그가 벌떡 일어나 90도로 고개를 숙였다.

"안녕하십니까, 윤지 남자 친구 노종우입니다."

이름 앞에 붙는 수식어가 좋아 성국은 쓸쓸한 미소를 지으며 고개를 까닥였다.

"얘기 좀 할 수 있을까요?"

"네, 네. 아버님."

종우는 먼저 밖으로 나가 캔 음료 두 개를 뽑아 그중 하나를 성국에게 내밀었다.

"어떻게 된 겁니까? 윤지가 왜······ 실례지만, 무슨 일이 있었는지 저도 알고 싶습니다. 남자 친구라고 소개했지만, 저는 윤지 가볍게 만나고 있지 않아서요."

"들었어요. 누군지 압니다."

"······네."

"여행은 셋이 갔는데, 윤지 엄만 돌아오지 못했네요."

성국이 쉬는 한숨 소리를 들으며 종우는 잠시 입을 꾹 다물었다.

"죄송합니다."

"괜찮아요. 지금 나도 내 정신이 아니어서. 윤지 엄마가 이것만은 말하지 말아 달라고 부탁했어요. 그게 마지막 유언이라 윤지에게 말을 못 했어요. 나중에, 좀 더 있다가 말해 주려고 했는데……."

종우는 아버님이 횡설수설하는 말을 조합했다. 여행 갔다가 해인의 출산으로 윤지는 먼저 서울을 왔고, 부모님께선 원래 여행 스케줄대로 조금 더 여행지에 머무르셨을 것이다. 거기서 사고가 난 것이다. 그런 마음이 들면 안 되는데, 종우는 하늘에 감사했다. 만약 해인의 출산이 아니었다면 제 여자가 죽었을지도 모른다. 그 생각을 하니 순간적으로 눈가와 코에 시린 느낌이 쏠렸다.

"해외에서 난 교통사고였다고…… 그냥 그렇게 하려고 했어요. 그게 윤지에게도 좋을 거 같아서. 평생 죄책감을 지게 할 수 없어서 그랬는데, 결국 알게 됐네요."

한숨을 폭 쉬는 어깨와 등이 작아 보였다. 그보다 훨씬 더 많은 세월을 살았고, 일궈 놓은 것이 배로 많을 텐데도 작아 보였다.

"걱정하지 마세요, 아버님."

"……."

"윤지 옆에 제가 있을 겁니다. 아버님께선 아버님 마음 추스르세요. 윤지는 제가 지킬게요."

윤지가 죽을 수도 있었다는 생각만으로 눈앞이 잠시 캄캄해졌는데, 아버님의 마음은 지금 엄청 공허할 것이다. 사랑하는 사람이 남기고 간 빈자리를 채우지 못해 괴로울 거다.

"아버님, 옆 병실 비었다는데 아버님도 수액 맞으세요. 윤지 깨면 말씀드릴게요.”

그는 전문의 시절 함께했던 동기에게 전화를 걸었다. 그러자 바로 병실이 나왔고, 그곳에 아버님을 입원시켰다. 제대로 먹지도 못했을 거다. 수액을 맞는 것까지 확인한 후 그는 윤지가 있는 병실로 들어와 문을 조용히 닫았다.

“윤지야.”

손을 꼭 잡았다. 네가 많이 아프지 않았으면……. 그는 할머니의 죽음을 눈앞에서 맞닥뜨렸던 순간을 떠올렸다. 그 기억이 끔찍해 눈을 감을 수밖에 없었다. 지우려고 해도 그 날카로운 기억은 머릿속을 할퀴어 놓는다. 그는 잡은 손을 더 꽉 힘을 주어 쥐었다. 자신은 2년이란 시간을 헤맸지만, 윤지는 그렇게 만들고 싶지 않다, 끼니마다 눈을 뜨고 있는 것이나 수면제를 먹고, 또는 먹지 않아 쓰러져 의식을 잃은 상태가 낫던 그때를 떠올리고 싶지 않았다. 그다음엔 잊기 위해 죽을 듯이 몸을 혹사시키며 일을 했었다. 어느 순간 잠에서 깼을 때 제 곁에 할머니가 없다는 것을 인정하게 되는 순간이 오기까지……. 그건 쉬운 건 아니다. 윤지가 지금 자는 것보다 눈을 떴을 때, 아침을 괴로워하는 모습을 볼 생각하니 누군가 가슴을 꼬챙이로 찌르는 것처럼 아파 왔다.

“네가 아프지 않았으면 좋겠어. 잘 견뎌. 잘할 거야. 정윤지.”

그는 그녀의 손을 잡고 위로의 말을 건넸다. 잠을 자는 순간만큼이라도 편안했으면 하는 마음을 담아서.

10
한결같은 남자

2호점은 인테리어 공사에 들어갔다. 윤지는 원하는 분위기와 소품 하나하나를 도안에 그려서 인테리어 업체와 이야기를 나눴다. 날씨는 정말 좋았다. 공사 중인 곳에서 나와 하늘을 보니 눈이 부셔서 그녀는 오른손을 이마에 대고 햇볕을 가렸다. 때마침 종우에게 전화가 오고 있었다.

"여보세요."

ㅡ정 사장님, 카페 언제 오시나요?

"곧? 이제 출발하려고."

윤지는 그와 통화하며 주차된 차에 올랐다.

─저녁에 뭐 해? 맥주 마실래?

"응. 좋아."

─안주는?

"음, 아무⋯⋯."

─아무거나는 없어.

종우가 먼저 선수를 쳤고, 윤지는 배시시 웃었다. 병원에서 눈을 뜬 이후로 종우는 조금 더 다정해지고, 조금 더 엄해졌다. 다른 생각을 할 시간 자체를 주지 않으려는 사람처럼 바쁘게 그녀를 굴렸다.

"치킨. 맥주엔 치킨이지."

"신표 끝나고 데리러 갈게."

그녀는 알겠다고 말한 후 전화를 끊었다. 그녀는 시동을 걸고 내비게이션에 목적지를 입력했다. 죽을 거같이 아플 줄 알았는데 한차례 감기가 왔다 가듯이 가슴 통증은 사라졌다. 종우, 아빠, 연주, 해인. 제 곁에 좋은 사람이 너무 많았다. 저를 걱정해서 네 사람이 한편이 되어 위로해 주는 걸 보니 힘들다고 차마 말하지도 못하겠다. 그러다 보니 좋아졌다.

빠앙.

흠칫 놀란 윤지가 백미러로 뒤에 있는 차를 봤다. 주차장 앞에 서서 뒤차를 막고 있었다는 사실을 깨닫고는 황급히 차를 출발했다.

"정윤지!"

"어⋯⋯ 나 불렀어?"

"응. 2호점 공사는 잘돼 가?"

윤지는 1호점 카페에 와서 제 할 일의 몫을 한 후 일이 없자 다시 멍해져 있었다. 그 옆에 연주가 다가와 앉아 그녀에게 이것저것 물었다.

"응. 인테리어 내가 보여 줬지? 이거, 봐 봐."

가방에서 그녀가 그린 도안들을 꺼내다가 손에서 종이를 놓쳤다. 하얀 종이들이 바닥에 떨어져 흐트러졌을 때, 연주가 먼저 테이블 밑으로 들어가 흩어진 도안들을 주웠다.

"우리 윤지 선생~ 비타민 좀 챙겨 먹어야겠어. 벌써 아귀힘이 없으면 어떻게 해?"

"고마워."

때마침 손님이 오자, 도안을 보고 있는 연주 대신 윤지가 일어났다. 빠르게 카운터로 가다가 모서리에 발을 찧었다. 묵직한 통증이 새끼발가락에서 느껴졌지만, 그녀는 개의치 않고 주문을 받은 후 커피를 탔다.

"어서 오세요~"

한 명이 나가면 또 다른 사람이 들어오고, 오후엔 찔끔찔끔 손님이 계속 왔다. 윤지는 신정과 연주에게 먼저 밥을 먹고 오라고 밖으로 내보냈다. 설거지를 하고 비품들을 다 정리하며 오후를 보내자 금방 저녁 시간이 왔다. 다시 바빠진 카페는 활기를 찾았다. 서로의 일과 관련된 대화 이외엔 할 수 없을 정도로 바빠졌다. 그렇게 한두 시간이 지나자, 종우가 카페로 들어왔다.

"정 사장, 빌려가도 될까요?"

"네. 얼른 데려가세요. 마감은 제가 할게요."

"고마워요, 연주 씨."

종우가 환하게 웃자 눈꼬리가 휘었다. 윤지는 옷 갈아입고 오겠다며 창고로 들어갔다. 앞치마를 벗어 두고 머리를 정리한 그녀가 다시 카운터로 나왔다. 차에 운동화가 있어서 슬리퍼를 신고 나오는데 종우의 표정이 굳는 게 보였다. 그가 성큼성큼 다가와 그녀를 안아 올렸다.

"왜? 으아악! 여기 일터야. 야야-"

그는 구석진 자리에 그녀를 내려놓고 신고 있는 슬리퍼와 양말을 벗겼다. 그러자 새끼발톱 부근의 양말이 빨갛게 물든 게 보였다.

"언제 다쳤어?"

"아까, 카운터 저기 벽에 부딪혀서 다쳤나 봐."

아프다고 생각은 했었는데 이 지경이 되어 있을 줄은 윤지 자신도 몰랐다. 나선 사람보다 상대방이 먼저 발견하다니. 발톱이 너덜너덜, 곧 빠질 것 같았다. 그나마 붙어 있는 곳은 시퍼렇게 멍이 들어 있었다. 종우가 그걸 만지려는 걸 보고 윤지가 발을 슥 뺐다.

"발톱 빼려는 거 아니지? 밴드만 붙이면 돼. 으으, 눈으로 보니까 더 아프다."

윤지가 엄살을 떨었다. 사실 눈으로 보니 정말 느낌이 아팠다. 너덜너덜하더라도 붙어 있는 거라 건들면 아플 게 뻔했다. 그러자 그가 발목을 잡아 확 끌었다.

"제 몸 아끼지 않는 녀석한테 발톱은 사치야."

"으아아- 안 돼!"

윤지가 두 손으로 입을 막자 그가 피식 웃으며 일어났다. 카운터로 가서 그가 예전에 갖다 놓은 구급상자를 가져와 다시 무릎을 꿇고 앉았다. 소독약을 발라 준 후 병원용 붕대로 칭칭 감아 주었다.

"진통제 필요해?"

"아니. 괜찮아."

대신 양말을 신겨 준 그가 주변 살을 꾹꾹 누르더니 여긴 괜찮냐며 다정하게 물어보았다. 윤지는 그렇다고 대답하며 고개를 끄덕였다. 그러자, 딱밤 한 대가 날아왔다.

"치맥 먹으러 가자."

"도종우 손버릇 나빠졌어. 감히 내 머리를."

윤지가 딱밤을 되돌리려고 팔을 뻗자 그가 두 손목을 잡아 버렸다.

"내 몸은 안 돼. 난 소중하거든."

"허- 그럼 내 머리는! 내 뇌세포는?"

"넌 네가 소중히 안 하니까, 한 대 더 맞자."

종우는 그녀의 이마에 약하게 딱밤을 때렸다. 따악. 경쾌한 소리가 울리자 그녀가 울상을 지으며 손으로 이마를 문댔다. 그는 피식 웃으며 그녀의 손을 잡고 밖으로 나왔다. 바로 옆 치킨집에 가는 동안 잡은 손을 내내 흔들었다.

치킨 한 마리와 맥주 5,000cc. 종우가 잠깐 화장실에 간 사이 윤지가 주문한 것이다. 화장실에 갔다 온 그는 5,000cc 맥주를 보고 놀라서 주문서를 몇 번이나 확인했다.

"윤지야. 이거 좀 과한데?"

"각각 2,500cc씩 마시면 돼. 나 친구들하고 마실 땐 이거 두 번 시켜 먹었어."

"연주 씨랑 해인 씨가 주당이었나?"

"……술이 술을 먹는 거지, 뭐."

그녀는 서비스로 나온 과자들을 안주 삼아 500cc 잔에 맥주를 콸 콸 따랐다. 적당한 거품이 올라오도록 따르는 걸 보니, 그가 없는 동안 맥주를 제대로 즐긴 모양이다. 자리에 앉은 그는 등 뒤에 둔 반지 케이스를 손으로 만지며 후- 숨을 쉬었다. 긴장된다.

"짠~ 종우, 짠!"

그녀가 500cc 맥주잔을 내밀자, 종우도 그녀의 잔에 부딪힌 후 한 모금 길게 마셨다. 꿀꺽꿀꺽 목으로 넘어가고 나니 긴장돼서 심장이 두 배로 뛰는 것 같다.

"너무 맛있다. 맥주에 온몸을 담갔다가 뺀 느낌이야. 시원해."

그녀는 과자를 먹다가 그의 입에도 쏙 넣어 주었다. 주문한 치킨이 나오자 윤지는 포크 두 개를 들고 야무지게 발라 살을 입에 넣었다. 오물오물하는 뺨이 귀엽고, 한편으로 안쓰러워 그는 윤지를 한참 봤다.

"왜 그렇게 봐? 내가 좀 맛있게 먹지?"

"어. 너 보니까 배부르다."

"안 돼. 나만 찔 수 없어."

그녀는 껍질 반 고기 반인 부위를 포크로 콕 찍어 그의 입에 댔고, 그는 받아먹었다. 타이밍이 언제가 좋지…….

"윤지야."

"응? 왜?"

"기분은 괜찮아?"

"그럼. 난 어른이잖아. 괜찮아, 아주. 걱정 그만해도 돼."

그래, 그녀는 자신처럼 나약하지 않았다. 그가 했던 행동들을 똑같이 되풀이하지만 조금 더 느슨하다고 해야 하나, 삶을 더 오래 산 만큼 여유가 있었다. 물론 속으론 공허하고 힘들겠지만 말이다. 그는 그 공허한 부분을 채워 주고 그녀와 매일 함께이고 싶었다.

"근데 종우 네 말이 이해가 돼."

"어떤 말?"

"집에 들어가기 무섭다는 말. 그리고…… 자꾸 생각난다는 것도. 주위가 잘 안 보여. 멍하니 있으면 자꾸 그게 생각나서 말이야."

그녀는 맥주잔을 빙글빙글 돌리다가, 또 맥주를 마셨다.

"추억이 없는 나도 이렇게 힘든데 오빠 더 힘들었겠다. 자꾸 생각나서. 바쁘게 살다가도 조금만 쉴 틈이 생기면 생각나고, 남들 다 웃고 있어서 나도 웃는데 그게 되게 이상하게 느껴지고 그래. ……좀 한 군데가 정신이 나가 버린 거 같고."

"……."

"내가 살아가고 있는지, 뭔지. 삶 전체가 흔들리는 느낌이야."

그는 그녀의 손에서 맥주잔을 내려놓고 손을 잡았다. 그러곤 그대로 잠시 체온을 느꼈다. 열심히 잊어 보려고 해도 쉽게 그 기억이 사라지진 않을 거다. 몸도, 마음도 누군가가 없어졌다는 걸 인정하기까지 시간이 필요할 테니까. 그래도 정윤지는 그가 예상했던 대로 잘 견디고 있었다.

"종우야."

"윤지야."

두 사람은 동시에 서로를 불렀다.

"먼저 말해."

"오빠, 다시 돌아와 줘서 고마워."

"……."

"나는 오빠가 힘들 때 옆에 있어 주지 못했잖아. 그래서 2년이나 걸렸나 봐. 난 지금 옆에 오빠가 있어서 안심돼. 기댈 수도 있고."

"그러면 윤지야."

그는 등 뒤에 둔 반지 케이스를 열어 반지를 뺐다. 그러곤 테이블 위에 놓인 윤지의 손 중 네 번째 손가락에 반지를 슬며시 끼웠다. 딱 맞았다.

"평생 기대. 오빠한테. 어때?"

평소의 그의 성격대로 고백했음에도 가슴은 미친 듯이 뛰었다. 거절하면 어쩌지, 그럼 또 언제 다시 결혼 이야기를 꺼내야 할지 모르겠다. 시간은 계속 가는데 이러다 보면 엇갈리는 건 아닌지 그런 걱정도 들었다.

"함께 하고 싶어."

그 말에 윤지의 눈가가 시큰해졌다. 그 순간은 그곳에 두 사람만 있는 것처럼 주변 소리가 차단된 거 같았다. 흔들리는 눈빛으로 윤지는 한참을 반지를 봤다. 그는 강요하지 않고 그녀의 대답을 기다렸다.

"오빠."

"응?"

"나도 좋아."

"휴."

종우는 길게 숨을 뱉었다. 긴장이 풀리자 그제야 술맛이 제대로 느껴졌다. 그는 편하게 웃으며 얼음물을 벌컥벌컥 마셨다.

"긴장했네. 고마워, 정윤지. 사랑해."

"……다른 남자한테 갈까, 순간 고민했는데."

"뭐? 너."

종우가 황당하다는 듯 쳐다보자 윤지가 장난스럽게 웃으며, 그의 옆자리로 와서 팔짱을 끼었다.

"그래도 여기 옆이 제일 좋더라."

"사람 들었다 났다 하네?"

"평생 그럴 거야. 도종우 긴장하게."

그녀의 말에 종우는 피식 웃었다. 안 그래도 긴장하고 산다. 카페 주인 어쩌고 이야기가 나오면 귀를 쫑긋 세운다. 특히 그게 남자일 땐 더더욱. 가끔 카운터에 있는 윤지를 보며 말을 걸까 말까 고민하는 손님을 보면, 괜히 기분이 나빠서 우리가 사귀는 것을 티 내기 위해 더 친근하게 대하곤 한다. 그런 마음을 윤지는 전혀 모를 거다.

"언제 할까? 아버님께 인사 제대로 하고 싶은데."

"조만간 날 잡을게."

"후. 그건 그거대로 떨리네."

이제 한 고비 넘겼다고 생각했는데, 다른 고비가 남아 있었다. 아버지라는 벽. 병원에서 대화를 해 보긴 했지만 저를 마음에 들어 하는지 아닌지 판단하기엔 너무 짧은 시간이었다. 느낌대로라면 마음에 들어 하시는 거 같았는데…….

"오빠, 반지 받는 대신 소원이 있어."

"뭔데?"

"나 때문에 아프지 마. 그러니까…… 오빠, 나를 너무 배려하지 말라고."

"안 그래. 내가 어떻게 널 배려해. 내 코가 석 잔데."

그 말을 하며 종우가 은근슬쩍 윤지의 허리를 쓰다듬었다.

"진짜 도종우. 한결같다. 한결같아."

고개를 절레절레 젓는 모습이 예뻐서 제 옆에 앉은 그녀의 허리를 잡아당겨 바짝 옆에 붙였다. 그러곤 손으로 머리카락 끝을 만지다가 저를 쳐다보는 윤지의 입술에 가볍게 입을 맞췄다. 입에서 달달한 양념 맛이 났다. 그는 그녀의 흘러내린 머리카락을 귀 뒤로 넘겨 주었다.

"사랑해. 윤지야."

윤지가 그의 머리를 당겨 제 쪽으로 기울게 했다. 그의 귓가에 그녀의 입술이 닿을 정도로 가까워졌을 때 윤지가 입을 열었다.

"나도 사랑해."

그 고백이 간지럽게 좋아서 종우는 얼른 계산하자며 그녀를 일으켜 세웠다. 오늘은 정말 그녀의 마음이 아플까 봐, 배려해 주느라 참았던 것들을 다 디드릴 작정이다. 오늘 끝은 날 배려의 아이콘이 되면 천하의 고자일 것이다.

* * *

그 주말 인테리어 공사가 끝났다. 윤지는 2호점을 만족스럽게 휘둘러본 후 손으로 테이블과 새로 산 기계들을 쓸며 시간을 보냈다.

"너는 국×, 너는 우×, 너는 신×."

기계 하나하나마다 친구들끼리 대출받은 은행을 말해 보았다. 그러다가 머그컵을 하나 쥐고 빙글 돌렸다. 예쁜 머그컵이었다.

"너는 정말 내 것이구나. 도종우 거."

2호점 오픈 기념으로 종우가 머그컵과 케이크, 샌드위치를 담을 접시를 선물했다. 한두 개가 아니어서 비용은 꽤 들었겠지만 그것

마저 못 하게 하면 기분이 상할 것 같아서 어쩔 수 없이 승낙을 했다. 머그컵과 손에 끼고 있는 반지를 번갈아 보던 그녀는 저도 모르게 미소가 번졌다.

"휘유~ 정 사장. 나 왔어."

"해인아!"

애기를 송 변에게 맡기고 2호점을 보러 온 해인은 보자마자 윤지를 와락 안았다. 보고 싶었다며 안고 주변을 뛰더니. 윤지의 손가락을 봤는지 손목을 잡고 가까이 가져갔다. 그녀의 손을 최대한 위로 들고 형광등에 비추며 이리저리 본다.

"와, 알이 크니까 더 예쁘네. 예뻐. 종우 오빠 작품?"

"어."

"통 크네. 이걸 프러포즈 반지로 주고. 예물 반지는 알 더 크려나?"

"이걸로 하지 뭐, 굳이 또 사."

윤지가 해인에게 잡힌 손을 빼냈다.

"얘가 모르는 소리 하고 있어. 주는 대로 받아야지. 우리 윤지 데려가는데. 어휴, 나도 하나 받고 싶네."

"네가 왜?"

"딸 가진 부모 마음이 이런가 봐. 윤지 데려간다고 하니까 코끝이 찡하고 내가 집이라도 한 채 받아야 할 거 같네."

"푸합. 진짜 김해인. 내가 미쳐."

"정윤찌찌. 우리 윤지도 줘야 하고."

"야!"

올라온 손이 가슴을 만지기 전에 윤지가 해인의 손을 쳐 냈다. 꽃 같던 김해인 어디 갔나, 웬 능구렁이 백 마리를 담은 아줌마가 여기 와 있었다. 가슴을 너무 진하게 응시하는 거 같아 윤지가 등을 획 돌렸다.

"도종우는 복 받았어."

"인정. 나 데려가는 종우는 복 받은 거지."

"친구야…… 그건 내가 너한테 말할 때 그런 거고. 객관적으론 말이야……."

"객관적으로 살 필요 있나? 주관적으로 살래. 크큭."

두 사람은 서로 얼굴을 보더니 깔깔 웃었다. 해인은 윤지가 평소와 다름없어 보여 다행이라고 생각하며 더 크게 웃었다.

"음, 인테리어는 됐고. 테이블 구조는 좀 그렇다. 내가 방금 너랑 대화하면서 동선을 살펴봤는데. 여기 테이블 이렇게 떼고, 여기는 이렇게 붙이고. 그리고 혹시라노 주변 교회분들 오시거나 할 때를 대비해서 테이블을 다 연결해서 이동이 쉽게 이렇게. 어때?"

해인은 설명하면서 테이블을 이리저리 옮겼다. 1호점과 달리 스터디 룸 같은 룸 형식의 공간이 없었다. 학원가와 회사 단지가 없기 때문에 굳이 만들지 않은 것이다.

"좋아."

"요기 중간에 있는 의자는 이런 딱딱한 거 말고 가죽 소파 어때? 우리 남편 회사에 'ㄱ' 자로 된 거랑 'ㄷ' 자로 된 거 있는데. 그런 거 두면 가족끼리 와서 있기도 좋고, 커플들이 와서 영화 보기도 좋고? 앉자마자 눕고 싶은 푹신한 거 있어."

"그거 여기 갖다 놔도 돼?"

"안 될 건 또 뭐야. 안 그래도 거기 누워서 자는 거 싫었는데, 이 핑계로 없애지 뭐."

"오. 좋아."

"역시 윤지 네 손을 타니까 카페가 예쁘네. 여기 오면서 주변 카페 외관 보고 왔는데 여기가 제일 예뻐. 핫한 카페가 될 거 같아."

"고마워."

"나도 우리 딸 조금만 더 키우고 복직할게. 3호점도 내고 하자."

해인의 말에 좋다고 고개를 끄덕였다. 1호점은 연주, 2호점은 자신, 3호점은 해인. 그보다 더 좋은 건 없을 거 같다. 분명 운영하다 보면 세 사람이 모여서 피 터지게 싸우는 날도 있겠지만 서로를 잘 알기 때문에 금방 풀릴 것이다. 그리고 운영하다가 한 명이 힘들면 두 명이 한 사람 몫을 충분히 해 줄 거고.

"결혼 날짜는 정해졌어?"

"아니, 아직. 주말에 아빠랑 종우 소개해 주게. 근데 부모님이랑 할머니께서 돌아가신 걸 알면 허락하실지 모르겠어. 아무래도 그게 자꾸 걸려."

"아직 모르셔?"

"응. 말 못 했어."

윤지의 말에 해인은 걱정하지 말라며 어깨를 눌러 주었다. 그가 자신을 얼마나 사랑하는지 그것만 보실 거라며 위로도 해 줬다.

"그래도 종우 오빠 외가는 괜찮지 않아?"

"응. 힘들 때 눈곱만큼도 도와주지 않지만, 잘살긴 하지."

"그래……. 나 예전에 들은 거 같아. 그때 내가 그랬잖아. 역시 의사 밑에 의사, 그 밑에 의사. 대대로 의사 집안은 뭘 해도 의사를 낳는구나. 기억나."

종우의 외가는 대대로 의사 집안이었다. 어머니만 좀 다른 길을 간 케이스였고. 친할머니와 살 때 아예 연락을 끊고 지냈던 거 같은데. 종우가 대학 병원에서 인턴 레지던트 기간 중 탁월한 실력으로 유명해지자 역으로 연락이 왔었다. 그는 일개 전문의가 아닌, 해외에서 스카우트될 정도로 능력 있는 의사였다. 개인 병원이 잘되는 걸 보면 정말 실력은 있는 모양이었다.

"아무튼! 윤지 너까지 가니 내 마음이 놓여. 결혼에 있어선 나랑 연주가 선배다."

"네, 알아 모시지요. 선배님들."

윤지는 픽 웃었다. 먼저 결혼한 해인과 연주가 행복해 보여서 그녀도 이 결혼이 기대가 됐다. 다시 종우와 함께 살게 될 때를 떠올려 본 적이 있다. 그에게 세상 무엇보다 정윤지라는 사람이 가장 소중해겠을 때. 그녠 세상 누구보다 빛나는 신부가 될 거라고 생각하며 그를 기다렸다. 지금이 딱 그 순간이었다. 그가 굳이 말하지 않아도 알 수 있다. 눈에서, 행동에서 그 마음이 보였다.

Rrrrrrrr.

"누구야? 석현? 그 연하남?"

"어어. 웬일이지?"

핸드폰 액정을 두 사람이 동시에 보며 갸웃했다. 해인이 전화 받으라는 제스처를 취했고 윤지는 수화기 모양을 밀어 전화를 받았다.

-누나! 결혼이라니요!

여보세요의 '여'도 하기 전에, 석현의 외침이 귓가를 울렸다. 잠시 수화기를 뗀 윤지가 심호흡을 하고 다시 귀에 댔다.

-말도 안 돼. 아니죠?

"어디서 들었어요?"

-지나가는 의사 양반에게요.

"종우한테, 아니 종우 오빠한테 들었어요?"

　남 앞에서 도종우, 도종우 했던 게 자꾸 걸린다. 저가 막 대한다고 남이 막 대하는 건 볼 수 없다. 예를 들면 의사 양반 같은.

　-요새 샌드위치도 아르바이트생한테 부탁하고, 카페에도 자주 없으셔서 이상하다고 했는데. 결혼이라니, 누나…… 결혼 전에 저랑 데이트 한 번 해요.

"안……."

　-안 돼라고 하지 마요. 결혼하면 다신 기회가 없는 거잖아요. 잔인해요. 딱 한 번만, 한 번만요.

　윤지가 난감하게 해인을 쳐다보자 그녀가 대신 핸드폰을 가져갔다.

"저기, 저 윤지 친구 해인인데요."

　-안녕하세요.

　떼쓴 게 멋쩍었는지 그가 어색하게 웃었다.

"윤지 대신 나랑 데이트하는 거 어때요?"

　-네에? 누님 결혼…….

"잘생긴 연하한테 안 그래도 밥 사 주고 싶었는데, 잘됐어요."

　-어, 그게…….

"저는 괜찮아요. 저랑 밥 먹으면 갈비뼈 몇 개 나가는 거 외엔 보복 없을 거예요. 정윤지랑 밥 먹으면…… 이 몇 개 나가는 거 말고 없을 거고. 그래도 괜찮죠?"

　-나중에 다시 전화하겠습니다. 윤지 누나한테 안부 전해 주세요. 축하 인사하려고 만나자고 한 거였어요.

　토라진 목소리가 들려 윤지가 고개를 절레절레 흔들며 전화를 다시 뺏었다.

"미안해요. 놀랐죠?"

─아뇨.

"조만간 제가 밥 살게요."

─됐어요. 밥 잘 사 주는 예쁜 다른 누나 찾을래요.

윤지는 석현을 달랜 후 전화를 끊었다. 자신의 옆자리와 노선은 확실하지만, 석현에게도 작별 인사를 해 줘야 할 거 같았다. 종우는 싫어하겠지만.

11
허락

늦은 밤부터 정신없이 움직였던 윤지는 자정이 넘은 시각에 차를 몰고 카페 1호점으로 향했다. 마감하던 신정이 그녀에게 급히 전화해 왔기 때문이었다.

"언니, 죄송해요. 내일 샌드위치 100개, 윤호 기획 워크숍 때 주문받은 게 있었는데 까먹었어요. 연주 언니가 전화를 안 받아서요. 요새 2호점에 신경 쓰시느라 바쁘신 거 아는데, 정말 죄송해요!"

그동안 실수 한번 없던 녀석이라 이번엔 그냥 넘어갔다. 혼내는 것보다 해결이 시급했다. 도움을 청하려 했는데 연주는 정말 전화를 안 받는다. 남자 친구랑 좋은 시간 보내고 있는 것 같다. 그렇다고 애 보고 있는 해인한테 연락할 수도 없다. 윤지는 어젯밤 급하게 마트에 들러 사 온 재료를 카페 냉장고에 채워 넣었다. 미리 주문하지 못한 탓에 재료비가 더 들었다.

베이컨 에그 50개, 햄치즈 50개. 그나마 통일해 줘서 다행이었다. 현재 시각은 새벽 2시였다. 네 시간 정도면 100개는 만들 수 있겠지. 그녀는 에이프런을 두르고 리본을 야무지게 묶었다.

베이컨 에그부터 만들기 위해 베이컨을 프라이팬에 노릇노릇 구웠다. 육즙이 빠지지 않게 구워서 플라스틱 통 안에 넣었다. 그다음은 토마토를 썰고, 햄과 치즈를 준비했다. 빵에 바를 잼과 소스를 냉장고에서 꺼내 온 그녀는 준비가 끝난 재료들을 만족스럽게 내려다봤다. 한 시간이 지나 새벽 3시쯤 연주에게서 전화가 왔다.

"여보시오."

─윤지야? 미안, 미안. 전화 이제 봤어.

"……안 잤어?"

─으응? 지금 몇 시지? 새벽 3시네……. 자다 일어났어.

"거짓말하면 이 누래진다."

─똥꼬에 털 나는 거 아니야? 나 지금 옷 입고 있어. 금방 갈게.

"옷도 벗고 있었어?"

윤지는 친구를 놀리는 게 재미있어 한쪽 귀에 갖다 대고 킥킥 웃었다. 반대로 저를 놀리면 부끄러울 거 같은데, 놀리는 입장이 되니 즐겁다. 당연히 아직 안 자고 있는 재현이 옆에서 뭐라 뭐라 하는 게 들린다.

─어디 가. 이 시간에? 안 돼. 나는 그럼?

진짜 팔불출이다. 김재현이 저럴 줄 정말 몰랐다. 우리에게 김재현은 어려운 재벌 동창일 뿐이니까.

"올 거면 빨리 와. 100개 만들어야 해. 나 전화 끊는다."

쪽쪽. 입 맞추는 소리가 얼핏 들린 거 같아 그녀는 전화를 끊었다. 오전 8시까지 100개, 할 수 있다. 할 수 있다! 그녀는 종우에게도 카톡 하나를 보내 놓았다.

『일찍 출근해서 일하는 중 ㅠㅠ 종우 보고 싶다. 오빠 품에서 자고 싶다♡』

나름대로 애교도 부린 그녀는 본인의 행동이 오글거려서 허공에 주먹질을 했다. 같은 자리를 여러 번 뛰는 그녀의 볼이 붉게 달아올라 있었다.

*   *   *

"팔목 떨어져 나갈 거 같아. 흑흑."

새벽 6시, 두 여자는 녹초가 되어 있었다. 뒤늦게 달려온 연주가 합세하자 끝나지 않을 것 같았던 일의 고지가 보이기 시작했다. 확실히 둘이서 하니 속력이 붙었다. 햄치즈 샌드위치 50개는 다 만들어서 냉장고에 넣어 놓고, 윤지가 베이컨 샌드위치를 만들면 연주가 옆에서 반으로 썰어서 포장했다. 한 명은 갑작스러운 일거리 때문에 잠을 못 잤고, 한 명은 새벽까지 남편과 노닥거리다가 나와서 밤을 새웠다. 결국, 두 사람 모두 얼굴에 피곤함이 한가득 내려앉아 있었다.

Rrrrrrrrrr.

"윤지야, 너 전화 와."

"나? 이 시간에? 나 이어폰 좀 끼워 줘."

윤지가 장갑을 벗기 귀찮아서 연주에게 부탁했다. 귀에 이어폰을 꽂고 버튼 하나를 눌렀다.

"여보세요."

―으음, 나야.

방금 잠에서 깬 허스키한 목소리가 들렸다. 목소리를 듣자 가슴이 콩닥콩닥 뛰었다. 심호흡을 크게 했지만 그런데도 가슴이 뛰어서 코로 겨우 숨을 쉬었다,

일찍 일어났네?"

―나 원래 5시면 일어나.

"아이고, 할아버님~ 그러셨어요. 나이 들면 아침잠이 없다던데."

―뭐? 할아버지?

그의 웃음소리가 듣기 좋아 윤지도 입꼬리가 활짝 휘었다. 그녀의 말이 웃긴지 종우는 한참을 웃었다. 할아버지를 반복해서 읊조리며.

―내가 할아버지면 넌…….

"나는 아가씨."

―양심 좀 챙겨. 정윤지 씨. 아침에 문자 보는데 내가 안고 있는 베개가 너였으면 싶더라. 이제 일어나야겠다. 난 수영 배우러 지하 갈게."

"수영? 할 줄 알지 않아?"

윤지는 고개를 갸웃하며 물었다. 그 와중에도 손은 쉬지 않고 기계적으로 샌드위치를 만들었다.

─응. 다음 달에 의대생 총 동문회 있어. 배구랑 수영 경기 뛰어.

운동 하나는 끝내주게 잘하던 종우였다. 대학생 때 헬스장 대신 운동장을 누비며 축구를 하고, 배구를 하는 걸 종종 본 적 있다. 다른 과 학생들과도 거리낌 없이 어울려서 시합하고, 이긴 후 환하게 웃던 모습이 그려졌다. 여전히 승부욕은 강하구나. 수영 시합에 이기려고 배우는 걸 거다, 분명히.

─윤지 너도 시간 되지?

"나 2호점이…… 음. 시간 빼 볼게. 도종우 이기는 거 봐야지."

─그럼. 난 안 져.

"그렇고말고, 그래야 도종우지."

서글서글한 인상이지만, 몸은 그에 반하여 탄력감이 넘쳤다. 운동복을 입어도 적당한 근육과 제 다리의 두 배 정도 되는 튼실한 허벅지, 그리고 넓은 어깨로 운동하는 오빠의 모습을 제대로 보여 줬다. 남자는 서른이 넘고 나이를 먹을수록 멋있어진다는데, 그녀는 도종우를 보며 그 말을 정확히 깨닫고 있었다. 20대보다 30대가 더 멋있고, 미래가 기대되는 제 남자.

"아우. 땅 꺼지겠다. 정윤지."

"땅이 왜 꺼져?"

"너 통화하면서 제자리 뛰기 얼마나 한 줄 알아?"

"내가? 언제?"

"녹화 화면 좀 볼까?"

연주가 CCTV를 가리켰다. 윤지는 깨갱 꼬리를 내리며 고개를 저었다.

"하연주. 난 제자리 뛰기만, 넌…… 침대 뛰기를 제대로 하고
왔잖아."

"……어, 야. 아니야. 침대, 아니야."

그러더니 포장한 재료들을 박스에 차곡차곡 담으며 테이블에 갖
다 놓는다. 윤지는 어깨를 으쓱하며 역시 자신은 놀림을 받는 것보
다 놀리는 쪽이라며 키득키득 웃었다.

* * *

어느 정도 상황이 정리되고 ㄱ와 함께 마음에도 안정이 찾아왔
을 때, 윤지는 재인에게로 전화를 걸었다. 그냥 그렇게 넘어갈 수는
없는 일이었다. 흔한 전화 통화도, 메신저로 이모티콘 하나도 서로
보내지 않는 사이였다.

─네, 여보세요.

"나야, 윤지."

─언니?

어쩌면 재인의 핸드폰에 그녀의 번호가 저장되지 않았을 수도
있다.

"단도직입적으로 말할게. 너 나한테 할 말 있지 않아? 아니, 우리
부모님한테라도."

─할 말? 없는데?

너무 단호하게 아니라고 하는 말투에 윤지의 머리에 피가 쏠렸다.
화가 나자 그녀의 얼굴이 빨갛게 변해 갔다.

"내가 큰엄마, 큰아빠한테 감사한 마음이 있긴 해. 그런데 내가 너희 집에 얹혀산다고 표현할 정돈 아니라고 생각해."

―솔직히 나는 언니 때문에 불편했다고, 우리 가족이 언니 눈치 보느라 얼마나 피해를 봤는지 알아? 지금 갑자기 전화해서 따지면 얼씨구나 내가 미안하다고 해야 해? 언니 돌보지 않은 건 작은엄마 랑 작은아빠잖아!

적반하장도 유분수지. 얄미움을 넘어서 양심이 없단 생각이 들었다. 그녀가 먹은 음식, 입은 옷, 대학 등록금, 유학 경비까지……. 그게 누구의 지갑에서 나왔는데! 평생 일만 한 윤지의 부모님 지갑에서 나온 것이었다. 윤지를 돌봐 준다는 이유만으로 큰엄마와 큰아빠는 그녀의 부모님에게 감사하단 인사조차 한 적 없었다. 그 부모에 그 딸이었다. 적어도 엄마는 큰아빠께 딸을 잘 키워 줘서 고맙다며 수십 번도 넘게 인사를 했었다.

"정재인."

―왜.

"네가 함부로 남친인지 뭔지한테 얹혀살고 말고에 대해 얘기할 정도로 우리 가족은 싸구려가 아니야. 너 대학 등록금, 입는 옷, 먹는 거. 다 누구한테서 나왔을 거라고 생각해? 너 유학 누구 돈으로 갔다고 생각해?"

어디서 함부로 말을 지껄인단 말인가. 윤지의 속에서 불길이 솟았다. 하늘에서 땅을 치고 후회하고 있을 엄마가 생각나 그녀는 눈앞에 재인이 있었으면 머리채를 잡고 들었을지도 몰랐다.

"내가 얹혀산 게 아니라, 너희 가족이 나를 데리고 있단 핑계로 우리 엄마 아빠한테 빨대 꽂은 거야. 정확히 알고 살아."

―뭐? 빨대? 언니 말 다 했어?

"아니 다 안 했어. 너 결혼까지 우리 부모님 돈 쓸 거 아니지? 이제는 내가 다 커서 큰엄마, 큰아빠 도움 필요 없거든. 이때까진 그래도 보살펴 주셔서 감사한 마음이라도 있었는데. 너랑 대화하고 나니 정이 다 떨어진다. 우리 아빠도, 나도 너와 너희 집 눈치 보고 잘 보일 필요가 없거든. 결혼도, 아이도 이제 네가 알아서 살아."

그녀는 씩씩거리며 전화를 끊었다. 학창 시절 그녀를 두고 큰아빠네 가족 넷이서 비밀로 하고 가족 여행을 갔던 일이 많았다. 윤지는 그들에게 가족이 아니니까 그럴 수 있다고 생각했다. 어차피 밥을 차려 주는 분은 따로 계셨으니, 밥을 굶을 일은 없었다.

미술관, 놀이공원, 동물원, 해외여행까지. 그들의 삶을 풍족하게 만들어 준 사람은 부모님인데 윤지는 그걸 하나도 누리지 못했다. 부모님께 이 사실을 말하면 속상해할까 봐 입도 벙끗 못했었다.

차라리 그때 말을 할걸. 그녀는 카페 밖으로 나가서 맑은 하늘을 보며 씩씩거렸다. 저 위에서 엄마가 보고 있다면 저처럼 가슴속에 피딱지가 맺혀 있을 거다. 그녀는 화가 났지만 서서히 화를 식혔다. 참고, 또 참고, 응어리를 삼키는 건 그녀가 제일 잘하는 일이었다.

*　*　*

종우는 거울 앞에 서서 넥타이를 맸다. 셔츠 색도, 슈트도, 넥타이도 괜히 몇 번 더 바꿔 입어 보며 더 나은 모습을 찾으려 애썼다. 윤지의 아버님을 정식으로 소개받는 날. 이미 한 번 인사를 드렸지만, 그땐 너무 놀라서 제대로 차려입지도 못했었다. 이번엔 한정식

집을 예약하였고, 깔끔하게 차려입고 인사드릴 예정이었다. 밖으로 나와 운전을 하는 와중에도 긴장돼서 그는 차 스피커 볼륨을 올렸다. 아는 노래를 따라 부르며 긴장을 풀려 애썼다.

"우리 동거했던 거 쉿. 그건 비밀이야."

"……어, 어."

딸 가진 부모 앞에서 윤지가 제게 관심이 없는 줄 알고, 결혼 생각 없는 줄 알고 편해서 결혼하잔 부탁을 했다고는 절대 말 못 한다. ……윤지와 저 닮은 딸에게 어느 남자가 그런 제안을 했다면 가만두지 않았을 거다. 반대 입장을 생각해 보니 자신은 쓰레기였다. 더 잘해 줘야지. 윤지야, 미안해. 그는 30분 일찍 한정식 집에 도착하여 룸 안을 확인했다. 괜히 테이블에 먼지가 있나 살펴보았다.

"도종우 씨, 예약 이쪽이십니다."

실루엣이 보인다. 그는 먼저 일어나서 문을 열고 나갔다. 거기엔 윤지와 미래 장인어른이 서 계셨다.

"안녕하십니까. 도종우입니다."

"우선 들어가지."

그는 장인어른이 먼저 앉는 걸 보고 윤지를 챙겨 제 옆에 앉혔다.

"따뜻한 차 먼저 주시고요, 음식은 천천히 주십시오."

"오는 데 고생 많았죠?"

"아닙니다. 아버님 말씀 편하게 하세요."

"그럼, 그럴까. 윤지한테 누구 소개받는 게 처음이라, 너무 어색하네."

뒷머리를 만지던 아버님은 어색해하시며 물을 드셨다.

"저도 여자 친구 부모님께 인사드리는 건 처음이라 긴장됩니다. 그래도 아버님, 정식으로 인사드리게 되어 영광입니다. 저는 도종우라고 합니다. 윤지와는 대학생 때부터 알고 지냈고, 만난 지는 얼마되지 않았습니다. 도우 피부과를 운영 중이고요……. 부모님은 어릴 적에 돌아가셨습니다."

그의 미간이 미세하게 좁혀졌으나 그건 윤지만 봤다. 종우는 아래로 그의 허벅지 위에 손을 올려놓고 토닥이는 윤지의 손길을 느끼며 활짝 웃었다. 어르신들이 좋아할 만한 환한 미소였다.

"그렇군요."

"윤지가 어머님 닮아서 예쁘다고 생각했는데, 아버님도 미남이시네요. 젊었을 적에 인기 많으셨을 것 같습니다."

"허허. 그랬나."

종우는 이색해하는 아버님의 신상을 풀어 수기 위해 노력했다. 술도 주문해서 요리들과 함께 곁들었다.

"……우리 윤지가 말이야. 어릴 때 얼마나 예뻤는지, 동네에서 자랑거리였다니까. 이 집, 저 집 다 며느리 삼겠다고 했어."

약주가 좀 들어가니 아버님께선 윤지 이야기를 풀어내셨다. 종우도 동의한다. 정윤지가 얼마나 예쁜지. 객관적으로도 예쁘다. 그의 동기 중에서도 윤지를 소개해 달란 녀석이 몇몇 있었다.

"아빠는, 동네 자랑거리는 무슨. 동네 깡패였지."

"어허……."

윤지의 솔직한 발언에 아버님은 미간을 구기셨다. 정윤지가 칭찬에 약하지.

"윤지가 칭찬받으면 민망해서 피하려고 하더라고요. 전 아버님 말씀 믿습니다."

"그렇지? 공부도 잘하고, 예쁘고, 금지옥엽 딸이지. 크는 동안 일 때문에 시간을 많이 못 보내서 아쉬워. 얼마나 예뻤는데."

"지금도 예쁩니다. 아버님, 윤지랑 결혼하고 싶습니다."

본론을 꺼내자 술잔을 가지러 가던 아버님의 손길이 멈췄다. 거의 결혼 승낙하려고 하신다고 윤지에게 미리 문자를 받은 터라 자신 있었는데. 막상 얼굴을 마주하니 딸을 보내고 싶지 않아 하는 아버님의 마음이 충분히 느껴졌다.

"윤지 외롭지 않게 할게요."

"……으음, 윤지 넌 어때?"

"난 좋지. 나 종우 오빠랑 결혼하고 싶어."

1초의 망설임도 없는 딸의 모습에 아버님 표정이 굳어졌다. 종우는 그걸 포착하고 술잔을 들고 술을 따르기 위해 무릎을 꿇었다.

"제가 잘할게요. 윤지보다 제가 윤지 더 사랑하고, 마음도 배로 큽니다."

그의 센스에 아버님은 술잔을 받으며 고개를 끄덕였다. 허락하겠다는 뜻이었다. 종우는 그제야 마음 놓고 웃었다. 식사를 마친 후 종우는 화장실을 가며 계산하기 위해 카운터로 왔다. 아버님이 사셔도 되는 자리이지만, 그가 꼭 사고 싶었다. 왠지 선수 치지 않으면 먼저 계산하실 것 같았다. 계산을 위해 직원에게 카드를 내밀고 잠시 기다리는데, 뒤에서 누군가 그를 불렀다.

"도종우?"

"교수님. 안녕하십니까."

종우는 두 손을 다리 옆에 딱 붙이고 90도로 깍듯이 고개를 숙였다. 체대만큼은 아니어도, 의대도 위계질서가 대단하다. 눈 밖에 난 사람은 손과 발로 혼내진 않지만, 모욕감과 무리에서 제외되는 경우가 있었다. 오히려 그게 더 무서운 벌임을 그는 몇몇 버릇없던 후배들을 보며 깨달았다.

"더 건강해 보이시네요. 교수님, 식사하러 오셨어요?"

"응. 요 녀석 연락도 안 하고. 미국 갔다더니 언제 귀국했어?"

"저 들어와서 피부과 개업했습니다."

종우는 카드 지갑에서 명함 하나를 꺼내서 공손히 교수님께 드렸다. 교수님은 그걸 받곤 아쉬운 표정을 지으셨다.

"병원으로 돌아올 줄 알았는데, 결국 개인 병원을 냈군."

"머리 좋은 녀석들 사이에서 살아남기가 얼마나 어렵던지요."

"그 좋은 녀석들이 다 너 이기려고 기를 쓰고 공부한다곤 생각 안 해 봤니!"

"교수님, 칭찬은 그저 감사합니다."

종우는 다시 한번 고개 숙여 인사하며 웃었다. 눈이 마주치자 교수님은 고개를 절레절레 저으며 웃으셨다.

"자리는 언제든 있어. 근데, 왠지 여기 피부과 잘될 거 같네."

"교수님 오시면 제가 무료로 해 드립니다. 따님도요."

"우리 딸도 곧 결혼해."

"정말요? 청첩장 주시면 가겠습니다."

종우의 인사에 교수님은 인자한 미소를 지으셨다. 그 미소가 딸 뺏기기 싫어하는 티가 팍팍 나는데 아닌 척하는 인자한 웃음이라 아버님이 순간 떠올랐다.

"축가라도 해 줄려?"

"제가요?"

"OT 때 노래 잘하더만."

"그게 언제 적인데요. 그렇지만 교수님 부탁이면 합니다. 당연히 해야죠."

종우는 핸드폰 스케줄러에 일정을 체크했다. 교수님 부탁이면 못 할 것이 없다. 그 이유는 윤지와 소규모 결혼식을 할 때, 가짜 결혼식을 위해 교수님께서 주례를 봐주셨다. 교수님께선 그게 가짜인 줄 몰랐겠지만 말이다. 조촐하고 소박한 결혼식에 관해 묻지도, 주변에 말을 전하지도 않으셨다. 그냥 제자의 사정을 생각해 축의금을 두둑이 주셨을 뿐.

"다음에 아내하고 제대로 인사하러 와."

"네. 조만간 가겠습니다."

"그래. 도종우 지금 결혼 몇 년 차지? 그때가 3년 전인가. 그럼 3년 차? 4년 차?"

"뭐, 그쯤이요."

종우는 얼버무리며 대답했다. 직원에게서 카드를 받아 든 후 그는 이제 들어가 봐야겠단 표정을 지으며 90도로 인사했다. 그대로 등을 돌려 룸으로 걸어가다가 그는 아버님과 정면으로 마주쳤다. 벽에 기대서 실망스런 표정을 짓고 계셨다. 교수님과의 대화를 들은 게 분명하다. 아버님의 손에는 계산서가 들려 있었다.

"아버님!"

아니다, 오해하신 거다. 그 말부터 해야 하는데 차가운 표정에 입을 떼지 못했다. 사실대로 말해도 윤지에게 엄청나게 잘못한 거라, 어떻게 포장을 해야 하는지 모르겠다.

"혹시 들으셨어요?"

"아쉽게도."

"⋯⋯오해십니다."

그는 카운터로 가는 아버님의 팔을 잡았다.

"전에도 윤지였어요."

"뭐?"

"⋯⋯3년 차 된 부인, 윤지예요. 다른 사람 없었어요. 아버님."

그는 질끈 눈을 감았다가 떴다. 황당한 얼굴로 바라보는 아버님을 보며, 그는 죄인처럼 고개를 꾸벅 숙였다.

"저는 윤지가 첫 여자이고, 처음입니다. 윤지밖에 없었어요."

"설명이 좀 필요하겠는데."

그는 아버님의 두 손을 꼭 잡았다. 결국 숨기려 한 것은 어떻게든 누구를 통해서든 알게 되나 보다. 가짜 결혼을 했던 사실만큼은 말하고 싶지 않았는데⋯⋯.

* * *

종우는 아버님을 뵙고 나서 친구들에게 연락을 취했다. 다행히 도형이 시간이 된단다. 그는 멀리까지 갈 힘도 없어서 가까운 바에 자리를 잡고 그쪽으로 그를 불렀다. 아버님께선 사실을 듣고 윤지와 대화를 해 보겠다며 데리고 가셨다. 다시 출발지로 돌아간 느낌이다. 그는 손으로 마른세수를 하며 넥타이를 풀었다.

"못 보던 오빠네요?"

여자 바텐더가 반갑게 인사하며 다가왔다. 그는 머리를 긁적이며 풀었던 셔츠를 다시 잠갔다. 정윤지 외에 다른 여자한텐 헤프게 굴

생각 없다. 그는 꼿꼿하게 등을 폈다.

"오빠는 아닙니다."

대충 손님이 어떤 느낌인지 파악했는지. 바텐더는 술 주문을 받았다.

"주변에 여지없는 스타일? 오오~ 첫인상과 아주 다르시네요. 그럼 이거 추천할게요."

"네. 그거로 주세요."

말 섞기 싫다는 듯 더 이상의 대화는 차단했다. 그는 핸드폰을 꺼내 테이블에 올려놓고 메일을 확인하고, 이것저것 검색을 했다.

"나 왔다."

차 키를 손가락에 끼운 채 걸어온 도형이 옆자리에 앉았다. 도형의 모습을 보고서야 종우는 핸드폰을 주머니에 넣고 온몸에 한껏 두르고 있던 경계심을 내려놓았다.

"표정이 왜 그래?"

"윤지 아버님께 실수했어."

"무슨 실수? 너 우리 부모님, 재신이 부모님도 구워삶는 난 놈이잖아. 생글생글 웃으면서 좀 맞춰 드리지 그랬어."

"다 된 밥에……."

"재 뿌렸어?"

"어. 하필 주례 봤던 교수님을 거기서 만났어."

"너 설마 거기 한정식집 갔어?"

종우는 고개를 끄덕였다. 그게 뭐가 문제냐는 표정으로 그를 보는데, 도형은 쯧하고 혀를 찼다.

"거기 너희 과 단합할 때마다 이용하잖아. 마음에 드는 후배한테 밥 살 때도, 술 마실 때도, 대학 병원 회식할 때도. 안 마주치는 게 비정상 아니야?"

"내가 잘 아는 곳이 거기뿐이었어. 거기가 음식 유기농으로 해서……, 몸에도 좋아. 아버님 기력 쇠하셨는데, 음식이라도 좋은 거 드시게 하려고."

종우는 테이블 위에 팔을 괴고 머리를 마구 흩트렸다. 윤지가 아버님께서 저를 마음에 들어 한다고, 걱정하지 말라고 몇 번을 말했다. 그것 때문에 방심했다. 그 한정식집은 교수님이 정말 좋아하는 곳이라고…….

점심도, 저녁도, 술자리도 꼭 그곳에 간다는 것을. 그걸 왜 생각 못 했지.

"어쩔 수 없다. 혼수부터 만들어."

"정말 그럴까?"

종우는 장난스럽게 대꾸하면서도 한숨을 폭 쉬었다. 아주 잠깐, 혼수부터라는 말에 끌렸지만 어림없는 소리였다. 윤지의 친구, 해인이 혼전 임신을 하고부터 윤지는 콘돔부터 확인한다. 유통 기한과 쫀쫀함에 대해. 브랜드부터 보는 녀석 앞에서 혼전 임신은 상상도 못 하는 일이다. 입도 벙끗 못 한다. 2호점, 3호점까지 자리 잡기 전엔 어림도 없다고 미리 선포했다. 종우는 윤지의 생각을 우선시했다. 임신의 시기는 윤지가 정하는 것이다. 자신은 그저 항상 몸을 청결히 하며 그녀의 간택을 기다릴 뿐이지.

"후유."

"잠깐 속상하셨겠지만 허락하실 거야."

"그래?"

"응. 내가 윤지 씨 부모라면 허락해."

"그랬음 좋겠다."

종우는 까끌까끌한 목을 느끼며 술을 한 잔 더 부탁했다.

드르르르.

『종우야. 괜찮아? 나 아빠랑 대화 끝났어.』

윤지에게서 온 문자였다.

"나 전화 좀 하고 올게."

"응."

도형은 혼자 술과 안주를 만끽하며, 그에게 얼른 가 보라고 손을 흔들었다. 그는 핸드폰을 들고 밖으로 나왔다.

"어, 윤지야."

─종우, 어디야?

"나 아까 거기 주변 바."

─아빠랑 얘기했는데 조금 서운한가 봐. 나한테 실망한 거 같기도 하고.

그녀의 목소리도 울상이었다. 뭔가 크게 혼난 것 같은데…….

─내가 잘 말했어.

"다음에 내가 다시 찾아뵙고 말씀드릴게."

─내가 첫 여자라는 점을 톡톡히 어필했어.

"정말? 믿으셔?"

─어어…… 어…….

"뭐라고 설득했는데?"

－그건 문자로 보낼게. 우선, 중요한 건 나 지금 도종우 보고 싶어. 가도 돼?

"당연하지. 내가 갈게."

－아니야. 나도 술 한잔 먹고 싶어. 거기로 갈게.

종우는 알겠다며 전화를 끊었다. 도형이도 함께 있는데, 문제없겠지. 종우는 주소를 윤지에게 보내 준 뒤 다시 가게 안으로 들어섰다.

『오빠가 나 처음 안을 때. 손 덜덜 떨었던 거 말씀드렸어. 도종우 너도 처음이었다고.』

……낭패다,

『오빠가 날 너무 좋아해서 대학생 때부터 쫓아다닌 거라고, 잠깐 할머니 아프셔서 핑계 겸 같이 평생 살려고, 나 꼬신 거라고 둘러댔어. 걱정 마.』

……아아. 종우는 이번엔 다른 이유로 머리를 흩트렸다.

종우는 도형의 잔을 뺏어다 남은 술을 꿀꺽 삼켰다. 아버님께 허락은 받은 거 같은데, 서툴렀던 그때의 기억이 나자 부끄러움이 밀려 와 등줄기가 싸했다. 옛 기억에 쓴웃음을 삼키며 그는 윤지를 기다렸다.

* * *

"결혼식 날짜는 오빠랑 잡으래."

칵테일 석 잔을 마시고 와인으로 입가심을 한 윤지는 일자로 걷지 못하고 비틀거렸다. 종우도 도형과 꽤 마셨고, 윤지와 함께 잔을 부딪치다 보니 적당히 기분이 좋은 상태였다. 도형을 먼저 보내고 두 사람은 거리를 걸었다.

"선선하고 좋다."

"오빠. 오빠네 집까지 걸어갈까?"

"무릎 나가. 우리 나이에."

"칫."

그는 그녀의 손을 잡고 전화로 대리 기사를 불렀다. 가까이에 있던 대리 기사가 금방 왔고, 그는 윤지를 뒷좌석에 태우고 그 옆자리에 앉았다.

"오빠 나 어깨 두드려 줘."

몸을 옆으로 돌린 윤지가 어깨를 툭툭 치며 말했다. 그는 그녀의 어깨를 두 손으로 힘을 줘서 주물렀다. 주먹으로 살살 두드리자, 시원한지 윤지가 아아- 신음을 흘렸다.

"시원하다. 나도 나이를 먹나 봐."

"언제까지 20대일 줄 알았어?"

"……도종우. 긴장 안 하지?"

"왜."

윤지가 휙 돌아보며 눈썹을 치켜떴다. 뭔가, 잘못한 거 같은데 잘 모르겠어서 그가 고개를 갸웃했다.

"그럴 땐 아직도 20대 같은데, 라고 하는 거야! 난 늙고 싶지 않다고."

"그래도 예쁜데."

그는 그녀의 머리카락을 귀 뒤로 넘겨주며 귓가에 쪽 뽀뽀했다. 솜털이 닿자 솜사탕처럼 포근하게 느껴졌다.

"오빠 나 다음 주에 석현 씨 밥 사 주려고 하는데, 사 줘도 돼?"

"안 돼."

"마지막 인사, ……하지 말까?"

그는 진지하게 고민했다. 사실 마지막 인사고 뭐고 만나게 하고 싶지 않은데, 1호점 매출에 막대한 영향을 끼치고 있는 사람이다. 그까짓 거 자신도 직원들, 아는 사람들 샌드위치 사서 주면 그만이지만 그건 윤지가 원하는 게 아닐 거다. 자신이 만든 샌드위치가 맛있어서 주문량이 느는 걸 소소小小한 행복으로 여기는 녀석이니까, 그녀를 짝사랑하긴 하지만 고객이었다. 엄연한 고객. 그는 인상을 쓰며 마지막 인사를 허락했다.

"해. 마지막 인사."

"정말?"

"대신, 한 시간."

"뭐어? 만나서 얼굴만 보고 인사하란 거네."

"만나서 주문하고 수저 챙기고 컵에 물 따르고, 주문하고, 음식 나오기 전에 대화하고, 밥 먹고. 할 게 이렇게 많은데? 더 읊어 봐?"

……윤지는 미적지근하게 고개를 좌우로 저었다. 듣고 보니 한 시간 동안 할 수 있는 게 생각보다 많았다.

"도착했습니다."

종우의 집 주차장에 차가 멈췄다. 그는 대리비를 지불한 뒤 윤지의 어깨에 팔을 올리고 엘리베이터로 끌어당겼다. 집 안에 들어간 그는 윤지가 신발을 채 벗기도 전에 번쩍 안아 부엌의 화이트 톤 테이블 위에 올렸다. 그러고는 냉장고에서 간단하게 맥주 두 캔을 꺼내서 한 캔은 윤지에게 줬다.

"더 마실래?"

"응. 한 캔만."

"어쩐지 술이 부족해 보이더라."

고새 그는 윤지의 주량과 술 취향을 정확히 파악했다. 어느 정도가 과한 거고, 어느 정도가 적당한 건지. 표정과 입술만 봐도 알 거 같았다. 혀로 입술을 자주 축이면, 술이 부족하단 거였다.

"시원해. 냉동고에서 나온 거 같아."

"식장도 보러 가고, 웨딩드레스도 얼른 입혀 보고 싶다."

"전에 입은 거 봤잖아."

"……그때랑 마음이 다르잖아."

종우는 무드도 없이 윤지의 코를 비틀었다. 그러자 아프다고 인상을 찡그리며 똑같이 하려 손을 뻗는다. 그는 등을 뒤로 젖혀 그녀의 손길을 피했다. 윤지가 늘씬하게 쭉 뻗은 형이긴 해도 그의 키에 비하면 한참 모자라다. 그렇기에 팔 길이도 그만큼 차이가 날 수밖에 없다.

"이거 반칙이야. 놔. 내 코! 악! 악!"

길이와 힘으로 안 되니 윤지가 악을 썼다. 그 모습이 귀여운 걸 보면 진짜 중증인 거 같다. 종우는 그녀의 손목을 잡은 채로 힘을 줘서 테이블을 짚게 만든 후 손등을 손으로 덮었다. 부드럽게 닿은 입술 사이로 숨결이 오고 가자, 그는 언제 점잖았냐는 듯 돌변했다. 그녀의 볼을 잡고 입술 전체를 먹을 것처럼 빨아들였다. 그의 입심으로 그녀의 입술과 그 주변 살까지 먹어 치우자 그녀는 발끝을 오므렸다.

"하아……."

종우는 그녀의 입술에서 턱을 빼며, 목으로 내려왔다가 다시 올라가 입을 맞췄다. 그녀의 어깨가 잔뜩 움츠러들었다.

"핫. 종우야."

그녀는 화이트 톤의 테이블 위에서 목을 꺾으며 허리를 휘었다. 중심을 잡기 위해 테이블을 두 손으로 잡은 그녀는 미치도록 섹시했다. 그는 그녀의 입술로 돌진해 다시 입을 맞췄다. 입술끼리 만나자 증폭제가 되어 종우는 그녀의 치마 안으로 손을 넣었다. 제법 쌀쌀해진 날씨에 스타킹을 신은 그녀의 허벅지는 전보다 촉감이 더 좋았다. 그는 허벅지를 어루만지나 싶어 잡아낭겼다.

"……오빠, 오빠."

윤지가 그를 다급히 불렀다. 하필 그게 왜 '야', '도종우'가 아니라 '오빠'였을까. 그녀의 입에서 가뭄에 콩 나듯 나오는 그 단어를 들은 종우는 머리가 하얗게 변했다.

"……하고 싶어, 윤지야. 하아."

그는 숨을 흩트리며 귓가를 와락 물었다.

"해. 종우야."

그 말을 끝으로 종우는 더는 참지 못했다. 테이블 위에 놓아둔 맥주 캔이 엎어져 맥주가 아래로 후드득 떨어졌다. 본능적으로 그녀의 어깨를 쥐고 종우는 언제 그랬냐는 듯 다시 한번 그녀의 몸을 달궈 놓았다.

아침에 먼저 깬 윤지는 눈만 깜빡였다. 일어나려고 했으나 허리가 아파서 도로 침대에 누웠다. 시트를 머리끝까지 썼다가 다리로 이불을 팍팍 차 내다가, 다시 허리가 아파 옆으로 누웠다.

"도종우! 으으."

도대체…… 하아. 그녀는 얼굴만 빼꼼히 내밀고 옆자리를 손으로 더듬었다. 없었다. 수영 연습하러 갔나? 시계를 보니 그 시간인 거 같았다. 옆에서 누가 자도 계획한 건 꼭 하는 녀석. 그녀는 입을 삐죽 내밀며 이불로 몸 전체를 가리고 거실로 나왔다.

어제 쏟은 맥주는 흔적도 없어졌다. 맥주 캔은 싱크대에 고이 올려져 있는 거 보니, 그가 정리하고 나간 모양이었다. 냉장고 문을 열고 생수를 꿀꺽꿀꺽 마시자 취기가 조금 가시는 거 같았다. 예전에는 밤늦게까지 술을 마셔도 아침에 이렇게까지 힘들지 않았는데. 정말 나이를 먹어서 그런 건가. 그런 생각하며 의자에 앉았다. 생수를 조금씩 마셔 가며 쓰린 속을 달래고 있는데 타이밍 좋게도 띠디딕, 비밀번호 누르는 소리가 나더니 종우가 집 안으로 들어섰다.

"수영하고 왔어?"

"응. 그리고 순댓국도 사 왔지."

그가 쇼핑백을 들고 오더니 먹기 좋게 테이블에 차려 놨다. 김이 모락모락 나는 순댓국의 비주얼을 보자 그녀는 침을 꼴깍 삼켰다. 안 그래도 해장을 하고 싶었는데. 숟가락을 달라고 이불 안에서 손 하나만 꺼내서 내밀자, 그가 주려던 숟가락을 뺐었다.

"가운이라도 입고 먹어."

"으응…… 싫어."

"이불에 국물 튀어."

"빨면 되지."

"안 돼."

그가 단호하게 고개를 저었다. 윤지는 코를 삐죽거리며 방으로 들어가 가운을 입고 다시 나왔다. 그제야 그가 숟가락을 줬다.

"예쁘다, 우리 윤지. 맛있게 먹어."

"고오오오맙다. 이 오빠야."

"응."

그는 그녀의 먹는 모습을 보며 냉장고에서 샐러드와 닭가슴살을 꺼내 섞어 먹었다.

"오빠 살 빼가?"

"어. 30대 중반 넘어가니까 먹는 대로 찌더라고."

"……그 몸매 유지하는 게 쉬운 게 아니었군."

"응. 너한테 사랑받으려면 잘해야지."

윤지는 포크로 순대를 콕 찍어서 그에게 내밀었다. 종우는 싫다며 고개를 저었다. 아침은 가볍게 먹고 점심에 맛있는 걸 먹겠다고 한다.

"밖에선 다 맞춰 줘도, 여긴 내 구역이야. 나가선 네가 주는 거 다 받아먹을게. 여기선 나도 자기 계발 좀 하자."

"나만 찌는 느낌이야."

"괜찮아. 윤지 넌 쪄도 가슴으로 가잖아."

그가 그녀의 가슴을 흘깃 쳐다봤다. 가운 사이로 들어온 눈빛이 레이저처럼 다 뚫어 버릴 거 같았다. 윤지는 가운을 다시 여몄다.

"그나저나 우리 나이에 무릎 나간다고 안 걷는다더니, 어제 무릎은 괜찮았나 봐?"

윤지의 말에 그가 당연한 거 아니냐는 표정으로 그녀를 봤다.

"내 허리가 아작 났는데, 오빠 무릎은 괜찮아?"

"그럼."

"오빤 할아버지 되면 걸을 힘은 없어도 그거 할 힘은 남아 있겠다. 그치?"

"……내가 뭘 잘못했어? 순댓국 같이 먹을까."

종우가 다정하게 웃으며 그녀에게 물었다. 그녀는 킥킥 웃으며 아니라고 고개를 저었다. 제 성격상 온종일 '오빠 사랑해'만 입에 달고 사는 건 안 맞았다. 적당히 놀려도 주고 티격태격해야 사는 거 같다.

"나 겨울 신부가 되고 싶어."

"정말? 그럼 눈 오는 날?"

"응. 눈이 늦게 오면 서른넷이 되겠지만 말이야."

그건 참 아쉬운데.

"12월에 눈이 올까?"

"오게 만들어야지. 내가."

"무슨 수로?"

"여자 꼬시려면 남자는 무슨 수든 내게 되어 있어."

그녀는 그를 다시 봤다. 로맨틱하게 할 수 있는 말을 이렇게 멋없게 하다니. 별도 다 따 줄게 정도로 마무리했으면 좋았을걸. 이게 도종우지. 그녀는 손을 뻗어 그의 볼을 잡아당겼다.

"그래. 나 눈 안 오면 결혼 안 한다, 그럼?"

"……어음."

"자신 있다며."

"흐음. 인공 눈은 싫지?"

또 착해서는 인공 눈은 싫냐고 물어봐 준다. 윤지는 껄껄 웃으며 숟가락으로 내장과 순댓국 국물을 섞어서 입에 넣었다. 어제 먹은 술들이 싹 가라앉으며, 뜨거운 국물이 내려가는 자리마다 정화가 되는 느낌이다. 맛있어서 기분 좋은 그녀가 풀떼기만 먹고 있는 종우를 안쓰럽게 봤다.

"정말 안 먹어?"

"응. 너도 내 나이 돼 봐. 유지하느냐, 포기하느냐로 괴로울 거야."

"오빠는 유지를 선택했나 보네."

" 네가 이미 내 품에 있으니까.

그는 포크로 토마토를 푹 찔러 입에 넣어 오물오물 씹었다. 그게 꼭 저를 잡아 그의 울타리 안에 넣어놓고 야금야금 먹겠다는 뜻처럼 보여 그녀가 어깨를 부르르 떨었다. 새벽마다 하는 수영 연습에선 펠프스까진 아니어도, 취미치곤 너무 잘해서 칭찬을 받았다며 그가 뿌듯해했다. 윤지는 그를 칭찬해 주면서도 야무지게 순댓국 국물 한 방울도 놓치지 않고 배 속으로 넣었다. 그렇게 알콩달콩 그와 투닥거리는 사이, 의대 동문회 가을 운동회가 가까워지고 있었다.

12
질투에눈먼자

100주년을 맞는 올해 의대생의 밤은 가을 운동회를 크게 개최했다. 기존에 농구, 축구 종목만 가볍게 진행했다면 올해는 수영, 달리기까지 추가되었다. 종우는 어젯밤 윤지를 차에 태워 백화점으로 가서 요즘 유행하는 운동복을 함께 구매했다. 가벼우면서도 그와 그녀의 건강함을 증명해 줄 수 있는 옷.

술과 순댓국으로 다져진 윤지가 옛날 핏이 안 나온다며 백화점 여기저기 다 돌아다니며 운동복을 골랐다. 그녀는 그가 뭘 입어도 잘 어울린다며 풀뿌리 먹은 효과가 여기서 나타나는 것 같다며, 이제 맥주를 끊겠다고 선언했다. 종우는 발목을 돌리며 팔을 뻗어 스트레칭했다. 부부, 여자 친구, 가족 등 대거 행사에 참여해서 그런지 대학교 체육관이 꽉 차고도 남았다. 신입생 OT 때처럼. 그는 도착하자마자 선배들과 교수님들께 인사를 하러 다니느라 바빴다. 동기와 얼굴 마주할 새도 없이 계속 고개를 숙였다.

"도종우가 나이 많다고 생각했는데. 여기선 영계네?"

"어. 안녕하십니까!"

기합이 제대로 든 종우는 정말 깍듯했다. 대학생 땐 공부한 시간보다 더 잘 나오는 성적 덕분에 미움을 사기도 했지만, 사글사글한 성격이 한몫해서 나중엔 결국 예쁨을 받았다.

"오빠 농구랑 수영 참가한댔나?"

"응."

첫 경기의 스타트는 농구였다. 오전엔 농구, 축구 경기가 있었는데 체육관에선 농구를 진행하고 바깥 운동장에선 축구를 진행했다. 예전 학창 시절 때처럼 청팀, 백팀으로 나뉘었다. 종우는 청팀이었다. 배 나오고 머리 살짝 벗겨진 아저씨들 틈에 있으니 종우는 더욱 빛이 났다. 그녀는 코트 위에 늘씬한 자태로 공을 원하는 방향대로 굴리는 그를 봤다. 눈빛과 손짓으로 청팀을 지시했고 그의 리드에 따라 공은 그의 손으로 다시 왔다. 점프 한 번과 함께 포물선을 그린 농구공이 골대로 들어갔다.

"와아아아!"

윤지는 저도 모르게 벌떡 일어나 손뼉을 쳤다. 그런 그녀의 옆자리에서 자신처럼 소리 지르는 여자 한 명이 서 있었다. 윤지는 힐끔 옆을 봤다. 의대생인가? 아닌 거 같기도 하고, 가족인가? 늘씬하면서도 지적으로 보였다. 그런 그녀를 바라보던 윤지는 고개를 돌려 다시 종우에게 집중했다. 뽀송뽀송하던 그의 머리카락이 땀에 젖고 운동복 집업은 이미 지퍼를 내려 벗어 둔 채였다. 그녀와 똑같은 땀 흡수가 잘 되는 반팔 티는 실용성을 따져서 샀으나 그에겐 그저 바디를 부각해 주는 옷일 뿐이었다.

"와…… 도종우! 우! 유! 빛! 깔! 도! 종! 우!"

윤지는 갑작스러운 응원 소리에 인상을 쓰며 옆을 봤다. 아까부터 은근히 신경에 거슬리던 여자가 의자 위에 올라가 종우를 응원하고 있었다. 뭐야, 도종우랑 아는 사이였어? 무슨 사이기에 저렇게 응원까지 해? 정체를 알 수 없는 여자에 대한 호기심과 짜증이 뒤섞여 시선이 곱게 나가지를 않았다. 하지만 지금은 응원이 먼저였다. 질 수 없단 생각으로 윤지도 의자 위로 올라가서 더 크게 응원했다. 그때 다시 한번 종우가 덩크슛을 했고 두 여자는 눈이 마주쳤다. 윤지는 보란 듯이 엄지와 검지를 겹쳐 작은 하트를 만든 다음 종우에게 쏴 주었다.

"고오오오오오올! 와아아아!"

그러나 마치 경쟁을 하듯 응원하던 두 사람은, 백팀과 청팀이 엎치락뒤치락 승패를 놓고 싸우다 결국 승리했을 때 서로를 부둥켜안고 소리를 질러 댔다.

"맛있게 먹겠습니다."

"잘 먹겠습니다."

도시락을 받아 온 의대생들은 함께 수업 듣던 학번끼리 뭉쳤다. 윤지는 종우 옆자리에 다소곳이 앉아 팔을 걷고 나무젓가락과 숟가락을 나누는 걸 도왔다. 종우는 동기들 사이에서도 이슈였던 모양인지, 이것저것 안부를 묻고 답하느라 바빴다.

"실력 안 죽었네. 도짱."

"그럼. 체력 어디 가겠어?"

"종우야~ 보고 싶었어~."

윤지는 종우의 옆에 조용히 앉아 있을 작정이었다. 하지만 표정 관리를 방해하는 사람이 한 명 있었다. 바로 조금 전 윤지의 옆에서 종우를 그 누구보다 열정적으로 응원하던 여자. 그 여자는 친근감을 표시하며, 도시락을 내려놓고는 다짜고짜 종우를 안으려 했다. 여자 친구인 자신이 바로 옆에 이렇게 두 눈 뜨고 있는데.

"어휴. 얜 됐다. 나도 보는 눈 있다, 뭐."

"김리아. 여자라 때릴 수도 없고, 네 눈엔 도종우만 사람이냐!"

"에. 맙 빼지. 좋아아."

이거 무슨 관계지. 윤지가 미간을 찌푸린 사이, 여자가 그의 도시락을 깠다. 종우는 여자에게 눈길도 주지 않고, 윤지가 먹을 도시락을 까고 국의 뚜껑을 열어 주었다. 한 입 맛을 보더니 뜨겁지 않다며 얼른 먹으라고 챙겨 주었다.

"여자 친구?"

"어. 여기는 윤지.

그제야 리아라는 이름의 여자가 윤지를 향해 시선을 주었다. 흥미롭게 반짝거리는 그 눈빛을 향해 윤지는 어색하게 웃어 보였다.

"하이, 반가워요."

하이파이브하자고 손을 내미는 여자에게 윤지는 얼떨결에 손바닥을 부딪쳤다. 뭐가 뭔지 정신이 없었다.

"오후에도 경기 나가?"

"응."

"수영? 달리기?"

"수영."

"……꼭 보러 가야지. 윤지 씨, 종우 몸 좋죠?"

윤지의 눈동자가 종우와 리아를 번갈아 봤다. 그 눈빛을 느꼈는지 종우가 얼른 해명했다.

"그런 사이 아니야. 넌 왜! 애 오해하게 그래."

"걱정하지 말아요. 저는 잘난 몸도 좋아하지만……."

꿀꺽, 침을 삼킨 리아가 종우와 윤지, 가까이에 있는 사람만 들을 수 있도록 목소리를 낮췄다.

"배 갈랐을 때 속살을 더 좋아해요. 장기가 더 흥미롭거든."

꿀꺽, 이번엔 윤지가 침을 삼켰다. 여자한테 기를 빼앗겨 본 적이 없는데, 처음으로 긴장한 그녀가 저도 모르게 손바닥으로 배를 만졌다. 그녀의 눈길이 닿은 곳이 어쩌면 뱃가죽이 아닌, 더욱더 안쪽일지도 몰랐다.

"윤지 씨는 뭐 안 나가요?"

"저요? 저도 나갈 수 있어요?"

"그럼요. 가족도 참가하는 경기잖아요. 이따 오후에 제 사촌 동생 오기로 했는데……. 수영 참가한다고. 야! 도짱, 너 석현이 알아? 걔 가 너 안다던데."

"김석현 씨요?"

"윤지 씨도 알아요?"

석현의 사촌 누나? 그럼 친가 쪽 사촌인가 보다. 윤지가 고개를 끄덕였다. 그가 자신을 좋아한단 얘기는 생략하고, 카페의 큰손 고객님이라고 한번 밥을 사야 한다고 설명을 덧붙였다.

"오후에 온대. 내가 수영 시합 나가서 1등 하면 소원 들어주기로
했거든. 너랑 붙겠네."

"그래?"

가뜩이나 운동에 있어서 승부욕이 강한 남자인데, 순간적으로 종
우의 눈 속에 불길이 일었다. 윤지는 종우의 손을 꼭 잡았다. 이기
든 아니든 운동하는 모습 그 자체가 멋있다고, 제 눈엔 그렇다고 잡
은 손에 마음을 담아 전했다.

"고마워. 네가 손잡아 주니까 힘이 난다."

"응?"

"꼭 이길게."

아니 그냥 이니라. 윤지는 씨익 웃었다. 텔레파시가 통할
리가 있나, 도종우랑 자신 사이엔 역시 마우스 투 마우스로 전하는
게 최고였다. 식사를 마친 후에 종우는 윤지를 차 안에서 잠시 쉬라
고 의자를 젖힌 후 담요를 덮어 주었다. 오후 경기까지 시간이 좀 남
았으니 한숨 자며 체력을 비축하라고 했다.

"종우야. 넌?"

"푸시업 좀 하려고."

"왜?"

"상반신 근육 펌핑 좀 하게."

석현의 이름을 듣고부터 종우는 나이를 잊은 모양이다. 남자는
나이가 들어도 애라는데 종우를 보니 더더욱 뼈가 시리도록 와 닿
았다.

"그래, 그래라."

"후, 우, 후, 우."

차 밖으로 나가 창문에 손을 짚고 푸시업을 하는 종우의 얼굴이 가까워졌다가 멀어졌다를 반복했다. 잠을 자려고 눈을 감았는데 잠이 오지 않았다. 운동회라는 것 때문인지 가슴이 설렜다. 어릴 땐 운동회는 되게 하기 싫은 거였는데. 구석진 곳에서 햇볕이나 피하며 농땡이를 피우는 시간이었는데. 지금은 왜 재밌는지 모르겠다. 도종우가 있어서 그런가? 그녀는 창문을 내렸다. 더 뼈가 시리기 전에 참가해야겠다.

"오빠."

"왜?"

"나 달리기 나갈래."

"1,000m 달리기야. 무릎 나가."

"……왜 자꾸 내 무릎 무시해?"

"아니, 우리 섹스할 때도 힘들어하는데 달리기는 절대 무리야. 윤지야, 인정해."

"원래 그 운동이 1,000m 달리기하는 것보다 힘들댔어. 오빠, 진짜 그 말 후회할 거야. 나 얼마나 잘 뛰는데."

말이 나온 김에 윤지는 차에서 내린 후 그 앞에서 제자리 뛰기를 했다. 운동할 마음이 안 생겨서 그렇지. 운동 신경 하나는 탁월해서 무슨 경기에 나가도 기본은 했다. 지리산, 한라산, 키나발루산까지 정복한 자신인데. 그녀는 자신을 말리는 종우를 뒤로하고 체육관 안으로 향했다. 그리고 운동회의 꽃인 다리기 참가 신청서를 냈다. 관계를 적는 칸에는 '도종우 예비 부인'이라고 아주 큰 글씨로 써 넣었다.

*　*　*

　다리를 탈탈 풀고 교내 실내 수영장으로 온 종우는 석현부터 찾았다. 그는 3레인이었고, 석현은 5레인이었다. 두 사람은 오늘 100주년을 기념하여 온 동문과 그 가족의 시선이 모두 그들에게 향하고 있다는 걸 전혀 깨닫지 못했다. 두 사람 모두 이겨야겠다는 의욕이 눈 안에 가득했다. 손목과 발목을 푸는 스트레칭을 하며 서로를 예의 주시했다.

　"형님, 여기서 보네요."

　"그러게요. 회사 한가한가 봐요?"

　"주말이잖아요. 리아 누나 동기일 줄은 정말 몰랐어요. 오늘 이기고 싶지 누나한테 뭐 맛있는 거 얻어먹어야지."

　종우는 한쪽 입꼬리만 비틀어 웃었다. 아주 질척질척한 놈.

　"그래도 관리는 좀 하셨나 봅니다."

　아래위로 훑는 그를 보며 종우는 부드럽게 웃었다. 종우가 석현보다 키가 한 뼘 더 컸고, 어깨도 한 뼘 더 넓었다. 벗고 있으니 확연히 보였다. 그가 고개를 내려 석현의 긴 다리와 가운데 다리까지 스캔했다.

　"잘해 봅시다. 제대로 승부 봅시다."

　"형님, 내기할래요?"

　"아뇨."

　내기는 무슨! 그렇게까지 할 생각은 없다고 단호하게 거절한 종우가, 이어지는 말에 눈썹 한쪽을 들어 올렸다.

　"형님이 이기면, 윤지 누나 포기할게요."

"……그럼 죽을 각오로 해야겠네요."

종우는 그때까지 석현이 호주에서 학창 시절 수영 선수를 했던 걸 전혀 몰랐다. 물 위에서 밥을 먹고 잘 수도 있을 정도로, 물고기와도 다름없는 실력을 갖췄다는 걸.

"이따 달리기 시합 나간다면서요?"

"네."

"나도 나가는데."

"정말요?"

"우리 시합할래요? 오후에 술자리 안 가고 빠져나올 건데, 석현이랑 나랑 한편. 도짱이랑 윤지 씨랑 한편. 술 내기 어때요?"

정중히 도전장을 내밀면 받아 주는 게 인지상정. 그녀는 리아의 도전장을 받아 주기로 했다. 두 여자 사이에서도 스파크가 튀었다. 리아는 그가 아끼던 동기인 도짱을 뺏겨서, 윤지는 제 남자를 도짱이라 부르는 리아가 마음에 안 들어서. 두 여자는 웃고 있으면서도 속으론 이겨야겠다고 동선을 짜고 있었다.

그사이, 수영 시합이 시작되었다. 3번 레인에서 종우가 점프해 물속으로 들어갔다. 3번과 5번이 유독 길었다. 공부만 한 다른 사람들은 이미 시작과 동시에 두 사람보다 훨씬 뒤처졌다. 긴 다리와 넓은 어깨를 이용해 처음 잠수한 상태로 이미 반 가까이에 온 두 사람은 빠르게 물살을 헤쳤다.

"오오! 종우야! 힘내!"

유리벽이 있어서 목소리가 들리진 않겠지만, 윤지는 두 손을 꽉 쥐었다.

"도짱, 우리 석현이 못 이길걸?"

"종우 오빠도 수영 잘해요."

연습을 얼마나 했는데. 어디 가서 지는 녀석 아닙니다. 윤지는 입을 삐죽거렸다.

"쟤 호주에서 선수 뛰었어요. 국가 대표까진 아니지만."

"네에? 이거 사기다, 사기! 일반인하고 선수하고 시합하면 불리하잖아요."

윤지는 걱정스러운 눈으로 유리벽 너머의 종우를 봤다. 열심히 팔을 휘젓지만 아주 미세하게 석현이 우세했다. 지면 종우 열 받을 텐데. 종우는 누군가한테 지는 걸 정말 싫어했다. 악착같은 면이 있는 걸 잘 알기 때문에 윤지는 두 손을 꼭 쥐고 경기를 관람했다. 마지막 턴 때였다.

"쟤 녀석, 서서…… 새 숨 참는 거 같은데?"

"종우 선배 미쳤어. 어떡해!"

사람들이 술렁이며 유리벽에 딱 붙었다. 마지막 바퀴에서 종우가 물 밖으로 나오지 않고 있었다. 머리를 물속에 처박고 있을 때 속도가 붙는 건 잘 알지만, 일정 시간이 지나면 고개를 내밀고 숨을 쉬어야 한다. 여기 깔린 게 의사라지만 윤지도 심장이 쿵쿵 크게 뛰었다. 심장이 쪼그라들 거 같았다.

"종우야. 도종우! 나와!"

"혹시 모르니까 경기장 내려가 봐. 얼른."

선배로 추정되는 한 분이 후배 의사 두 명에게 지시했고, 그들은 계단을 이용해 빠르게 지하로 내려갔다.

"종우야, 종우야."

윤지는 발을 구르며 기도하듯 손을 붙였다. 종우야. 나와. 물에서.

얼른! 석현과의 격차를 줄여 가더니 결국 종우가 먼저 스타트 지점으로 들어왔다. 먼저 도착지를 찍은 종우는 물 밖으로 나와 그대로 대자로 뻗었다. 멀리서도 넓은 가슴이 격하게 오르락내리락하는 게 보였다. 숨도 제대로 못 쉬어 기침을 하며 괴로워하는 게 느껴져 마음이 아팠다.

"저 멍청이."

고작 수영 시합 하나 이기겠다고, 저러다 죽으면 어쩔 뻔했어. 그녀는 이를 악물었다. 올라오기만 해 봐. 가만두지 않을 거다. 영 점 몇 초 차이로 진 석현은 물안경과 수영 모자를 동시에 벗은 채, 골반 언저리에 손을 얹고 탄식에 가까운 표정을 지었다.

"와- 저 독종. 숨참은 것 좀 봐."

"웃는 거에 속으면 안 돼. 도종우 저놈 옛날부터 뭐든 지는 법이 없었어. 선배든, 동기든, 후배든. 자기가 최고여야 되는 놈인데."

그가 청팀 깃발을 몸에 두르고 손을 흔들며 인사했다. 아직도 숨을 헐떡이는 게 보였다. 그를 지켜보던 관람객들은 두 갈래로 나뉘었다. 멋있다는 쪽과 역시 독종이라는 쪽. 멋있다는 쪽은 종우를 처음 보는 의사들의 지인이었고, 독종이라는 쪽은 그와 함께 수업을 들어온 그를 잘 아는 사람들이었다. 종우는 샤워를 마친 후 커플 운동복을 입고 나왔다. 남자 탈의실 바로 앞에 등을 기대고 있던 윤지가 그가 나오자마자 등짝을 내리쳤다.

"도종우! 나 두고 골로 가려고 했어? 승부가 뭐가 중요하다고."

"중요했어."

내기가 걸려 있었단 건 굳이 밝히지 않았다. 얘기하면 더 화를 낼 것만 같았다. 종우는 맞으면서도 실실 웃었다.

"뭐가 좋다고 웃어. 더 맞아야 해. 나 무서웠단 말이야."

"여기 깔린 게 의사야. 절대 안 죽어."

"그래도. 떡 먹다가 죽는 사람은 그럼 왜 죽겠어! 수영 금지야."

"이제 수영 안 해도 돼. 하하하하."

종우는 기지개를 쭉 켠 후 몸을 풀었다. 평소에 운동한 둔 덕에 몸이 잘 적응해 주었지만, 아까 전 무리해서 수영을 해서 그런지 뻐근하긴 했다. 얼른 집에 가서 윤지를 안고 자면 딱인데.

"우리 집에 갈까?"

"가도 돼?"

"응. 난 아까 경기로 녹다운. 심장 아파서 간다고 하면 되지."

"1,000m 달리기 남았어."

"진짜 나가려고! 지금이라도 마음 바꿔도 돼."

종우는 자신이 출전한 경기에서 모두 승리를 거두고 거기다 석현의 코까지 눌러 주었으니 만족이었다. 다른 경기에는 그다지 관심이 없었다. 그렇지만 청팀과 백팀 중 승리의 깃발이 누구에게 가느냐는 마지막 종목인 달리기에 달려 있었다.

"누나, 안녕하세요."

"석현 씨. 안녕하세요."

종우에게 화를 내다 달리기 이야기가 나와 다시 의욕을 불태우고 있던 윤지는, 자신들을 향해 다가오는 석현을 보고 싱긋 미소를 지었다.

"아- 오늘 실력 발휘를 제대로 못 했네요."

"죽을힘을 다해 하던데요?"

듣고 있던 종우가 비꼬듯 대꾸했다. 실력 발휘를 못 했다던 석현은 물 밖으로 나오고 나서, 한참을 종우처럼 숨을 제대로 쉬지 못해 어깨를 들썩였다. 종우만큼이나 그도 무리를 한 것이 틀림없다.

"그건 형님 아닌가요."

"두 분 모두 경기 과했거든?"

석현의 뒤를 따라온 리아가 팔짱을 끼며 사실을 전달했다. 종우는 반박하지 못했다. 과했던 건 맞기에. 두 사람을 선두로 다른 이들은 아예 중반에 경기를 포기해 버렸다. 남들 의욕을 꺾을 정도로 두 사람은 불꽃 튀기는 경기를 했었다.

체육관으로 들어가자 마지막 달리기경기를 남겨 두고 초대 가수들이 분위기를 띄우기 위해 노력하고 있었다. 하지만 시합할 때도 저처럼 응원하는 사람 보다 앉아서 박수 치는 사람이 많더니, 이번에도 그랬다. 아이돌부터 힙합까지 보기만 해도 신나는데 체육관에 모여 있는 사람들은 다들 서로 대화하느라 무대는 뒷전이었다.

그나마 몇몇은 무대를 보긴 했는데 성의 없는 박수뿐이었다.

"100주년을 맞이하여 의대생의 밤에 참여해 주셔서 모두 감사드립니다. 10분 후에 1,000m 달리기. 마지막 경기를 준비 중이오니 참가하시는 분들께서는 농구대 앞으로 와 주시기 바랍니다. 다시 한번 말씀드립니다."

마이크를 든 사회자가 달리기 주자를 농구대 앞으로 불러냈다. 윤지는 종우가 그랬던 것처럼 손목을 털고 발목을 돌렸다. 목까지 제대로 돌린 그녀는 실력 발휘를 하러 당당히 걸어갔다.

* * *

1,000m 달리기 참가 인원은 스무 명 정도였다. 윤지는 손목을 탁 탁 털고 발목을 돌렸다. 그러고는 제자리 뛰기를 하며 몸을 풀었다. 괜히 어깨너비로 다리를 벌리고 학창 시절 구호에 맞춰서 했던 국민 체조를 해 보기도 하였다.

　"우와."

　휘우우, 휘파람 소리가 나서 윤지는 옆으로 고개를 돌렸다. 거기엔 리아가 다리 찢기를 하고 발차기를 하며 무릎을 손으로 잡은 채 묘 기를 부리고 있었다. 늘씬한 다리와 몸이 쫀쫀한 트레이닝복이 만 나 더욱 곡선이 예뻐 보였다. 그 옆에서 따라 해 볼까 잠시 생각이 들었지만, 저는 90도가 최대였다. 혹시나 싶어 종우를 찾아 두리번 거리자 멀리서 오직 저만 바라보고 있는 그가 보였다. 잠시 뾰족해 졌던 인상이 그의 눈이 비추지는 순간 마냥 서늘 가라앉았다. 그를 향해 손을 흔들어 보이고는 다시 자세를 잡았다.

　"준비!"

　윤지는 마지막으로 목을 천천히 돌렸다. 뿌드득, 소리가 났다. 그 리고 총소리에 맞춰서 발을 땅으로 거침없이 내디뎠다. 시작하자마 자 선수들은 최대한의 스피드로 그녀를 밀치고 지나갔다. 스무 명 중 18등. 거의 꼴찌로 시작한 그녀는 숨을 들이쉴 때 배가 빵빵하 도록 산소를 마시고, 잠시 숨을 멈췄다가 내뱉을 땐 배가 아주 천천 히 가라앉도록 복식 호흡을 했다. 오랜만에 하는 거라 익숙지 않았 지만, 한 바퀴를 도는 동안 계속 호흡법과 속도를 체크했다. 두 번 째 바퀴부터는 조금씩 앞으로 치고 나갔다. 18등에서 10등 안으로. 그녀는 아까와 똑같은 스피드로 뛰었지만, 첫 바퀴를 빠르게 달린 몇몇은 조금씩 뒤처지기 시작했다. 한 바퀴 뛰고 못 하겠다며 두 손을 든 이도 있었다.

"헥헥헥헥."

여기저기서 숨에 차 헐떡이는 소리가 들렸다. 그녀는 다시 한번 숨을 고르고 세 번째 바퀴에선 속도는 그대로되, 발을 좀 더 넓게 벌렸다. 보폭이 커지면서 커브 길에서 급 속력이 붙어 순식간에 제일 앞줄로 나갔다. 바로 리아의 옆에 선 윤지는 그녀를 힐끗 봤다. 이마와 볼에 땀이 비 오듯이 흐르고 있었다. 화장이 조금씩 벗겨지고 있는 모습을 아는지 모르는지. 그녀는 이를 악문 채였다. 종우만큼이나 독기가 가득한 사람이었다.

마지막 바퀴를 남겨 두고 윤지와 리아는 서로를 힐끗 봤다. 3등, 4등. 엎치락뒤치락하던 두 사람 중, 윤지가 마지막 바퀴에서 중간 지점을 지났을 때 입꼬리를 씩 올리며 웃었다. 불안함을 느꼈는지 리아는 윤지의 옷깃을 잡았다. 윤지는 가뜩이나 더웠는데 리아가 옷을 잡자 그대로 후드 집업을 벗어 버렸다. 그러곤 리아에게 묵례를 한 후 스피드를 최대한으로 올렸다. 그녀의 특기 중 하나가 100m 달리기였다. 지금까지 호흡과 페이스를 조절하던 윤지는 발이 눈에 보이지 않을 정도로 빠른 속도로 1, 2등을 제치고 1등으로 들어왔다.

"와아아아!"

심장이 터질 거 같아서 도착지에 들어온 뒤에도 윤지는 한참을 달리면서 속도를 늦췄다. 그녀가 속도를 멈췄을 때, 종우가 옆으로 다가와 그녀의 어깨에 자신의 후드 집업을 걸쳐 주곤 지퍼를 쭉 올려 주었다.

종우는 욕실에 들어가 먼저 씻고 있는 윤지를 기다리며 따뜻한 차를 준비했다. 아버님께서 다도를 좋아하신다고 하여 연습하기 위해 산 건데, 개시는 처음이었다.

"쌍놈은 역시 쌍놈인가 봐."

동영상에서 하란 대로 따라한 후 차의 맛을 음미했는데. 뭐가 좋은지 모르겠다. 나이가 들수록 아메리카노에서 슬슬 커피 믹스 쪽으로 입맛이 변하는 것 같다. 카페를 운영하는 윤지도 더울 땐 적당한 물에 커피 믹스 두 개를 넣고 얼음을 띄워 달게 먹는다. 그걸 배운 후로는 종우도 종종 그걸 즐겼다. 장비들을 옆으로 밀어 놓고 종우는 그새 그녀의 입맛대로 커피 믹스로 아이스커피를 타기 시작했다. 그는 싱크대에 허리를 기대고 커피 한 모금을 마셨다.

"이 맛이지."

바리스타 장인도 울고 갈 맛이었다. 윤지가 우스갯소리로 미국 가서 별다방 옆자리마다 믹스 커피 집을 체인점으로 차려 보고 싶다고 했었다. 별다방에 대적할 만한 커피는 믹스 커피뿐이라고. 그는 아이스커피가 담긴 머그컵을 들고 돌아다니며 커튼을 닫았다. 워낙 고층이라 밖에서 그들이 보이진 않겠지만……, 누군가 망원경을 들고 작정하면 뭔들 못 볼까. 아까 전 윤지의 1,000m 달리기가 생각나자 그가 인상을 찌푸렸다.

"와와! 누나! 누나! 달려!"

옆에서 석현이 미친 듯이 응원하길래 그 누나가 리아를 말하는 줄 알았다.

"정윤지! 우! 유! 빛! 깔! 정! 윤! 지!"

근데 그 누나가 정윤지였다. 그가 힐끗 보는데도 녀석은 팔을 쭉쭉 뻗어 가며 윤지를 응원했다. 조금 전 했던 내기는 저 쓰레기통에 처박은 모양이다. 남자가 한 입으로 두 말 하면 안 된다는데. 그래도 승부에서 이겼기에 종우는 애써 신경 쓰지 않으며 자신도 윤지를 응원했다. 문제는 마지막 바퀴가 남았을 때, 리아가 윤지를 잡아당겼고 그 결과 커플 운동복 후드 집업이 벗겨졌다.

"와아아아아! 누나!"

"휘유~"

석현 외에도 다른 이들까지 휘파람을 불었다. 늘씬한 다리와 섹시하게 올라붙은 엉덩이와 허벅지, 거기다 남들보다 큰 가슴까지. 누가 봐도 굴곡이 드러나는 그녀가 결승전까지 들어오는 동안 잠시 그의 주변은 조용함이 감돌았다. 그가 고개를 돌렸을 땐, 주변 남자 선후배가 모두 윤지를 보고 있었다.

"꿀꺽. 누나…… 아."

침 삼키는 소리가 더럽게 느껴졌을 때, 종우는 석현을 한 번 째려보고는 그 자리를 뛰쳐나왔다. 그러곤 결승 지점에서 그녀가 멈출 때까지 옆에서 같이 달려 준 후, 윤지가 멈추자마자 제 옷을 그녀에게 입혀 주었다. 지퍼까지 꼼꼼히 닫고서.

딸깍.

다 씻은 모양인지 윤지가 짧은 반바지 트레이닝복에 민소매를 입고 나왔다. 머리카락에서 떨어진 물기가 목선을 타고 쇄골로 떨어졌다.

"오. 커피 믹스네. 이거 내 거지?"

그녀는 부엌으로 가더니 커피를 쭉쭉 들이켰다. 1등 한 그녀에게 마이크가 쥐어졌을 때, 그녀는 자신을 도종우의 여자 친구라고 당당히 밝혔다. 그게 얼마나 뿌듯하던지. 순식간에 이목이 집중됐을 때 그는 머리를 긁적이며 민망해했지만, 속으로는 윤지가 아주 자랑스러웠다.

"너 달리기 진짜 잘하더라."

"이제 무릎 갖고 놀리지 마라. 내 무릎 쌩쌩하니까."

그녀는 다리 하나를 들어 접더니 손바닥으로 본인의 무릎을 탁 쳤다. 얜 뭐 다리 하나를 올려도 포즈가 모델 같나. 그녀가 더 예뻐 보니 종우는 웃으며 윤지에게 나가가 그녀를 화녁 안았니.

"무릎 동안인 여자 친구 둬서 좋아? 갑자기 애정 표현은."

그녀도 그를 안았다. 그러곤 평소처럼 그의 발등 위에 올라갔다. 그의 발등 위에서 발끝을 세워 아이스커피를 먹으려던 그녀는 키가 맞지 않아 결국 먹지 못했다. 종우는 아이스커피를 대신 받아 테이블 위에 올려놓고 한 발 한 발 걸어 거실 소파로 갔다. 그녀는 그의 몸 위에 앉아 가슴에 얼굴을 댔다. 그는 그녀의 머리카락을 넘겨 주며 잠시 말없이 안고 있었다. 서로에게서 나는 같은 바디 워시, 샴프 향이 좋아 두 사람은 모두 웃고 있었다.

"종우야."

"응?"

"눈은 잘 준비되고 있어?"

"어…… 어."

기상청에 있는 친구에게 전화를 했지만, 올해 겨울 날씨를 벌써 물어보냐고. 공부 잘하는 놈은 커서도 미쳐 있다며 욕만 먹었다. 내일 날씨도 못 맞히고 있는데, 12월 날씨를 어떻게 맞히냐고.

"오빠. 애는 몇 명이 좋아?"

종우는 갑작스러운 질문에 놀라 숨을 멈췄다. 그에게서 돌아오는 대답이 없자, 얼굴을 살피던 윤지의 눈꼬리가 뾰족해졌다.

"와- 이 오빠 내 질문에 지금 행위부터 생각한 거야?"

"윤지야. 난 결과보다 과정을 중시하는 남자잖아."

"그 과정이 너무 적나라하다."

윤지가 그의 몸 위에서 꿈틀거리며 피했다. 적나라한 과정을 들켰지만 종우는 하나도 부끄럽지 않았다. 오히려 그녀를 끌어안아 더 적나라하게 느끼도록 했다.

"나는 셋?"

"나 죽으라는 거지?"

"아니. 그냥 셋이 좋다고. 딸, 딸, 딸."

"거기서 애가 나오면…… . 해인이가 똥꼬로 수박 나오는 느낌이랬어. 어휴."

윤지가 마주 보고 있던 자세에서 그의 품으로 쏙 들어왔다. 걸 크러시 같으면서도 부끄러움 또한 잘 타는 녀석이다. 그녀는 그의 가슴 위를 슥슥 만지며 누가 들을세라 작은 목소리로 말했다.

종우는 윤지의 손목을 잡아채고 그대로 소파 위로 눕혔다.

* * *

2호점은 아직 아르바이트생을 구하지 못해서 윤지가 혼자 카페를 운영하고 있었다. 동네 특성에 맞춰서 8시에 오픈해서 9시에 문을 닫는다. 9시 이후부터는 손님이 거의 없었다. 다음 달부터는 저녁 타임 아르바이트생을 쓸 계획이라서, 윤지는 아르바이트를 구하기 위해 사이트에 공고를 올렸다.

"하아아암."

기지개를 켜며 시계를 본 윤지는 청소를 시작했다. 원래 늦은 시각까지 마감하던 터라 상대적으로 9시에 문을 닫는 것은 빠르게 느껴졌다. 거기다 오늘은 석현에게 저녁을 사기로 한 날이라, 평소보다 더 이른 시각에 마감 준비를 시작했다. 2호점 구경도 올 겸 이쪽으로 온다고 했기에, 윤지는 청소를 마무리하며 카페 안에서 그를 기다렸다.

"누님~."

예상했던 시각보다 조금 이르게 석현이 카페 안으로 들어왔다. 가볍던 옷차림이 코트 하나로 무게감 있게 바뀌었다. 여전히 서글서글한 인상은 그대로지만, 머리 스타일을 바꾸니 조금 다른 사람이 된 것 같았다. 석현이 품 안 가득 꽃을 가져와 그녀에게 내밀었다.

"마지막으로 드리는 선물입니다. 그리고…… 저도 선물 주세요."

"어, 준비 못 했는데. 밥 사 주는 거로 대체하면 안 돼요?"

"음. 안 되는데. 저 승진했단 말이에요."

얼른 칭찬해 달란 표정으로 그녀를 보는 게 귀여워 윤지는 피식 웃었다. 외동으로 태어나 동생이 없어서 그런지 석현을 보면 조금 탐이 난다.

"축하해요. 뭐 먹고 싶어요?"

"누나 마음?"

"……하하하."

"저한텐 죽는다, 이런 거 안 하네요. 누나가 말 막고 저 때려 줬으면 좋겠어요. 그 형님처럼!"

"그게, 좋아 보여요?"

"네. 맞으면서도 형님 얼마나 행복해하시는지 부럽더라고요. 저녁은 곱창볶음? 바로 옆에 가게 냄새가 죽이던데요."

"그래요. 거기 가요. 저도 안 가 봤는데, 맛집이라고 하더라고요."

윤지는 청소를 마저 하고 앞치마를 풀었다. 그러곤 석현과 함께 마지막 만찬을 먹으러 곱창 가게로 들어갔다.

지글지글.

양념에 버무린 곱창과 야채가 익어 가고 있었다. 그 소리에 윤지는 침을 꼴깍 삼켰다. 마음 같아서는 얼른 한입에 삼키고 싶은데 분위기가 그럴 수 없었다. 원래 말이 많던 석현이 말이 없으니 젓가락을 들 수가 없다. 그녀는 그림의 떡을 보며 주걱으로 열심히 뒤집고 비비며 그의 눈치를 봤다.

"누나, 드세요."

"그럴까요?"

마치 허락이라도 받은 것처럼 윤지는 바로 젓가락을 들어 곱창 하나를 집었다. 깻잎과 함께 먹으니 그 향이 잘 어우러져 정말 이곳이 천국 같았다.

"그렇게 맛있어요?"

"하하, 네. 진짜 맛집이네요. 근데 안 먹어요?"

"음…… 네네. 먹어 볼게요."

그는 전쟁을 앞둔 사람처럼 긴장하더니 덜덜 떨며 야채를 입에 먼저 가져갔다. 몇 번 맛을 보더니 이번엔 순대, 그다음엔 곱창을 들었다.

"혹시 그거 못 먹어요?"

"네. 처음이에요."

그는 눈을 질끈 감고 곱창을 먹었다. 갑작스러운 고백에 윤지가 눈을 동그랗게 떴다.

"못 먹는데. 왜 여기 오자고 했어요?"

"누나 취향이 곱창, 닭발, 오돌뼈, 그리고 술에 있잖아요."

"하하하, 누가 들으면 진짜 그런 줄 알겠어요. 스테이크도 잘 써는데?"

그녀는 손사래를 치며 냉큼 부정했다. 입맛이 저렴해서 종우와 더 잘 맞긴 하지만.

"주로 친구분들과 드시는 메뉴가 삼겹살, 곱창 위주길래. 맞춰 보려 했죠. 그래도 맛있네요."

"아~ 석현 씨는 그럼 파스타 이런 게 좋아요?"

"네. 아니면 깔끔한 한정식도 좋아하고요."

"오. 의외네요."

오히려 석현은 직장인이라 이런 음식 잘 먹을 줄 알았는데. 종우는 귀티 나게 생긴 것과 다르게 이런 음식을 아주 좋아한다.

"나랑 만났으면 이런 것만 먹어야 할 텐데. 잘됐네요."

"음…… 저랑 계속 만났으면 서서히 제가 누나의 입맛을 바꿔 놨을 거예요. 이런 음식 몸에 좋지 않아요."

"풉합."

"왜 웃어요?"

"아니…… 실제로 의사라는 양반은 같이 먹어 주거든요. 석현 씨는 제 몸 걱정하고. 그게 갑자기 웃겨서. 참, 승진 다시 한번 축하해요."

"네. 누나 저 다음 주에 맞선 봐요."

"우와, 누구랑요?"

"……음, 저도 처음 보는 거라 누군지 몰라요. 부모님의 지인 따님이요."

"예쁜 사람 나올 거예요."

"저는 예쁜 사람 안 좋아해요."

그의 말에 윤지의 젓가락에 있던 곱창 하나가 똑 떨어졌다. 그럼 자신은 뭐란 말인가.

"……저기, 석현 씨. 나 지금 손이 부들부들 떨리는데."

"왜요?"

너 쥐어박고 싶어서. 나 좋다고 따라다녀 놓고 대놓고 예쁜 사람 안 좋아한다니, 그럼 난 예쁘지 않은 축에 끼는 거니?

"마그네슘 떨어졌나 봐요."

차마 제 입으로 나는 그럼 안 예쁘냐 물어보기가 그래서 그녀는 말을 돌렸다. 석현은 빙긋 웃으며, 그녀의 소주잔에 소주를 따라 주었다.

"저 만약 잘되면 2호점으로 데이트 올 거예요."

"그래요. 놀러 와요."

윤지는 투명한 잔을 들고 그에게 내밀었다.

"얼른 잔 부딪쳐요. 여기에."

그녀의 말에 석현은 잔을 부딪쳤고, 두 사람의 목으로 소주가 타고 내려갔다. 크으~ 얼얼한 혀로 차가운 액체가 들어와 몸 전체가 후끈거린다. 역시 이 맛에 소주를 먹지.

"다음에 제 첫사랑도 제대로 소개해 주세요."

"석현 씨 첫사…… 아, 좋우요?"

"네. 누나랑은 이제 못 보겠지만, 형님 통해서 누나 소식도 듣고 뭐. 누나 괴롭히면 말씀해 주세요. 제가 형님 교육할게요."

"가능하겠어요?"

"……음, 아뇨."

그는 허허 웃으며 솔직하게 말했다. 종우를 교육시키는 게 가능할 리 없다. 녀석이 사람 좋게 상대를 대해도 저를 공격한다 생각하면 삥수치듯 성내글 풀어듣는다. 그녀는 석현이 자신을 서서히 잊는 동안 충분히 기다려 주었고, 지금의 그는 아주 얕은 감정만 남은 거 같았다. 이렇게 또 다른 인연의 끈이 끊어지지 않고 얇게 연결된 채로 유지되고 있었다.

* * *

윤지가 석현과 그렇게 시간을 보내고 있을 때 종우는 대학 동기들과 만나 술을 마시는 중이었다. 체육 대회 이후 처음 얼굴을 마주한지라 역시 대화의 주제는 자연스럽게 윤지에게로 흘렀다.

"와- 체육 대회 때 그렇게 죽였다고. 도짱, 결혼 언제 해?"

"겨울……쯤."

"아직 날짜 안 나왔냐?"

"어."

"혹시 몰라, 여자는 마음이 갈대라 도장 찍기 전엔 모른다니까. 도장부터 찍어."

"윤지는 안 변해."

그는 싱긋 웃으며 확신에 찬 말투로 말했다. 누가 뭐래도, 정윤지는 안 변한다. 그러는 와중에도 신경 쓰여 그는 핸드폰 액정을 봤다.

『그놈 갔어?』

『아직 대화 중.』

답은 빨랐으나 신경 쓰인다. 녀석, 이번에도 제대로 선 안 그으면 가운뎃다리를 가질 자격이 없는 거다. 종우는 그런 생각을 하며 양주를 온더록스 잔에 따라 더 마셨다.

"윤지 씨가 나이가 어떻게 되지? 스물일곱? 여덟?"

"서른셋."

"서른 넘으셨어? 아, 이런."

"왜?"

"난 나이 드니까 20대가 좋더라. 친구 소개해 달라고 하려 했는데, 됐다."

아직 장가에 들지 못한 녀석들 몇몇이 눈을 빛내다가 나이를 듣더니 여신 몸매에 외모라고 찬양하던 게 쏙 들어간다. 그는 절레절레 고개를 저으며 혀를 찼다.

"근데 윤지 씨는 되게 동안이시다. 난 그 정도면, 서른 넘어도 좋은데. 친구들은 다 갔지?"

"어. 아쉽게도 다 갔어."

한 명은 재벌, 한 명은 변호사. 그리고 보면 성격 좋은 그녀의 친구들은 다 시집을 잘 갔다. 그는 마지막 남은 윤지를 빨리 데려오고 싶어 손이 근질거렸다. 때마침 그녀에게서 문자가 왔다.

『종우야, 여기 올래?』
『정리할 시간 달라며. 가도 돼?』

그는 답장을 보내면서도 옷을 바로 챙겨 입었다.
"벌써 가게?"
"어. 결혼 전엔 방심하지 말라며. 오늘 전투태세야."
"오늘에서!"
"쯧. 술값 내가 낸다."

그는 먼저 가는 대신 계산서를 들고 일어났다. 돈 잘 버는 녀석들이지만 여전히 누가 술값을 계산하는 걸 정말 좋아했다.

『어. 첫사랑이 널 기다리고 있어. ^^*』

그다음, 윤지가 보낸 문자에 가슴이 철렁했다. 첫사랑? 내 첫사랑은 윤지인데. 그럼 그를 좋아했던 누군가? 종우는 고개를 갸웃했다. 지금까지 자신에게 고백했던 여자들을 얘기해 보라고 하면, 아마 단 한 명도 제대로 설명할 수 없을 것이다. 이름은 물론이고 얼굴조차 제대로 생각나는 이가 없었다. 만약 만난다고 해도 기억할 자신이 없었다. 문자 뒤에 붙은 웃음의 의미를 모르는 종우는 부르르 몸을 떨었다. 아니야, 여자 문제는 아닐 거야. 그래도 김석현이 랑 있다는데 안 가면 안 되지! 그는 대로변에 나와 택시를 잡았다.

* * *

종우가 술집에 도착했을 땐, 테이블에 소주 서너 병이 널브러져 있었다. 윤지의 몸은 흐느적거렸고, 석현의 얼굴은 붉었다. 그는 저를 첫사랑이라 칭한 누군가가 있는지, 눈동자를 굴려 주변을 스캔했다. 휴, 다행히 일행은 두 사람뿐이었다.

"얼마나 마신 거야."

종우는 윤지의 옆자리에 앉아 술잔을 치우고 물 잔을 내려놓았다. 안주는 이미 다 타서 먹지도 못하는 상태였고, 술만 남아 있었다.

"이모, 여기 닭똥집 소금구이로 하나 주세요. 잔도 부탁드립니다."

그는 메뉴판에서 맵지 않은 거로 주문했다.

"왔써어~?"

"오셨습니까."

두 사람이 똑같이 발음이 잔뜩 꼬부라져 있었다.

"우리 종우 왔써어?"

기분이 좋은 듯, 윤지의 질문 끝에는 악센트 억양이 들어갔다.

"누나, 진짜 내 말 좀 들어 봐 봐. 내가 말이야~ 누나가 만들어 준 샌드위치를 먹었는데. 진짜 너무 맛있어서 화장실을 몇 번 갔는지 알아?"

"몇 번 갔는데?"

"다섯 번이나 갔어."

까르르, 큭큭, 하하, 호호. 두 사람은 술에 취해 말도 안 되는 이야기를 주고받으며 웃고 있었다. 샌드위치가 맛있는데 화장실을 간 것도 이상하고, 그걸 듣고 웃는 두 사람도 이해가 안 가고. 종우는 고개를 갸웃하며 그들과 속도를 맞추기 위해 소주를 연거푸 들이마셨다.

"어이, 도쨩."

"왜?"

"네 발차기에 반한 첫사랑이 있대."

"아- 누나! 비밀이라니까요."

"내 첫사랑은 너야."

종우는 공격을 차단하기 위해 윤지의 말을 막았다.

"도쨩 잇씽이…… 나야?"

윤지는 검지로 본인을 가리켰다. 종우가 고개를 끄덕이자 그녀는 그의 팔을 때리며 까르르 웃었다.

"얼능 인사해. 여기 이분이셔."

그의 팔을 때리던 두 손이 고이 모이더니, 공손하게 한 사람을 가리켰다.

"응? 누구?"

술 마셔서 귀신이라도 보는 건가? 종우는 윤지의 취기를 맞춰 주려 석현의 양옆을 이리저리 둘러봤다.

"저기 있어?"

"……나 안 미쳤거든. 귀신 아니야."

"어디 있다는 건데?"

"오호~ 네가 첫사랑이라고 하니까. 상대가 궁금하긴 한가 봐. 얼

~ 도짱~"

질투인가, 놀리는 건가. 종우는 윤지의 의도를 파악하지 못해 웃지도 울지도 못했다. 괜히 웃었다가 정말 그러냐며 혼날 거 같고! 울상을 짓자니 장난치는 거에 맞춰 주지 못하는 거 같고! 어쩌면 이 모든 것을 자고 나면 윤지는 잊을 수도 있다. 종종 필름이 끊기기도 하니까.

"도짱. 네 첫사랑 상대가……."

"누나!"

"남자일 수도 있단 생각, 안 해 봤어?"

윤지의 공손한 손이 다시 한번 석현을 가리켰다. 윤지를 보고 있던 그의 목이 삐걱거리며 옆으로 돌아갔다. 석현이 에잇, 한숨을 쉬며 소주를 들이켰다.

"김석현 씨가 나를 좋아했다고요?"

"아닙니다!"

석현이 소주잔을 들더니 벌떡 일어나서 큰소리로 외쳤다. 그 덕에 주위의 이목이 쏠렸고 종우는 얼른 그의 팔을 잡고 의자에 앉혔다.

"절대 아니라고요. 흐…… 저는 남자 안 좋아합니다."

"누가 할 소리."

"종우야, 석현이가."

"석현 씨가."

윤지의 단어 선택이 올바르지 못해, 종우는 바로 정정해 주었다.

"그래, 석현 씨든 석현이든! 그게 중요한 게 아니야. 쟤가 네가 발차기 하는 거에 반했대. 그 발차기가 난 줄 알았다고, 말이 돼? 네가 발을 뻗으면 요기~ 요기까지. 멀리 올라가는데."

"어디서 봤는데?"

"우리 처음……."

"처음?"

종우가 고개를 갸웃했다. 윤지는 그의 팔을 잡더니 눈을 감고 어깨에 기댔다. 푸우우, 푸우우 입으로 바람을 불더니 숨소리가 고르게 변했다.

"말은 하고 자야지, 정윤지."

그가 자려는 윤지의 코를 꼬집었다. 그렇게 말하면, 궁금하잖아. 결국 윤지는 그의 팔을 잡고 잠들었다. 사람이 술에 취할 때 정신 줄을 잡다가도, 집에 도착하거나 믿을 수 있는 상대를 만나면, 순간 정신 줄을 놓아 버리기도 한다. 그는 벗어 둔 재킷을 윤지의 어깨에 둘러 주었다.

"김석현 씨."

"네에."

"저 좋아하지 마세요."

"네? 저 안 좋아한다고요. 그건 오해라고요!! 저 절대 같은 거 달린 사람 안 좋아합니다. 제 엉덩이는 소중합니다."

석현이 완전 울상을 짓더니, 두 손으로 본인의 거기를 가린다. 꼭 파렴치한 사람이 된 기분이라 종우가 인상을 구겼다.

"윤지 누나 포기했어요. 포기했습니다. 그러니 저를 탐내지 말아 주세요."

"탐은 그쪽이 나를 낸 거죠."

"아니라니까요. 아닙니다!"

여기서 소주를 마신 게 2차인지라. 종우는 양주와 소주가 배 속에서 믹싱이 됐다. 그도 취기가 조금 오른 모양인지 석현과 말도 안 되는 거로 실랑이를 했다.

나를 좋아하지 마라.

안 좋아한다.

서로의 엉덩이는 소중하다며.

"그럼 녹음해 둡시다."

"녹음? 좋아요. 녹음해요."

종우는 씩 웃으며 핸드폰에서 녹음기 어플을 찾았다.

"나는 도종우 형님을 사랑하지 않습니다. 더불어 형님의 여자도 싹 잊었습니다. 형님과 제 자신의 엉덩이를 소중히 할 것을 맹세합니다. 실시!"

"실시!"

석현이 키득키득 웃더니 입을 열었다. 종우는 녹음 버튼이 아닌, 아예 동영상으로 촬영했다.

"나는 도종우 형님을 사랑하지 않습니다!"

석현이 두 팔을 겹쳐 엑스 표를 만들었다.

"더불어 형님의 여자도 싹 잊었습니다! 앞으로 형님과 제 자신의 엉덩이를 소중히 할 것을 맹세합니다! 나는 게이가 아닙니다아아아아!"

입술이 잔뜩 나와 뾰로통한 표정으로 소리를 지르는 석현을 보며, 그는 만족스럽게 핸드폰을 닫았다. 아주 재미있는 동영상을 하나 확보한 셈이었다.

"그럼 형님이 주는 술 한 잔 받아, 동생."

"넵!"

석현은 술잔을 받는 동안에도 몸이 호랑나비를 추며 흔들렸다. 술이 넘쳐서 손에 쏟아지는데도 석현은 좋다며 웃었고, 종우는 남은 술과 안주를 먹고 대리 기사를 불렀다. 석현을 집으로 보내고, 제 품에 안겨 있는 윤지를 침대로 데려왔다. 이렇게 자주 외박을 할 거면 그냥 집을 합치면 좋을 텐데……. 아쉬운 마음이 들었다.

그는 윤지가 갖다 놓은 리무버를 가져와 솜에 묻힌 후 얼굴을 조심스레 닦았다. 화장을 진하게 하는 편이 아니라 피부 화장만 지워 주었다. 그리고 옷을 벗기려다가 외간 남자와 술 마신 게 괘씸해서, 이불로 돌돌 말아 버렸다. 김밥처럼 데굴데굴 굴리자 그대로 침대 밑으로 쿵 떨어진다.

"어…… 이게 아닌데."

그는 다시 이불에 쌓인 윤지를 번쩍 안아 침대에 올려놨다. 넥타이를 한층 풀어 낸 그가 침대 매트리스에 기댄 후 털퍼덕 바닥에 앉았다. 술기운과 쏟아지는 잠을 이기지 못하고. 종우도 그렇게 눈을 감고 말았다.

* * *

결혼식 날짜는 12월 셋째 주 토요일로 잡혔다. 자잘한 것들은 웨딩 플래너의 도움으로 처리하고, 웨딩드레스와 턱시도만 두 사람이 같이 숍에 가서 고르기로 하였다. 가을, 겨울은 성형의 계절이므로 종우의 피부과는 무척 붐볐다. 점을 빼고, 피부를 갈아엎기에도 선선한 계절이 좋으니까. 고객이 너무 많아서 종우가 벽찰 정도였다. 그래도 저를 믿고 와 주는 환자이기에 최대한 종우는 시간을 내서 스케줄을 잡으려 애썼고, 윤지도 2호점이 번창하면서 바빠졌다.

그녀는 치킨을 사서 아빠의 집으로 가려고 발길을 돌렸다. 종우와 시간을 보내느라 결혼을 허락해 준 아빠를 잊고 있었다. 많이 쓸쓸하셨을 텐데. 옆집 건물 앞에서 윤지는 고개를 들어 하늘을 봤다. 아빠와 엄마가 사는 층은 10층. 불이 켜져 있나 보던 윤지는 미간을 좁혀 눈을 가늘게 떠 흐릿한 인영을 잘 보기 위해 애썼다.

"아빠, 아빠아!"

난간에 아슬아슬하게 서 있는 사람이 보였다. 아빠일 거란 확신. 배우자가 죽으면 그게 세상에서 제일 큰 충격이자 고통이라고 하던데……. 어쩌면 우울증일 수도 있다. 술을 먹은 상태에서는 감정 조절이 안 되니까. 며칠 전까지만 해도 종우와 차를 우아하게 마시며 좋아하셨는데, 결혼식 날짜를 잡을 때만 해도 괜찮았는데. 윤지는 단축 번호 1번을 눌러서 전화를 걸었다.

"종우야. 나 어떡해."

─왜 그래?

"아빠가, 아빠가! 종우야……."

윤지는 말을 잇지 못하고 엘리베이터를 타자마자 10층을 눌렀다. 목소리에는 울음기가 남아 있었다. 그녀는 비밀번호를 누르고 집 안으로 들어갔다. 손에 꾹 쥔 핸드폰은 저절로 통화 종료가 되었다. 코를 찌르는 술 냄새를 따라 윤지는 베란다로 나갔다. 활짝 창문을 열 생각으로 나갔는데 아빠가 베란다 난간을 잡고 서 계셨다.

"아…… 아빠."

지독한 술 냄새가 온통 집 안에 가득했다.

"윤지야……."

동공에 힘이 풀린 채로 아빠가 그녀를 바라봤다. 윤지는 목구멍에 울음이 탁 걸려 밖으로 뱉어내지 못했다. 가슴이 먹먹해졌다.

"미안하다. 네 엄마한테도 미안하고."

"괜찮아. 괜찮으니까 난간 꽉 잡고 있어. 아빠…… 힘 꽉 줘."

오랫동안 철로 된 봉을 잡고 있으면 어느 순간 땀이 차서 미끄러지는 순간이 있다. 윤지는 혹시라도 아빠의 손에 땀이 차서 손을 놔 버릴까 봐 무서워서, 차마 다가가지도 못하고 덜덜 어깨를 떨었다.

"아빠, 아빠……."

"윤지야, 미안하다. 내가 연숙이 따라가려고 했는데, 차마…… 못 가겠어."

배우자의 죽음. 그건 나이가 들어도 정신력으로 버티기엔 힘든 거니. 특히 뇌석늘 해서 엄마와 난눌이 행복한 삶을 누리고 계시던 아빠에겐 더 크게 다가왔을 것이다. 종우와 행복하게 지내느라 아빠의 고통을 잊고 살았다. 어른이니까, 아빠니까 알아서 하겠거니 했다. 아빠도 사람인데, 그것도 평생 함께했던 사랑하는 배우자를 잃은 건데.

"아빠까지 가면 나 진짜……. 나 진짜, 힘들어. 아빠 안 돼."

윤지는 바닥에 털썩 쭈그리고 앉아 두 손으로 귀와 볼을 가렸다. 엄마의 죽음도 아직 완전히 제 마음속에서 치유되지 못했다. 행복할 때도 종종 생각나 마음이 쓰리고, 모든 게 제 탓인 것만 같아서 괴로워하고, 그럴 때 종우의 곁에서 위로받고. 아닌 척하지만 쉽게 잊힐 것들은 아니었다. 엄마의 마지막을 배웅하지 못한 게, 한이 되었다. 그런데 아빠까지……, 윤지는 정말 눈앞이 캄캄해졌다.

"아빠까지 가면, 나 못 살아. 제발, 그러지 마."

적막한 공간에 벨소리가 울렸다. 윤지는 핸드폰 액정을 보았다. 종우였다. 윤지가 통화 종료 버튼을 눌렀다. 그러자, 바로 문자 한 통이 날아왔다.

『나 가고 있어, 윤지야. 조금만 버텨. 내가 다 해결할게.』

어디서든 저를 향해 날아오는 도종우. 내가 만약 종우를 잃었다면……. 생각만으로도 마음이 아파 눈물이 고였다. 그 눈으로 아빠를 보니, 배우자를 잃은 상실감과 고통이 보였다.

"아빠, 미안해. 미안해."

"네가 왜 미안해."

"내가…… 아빠 못 챙겼어. 힘들었을 텐데, 자주 찾아오지도 않고. 미안해."

"아니다, 윤지야."

윤지가 펑펑 울면서 사과를 하자. 아빠는 정신을 차리고 봉을 꽉 쥐고 난간을 넘어 베란다로 내려왔다. 그는 윤지에게 다가가 꽉 안았다.

"아빠가 미안하다. 술을 마시면 안 되는데, 잠깐이라도 잊으려다 보니……. 내가 또 정신이 나갔구나."

"미안해, 아빠."

"괜찮다. 네가 뭘 미안해."

윤지는 담배와 술에 찌든 아빠의 품에 안겼다. 한참 품에서 울던 윤지는 얼굴을 떼고 아빠를 빤히 응시했다.

"진짜 나 두고 죽으려고 했어?"

"아니야. 내가 잠깐…… 그래, 잠깐 정신을 놓았어."

"엄마 그렇게 간 거 나도 아파, 아빠. 나도 아프다고. 근데, 살아가
잖아. 아빠만큼 나도 힘들다고. 나는 엄마 가는 길도 못 봤잖아. 나
랑 친해져 보겠다고 한국 와서, 나랑 추억 만들려고 하다가 그렇게
된 거잖아. 나는 그 생각만 하면 내가 천하의 못된 년이 된 거 같아
서 괴로워. 나도 살아가는데! 아빠가 왜…… 아빠는 죽을 자격 없
잖아. 나 지켜 줘야 하잖아."

윤지의 말에 아빠는 모두 네가 맞다며 고개를 끄덕이셨다. 윤지는
손등을 눈물을 훔쳤다.

『방송합니다. 푸르던 아파트 B동 엘리베이터가 고장으로 수리
중입니다 다시 한번 말씀드립니다 푸르던 아파트 B동 엘리베이터
가 고장으로 수리 중입니다. 잠시 동안 계단을 이용해 주시기 바랍
니다.』

경비 아저씨의 안내 방송이 방 안에 울렸다. 설마, 설마……. 윤지
는 손등으로 눈물을 닦고 종우에게 전화를 걸었다. 신호음은 가지
만 전화를 받지 않는다. 초조한 마음에 발을 동동 구르며 전화를 하
는 윤지의 얼굴이 하얗게 질려 가고 있었다.

"윤지야, 왜 그래?"

"종우가 전화를 안 받아. 종우가……, 종우야."

그녀는 하얗게 질린 채로 핸드폰을 쥐고 계단은 미친 듯이 뛰어
내려갔다. 신발도 신지 않은 그녀가 뛰어가다가 발이 접질려 세 칸
의 계단을 굴렀다. 그 와중에도 다시 일어나 윤지는 1층으로 내려
갔다. 그녀의 아빠도 그녀를 따라 계단을 내려갔다.

엘리베이터에 설마, 아닐 거야. 갇히면 안 돼. 경비실에 찾아가 엘리베이터 안 CCTV를 확인한 순간, 윤지는 다리에 힘이 풀렸다. 종우가 엘리베이터에 갇혀 있었다. 부모님과 할머니의 죽음을 목격했던 종우는 아직 어두운 것에 대한 트라우마가 극복되지 못한 상태였다. 엘리베이터 고장으로 깜깜한 곳에서 웅크리고 있는 종우가 보인 순간, 윤지의 심장이 롤러코스터를 타는 것처럼 아래로 미친 듯이 곤두박질쳤다.

13

다행이야

    식은땀을 흘리던 종우는 엘리베이터 안에서 까무룩 정신을 놨다. 엘리베이터 불이 꺼졌다가 켜지길 반복하는 순간, 주마등처럼 과거의 일이 지나갔다. 어릴 때 안방 문을 열었을 때 그가 봤던 부모님, 그리고 할머니의 죽음까지. 깜깜한 방 안에 불이 켜진 순간 어린 소년이 마주해야 했던 건 참혹한 현실이었다. 잊으려고 해도 지워지지 않는 상처는 그를 파먹고 영원한 고통으로 이끌었다.

*   *   *

길을 잃은 종우는 꿈속에서 정신이 살아 있었다. 이게 현실인지 꿈인지 구별하지 못한 채로 종우는 한참을 걸었다. 걷고 또 걷자, 그가 가장 행복했던 순간이 그를 마주했다. 할머니와 윤지가 함께했던 집이었다. 그는 익숙한 번호를 누르고 집으로 들어갔다.

"종우, 왔어?"

윤지가 머리를 위로 질끈 묶으면서 그를 마중 나왔다. 그 뒤에선 할머니가 고개를 빼꼼하게 내밀고 그를 반겼다.

"밥은 먹었어?"

"네, 할머니…… 시간이 늦었잖아요."

"그럼 난, 자러 가마."

할머니가 방 안으로 들어간 뒤, 윤지는 뒷짐을 지고 그의 앞을 오갔다.

"도종우."

"왜?"

"맥주 마실래?"

"좋아. 얼음도 있어?"

윤지는 고개를 끄덕이며 부엌으로 가서 맥주와 얼음이 담긴 유리잔을 쟁반에 담아 왔다. 안주 따윈 없었다. 종우는 고개를 저으며 부엌으로 가서 가벼운 안줏거리를 챙겨서 그녀의 뒤를 따랐다. 할머니를 위해 정원이 있는 집을 택했는데, 우거진 나무 사이에 평상 하나가 놓여 있었다. 종우는 윤지를 따라 거기로 갔다. 그녀는 평상에 벌러덩 눕더니 손 하나를 내밀었다.

"왜?"

"맥주! 따서 줘."

"허, 참나."

그는 그러면서도 캔 하나를 따서 그녀의 손바닥 위에 올려 줬다. 벌떡 일어나면 분명 쏟을 거 같은데…… 걱정스러운 눈길로 그녀를 보다가 역시나 벌떡 일어나는 걸 보고, 종우는 그녀의 손 위에 있는 캔을 들었다가 다시 놓아 줬다.

"짠~"

"짠. 수고 많았다. 오늘도."

두 사람은 잔을 주고받았다. 종우는 얼음 컵에 맥주를 부어 마셨고, 윤지는 캔 그대로 마셨다. 시원함에 발끝을 동동 구르던 윤지는 갑자기 아빠 다리를 하고 옆으로 돌려 앉았다.

"내가 무겁게"

"종우야. 오빠. 내가 오빠랑 결혼 생활을 하다 보니까. 이게 가싸인지 진짜인지 헷갈린단 말이지. 내가 생각한 결혼과는 좀 다른데."

"네가 생각한 결혼은 뭔데?"

종우는 관심 없는 척하며 귀를 쫑긋 세웠다. 단순히 연기를 위해 제집으로 들어온 건데. 자꾸 그의 마음이 그녀에게 기울고 있었다.

"나 어릴 때 누가 꿈이 뭐냐고 물어보면, 결혼하는 거라고. 현모양처라고 했거든. 왜…… 결혼은 반짝반짝 빛나고 아름다운 거! 그런 거라고 생각했어. 다정하고, 따스하고, 누가 봐도 두 사람이 빛나는 그런 결혼 말이야."

"으음……, 그래?"

"언제 그런 결혼 상대가 나타날진 모르겠지만 지금도 좋아. 할머니도 좋고, 너도 좋……고."

맥주를 먹던 그의 손길이 멎었다. 꿀꺽, 침을 삼킨 종우가 저를 빤히 보고 있는 윤지의 눈을 피해 다른 곳으로 눈길을 돌렸다. 이렇게 그를 쳐다보면 그녀를 가만히 둘 수가 없다. 본능 때문에 그녀를 안고 싶진 않다. 이런 어정쩡한 관계로는. 술김에 안은 건 한 번이면 족했다. 그에겐 술김이 아니지만, 윤지에겐 아닐 수도 있다. 그녀의 감정을 정확히 알지 못하니. 그리고 아직은 할머니가 살아 계셔서 이런 관계를 깨고 싶지 않았다. 매우 이기적인 생각이어도 그는 할머니의 행복한 미소를 보면 다른 건 다 잊을 수 있었다.

"그래서 말인데."

"응."

"네가 내 미래를, 그러니까 반짝 빛나는 그런 거."

윤지답지 않게 뜸을 들이는데. 그는 차분히 기다려 주었다. 그녀가 끔뻑 눈을 감았다 뜨더니 후우 한숨을 쉬었다.

"가서 안주나 가져와. 생각 좀 정리할게."

종우는 알겠다며 평상에서 일어났다. 겨울이라 그런지 날씨가 매우 쌀쌀했다. 패딩을 입고 있는 윤지의 코가 빨갰다. 그는 그녀의 패딩 모자를 씌워 준 후 단추까지 다 잠갔다.

"얼어 죽겠다. 이제 들어가자."

"싫어. 한 캔만 더 하고. 안주 플리즈."

종우는 그녀의 볼을 톡 건드려 주고는 집 안으로 들어왔다. 바깥보다 안이 더 따뜻한데 이상하게 발끝부터 머리까지 소름이 돋았다. 부엌으로 가려던 그는 할머니가 잘 주무시는지 확인하기 위해 할머니 방문을 두드렸다. 드라마를 보실 시간인데 방안은 조용했다. 그가 방문을 열자 거실 불빛이 방안을 밝혔다.

"하…… 할머니!"

그가 그녀와 맥주를 마시고 떠들며, 안을지 말지 그녀와의 감정에 대해 고민할 때 할머니는 생사를 오가고 계셨던 거다. 그는 이미 싸늘하게 식어 있는 할머니를 보며 바닥에 주저앉았다. 안방 불을 켜자 더 참혹하게 그 모습이 다가왔다.

"종우야, 너무 춥다. 다음에 먹…… 할, 할머니!"

춥다고 다가온 윤지가 방 안으로 들어와 할머니 앞에 주저앉았다. 당시엔 그가 너무 힘들어서 그때의 상황을 보지 못했다. 지금의 종우는 할머니의 죽음을 어느 정도 극복한 상태라 이 상황이 객관적으로 보였다. 꼭 멀리서 그들을 바라보는 것처럼.

꿈속의 도종우는 아무것도 못 했다. 움직이지도 못하고 사지가 바들바들 떨리며 눈동자에 초점이 흐렸다. 그 옆에 윤지는 입고 있던 패딩을 벗어서 할머니를 덮어 주고, 경찰서에 전화하고 알려니 내 위에 이마를 대고 펑펑 울고 있었다. 그제서야 윤지가 보였다. 그날의 윤지는 많이 울고 있었다. 꼭 자신의 부모님을 잃은 것처럼 그보다 더 아파하고 괴로워했다. 오열하는 그녀가 그땐 왜 보이지 않았을까.

"할머니…… 할머니, 흐흑. 갑자기 이렇게 가시면…… 흐흑, 나는 어떡하라고. 할머니."

고사리 같은 손끝이 차디찬 할머니 손을 잡고 제발 기적이 일어나면 좋겠다며 기도를 하고 있었다.

"할머니 걱정 마. 종우 내가 잘 돌볼게. 흐흑. 할머니가 사랑하는 손자, 내가 잘 데리고 있을게. 약속했으니까. 도종우 다른 사람한테 안 보낼게. 나 힘들어도 종우 기다릴게. 흑흑. 할머니. 기다려도 안 오면 할머니 만나서 따질 거야……. 할머니. 제발. 이렇게 가면 안 되는데.”

횡설수설하면서도 윤지는 할머니의 옆을 떠나지 못했다. 그 상황
에서 그걸 지켜보는 그의 마음이 전과 달리 아팠다. 할머니 때문이
아닌, 오열하는 윤지 때문이었다.

＊　＊　＊

“종우야, 나 어떡해. 아빠가, 아빠가! 종우야⋯⋯.”

윤지의 음성이 방 안에 들어왔다. 종우는 화들짝 놀라며 눈을 떴
다. 엘리베이터 안은 아예 불이 나가서 캄캄했다. 아무것도 보이지
않았다.

“안에 계십니까!”

쾅쾅쾅. 밖에서 누가 문을 두드렸다. 종우는 무릎으로 엘리베이터
앞으로 기어가 손바닥을 대고 그가 살아 있음을 알렸다.

“여기 있습니다. 저 나가야 해요. 저 여기 있어요.”

윤지한테 가야 한다. 언제 올지 모르는 자신을 기다리던 윤지에게
가야 했다. 그가 필요한 순간에 가서 그녀를 안아 줘야 했다. 종우
는 주먹을 쥐고 쾅 엘리베이터를 내리쳤다.

“조금만 기다려 주세요.”

밖에서 기술자들의 소리가 들리더니 억지로 엘리베이터 문을 열
려는 모양이었다. 쿠쿵, 무리하게 열려는 충격에 엘리베이터가 한
층 정도 훅 아래로 떨어졌다. 속이 울렁거렸다. 더 캄캄한 곳으로
떨어진 것이다.

“윤지야. 정윤지!”

그는 엘리베이터 천장을 보며 윤지 이름을 불렀으나, 답이 없었다. 윤지한테 가야 하는데. 윤지한테. 그는 엘리베이터 가운데 갈라진 틈에 손을 넣고 최대한의 힘으로 벌렸다. 우지끈, 소리와 함께 약간의 틈이 생겼다. 윤지에게 가야 한다. 그 생각밖에는 없었다.

그녀가 꿈꿔 왔던 빛나는 결혼, 빛나는 신부로 만들어 줘야 했다. 그는 지켜야 할 사람이 생겼기에 두려움 따위는 잊을 수 있었다. 사랑하는 사람을 위해선 세상 누구보다 강해지고 트라우마 따위 극복해야 했다. 이제는 그가 그녀를 감싸고 지켜 줘야 할 시간이었다.

윤지는 경비 아저씨들에게 이끌려 아파트 바깥에 있었다. 손톱을 물어뜯다가 바닥에 주저앉아 입술을 뜯고 초조하게 기다렸다. 금방 구출하겠다더니 벌써 시간이 많이 지체되었다. 그를 볼 수 있던 CCTV도 망가진 모양인지, 보이지 않았다. 그나마 그럴 것이 삼백이던 불이 아예 나가 서 안에 사람이 있는지도 모를 정도였다. 오래된 아파트라 CCTV가 구식 모델이라 형체만 겨우 확인할 수 있었다.

"윤지야. 괜찮을 거야."

"아빠…… 아빠, 종우 잘못되면 어쩌지. 나 너무 불안해."

"나랑 한 약속이 있어. 너 평생 지켜 준다고 했어."

"아빠도 나랑 약속했는데……. 흑흑, 가려고 했잖아. 나 이제 아무도 안 믿어. 종우 잘못되면 나도 콱 가 버릴 거야. 이딴 세상 안 살아."

윤지는 아이처럼 바닥에 주저앉아 두 발을 신경질적으로 떼 부리듯 차다가 두 무릎을 모은 뒤 이마를 댔다. 아스팔트 바닥 위로 눈물이 후드득 떨어졌다.

"종우 무서울 텐데. 얼른 나와야 하는데."

그녀는 안 되겠다 싶어 일어났다. 경비 아저씨들이 그녀를 말리는 데도 어디서 힘이 났는지 모르겠다. 그녀보다 큰 남자들을 제치고 그녀는 결국 아파트 엘리베이터 앞에 섰다. 더는 기다릴 수 없었다.

종우에게 가야 한다. 그와 함께하기로 약속했고, 제 사랑이 이대로 아픈 건 볼 수가 없었다. 그녀는 엘리베이터를 고치러 온 기술자 세 분 중 한 분의 팔을 잡았다.

"언제 나와요? 언제!"

"소방차도 왔으니까, 함께 하고 있어요. 저기, 이 아가씨 쫓아내요. 여기 지금 바쁜 거 안 보여요?"

"저 못 가요. 못 간다고요!"

윤지는 자신을 쫓아내지 말라는 표정으로 남자를 봤다. 그는 그녀를 뿌리치고 위험 구역 안으로 들어갔다.

"나옵니다! 나와요!"

안에서 소리가 들리자, 윤지는 빠르게 위험 구역이라고 쳐져 있는 선을 넘어 그 앞으로 갔다. 소방관 아저씨가 그를 구해 아래에서 위로 올라오고 있었다. 윤지는 그 앞에 무릎을 꿇고 앉았다. 다행이다, 아무 일 없어서. 다리에 힘이 풀린 그녀는 고개를 들지 못하고 바닥을 봤다. 뚝뚝, 눈물이 멎지 않고 떨어지고 있었다. 바닥을 보던 그녀의 눈앞에 익숙한 신발이 보인 순간, 그녀는 고개를 들어 그의 다리를 꽉 안았다.

"괜찮아? 종우야…… . 흐흑. 너도 죽는 줄 알고. 나 누군지 알지? 종우야…… ."

그가 그녀의 눈높이에 맞게 한쪽 무릎을 바닥에 대고 앉았다. 울음으로 팅팅 부은 그녀의 두 볼을 감싸고 눈을 맞춰 왔다.

"윤지야, 넌 괜찮아? 아빠는?"

"……종우야. 너는, 넌 괜찮아? 너…… 너, 어두운 곳 못 가잖아. 열은? 아니야, 오히려 저혈압으로 쇼크가 왔을 수도…… 종우야. 종우야아."

그녀는 종우의 목을 와락 끌어안았다. 종우는 멀쩡했다. 체온도, 말투도, 눈빛도 평소의 종우였다. 그게 또 감사해서 그녀는 그의 어깨에 얼굴을 기대고 울었다.

"나 이제 안 아파, 윤지야."

뒤통수에 닿은 그의 손이 따스하게 그녀를 안았다. 그제야 지금껏 방어벽을 치고 살았던 그녀의 벽이 허물어졌다. 상처받을까 봐 깨지 못했던 껍질이 우지끈하고 부서지고 있었다.

"윤지야. 고마워."

"나도, 흐흑…… 나도 사랑해. 종우야 살아 줘서 고마워."

두 사람이 서로를 부둥켜안고 사랑을 속삭이는 걸 보던 기술자 중 한 명이 종우의 어깨를 탁탁 쳤다.

"영화는 저쪽 가서 찍지?"

종우의 품에 있던 윤지도 고개를 들었다. 경비 아저씨, 소방관, 기술자들, 구경꾼들이 여기저기 모여 두 사람을 이상한 눈빛으로 보고 있었다. 아직 엘리베이터는 여전히 수리 중이었다.

* * *

사건이 있고 난 뒤로 두 달이 빠르게 지나갔다. 윤지는 아침, 저녁으로 아빠에게 전화를 걸기 시작했다. 종종 카페 일을 도와 달라며 일주일에 한 번은 아빠를 카페로 데려와 같이 청소도 하고, 한가한 시간에는 책도 읽었다.

"아빠."

"왜."

"엄마가 살아 계셨으면, 지금쯤 뭐 하려고 했어?"

"너 시집보내고 해외에서 음식점 하려고 했지."

"그건 엄마 소원이었고, 아빠는 뭐 하고 싶은데?"

윤지는 턱을 괴고 아빠의 미래에 대해 관심을 가졌다.

"글쎄……. 네 엄마가 내 미래여서, 따로 미래를 생각해 본 적이 없네."

"그래서 공허하고 힘든 거야."

윤지는 판사처럼 땅땅 결론을 내린 후 아빠를 빤히 봤다.

"사실 사업을 다시 할까 고민하고 있어. 무력하게 지내는 것보단 일하는 게 좋을 거 같더라고. 네 엄마도 없으니까."

"그래, 나는 찬성. 아빠가 평생 하던 걸 해. 워커 홀릭이 일도 안 하고 방에만 있으니까 얼마나 몸이 근질거리고 힘들겠어? 나는 찬성. 엄마도 찬성이래."

"네 엄마가? 네 엄만 내가 좀 쉬었으면 좋겠다고 했어."

"음…… 그건 아빠랑 같이 놀려고 그런 거고."

일하던 사람이 멈추면 그게 또 얼마나 스트레스인데. 옆에서 지켜본 결과 아빠는 일을 해야 하는 인간형이다.

"웨딩드레스는 골랐어?"

"아니, 아직. 예쁜 게 너무 많아."

"뭘 입어도 예쁘지, 누구 딸인데."

"엄마가 예뻐, 내가 예뻐."

아빠한테 물어보는데. 왜 자신이 긴장이 되는지 모르겠다.

"네 엄마."

"아, 김샜어. 나 일하러 갈래."

윤지는 앞치마를 꽉 여미고 카운터로 갔다. 가자마자 바로 주문을 받고 커피를 탔다. 그런 그녀를 바라보는 아빠의 눈빛엔 따스함과 새로운 삶에 대한 열정이 서려 있었다. 도우 피부과는 갈수록 번창했다. TG 그룹 소유의 태진 대학 병원과 제휴를 맺고, 일주일에 두 번은 대학 병원으로 가서 진료를 봐야 했다. 실질적 대학 병원 업무를 봐주며 병원장님과 재현을 보는 횟수가 잦아졌다. 기존에 그가 운영하던 도우 피부과는 그가 직접 스카우트한 후배 의사 두 명이 페이 닥터로 들어와 일하고 있었다. 여선이 종우를 찾는 환자가 너무 많았지만, 그가 선택한 전문의인 만큼 후배들도 곧 실력을 인정받아 적절히 분배를 할 수 있을 것이다.

"의사 쌤, 요새 너무 바쁘네요. 내가 대기표 뽑고 얼마나 기다렸는지 몰라요."

조이 카페 1호점 건물주, 박복녀 환자였다. 종우는 반갑게 웃으며 건물주와 악수를 했다.

"제가 요새 바쁘게 삽니다. 저 곧 결혼해요."

"정말이요? 정 사장이랑? 그러고 보니 요새 정 사장 안 보이네. 벌써 집에서 살림하는 거예요?"

"아…… 2호점 내서 거기 있어요."

"어느 동네요?"

"비밀입니다!"

종우는 안 알려 준다고 하며 환자의 피부를 자세히 살폈다. 전이었다면 굳이 안 해도 될 것도 권유하며 환자를 돈으로 봤겠지만. 요샌 자세가 바뀌었다. 윤지의 옆에서 도종우라는 사람이 변해 가고 있었다. 웃음에서 점점 가식이 사라지고 사람을 진심으로 대하기 시작했다는 거다.

"어머님은 이제 안 오셔도 되겠어요."

"정말? 여기 주름 남았는데……. 요새 기계도 새로 들이셨던데. 의사 선생님 바쁘다고 연예인만 받고 이 노인네는 안 받는 거야?"

"진짜 아니에요. 1년 가까이 시술받으셨으면 피부도 쉬어야지요. 내년 여름에 다시 오세요. 피부 관리만 받으셔도 됩니다. 기계적인 시술은 내년에 받으세요."

"그렇게 피부가 좋아졌어요?"

환자는 거울을 보며 제 얼굴을 이리저리 돌려 보았다.

"네. 예쁘세요."

종우는 환하게 웃었다. 그러고는 서랍에서 청첩장 하나를 꺼내 봉투를 드렸다.

"이게 뭐…… 청첩장?"

"네. 저희 이번엔 제대로 결혼해요."

"이미 했잖아요? 그냥 합쳐서 살면 되지. 결혼식을 또 해?"

"네. 이번엔 빛나는 신부로 만들어 주려고요."

"빛나기엔 늙었…… 아, 의사 선생님이 그렇게 보니까 무섭네."

건물주는 말을 멈췄다. 종우의 얼굴이 싹 굳어지며 웃음기가 사라졌기 때문이다. 그는 당황한 환자를 보고 언제 그랬냐는 듯 다시 방긋 웃었다.

"윤지, 아직도 예뻐요."

"암, 그렇지. 나이만 생각 안 하면 정 사장이 예뻐. 거기 친구들도 예쁘고. 한 명은 입만 안 열면 정말 며느리 삼고 싶은데 어휴, 다들 세. 여자들이 세."

"그 센 여자들 이제 다 시집가서 남아 있는 사람이 없어요."

"정말? 남자들은 다 잡혀 살겠네. 쯧."

종우는 피식 웃으며 차트에 피부 관리만 꾸준히 하고, 시술은 내년 여름까지 잡지 말아 달라고 썼다. 그러곤 먼저 앞으로 걸어가 진료실 문을 열고 건물주님께 깍듯이 인사했다.

『종우, 영화 볼래?』

『어디서?』

『어디긴 어디야. 영화관이지.』

『우리 집에 새로 사운드 바 새로 샀는데, TV도 UHD 65인치로 바꿨는데.』

종우는 윤지에게 애교 가득 움직이는 이모티콘을 메신저로 보냈다. 그러자 윤지에게서 바로 답장이 왔다.

『우리 아빠도 같이 가도 돼?』

『아니. 내가 영화관으로 갈게.』

갑작스럽게 장인어른이 닥친다고 생각하니 등골이 오싹했다. 영화든 드라마든 예능 프로그램이든. 보는 걸 좋아하는 윤지를 위해

TV를 바꾸고 소파도 교체했다. 윤지를 안고 있는 상태로 그녀의 눈동자가 TV를 보며 빛나는 게 좋아서, 그러다가 제 맘대로 주무를 수도 있고 여러 장점이 있기 때문에 그런 건데…….

아버님께서 보시면, 분명 한 가지 의도만 생각하실 거다. 남자란, 아빠를 제외하고 모두 늑대니까. 아직 결혼 전이라 윤지와 저의 라이프 스타일을 아버님과 공유하는 건 매우 곤란한 일이었다. 종우는 마지막 진료를 마친 후 아버님과 윤지를 모셔 가기 위해 빠른 속도로 차를 몰아 주차장을 벗어났다.

* * *

영화관에선 윤지를 가운데로 양옆에 종우와 윤지의 아빠가 착석했다. 큰 팝콘 박스는 윤지의 품에 있었고, 각각 옆자리엔 콜라와 사이다가 컵홀더에 꽂혀 있었다. 종우는 영화를 보는 내내 손이 근질거려 콜라 컵만 만지작거렸다. 팝콘을 먹으려다가 아버님과 손을 맞댄 후로는 팝콘으로도 손이 가지 않는다. 아버지처럼 편하게 대하려 해도 행동을 함부로 할 수 없는 점 때문에 조심하게 된다.

"영화 재밌었지?"

"응."

"아빠는 어땠어?"

"재밌더라고."

"주인공이 거기 카페 안에서 죽을 뻔했을 때, 와- 나도 심장 멎었잖아. 거기서 딱! 그 조연 이름 뭐였지?"

"……."

성국과 종우는 답을 하지 못했다.

"그 붉은색 머리카락, 그 여자 있잖아. 부츠 신고, 걔 이름 뭐더라."

윤지가 머리를 긁적이며 떠올리려다가 생각나지 않는지 콧잔등을 찌푸렸다. 알려 주고 싶었지만 영화를 보는 내내 팝콘과 콜라 컵과 윤지 아버님을 신경 쓰다 보니 내용을 훅훅 지나쳤다. 남녀 주인공의 침대 신만 주의 깊게 본 것 같다. 이상하게 그런 건 집중이 됐다. 그때, 윤지의 등 뒤로 아버님과 시선이 마주쳤다. 종우가 괜히 헛기침을 했다. 예비 장인어른에게 자신은 도둑놈일 것이다.

"나는 이만 들어가서 자야겠네. 윤지랑 커피 한잔하고 잘 데려다 주게."

"네, 아버님"

종우는 아버님께 깍듯이 고개를 숙였다. 그동안 그가 편해지셨는지 말을 편히 놓으셨다. 윤지의 아버님께 인정받은 거 같아 그는 뿌듯해졌다.

"다음엔 술 들고 찾아뵙겠습니다."

"그래. 매번 이래저래 챙겨 줘서 고마워. 나보다 윤지나 잘 챙겨 주게."

"조심히 들어가, 아빠."

그는 아버님이 가신 걸 본 후 윤지의 허리를 당겨 안았다. 제 품으로 쏙 들어온 그녀를 안고 그대로 주차장으로 내려갔다.

"종우야."

"왜."

"어디 갈 거야?"

"어디 갈래? 공원? 맥주?"

윤지는 곰곰이 생각을 하다가 종우를 보고 피식 웃었다.

"나 오빠네 집, 라면 끓여 줘."

"……자고 갈 거야?"

"아니. 여자는 잠은 집에서 자는 거랬어."

"누가? 누가 그래?"

"우리 아빠가."

잠시 차 안은 침묵이 흘렀다. 종우는 아버님이 하신 말씀이라면, 그게 정답이라고 하며 아쉬운 표정을 짓고 차에 시동을 걸었다.

"라면 같이 먹어 주면, 자고 갈게."

"정말? 먹을게."

"다이어트는? 포기?"

"다이어트가 중요하냐. 우리 윤지가 자고 간다는데."

"순댓국은 같이 안 먹어 주더니. 하여튼 도종우, 그 생각밖에 없다니까!"

그녀는 고개를 절레절레 흔들며 그를 찌릿 째려보았다. 나이가 들면 물만 먹어도 살이 찌기 때문에 20대 때와 같은 몸을 가지려면, 남자도 운동과 식이 요법을 병행해야 한다고 했다. 밤엔 풀뿌리 위주 식단을 먹는데 어떻게 체력은 저보다 좋은지 정말 신기하다.

소, 돼지, 닭. 주로 고기류를 섭취하는 그녀는 오히려 그보다 체력이 더 저질이었다. 그와 관계를 맺고 나면 그대로 쥐 죽은 듯이 자는 그런 상태였다. 그가 자는 그녀를 깨워 다시 한번 몸을 겹치면 물 먹으러 가다가 다리가 풀려 주저앉기도 했다. 일과 섹스를 병행하는 건 정말 어려운 일이다. 그녀는 도종우가 아니니. 여자치고 체력이 좋은 편인데도 갈수록 몸이 나이를 먹는 게 적나라하게 다가

오는 것 같다.

"어어…… 종우야!"

정면을 보고 있던 윤지가 놀라 소리를 질렀다. 끼이이익, 타이어가 아스팔트에 미끄러지며 굉음을 냈다. 차가 멈추자마자 윤지는 종우보다 먼저 조수석에서 내렸다. 빠르게 다가간 곳에는 놀란 듯 눈을 동그랗게 뜬 어린아이가 있었다.

"괜찮아?"

"……네, 네에. 홀쩍."

무단횡단을 하려고 했던 일곱 살 정도 되어 보이는 아이는 놀랐는지 훌쩍거렸다. 윤지는 팔짱을 끼고 위에서 아이를 내려다보며 무섭게 인상을 썼다.

"이름이 뭐야?"

"임태혁, 나이는 일곱 살, 반달 유치원, 우리 엄마는 소 유 자, 정 자, 우리 아빠는 임 주 자, 경 자입니다."

외운 것처럼 제 정보를 읊는 남자아이를 보며 그녀는 피식 웃었다. 웃기긴 했지만 이건 너무 위험한 상황이었다.

"차가 달리는데 갑자기 뛰어들면 돼요? 안 돼요?"

"안 돼요."

"방금 엄청 위험한 상황이었어. 알지? 엄마 어디 있어?"

"……엄마, 쇼핑."

아이가 손으로 가리킨 곳에는 옷가게들이 즐비해 있었다. 엄마가 옷을 고르는 사이에 몰래 빠져나온 것이다. 그런데 그 옆에서 종우가 무릎을 꿇고 앉아 아이와 눈높이를 맞췄다.

"태혁아, 이것 때문에 갑자기 뛰어나온 거지?"

종우의 손에는 탱탱볼이 들려 있었다. 아이는 고개를 끄덕이며 두 손을 내밀었다.

"다음부턴 공이 차도로 가면 엄마한테 새로 사 달라고 해. 아니면 찾아 달라고 부탁하거나. 알았지?"

"네."

"형이랑 약속하면 이거 줄게."

아이가 종우의 손가락에 새끼를 걸었다. 그러더니 차도에 절대 뛰어들지 않겠다고 약속했다. 그러자 종우는 그의 머리를 쓰다듬더니 탱탱볼을 넘겨주고는 아이를 번쩍 안아 올렸다. 깜빡이를 켜 둔 그의 차 뒤에선 클랙슨을 계속 울리고 있었다. 그는 아이를 안은 채로 태혁의 어머니가 있다던 옷가게에 데려다주고 다시 왔다. 그 사이 윤지는 사람들에게 죄송하다고 고개 숙여 인사하며 도로 상황을 정리했다.

두 사람이 다시 차에 탔을 때, 윤지는 종우를 물끄러미 봤다. 종우에게 이렇게 다정한 면이 있는지 몰랐다. 의외였다. 저는 아이를 혼낼 생각만 했는데, 이 위험한 상황에 어떻게 차도로 뛰어들 수 있냐고 어머니 어디 있냐고 다그쳤었다. 그러려고 한 건 아닌데 그 상황에선 성격대로 나왔다. 그런데 종우는 아니었다. 아이의 눈높이에서 설명을 하고 탱탱볼로 딜까지 하는 고급 스킬을 사용해 주었다.

"도종우, 다시 봤어."

"내가 괜히 스타 닥터인 줄 알아?"

"스타 닥터는 뭐가 다른데. 내 눈에는 그냥 변태 도종우인데."

"아기부터 노인까지, 눈높이를 맞춰 주는 거지. 사람 마음을 조물딱조물딱."

종우는 빨간불에 차가 서자, 그녀를 바라보며 빙긋 웃고는 눈을 그녀의 얼굴에서 아래로 내렸다. 조물딱조물딱. 윤지는 두 팔로 엑스 표시를 하여 제 가슴을 가렸다.

"이, 스타 변태야."

윤지의 반응에 종우는 기분 좋게 웃으며 집까지 속력을 내서 차를 몰았다.

* * *

성국은 바로 집으로 가지 않고 친구를 만나러 포장마차로 갔다. 얼마 전 자식을 시집보낸 친구가 너무 허전하다며, 젊은 때 자주 찾던 포장마차에서 종종 술을 마신다고 한다. 그래서 그도 가는 길에 생각이 나서 연락을 하고 온 것이다.

"윤지도 결혼한다고?"

"어. 12월에."

"포장마차에 출근 도장 찍겠구먼."

성국은 소주잔에 소주를 가득 따라 입에 털어 넣었다. 쓴맛이 목구멍을 타고 내려갔다. 윤지 엄마도 없고, 윤지도 가고. 이제 정말 혼자만 남은 거다.

"어릴 땐 예순까지만 살고 죽는다고 했는데, 우리가 벌써 몇 살이냐."

"환갑이 지났지."

"참나, 그렇게 술 담배를 해도 살아가는 거 보면 신기해."

성국은 피식 웃었다. 대학생 때 예순까지만 살고 그 이후엔 죽었으면 좋겠다고, 그 정도 살면 됐지 뭘 더 사냐고 친구들과 술을 마시며 얘기했는데 지금 그의 나이가 예순이 넘었다. 그땐 예순 정도면 모든 걸 다 이루고 세상을 떠도 되는 시기라고 생각했는데 실상은 아니었다. 여전히 예순이 넘어도 그는 나약한 인간일 뿐이다. 외로워도 하고, 서운해도 하고, 또 사위를 보며 뿌듯하고 즐겁기도 한 그런 인간.

"칠순까진 살아야지."

"칠순 얼마 안 남았다. 손주도 보고, 손주 장가가는 거 보려면 백 살은 돼야지."

성국에겐 살고 싶은 날들이 점점 늘어나고 있었다. 나이가 들수록 삶에 미련이 더해진다는데, 그의 인생에서 윤지 엄마가 없는 삶의 2막이 열리고 있었다. 윤지의 결혼, 손주, 손주의 결혼까지. 윤지 엄마가 없으니 손주는 저가 봐 줘야 하나 그런 생각도 하며 성국은 기분 좋게 술을 마셨다. 다시는 술을 마셔도 나쁜 생각 하지 못하도록, 앞으로 사업을 할 거라는 이야기도 친구와 나눴다.

* * *

오피스텔 안으로 들어서서 엘리베이터 버튼을 누르고 기다리는 동안, 윤지는 뜻밖의 사실을 알게 되었다. 바로 종우가 사는 이 건물에 연예인이 꽤 많이 거주하고 있다는 점이었다. 그가 지나갈 때마다 TV에서 한창 인기 있다가 휴식기를 갖는 여가수들이 그를 보며 인사를 하고 '오빠'라고 부르는데 그녀는 그게 너무 거슬렸다.

"요샌 수영 왜 안 오세요?"

"바빠서요."

"맞다. 피부과 한다고 하셨죠?"

몸을 배배 꼬며 볼을 붉히던 여자의 옆에 다른 여자가 섰다. 그러더니 그 여자도 종우에게 아는 척을 하는 게 아닌가.

"저 기억하시죠?"

"네. 정교수 준비 중이시라고……."

"역시 의사 쌤이라 그런지 기억력도 좋으시다. 오빠."

종우를 둘러싼 세 명의 여자가 그를 가만두지 않는 동안 윤지는 팔짱을 끼고 짝다리를 짚으며 목을 돌렸다. 뿌득, 뿌득 뼈 소리가 났다. 콧김을 뿜으며 그들을 보는데, 종우가 고개를 돌려 그녀를 봤다. 그러더니 그녀에게 다가왔다.

"인사해요. 저 곧 결혼합니다."

"네에? 의사 쌤 결혼하세요?"

"네."

잔뜩 실망한 표정으로 그들은 돌아섰다. 안 봐도 훤했다. 종우의 직업과 외모, 차, 그리고 이곳에 산다는 사실에 눈독을 들였을 거다. 돈이 많으면 많은 대로 종우의 다정한 면이 탐이 났을 거고, 없으면 없는 대로 종우를 제 것으로 만들고 싶었을 거다. 도종우는 왜 나이를 먹어도 불특정 다수로부터 자꾸 러브콜을 받는지.

"윤지야, 화났어?"

"아니. 화 안 났어."

"다행이다."

"진짜 괜찮아."

윤지는 등을 돌려 먼저 앞으로 걸었다. 그러더니 뒤를 돌아 손사래를 팍팍 치며 정말 괜찮다고 다시 한번 강조했다.

"너 질투할 때마다 괜찮다고 하더라."

"티 나?"

"엄~청 많이."

엘리베이터 안에서 종우는 방긋 웃었다. 그녀는 그의 미소가 얄미워 주먹으로 그의 배를 퍽 쳤다. 아주 조금 힘을 실어서 쳤는데 얼마나 배가 탄탄한지. 나중엔 저도 모르게 손바닥을 펴서 식스팩을 만지고 있었다.

"이 손 뭐지?"

"바리스타의 손이지 뭐."

"이 변녀야."

"……음."

그녀는 그를 따라 엘리베이터에서 내린 후, 먼저 그의 집 앞에 가서 벽에 등을 대고 종우가 걸어오는 걸 지켜봤다. 그가 가까이 왔을 때, 윤지가 먼저 입을 열었다.

"도종우. 나 변녀 맞는 거 같아."

"나 농담한 건데."

"아냐. 맞아. 내가 라면 먹고 갈래? 하고 오빠를 꼬셨잖아. 아까."

남자가 여자를 꼬실 땐 '라면 먹고 갈래?', 여자가 남자를 꼬실 땐 '라면 끓여 줄래?' 아닌가. 그 반대인가. 라면을 먹고 가든, 끓여 달라고 하든 유혹을 한 건 맞다. 그렇지만 윤지는 그걸 인정하지 않기 위해, 오늘은 라면과 김치를 꼭 먹을 생각이었다. 아주 칼칼한 맛으로. 종우는 끓는 물에 수프를 넣었다. 그러곤 면을 넣고 뚜껑을 반만 덮었다. 테이블에 앉아서 노트북을 열고 마우스 휠을 빠르게 내리고 있는 윤지에게 다가갔다. 그는 의자에 앉은 그녀의 뒤에서 백 허그를 하듯 양손으로 테이블을 짚었다.

"라면 벌써 됐어?"

"아니."

뒤를 돌아본 그녀가 입술을 오물거리며 물었고, 종우는 쪽 가볍게 입을 맞췄다. 고개를 틀려는 찰나 윤지가 뒤를 돌아 버렸다. 그의 입술은 갈 곳을 잃고 그녀의 머리카락에 파묻혔다.

"나 머리 안 감았는데."

"퉤퉤."

"……도종우. 퉤퉤는 너무한데?"

"피카 스 퓨, 어이."

"오빠, 이거 봐 봐."

그녀의 말에 그는 그녀의 어깨에 턱을 올려놓고 노트북 화면을 봤다. 엑셀 파일 안에는 웨딩드레스 업체 몇 개가 있었다. 플래너가 추천한 곳을 알아보니 후기가 좋지 않다며, 그녀는 다시 몇 곳을 추천해 달라 하였고 그 리스트가 온 것이다. 링크를 눌러 들어간 홈페이지를 둘러보며 윤지는 어디가 좋은 거 같냐고 그에게 물었다. 어엄, 이런 질문…… 대답 잘해야 하는데. 종우는 어떤 대답보다 심사숙고하여 답을 했다.

"드레스 업체가 거기서 거기지. 입는 네가 예쁜데, 어디서 하든. 으윽."

그녀가 어깨를 퍽 위로 들었고, 종우는 어깨에 기대고 있던 턱을 위로 들며 손으로 감쌌다.

"말 돌리지 말고."

"난 거기 두 번째. 난 웨딩드레스는 심플한 게 좋더라. 거기가 예쁘네."

이번에는 정말 자신의 취향을 이야기했고 윤지는 마우스 휠로 휙휙 몇 번 보더니, 그걸로 결정했다며 플래너에게 바로 전화를 걸었다. 웨딩플래너와 통화하는 윤지를 뒤에서 안은 채로 그는 숨을 크게 쉬었다. 윤지는 그에게 귀신같은 여자였다. 생각과 행동을 꿰뚫고 있는 여자. 갈수록 그녀의 앞에서 머리 굴리는 짓은 하지 않는 게 생명 연장에 좋을 거 같다고 생각하며, 검지로 욱신거리는 턱을 슥슥 쓸었다.

누가 오빠고, 누가 위인지.

"종우야, 라면, 라면!"

그녀는 벌떡 일어나더니 냄비 뚜껑을 열었다.

"앗! 뜨거워,"

"괜찮아?"

그는 그대로 세면대 찬물을 틀고 윤지의 손을 갖다 댔다. 보글보글 라면 국물이 넘치자 그녀는 제 라면을 사수하기 위해 뚜껑을 잡고 그냥 연 것이다. 열전도율이 높은 냄비라 엄청 뜨거울 거다.

"안 아파. 아주 살짝 닿은 거야."

"살짝 닿았다가 평생 상처로 남거든."

그는 물 옆으로 그녀의 손을 빼낸 후 유심히 살폈다. 그랬다가 다시 물에 손을 넣었다.

"옆에 의사 쌤 있는데, 뭐."

"심장 떨어지는 줄 알았잖아, 정윤지."

그는 그녀의 코를 잡아당겼다.

"오빠. 그것보다 지금 심각한 건."

"심각한 건?"

"내 라면이 쫄고 있다는 거야. 나 라면 국물 맛으로 먹는 거 알지? 이 손 아픈 건 맥주와 함께라면, 다 나을 거야."

그녀는 이로 입술을 살짝 물고 배시시 웃었다. 이 와중에 맥주와 라면을 찾는 그녀를 보며 그는 웃어야 할지 아니면 화를 내야 할지 몰라 그냥 웃었다. 누가 말려, 정윤지를! 윤지는 종우의 단단한 가슴에 손과 얼굴을 대고 새근새근 잠들었다. 오늘도 라면과 맥주의 칼로리를 다 소모할 정도로 종우는 열정적이었다. 반쯤 잠에 빠진 와중에도 머리를 쓰다듬어 주고 있는 종우의 다정한 손길이 느껴니

애 같다가도 이럴 땐 오빠 같다. 다정하고, 포근하고, 좋다. 그 쓰다듬는 느낌이 햇살과도 비슷하다고 느꼈을 땐 그녀는 꿈속을 헤맸다. 오랜만에 꿈을 꿨다. 꿈을 꾸는 와중에도 이게 꿈인 걸 느꼈다. 왜냐하면 꿈속에서의 그녀는 아이였기 때문이다. 입가엔 미소가 번졌다.

* * *

어린 윤지는 대문 앞에 쪼그리고 앉아 엄마와 아빠를 기다렸다. 아무리 기다려도 오지 않을 것을 알지만, 그녀는 매일 같은 시간에 한자리에서 기다렸다.

"언니, 밥 먹어! 아빠가 밥 먹으래."

"응. 응!"

더하기 빼기를 이제 잘하게 됐을 무렵, 그녀는 큰아빠네 집에 얹혀서 생활했다. 할머니가 돌아가시면서 그렇게 됐다. 이모는 해외로 가 버렸고, 그녀를 맡을 곳은 큰아빠네뿐이었다.

"큰엄마, 엄청 맛있어요."

"그거 내가 한 거 아니다. 영주댁이 했어."

"아…… 그래도 맛있어요. 큰엄마, 오늘 염색하셨네요. 잘 어울리세요."

"정말? 재인이는 별로라던데. 윤지 네가 보는 눈이 있구나."

큰엄마는 환히 웃으며 윤지의 접시에 생선 하나를 덜어 주었다. 그녀는 부엌을 이리저리 바삐 움직이는 영주댁 아주머니를 봤다. 얼마 전 영주댁 아주머니의 월급이 지급되지 않은 적이 있었는데, 그때 큰엄마와 아빠가 통화하는 걸 들었다. 영주댁 아주머니는 윤지의 아침, 저녁을 위해 부모님께서 특별히 고용한 분이셨다. 그걸 알고부터 윤지는 밥 한 톨 남기지 않고 다 먹었다. 밥을 다 먹고 과일까지 야무지게 먹고 있던 윤지는 엄마에게서 전화가 왔다는 소리에 작은 방으로 뛰어 들어가 전화를 받았다.

"엄마아!"

ㅡ응, 윤지야.

"나 저녁 먹고, 과일도 먹었어. 배 엄청나게 불러. 오늘 학교에서 시험 잘 봤다고 칭찬받고, 은행 가서 용돈 남은 거 저축도 했어. 잘했지?"

칭찬에 목마른 어린애처럼, 그녀는 하루 일과를 아주 빠르게 엄마에게 보고했다.

ㅡ네네, 금방 가요. 잠깐만요.

누군가 엄마에게 질문하는 소리와 엄마가 따른 직원에게 지시하고, 또 대답하는 소리가 겹쳤다. 윤지는 하던 말을 멈추고 입을 닫았다.

"엄마 아주 바쁘지?"

—아니, 안 바빠. 통화 가능해.

"일을 열심히 하면 뿌듯하고 행복해? 엄마는 왜 일을 해?"

어린 마음에 그녀는 정말 궁금한 것을 물었다.

—더 잘살아 보려고. 일은 엄마와 아빠를 기다려 주지 않거든. 지금 안 하면 기회는 안 와.

"엄마는 결혼 왜 했어? 아빠랑."

—좋아서. 사랑에서 했지.

"근데 일만 하면서 살잖아. 가족끼리 얼굴도 못 보고……."

누구네는 방학 때 어디 가고, 다른 집은 어디 가고. 지갑에 넘치는 돈보다 그게 더 부러웠다. 그녀는 전화가 아니라 엄마와 아빠가 보고 싶었다.

—나중에 다 갈 거야. 여행은 10년 후에도 갈 수 있지만, 일은 아니야. 10년 후엔 여자는 더더욱 할 수 있는 일이 없어져. 이걸 내 걸로 만들지 않으면…… 윤지야, 엄마가 지금 바쁜데.

"그럼 하나만 더 물을게. 엄마!"

—뭔데?

한숨을 쉰 엄마가 다른 사람에게 속닥속닥 뭐라고 말했다. 그 나이에 그녀가 알 수 없는 지시 사항이었다. 오늘 학교에서 담임 선생님이 '행복'에 대해 수업을 하셨다. 아빠는 일하느라 손님 같다는 말에서 시작된 거였는데, 윤지는 아빠뿐만 아니라 엄마조차도 손님이었다. 만약 결혼을 하게 된다면 엄마 아빠와는 다른 결혼을 할 거다. 아주 애틋하고, 사랑하고, 빛나는 그런 결혼을. 그런 생각들을 하다가 문득 궁금해졌다. 엄마는 지금 삶을 만족하는지.

"결혼해서 행복해? 가족 얼굴도 못 보고 일만 하는데 그래도 엄마는 빛나는 사람이야?"

ㅡ응. 엄마는 행복해.

"왜? 뭐가 행복해? 내가 돈덩이일 텐데."

ㅡ엄마가 이렇게 열심히 일할 수 있는 원동력이, 너랑 네 아빠야. 그래서 엄만 행복하고…… 음, 윤지 말대로 빛나는 사람이야. 그러니까, 넌 공부나 열심히 해.

그녀는 전화를 끊고 나서 큰아빠의 눈치를 보며 아빠에게도 전화를 걸었다.

ㅡ여보세…….

"아빠!"

ㅡ어, 윤지야. 밥은 먹었어?

"그럼, 아빠 덕에 큰아빠네서 나 되게 잘 지내고 있어."

ㅡ불편한 건 없고?

전화기 너머로 여기서도 아빠를 찾는 이가 많았다. 대표님, 대표님, 대표님! 그를 부르는 목소리가 들렸다. 그러다 문이 열리는 소리가 들렸다. 통화를 하기 위해 다른 방에 들어간 모양이었다. 소음이 순간 사라졌다.

ㅡ이제 말해. 자꾸 아빠를 찾네, 아빠 여기서 인기 최고야.

"치. 우리 아빠는 내 건데."

ㅡ그래그래, 너랑 네 엄마 거

"아빠는 아침부터 새벽까지 일하는데 행복해? 일만 하다가 죽더라도?"

―……무슨 일 있어? 아빠가 갈까?

못 오는 거 아는데. 막상 온다고 하여도 그녀의 마음이 편할 거 같진 않았다. 꼭 와야 할 상황이 아니면 윤지는 지방에 계신 부모님께 서울로 오라고 하지 않았다.

"아니, 그냥 궁금해서."

―싱겁긴. 아빠 행복해. 윤지랑 윤지 엄마한테 부끄러운 사람 아닌, 멋진 아빠로 남편으로 남고 싶어서 일할 때도 좋아. 내 사람들 배 불리는 건데, 뭐가 힘들어.

"나도……나도 행복해."

비록 자주 보진 못해도, 남들처럼 추억을 쌓진 못해도……. 저를 위해 일하는 게 행복하다는 부모님 생각을 들으니 그녀는 나름대로 행복했다. 다만 부모님과 같은 결혼 생활을 하진 말자고, 꼭 누가 봐도 반짝거리는 결혼 생활을 하자고 다짐했다.

14

우리의 과거 그리고 주사

　한가한 어느 밤, 두 사람은 침대에 턱을 괴고 누워 옛 결혼 생활을 떠올렸다. 엎드려 누운 두 사람의 다리를 접은 채로 서로의 발끝끼리 마주 닿으며 장난을 쳤다.

　"종우야. 우리 같이 살 때 언제 막 심쿵 했어?"

　"잘 때?"

　"죽는다."

　그녀의 발이 종우의 발을 팍 쳐 냈다. 그녀가 듣고 싶었던 대답과는 전혀 다른 대답이었다. 잘 때가 예뻤다는 건, 입 닫고 있을 때가 제일 예쁘다는 뜻이니까.

"우리 윤지 항상 예뻤지."

"근데 왜 그땐 고백 안 했어? 좋아한다거나, 이 결혼을 진짜로 만들면 어떠냐는 등."

"이기적이라 그랬어. 혹시 네가 부담돼서 할머께 사실대로 말할까 봐 걱정되기도 하고, 내 생각만 했어."

"그럼 왜 술 마신 날, 그날은 나 덮쳤어?"

궁금증을 담은 윤지의 눈빛이 반짝였다. 종우는 그걸 보며 부담스러워 옆으로 몸을 돌려 침대 위에 모로 누웠다. 언제 심쿵 했냐고 물어보면, 그는 윤지가 머리를 묶고 트레이닝복 반바지를 입은 채로 냇빛 시요를 마신 세일 때나 시시께께 기억스러운 추사위와 함께 그 모습이 너무 예뻐 보였다. 퇴근하고 와서 그 모습을 볼 때면, 그대로 방으로 데리고 들어가고 싶단 생각을 꽤 했었다. 그녀 말대로 그날 이후로는 점점 심해졌다.

"예뻐서."

"그게 끝?"

"……네가 술 먹고 나한테 고백했어."

"내가? 언제?"

"네가 절대 비밀로 해 달라고 했는데, 그것도 기억 안 나지?"

"어."

엎드려 누워 있던 윤지도 침대에 앉아서 머리를 싸매고 고민했다.

"뭐라고 고백했는데?"

"도종우가 좋다고! 나 여자로 안 느껴지냐고. 별명이 정윤찌……
으읍!"

윤지가 그의 입을 손으로 막았다. 아무리 술에 취했다고 해도 그런 말까지 하며 주정을 부리는 성격은 아니었다. 하지만 자신이 말을 하지 않았다면 그 별명을 종우가 알고 있을 리가 없는데. 윤지가 종우를 흘기자 그의 입가에 미소가 번졌다.

"사실이야."

"거짓말."

"진짜야. 그래서 안았어. 참을 수가 없어서."

종우는 그날처럼 윤지를 침대에 눕히고, 몸 위로 올라가 그녀를 품에 가뒀다. 그때처럼 머리카락이 얼굴 위로 흩어져 있었다. 그는 머리카락을 귀 뒤로 넘겨주며 귓불 바로 아래에 입술을 대고 가볍게 입을 맞췄다. 가짜 결혼 생활 중에도 설레고, 가짜인지 모를 만한 순간들이 꽤 있었다. 종우는 그녀에게 입 맞추며 과거의 기억을 한 자락 끄집어냈다.

* * *

나이트 근무를 끝내고 집에 오니 아침 10시였다. 전문의가 된 지 얼마 안 된 시점이라 종우는 이래저래 바빴다. 그날은 윤지도 휴무였던 모양이다. 문을 열고 들어가자 윤지가 트레이닝복 반바지에 흰 반팔 티셔츠를 입고 거실을 오가고 있었다. 조용한 집 안에 그녀의 흥얼거림이 울렸다. 곧게 뻗은 다리가 거실을 오가고 탄력 있게 붙은 엉덩이와 허벅지가 그대로 그의 눈에 박혔다. 그뿐 아니라 남들에 비해 큰 그녀의 가슴이 흰 티셔츠 안에 훤히 비쳤다. 윤지 얼굴의 반이 해를 받아 반짝였다. 잔머리가 있는 목 주변에 머리카락이 올려져 있었는데, 그 모든 것들이 그의 눈에 그대로 들어왔다.

"그게 정말이니~ 너 돌아서는~ 모습이~"

요즘 세대들은 모를 노래를 흥얼거리는 그녀는 지독하게 예뻤다. 언제부터 이렇게 예뻤지. 그는 조심스레 신발을 벗고 올라와 피곤함도 잊은 채 그녀에게 다가갔다. 집에 가자마자 잠부터 자야지. 며칠째 제대로 잠을 자지 못해 피곤한 상태였는데, 그 피곤함이 무색할 정도로 머리는 맑았다.

"으아악! 언제 왔어."

"방금."

"왜 문소리가 안 났지?"

"문 안 닫쳤어."

"……아, 안 되는데. 내 노랫소리에 사람들 반하면 어쩌지."

"반하기는. 도망부터 가지. 으아아, 시끄럽다."

종우는 일부러 손바닥으로 귀를 닫으며 피식 웃었다. 이렇게 말을 하지 않으면 제 마음을 들킬 것 같았다. 그는 할머니께서 눈을 감으실 때까지 제 마음을 잠가 두기로 하였다. 그녀에게 마음이 서서히 기울고, 누구보다 윤지가 편하고 그의 곁에 있는 여자란 그녀뿐이었지만, 전우애라고 생각하기로 했다. 윤지의 마음을 물었다가, 쉽게 제 마음을 고백했다가 이런 사이조차 깨져 버리면 어쩌나 하는 고민이 그의 뇌를 더 괴롭게 했다.

"종우야, 나 집에서 맞선 보라는데."

"진짜?"

"응. 내 나이가 벌써 몇이냐. 스물아홉인가, 서른인가. 이제 숫자 계산도 안 되네."

"맞선은? 보기로 했……어?"

그는 침을 꼴깍 삼켰다. 일본에 계신다는 그녀의 부모님을 통해 온 제안이면, 윤지는 그가 뭐라 해도 맞선을 볼 것이다. 부모님을 많이 그리워하는 녀석이니까.

"맞선 보지 말까?"

"아니야. 봐."

어차피 거절하지 못할 테니까. 정윤지에게 부모님이란 거역할 수 없는 존재다. 그는 윤지가 불편할까 봐 냉장고로 가서 500ml 생수 하나를 벌컥벌컥 다 마셨다. 온몸이 차게 식는 기분을 느끼며, 그는 오늘 오프라서 자러 들어가겠다며 인사한 뒤 안방으로 갔다. 한참을 침대에 멍하니 있다가 잠들었었다. 그가 잠에서 깼을 땐, 어둑어둑한 밤이었다. 기절하듯 자고 일어났을 땐, 할머니는 저녁 식사 후 주무시고 계신다고 했다. 부엌엔 윤지가 혼자 안주와 함께 소맥을 말아먹고 있었다.

"야! 도종우."

"야?"

"술이나 따라 봐."

그녀가 잔을 테이블 위에 탁 놨다. 종우는 어이없게 웃으며 다가가 그녀의 말대로 황금 비율로 맥주와 소주를 섞어서 잔을 돌렸다. 보기만 해도 속이 쓰려 배를 비비는데 그녀의 눈이 그에게로 왔다.

"나 내일 맞선 보기로 했어."

"잘됐네."

하루 종일 굶은 속으로 그는 술부터 마셨다. 술이 고팠다. 아주 속이 타서 죽을 것 같았다. 다른 남자의 여자가 된 윤지를 볼 자신이 없을 것 같았다.

"나도 나 사랑해 주는 남자 만날 거야."

혀가 말려 올라가 그녀의 발음은 아기와 다름없었다. 그럼에도 그의 귀엔 쏙쏙 들어와 뭐라고 하는지 정확히 알아들었다. 대학생 때부터 취한 모습을 봐서 그럴까.

"배고파? 안주 줄까?"

"됐어. 이거 먹으면 되지."

"아니야– 따뜻한 거 먹일 거야."

의자에서 일어나며 윤지가 휘청였다. 허리를 잡아 주려고 다가가자 그녀가 그의 손을 밀어냈다.

"어허. 함부노 민끼시고 싶는 디네이 이니야."

윤지는 저녁에 먹고 남은 제육볶음을 다시 볶겠다며 가스레인지를 켰다.

"도종우. 매운 거 좋아하지?"

"응."

그는 심히 그녀가 걱정돼서 그녀가 앉아 있던 의자에 앉았다. 윤지는 알겠다며 냉장고 문을 열더니 케첩을 꺼냈다. 그녀는 지글지글 끓고 있는 고기 위에 케첩을 주욱 짜서 투하했다. 제육볶음 위로 빨간 양념이 산처럼 쌓이는 걸 보며 그는 자기 배를 잡았다. 저걸 먹었다간 골로 갈 게 틀림없다.

"윤지야."

"응?"

"너 안 취했지."

그 말에 윤지는 뒤돌아 주걱을 든 채로 손사래를 쳤다.

"나 안 취했지이~ 안 취했어."

주걱에 묻어 있던 제육볶음 양념과 케첩이 사방으로 튀었다. 벽에도, 그의 옷에도, 윤지의 티셔츠 위에도.

"아…… 다 튀었네."

윤지가 가슴 언저리에 묻은 양념을 보더니 티셔츠 끝을 잡고 공간을 만들어 냈다. 그는 빠르게 다가가 가스레인지 불을 끈 후 그녀를 봤다. 티셔츠 옷깃 사이로 그가 궁금했던 그녀의 배꼽이 나와 있었다. 군살 하나 없는 윤지는 배에도 살이 없었다. 생각보다 잘록한 허리가 그를 아찔하게 했다. 애써 고개를 돌리려는데 윤지가 그의 발을 밟고 올라왔다.

"종우야. 도종우야."

"왜?"

"나 지금 안 취했는데, 진짜 안 취했고. 내일 다 기억할 거거든."

말을 할 때마다 술 냄새가 폴폴 풍겼다. 그녀는 두 팔을 뻗어 그를 안고 그의 가슴에 볼을 댔다. 그는 그녀가 취했다고 확신했다. 왜냐하면 정윤지는 절대 이럴 일이 없으니까. 심장이 쿵 떨어졌다. 상대가 가장 예뻐 보이는 이 시기에 갑작스런 접촉은 남자로서의 본능을 깨우기 때문이다.

"나 되게 솔직한 거 알지?"

"응. 솔직하고 정의롭고."

"근데 내가 유일하게 솔직하지 못한 상대가 있어."

그는 그게 그녀의 부모님이라고 직감했다. 맞선 이야기를 꺼내더니 무슨 일이 있었다. 걱정되는 마음에 그녀의 다음 말을 기다렸다.

"바로 너야. 도종우. 너."

"나?"

그는 고개를 갸웃했다. 정윤지가 제게 솔직하지 못하다고? 도데체 언제…….

"너 몸무게 줄였어?"

그녀는 그의 발등 위에서 내려왔다. 그는 체력 관리를 위해 종종 몸무게와 근육량을 체크하는데 윤지도 해 보겠다고 하더니, 나중에 그가 보지 못하게 막았다. 그녀의 입에서 나온 몸무게는 52kg이었다.

"아니! 오늘은 그거 말고."

"그럼?"

"에시 필시야, ㄷ규요를 사랑해"

"……."

그는 목석처럼 굳어 버렸다. 수없이 많은 여자로부터 고백을 받았지만 굳은 건 처음이었다. 평소였다면, 그는 다른 여자에게 했던 대답을 똑같이 했어야 했다.

'그렇지만 나는 널 안 사랑해', 혹은 '나는 너 안 좋아해. 다만, 인간적으론 좋아'.

그 말과 함께 방긋, 웃어 주었을 거다. 그런데 지금은 그럴 수 없었다.

"이거 진짜 비밀이야. 절대 누구한테도 말해선 안 돼."

윤지가 왼손은 그녀의 입에, 오른손 검지는 그의 입술에 댔다. 그러더니 '쉬잇-'이라고 작게 속삭였다.

"근데 오빠 눈엔 내가 정말 여자로 안 보여?"

그녀가 얼굴을 들어 그를 봤다. 고개를 숙인 그의 눈동자에 그녀의 눈이 보였다.

"내가 하고 싶은 그런 결혼이 아니라도 좋고, 종우 네 옆에서 내가 빛나지 않아도 좋고, 그냥…… 너라서 좋아. 그런 내가 무서워. 자꾸 너를 기다리고, 마음 졸이고, 내가 꿈꾸는 미래를 바꾸게 되고. 그런데도 좋아."

그는 더 이상 그녀의 말을 들을 수 없었다. 그저 꽉 안아 버리는 것밖에는. 으스러지도록 안은 채로 몸을 떼어 냈다. 그는 그녀를 번쩍 안아 침실로 데려갔다. 침대 위에 내려놓은 뒤 그녀가 마음을 바꿀 시간도 주지 않고 그대로 상의를 벗어 버렸다. 그때도 그는 이기적이었다. 술김에 취한 그녀를 안는 자신도 술김이라고 단정 지으면서, 그는 아주 다정하게 그녀를 안았다. 새벽에 깬 윤지는 눈을 크게 뜨고 화들짝 놀라면서도, 티 내지 않고 그의 품에 다시 안겼다. 뭐가 뭔지 고개를 갸웃거리다 상황을 파악하고는 이불을 목 끝까지 올린 후 그를 보았다.

"종우야. 우리가 혹시 헤어져도, 나 기다려 줄 수 있어?"

"왜? 내일 맞선 보려고 하니까, 싱숭생숭해?"

그는 충만한 감정을 느끼며 그녀에게 팔 하나를 내줬다. 그 팔에 머리를 대고 옆으로 누운 그녀가 그를 빤히 봤다. 몽롱하고 풀려 있던 눈동자가 아직도 빛을 찾지 못하고 흔들렸다. 소맥을 얼마나 마신 건지 아직도 몸에 힘이 풀려 있었다.

"응, 조금. 혼란스럽네."

"나 때문에 네 미래 바꾸지 마. 네가 꿈꾸는 거, 하고 싶은 거 다해. 윤지야. 이 시간도 그리 오래가지 않을 거야."

그는 자신 때문에 그녀가 원하는 결혼 생활과 꿈을 바꾸는 걸 원치 않았다. 고작 자신이 뭐라고. 그녀를 송두리째 흔들어 놓는단 말인가.

"다른 사람한테 갔다 와도 기다릴게."

"정말?"

"응."

기분은 더러울 거 같지만. 그녀는 그의 위로 올라왔다. 이불 속으로도 매우 따뜻했다. 당황한 그의 가슴 위에서 예쁘게 웃던 윤지가 그의 배 위에 앉았다.

"내 별명이 말이야. 정윤찌찌라고. 도종우, 나 기다려 준다니까! 잊지 못하는 밤을 선사해 주겠어."

"……"

"으음…… 또 하고 싶어!"

그녀의 주도하에 다시 한번 그들은 서로를 안았다. 잊지 못하는 밤을 선사해 주겠다고 선포한 윤지는 정말 그런 밤을 그에게 만들어 주었다. 해가 밝았을 때 침대에 묻은 혈흔을 보지 않았다면, 그는 그녀가 정말 끝내주는 경험을 갖고 있는 여자라고 생각할 정도였다. 그땐 서로 곁에 있었기 때문에 그녀가 다른 사람과 사랑을 나눈다는 것을 상상조차 하지 않았다. 그런 생각을 하면 기분이 얼마나 거지 같은지……. 그녀가 부모님과 통화하며 맞선을 잘 봤다며 결혼 이야기를 하는 걸 들었을 때. 그의 입에서 욕설이 흘러나왔다. 그의 입에서 잘 나오지 않던 거친 욕설이었다.

* * *

윤지는 친구들에게 청첩장을 건넸다. 다른 사람들에게 줄 때는 몰랐는데. 연주와 해인에게 건네자, 왜 눈물이 흐르는지 모르겠다.

"왜 울고 그래, 정윤찌."

"연주랑 해인이 너희를 보니까, 막 눈물 난다. 야. 나 주책이지."

"응. 주책이야."

"아오- 김해인, 넌 진짜 감정 파괴하는 데 뭐 있다니까."

윤지는 해인의 앞까지 주먹을 들이밀었다가 물렸다. 그래도 좋아서 웃음이 나왔다.

"내가 제일 마지막이네."

"그러고 보면 가슴 작은 순으로 결혼했네. 제일 작은 하연주. 그다음 나. 제일 큰 정윤지가 꼴찌!"

"김해. 내가 너보다 크거든?"

"연주야. 넌 섹시한 뇌를 가졌잖아, 하늘은 공평해서 절대 거길 주지 않았을 거야. 잘 생각해 봐."

"저랑 나랑 진짜 손톱만큼 차이 나면서."

"어허."

"그냥 C컵 밑으로 다 닥쳐."

윤지의 말에 두 여자는 입을 막았다. 쌍따봉. 두 엄지를 척 들며 윤지 네가 짱 먹으라며 너스레를 떨었다. 세 사람은 대화가 아줌마답게 변하는 걸 느끼며 또 웃었다.

"친구들, 나 주사가 뭐야?"

"너 주사? 취하면 솔직해지고, 발음 좀 꼬이고, 목소리 톤 올라가는 거?"

"그것밖에 없지?"

"다음 날 입에서 예쁜 거 나오는 거?"

"음…… 그래, 내 주사는 그거란 말이지."

윤지는 턱을 괴고 곰곰이 생각했다. 그와 처음으로 함께했던 그 밤. 그녀의 처녀성을 상실한 그 날이 미스터리였다. 저가 먼저 고백했던 기억이 없다. 종우와 잔 기억은 있는데. 그 시작이 어땠는지. 그리고 그 이후가 어땠는지……, 자기가 무슨 말을 뱉었는지.

"왜 우리 윤지 진짜 제대로 취하면 기억 못 하잖아. 웬만해선 안 취할 뿐이지, 한번 취하면 통편집."

"……통편집?"

"왜, 우리끼리 첫 클럽 갔던 날도 너 통편집됐고! 우리 엇나가자 ░░░ ░░░ ░ ░░ ░░░, ░░░는 오빠들한테 술 얻어먹었는데. 정 윤찌가 우리 구하겠다고 혼자 술 다 먹더니 뻗었잖아. 숙소노 인 집 고 간 터라 모래사장에서 밤새워야 했는데. 정윤찌 거기 모래 위에서 대자로 누워서 자고. 그 오빠들이 같이 방 쓰자니까. 여기 이 좋은 방이 있는데 어딜 가냐고. 우리 두 사람 발목 잡고 안 보내 주고……. 너 기억 안 나지?"

"응."

윤지는 고개를 끄덕거렸다. 지금이었으면 얼른 가라며 발목을 놔줬을 텐데. 각자 서로의 남자를 선택하고, 판단할 정도의 나이는 되니까.

"우리 세 커플은 한 번도 같이 여행 간 적 없지?"

"응."

"너 신혼여행 갔다 오면, 내년 여름에 같이 가자."

"좋아~"

"왠지 그땐 너희 둘이 배가 불러서 못 갈 거 같은 느낌이 드는데."

해인은 턱을 괴고 2년 후에 가야 할 거 같다며, 촉이 그렇다고 말했다.

"아기가 뭐 그렇게 빨리 생기냐."

"하연주랑 정윤지라면. 연주네는 김재현이 애달파서, 윤지네는 윤지 네가 덮칠 거 같고. 좋우 오빠 그럼 감사합니다! 라면서 맘껏 체력을 쓰겠지."

"그러는 넌 둘째 생길지도 몰라."

"우리는 뭐, 가족이야. 지금."

해인의 말에 남은 두 사람은 킥킥 웃었다. 가족이란 단어가 왜 웃기지. 한창 깨 볶을 시기에 갑자기 가족이란 단어가 이질적으로 다가왔다. 가족은 되게 따스한 단어인데 방금 그 말은 아주 멀어 보였다.

"너흰 안 해?"

"가족끼리 그러는 거 아니랬어. 하아암."

"확실히 애가 있고 없고의 차이가 큰가 봐."

"야! 나 농담한 건데 왜 이렇게 심각하게 받아들여?"

먼저 말을 꺼낸 해인이 오히려 놀라서 벌떡 일어났다. 윤지와 연주의 눈빛에 안쓰러움이 묻어났다.

"나 진짜 농담이야. 이래 봬도 송 변 원 샷 원 킬이야. 체력도 좋은데? 야, 나 김해인이야. 꽃, 꽃해인이라고."

그 말을 할수록 두 사람의 눈빛엔 측은지심이 더해졌다.

"재밌자고 한 농담에 죽자고 달려드는 게, 이런 건가 봐. 야~ 진짜 왜 이래. 분위기 이상하게. 우리 문제없다고!"

"……결혼식에 꼭 와. 가족과 함께."

윤지가 괜찮다며 해인의 등을 토닥거렸다. 내년 여름, 종우와 나를 닮은 아기. 그런 생각만 해도 좋다가도 가족이 되어 가는 건. 조금 무서운 거 같기도 하다. 애가 생김으로써 가족의 형태가 달라진다는 것이 말이다. 윤지는 다시 한번 해인의 등을 쓰다듬었다. 위로의 뜻을 담아서. 그러나 그 위로는 필요 없었다. 그다음 해 3호점을 앞둔 어느 날 김해인이 임신했다며 올해는 꼭 송 변의 거기를 묶어 버리고 말 거라고, 이를 바득바득 갈며 두 사람을 웃게 했기 때문이다. 애정 전선에 문제가 없다는 걸 둘째로 증명하기까지, 연주와 윤지는 송 변을 볼 때마다 해인이 잘 부탁한다고, 보약도 보내며 내내 챙겼다,

* * *

종우는 고등학교 동창회에 나가 청첩장을 돌렸다. 오늘 모든 술값은 그가 계산할 테니 마음껏 먹으라며 카드 한 장을 올렸다. 안주와 술병이 나뒹굴 정도로 동창들은 뽕을 뽑았다. 공부 잘하는 건 알았어도 이렇게 성공할 줄 몰랐다는 친구들부터 이것저것 질문을 많이 받았다. 몰려드는 질문을 밀린 숙제 처리하듯 대답하며 넘기던 종우가 한쪽 구석에 앉아 있는 재준을 발견하고는 그곳으로 아예 자리를 옮겼다. 동창회에 나오기 전부터 종우의 목적은 오로지 재준이었다. 바로 그가 기상청에 근무하고 있었기 때문이다.

"이재준. 그날 눈 오냐, 안 오냐."

"몇 번을 말해. 나 기상청 관측 기반국 부서 정보 통신 기술과 웹

디자인 담당한다고! 난 날씨 안 보고 있어."

"그러니까 눈이 오는지 좀 알아봐 달라니까."

"내일 우리 부모님 너희 병원에 찾아가게 해서, 언제 몇 날 몇 시에 어떤 병이 오는지 알아내라고 떼쓸 거야. 일주일에 한 번씩 전화해서 괴롭힐 거라고!"

재준의 말에 종우는 오른손으로 목을 주무르며 머쓱한 표정을 지었다. 언제 또 그렇게 괴롭혔다고.

"내 주변에 기상청에서 일하는 친구는 너뿐이라."

"기상청에서 일한다고 1년 치 날씨를 꿰고 있는 건 아니라고."

"이제 2주 남았는데? 2주 뒤 날씨는 알잖아."

"변동 수가 얼마나 많은데."

종우는 알면서도 다시 재준을 느릿하게 봤다. 그러자 재준이 졌다는 표정을 지으며 그에게 술을 가득 따랐다.

"이거 다 마시면 알려 줄게."

신입생 환영회 때나 먹던 잔에 가득 술이 담겼다. 저걸 먹었다간 필름이 끊길 게 분명하다. 이 나이 먹고 이런 짓을 하고 있을 줄이야.

"내 간이 옛날 간이 아니야. 이거 먹으면 나 죽어."

"도종우! 도종우!"

그걸 본 동창 몇몇이 그의 이름을 외쳤다. 결혼 2주 남은 총각을 죽이려는 게 분명하다. 그런데 그는 그날의 날씨가 정말 중요했다. 꼭 눈이 와야 한다. 일부러 알면서도 알려주지 않는 것 같았다. 그는 벌컥벌컥 술을 마셨다. 생각보다 목 넘김이 좋아 꿀꺽꿀꺽 마시자 주위에서 휘파람 소리가 거세졌다. 축하한다, 휘우우, 대박, 등

말소리가 귓가로 꽂히는 동안 그는 숨을 참으며 마지막 한 방울까지 마셨다. 술을 마시면서 눈이 풀리고, 다리가 빳빳해지고, 두 손으로 든 술잔이 미끄러지는 느낌. 먹으면서 취하는 느낌은 정말 오랜만이었다. 큰 잔을 내려놓았을 때, 눈앞이 핑 돌았다.

"그래서 눈이 오냐, 안 오냐."

종우의 말에, 재준이 아닌 여자 목소리가 들렸다.

"종우야, 그냥 내가 그날 눈 만들어 낼게. 내가 잘못했어."

"이재준 너 눈 꼭 만들어 내라. 하얀 눈. 스노우."

종우는 그 말을 끝으로 의자에 털썩 앉아 눈을 붙였다. 그의 주사는 잠을 자는 것이었다.

* * *

술 취한 종우를 업고 온 건 도형이었다. 윤지는 그 뒤에서 종우의 코트와 신발을 들었다. 도형도 크지만, 종우도 한 체격이라 택시를 탈 때까진 재신까지 함께 들다시피 옮겼다. 택시에 내려선 도형이 입에 신선한 욕을 뱉으며 집 앞까지 데려다주었다.

"도형 오빠, 고마워요."

"어. 들어가."

"저기 정말 죄송한데, 침대 위까지 종우 오빠 들어서 옮겨 주시면 안 될까요?"

윤지는 미안한 마음에 새 담배를 꺼내 입에 물고 있는 도형에게 부탁했다. 이 날씨에 현관에 누워 있으면 입이 돌아갈지도 모른다.

"2주 뒤에 결혼식인데 감기 걸리면 안 되잖아요. 오빠, 부탁해요."

"알겠어. 안방이 어디? 제일 멀리 있네."

신발을 벗고 들어온 도형이 종우의 겨드랑이에 손을 껴서 바닥을 질질 끌었다. 그 괴기한 모습에 윤지는 미간을 좁혔지만, 도형과 눈이 마주치자마자 활짝 웃었다. 질질 끌어서 옮겨 주는 게 어딘가. 자신은 저렇게 옮기지조차 못했을 것이다. 하지만 그러면서도 괜히 도형에 대한 얄미움이 불쑥 치솟아 올랐다.

"오빠, 숙취 해소제 드세요."

술을 좋아하는 윤지는 종우네서 종종 맥주, 소주를 마셨고 숙취 해소제도 종류별로 구비해 놨다. 그중 하나를 도형에게 내밀었다. 바로 뚜껑을 따서 도형이 꿀꺽꿀꺽 마셨다.

"아– 나도 늙나 보다."

"왜요? 오빠 전혀 그렇게 안 보여요."

"예전에 너 맞선 보고 남자 친구 생겼을 때, 도종우가 술을 얼마나 마셨는지 모르지? 저 새끼 저거 자기가 왜 꿍꿍 앓는지도 모르고 술 마시면 매번 저렇게 잤어. 그때마다 내가 쟤 옮기느라…… 허리가 아작 난 거야."

"그러셨어요? 허리가 아작 나서……. 그래서 여자 못 만나고 그러신 거예요?"

윤지는 미안함에 콧잔등을 찌푸리며 안쓰럽게 도형의 허리를 봤다. 그래서 여자를 못 만나는 건가. 그녀는 뒷말을 생략하며 표정으로 말했다.

"설마 정윤지, 그 표정."

"저는 다 이해해요."

"야! 이해하지 마. 네가 생각하는 거 아니니까."

도형이 몸을 부르르 떨며 숙취 해소제를 단숨에 비운 후 책상 위에 올려놓았다. 그러고는 바로 신발을 신으러 현관으로 갔다.

"종우 잘 부탁해."

"네. 걱정하지 마세요."

"우리끼리 한 농담 종우한텐 말하지 말고."

"네, 도형 오빠의 허리 아작 난 거요?"

"그거 말고, 맞선…… 몰라. 간다."

말을 하다 말고 도형이 빠르게 신발을 신고 밖으로 나갔다. 그녀는 현관에 대고 메롱, 혀를 내밀었다. 도형이 지금 누구와 연애 중인지. 허리가 멀쩡한지 아닌지 이미 윤지는 알고 있었다. 종우에게 그의 신부를 소개한 동생이니까.

정확히 스토리를 다 말하진 않아도 제법 나이가 있으니, 두 사람의 스킨십 농도만 들어도 알 수 있는 거였다. 그런데 도형이 당황하도록 놀린 건, 종우를 현관에 버려두고 침대까지 질질 끌고 간 것 때문이었다. 종우를 옮겨 줘서 고마워야 하는데, 짐짝 취급하며 막 다루자 마음이 아팠다. 그녀는 방으로 들어가 엎드려 자는 종우의 등을 손바닥으로 찰싹 내리쳤다. 나 진짜 도종우가 미친 듯이 좋은가 봐!

아침이 되자 종우는 쓰린 속과 머리를 붙잡고 일어났다. 아무리 피곤해도 기상 시간은 일정했다. 없이 살 때의 버릇인가 보다. 풍족한 삶을 누려도 역시나 몸이 가난을 기억하는지 부지런함이 배어 있다.

"아아-!"

종우는 술을 과하게 마시지 않는 탓에 이런 숙취가 어색했다. 그는 주먹으로 가슴을 두드리며 잠시 멍하니 주변을 봤다. 침대에서 잤던 걸 보면, 재신 아니면 도형이 옮긴 게 분명하다. 그는 기지개를 켜고 방문을 열고 나갔다.

"어? 윤지?"

그녀가 흰 티에 스키니진을 입고 앞치마를 맨 채 국자를 들고 있었다. 부엌 창문으로 해가 들어와 더 화사해 보였다. 프릴이 달린 분홍색 앞치마가 그녀와 잘 어울렸다. 멍하니 그 모습을 보다가 꿈인가 싶어 눈을 감았다 뜨는데, 점점 윤지가 가까워졌다.

"어이. 도종우."

제 눈앞에서 손가락이 부딪치며 딱딱 소리를 내자, 그제야 이게 현실임을 깨달았다. 그는 그대로 윤지를 와락 끌어안았다.

"씻고 와."

"……조금만 이러고 있을게. 너무 좋아서."

"국자 날아간다."

그러거나 말거나 종우는 윤지를 더 꽉 안았다. 2주가 지나면 이제 앞으론 헤어지지 않고 평생 함께할 수 있다는 게 너무 좋았다. 이런 아침 풍경을 매일 보는 것도 좋고.

"앞치마 언제 사 뒀어?"

"집에서 가져왔어."

"잘 어울려."

그는 슬그머니 손을 내려 탄력 있게 올라붙은 그녀의 엉덩이를 움켜쥐었다. 앞치마 끈을 풀어 바닥에 떨어뜨린 후 그는 그녀에게 다가갔다. 그러자 윤지가 그의 입을 손바닥으로 막았다.

"일단 씻고 와. 밥을 먹든! 나를 먹든!"

"너를 먹어? 하하하. 정윤지, 진짜."

그가 기분 좋게 웃으며 물러났다. 그녀 뒤에 놓인 냄비에서는 김이 모락모락 올라왔다. 그제야 윤지가 자신을 위해 콩나물국을 끓였다는 걸 알았다.

"나 얼른 씻고 올게."

절대 정윤지부터 먹으려는 건 아니다. 김이 모락모락 나서, 날이 좋아서, 얼른 씻고 싶은 것뿐이다. 윤지는 가스 불을 끄고 종우를 기다렸다. 씻고 나온다던 사람이 아직도 식탁 앞에 나타나지 않고 있었다. 그녀는 결국 일어나 안방으로 갔다. 안방에 딸린 욕실에서 언제 나온 건지 종우가 창문을 열고 하늘을 보고 있었다. 술이 덜 깬 건가. 그녀는 추워서 양팔을 교차한 후 팔을 마구 비비며 다가가 얼른 창문을 닫았다.

"더워? 지금 겨울이야."

"응. 알아."

"이것 봐, 추워서 몸 언 것 봐."

비치타월처럼 큰 수건 하나로 하반신을 가리고 있는 종우의 맨 가슴과 팔을 만져 본 윤지가 침대 위에 있는 이불을 잡아끌어 그에게 둘러 주었다. 윤지가 말하기 전까지 추위도 모르는 것처럼 한곳을 멍하게 응시하고 있었던 그가 이불의 따스함이 느껴지자 그것을 꼭 여몄다. 고맙다는 말을 하는 것과 동시에 고개가 위로 서서히 올라갔다. 그러더니 결국······.

"엣취."

기침을 했다. 감기가 안 걸리길 바랐는데, 걸린 모양이었다.

"윤지야."

"응?"

"내가 요새 눈이 오라고 기도하는데. 눈이 안 오면…… 어쩌지."

"뭐든. 좋아. 그러니까 제발 옷 입고 밥 먹자."

얼마 전 본 드라마 대사를 인용하며 윤지가 말을 했지만, 종우는 그 드라마가 뭔지 모르는 모양이었다. 두르고 있던 이불 안으로 윤지를 끌어당겼다. 그가 이불을 넓게 잡아 그녀의 몸까지 감쌌다.

"으음…… 좋아."

"이제야 좀 사람 냄새나네."

윤지도 그의 가슴에 얼굴을 대고 그의 허리를 꽉 안았다. 술 먹고 까치집 짓고 있는 종우도 멋있지만, 이렇게 말끔할 때가 더 설레고 좋다. 편안한 마음으로 그를 안고 있는데 수건이 점점 모양을 달리하고 있었다. 그건, 수건 안에 있는 그의 몸이 달라지고 있단 거였다.

"나 곧 나가야 해."

"……으음."

그가 한 손으로 이불을 쥐고 한 손은 이불 안으로 넣어 수건을 잡았다. 윤지는 그의 손 위를 꽉 쥐고 그가 수건을 놓지 못하도록 했다.

"안 돼."

수건을 벗으려는 종우와 못 벗게 하는 윤지. 두 사람은 선 채로 이불 속에서 아침을 시작하였다. 윤지가 오전에 카페로 출근했을 땐 오전 내내 설 때마다 주먹으로 허리를 두드려야 했다. 도종우, 이를 갈면서.

15

빛나는 결혼

윤지는 결혼 전날에도 카페에 나와 음료를 주문받고, 샌드위치를 만들었다. 평소와 똑같아 보이는 일상이지만 기분은 하늘에 동동 떠 있었다. 이상하게 사람 얼굴만 봐도 심장이 쿵 떨어졌고, 하루 내내 롤러코스터 타는 기분을 느껴야 했다.

Rrrrrr.

갑작스런 전화벨 소리에 놀란 윤지는 액정에 떠오른 이름을 확인한 뒤 통화 버튼을 눌렀다.

"네, 재신 오빠."

―결혼 준비는 다 끝났어요?

"네. 제가 재벌 딸로 태어나지 못해 결혼 전날에도 일하고 있답니다."

―개인 사업자가 할 소린 아니죠. 윤지 씨가 축가로 듣고 싶은 가수 목록을 종우로부터 받았는데. 열 명 중 다섯 명만 시간이 된다네요.

"헉. 다섯 명이나요?"

―네. 제 결혼 선물이에요.

"그렇게 안 해 주셔도 됩니다."

―대신…….

종우가 축가 때 듣고 싶은 노래랑 가수 이름을 적어 보라기에 그녀는 열다섯 명 정도 유명한 가수들을 적어 냈었다. 이적, 김동률을 1번으로 쓰고 이승기, 에일리 등 생각나는 대로 적어서 줬다. 종우는 알겠다며 종이를 구겨서 주머니에 넣었다. 그 이후에 그 종이가 재신에게 갔다고 했을 때 윤지는 사색이 됐었다. 이 미친 오빠야! 꽥 소리를 지르며 종우에게 뭐라 했었다. 자꾸 연예인 쪽 관련해선 재신에게 도움을 요청하는데, 괜히 저가 더 미안해졌다.

그렇게 힘들 때도 남에게는 절대 안 기대더니 이제는 부탁도 잘한다. 나이가 들면서 성격이 변했다고 그를 놀렸더니, 그는 '이제는 나도 해 줄 수 있는 게 많으니까. 부탁이 쉬워지는 거야'라고 답했다. 재신이 필요할 땐 자신이 또 도와주지 않냐며.

―다신 종우랑 헤어지지 말아요. 그리고 종우 기다려 줘서……, 참 간지럽지만 고마워요.

그녀는 감정이 울컥하고 올라와 잠시 말을 멈췄다. 종우에게 부모님은 없지만 좋은 친구들이 있어서 참 다행이란 생각이 들었다. 친구들에게 정말 잘한 모양이다. 도형도, 재신도 또 연예인이라 무척 바쁜 태훈도. 세 사람이 돌아가며 그녀에게 전화를 줬다.

"걱정하지 마세요. 종우, 제가 잘 데리고 살게요."

—그래야 윤지 씨죠.

"그리고 말 편하게 하셔도 됩니다. 전처럼 오빠 동생 하면서 편하게 지내요. 제수씨 이런 거 너무 싫습니다. 막 그러면 저도 극존칭할 거예요."

결혼했다고 껄끄럽게 얼굴 부딪치는 건 싫다. 대학생 때부터 알던 오빠들이라 윤지는 존댓말보다 반말이 편했다. 종우 때문에 알게 되었지만, 그녀의 20대 그들과 함께 있었으니까. 어느 순간 종우와 헤어지고 어색해지긴 했지만, 모누와 다 선처럼 놀아가고 싶었다. 그 스타트 지점을 끊어 준 게 도형이었다.

—그래, 나도 어색했어. 근데 도종우는 제수씨라고 깍듯이 하라던데. 오빠는 저 하나면 된다네. 두 사람 호칭 정리하고 다시 말해 줘.

"종우 오빠한텐 제가 말할게요."

종우의 호칭은 이제 오빠가 아니니까. 여보, 당신. 재신과 전화를 끊은 후에도 심장이 자꾸 뛰어서 윤지는 원두를 갈아 커피를 내려 마셨다. 마실수록 심장이 더 빨리 뛴다.

"사장님~ 먼저 들어가 보세요. 내일 결혼식이잖아요."

"아니야. 8시까지는 같이 하고 들어갈래."

"……옆에 계시니까 저희가 괜히 더 떨려서 그래요. 사장님, 혹시 실수하실까 봐."

"내가? 아차차, 쿠키!"

오븐에 넣어 두었던 쿠키를 떠올리고 놀라며 주방으로 가려 하자, 직원 한 명이 윤지의 손을 잡았다.

"사장님. 이 손으로 만지면 손 데서 내일 결혼식 못 가세요. 우선 마사지 숍에 가셔서 마사지를 받으시길 권유 드립니다. 오늘은 저희가 할게요."

"그럼 권 매니저, 잘 부탁할게."

직원이 아예 등을 떠밀자 윤지는 어쩔 수 없다는 듯 카운터에서 벗어났다. 앞치마를 벗으며 한 번 더 카페의 일을 당부하자 걱정하지 말라는 답이 돌아왔다. 너무 유난을 부린 건가. 윤지는 웃으며 카페를 나섰다. 윤지까지 혼인 신고를 마치면 여섯이서 계를 들어서 조이 카페 3호점을 내기로 했다. 윤지는 종우의 병원이 있는 1호점을 맡기로 하였고, 2호점은 연주가, 3호점은 해인이 집 주변이 될 거 같다.

여섯이서 계를 들어 하는 이유는 남편들이 각자 자기들이 도와주겠다고 발 벗고 나서서 싸움이 나지 않게 나름대로 여자들끼리 머리를 맞대고 중재한 것이다. 세 사람 중 한 명도 자존심이 상하지 않도록.

* * *

결혼식 당일.

하얀 눈을 내려 달라고 했지만, 윤지는 그게 불가능한 걸 이미 알고 있었다. 20대 초였다면 한겨울에도 야외 결혼식을 했겠지만, 그녀는 20대가 아니었다. 입 돌아가는 것보단 따뜻한 실내에서 화려하게 하는 게 더 좋았다. 그러니까 실내에서 눈을 보는 건 불가능한 거였다.

원빈과 이나영처럼 작은 결혼식도 생각해 봤지만, 그녀는 역시 평범한 게 좋았다. 결혼식은 자신과 종우의 축제이긴 하지만, 그녀가 아버지께 인사하는 자리이기도 했다. 종우의 부모님 석은 없었지만, 행복하게 살겠다고 인사하고 공표하는 자리.

카페에서 종종 20대 손님들과 이야기하다 보면, 둘만의 결혼식을 하고 싶다는 분들이 꽤 많았다. 결혼식 생략하고 싶단 친구들도 있고, 그런 거 보면서 윤지는 제 나이를 실감했다. 평범하고 모나지 않은 걸 제일 좋아하게 되는 걸 보면 말이다. 주례는 종우의 지도 교수님이 해 주시기로 하였고, 사회자는 태훈이 맡았다. 태훈은 먼저 결혼을 했기도 하고 신한 배우를 결혼식 때 종종 사회를 봐서 경험이 있었다. 윤지는 신부 대기실에서 떨리는 마음을 붙잡고 손으로 가슴 위를 쓸었다.

"우리 윤지, 너무 예쁘다~ 여신 같아."

"정말?"

"와- 너무 예뻐. 너 머리 기르기를 잘했다. 전에 자른다고 했을 때 내가 말린 거 알지?"

해인이 윤지의 하늘하늘한 머리카락을 만지며 말했다. 머리를 묶는 게 깔끔하고 편해서 그러려고 했는데, 종우가 절대 말렸다. 그는 윤지가 머리를 치렁치렁 풀고 있을 때가 제일 좋고, 섹시하고, 예쁘다고 했다.

"정윤찌. 역시 가슴이 강조된 원피스라~ 예쁨 터지네."

"많이 보여?"

결혼식이라 나름 과감해 보려고 고른 드레스이다.

친구들 말대로 드레스를 고를 때 뭘 입어도 가슴선이 노출되었다. 그걸 가리는 것도 이상해서 심플하지만, 가슴 바로 위에 레이스가 있는 거로 골랐다. 그날은 종우가 하나도 도움이 되지 않았다. 뭘 입고 나올 때마다 벌떡 일어나 예쁘다며 입 맞추고 안아 주기 바빴다. 얼마나 민망했던지, 그런데 그녀의 입꼬리는 올라가 있었다.

"신부님, 준비할게요."

두근두근, 심장이 너무 떨렸다. 해인과 연주는 나가서 기다리겠다며 인사를 하고 나갔다. 그녀의 웨딩드레스 치마를 잡아 주는 이모님이 뒤에서 마지막으로 정리를 해 줬다. 그녀는 고개를 옆으로 틀어 큰 거울을 봤다. 오프 숄더로 된 드레스 재질은 실크였다. 심플하지만 가슴 부근과 허리를 꽉 조여 줘서 전체적인 실루엣이 부각되었다.

플라워 면사포를 쓴 그녀는 꽃으로 장식된 머리띠를 쓰고 있는 것처럼 보였다. 뒤에는 투명한 면사포가 그녀의 머리를 덮었다. 윤지는 떨리는 마음으로 커튼이 열린 버진 로드 위에 올랐다. 주례사 선생님 앞에 종우가 서서 웃고 있었다. 세상 어느 때보다 환한 웃음을 짓고서 눈이 마주치자 '긴장하지 마'라고 입모양으로 말해 주었다. 턱시도를 입은 종우는 정말 멋졌다. 그래서 그 주변은 아무것도 보이지 않았다. 잘 정돈된 머리카락과 뾰족한 턱선, 부드러운 얼굴 인상이 턱시도와 잘 어울렸다.

"신부 입장!"

윤지는 아빠의 손을 잡았다. 버진 로드를 함께 걸었다. 주변 꽃이 너무 화려해서 잘 안 보였는데 앞으로 몇 걸음 걸으니 이제 제대로 보였다.

"……."

하객들이 앉아 있는 곳 곳곳엔 눈사람과 가짜 눈 모양의 액세서리가 가득했다. 윤지 친구들과 종우의 주변 지인들은 눈사람 머리띠를 전부 쓰고 있었다. 그래서 높은 곳에서 머리만 보면 꼭 눈이 머리 위에 앉은 것처럼 보였다. 눈가에 눈물이 맺혀 주변이 번져 보였다. 정말 눈 같았다. 실제 하늘에서 내린 눈은 아니지만…….

"윤지야. 괜찮아?"

"으응, 아빠."

"벌써 울면 어떡해."

걸어가는 길은 짧은데, 아주 멀게 느껴졌다. 아빠는 윤지의 손을 꼭 잡고 반대편 손으로 토닥여 주었다. 그러는 동안 종우가 두 사람을 마중 나와 성국에게 90도로 인사했다. 아빠의 손 위에서 종우의 손 위로 제 손이 넘어갈 시간이었다. 왜 이렇게 이상한 느낌인지. 결혼해서도 아빠를 볼 거고, 아빠의 딸인 건 확실한데 이상하게 눈물이 났다. 행복한 날인데. 그러다 부모님 석에 엄마가 없다는 걸 깨닫고, 윤지의 눈에선 펑펑 눈물이 흘렀다. 당황한 아빠가 윤지를 안아 주고 얼른 종우에게 넘긴 후 아래로 내려갔다.

윤지는 주례사 선생님께 인사하고 우는 걸 참느라 나머진 종우가 이끄는 대로 했다. 그러다 재신이 준비한 다섯 명의 가수들이 돌아가며 축가를 하는데, 그때 또 울었다. 그녀 생애 가운데 제일 많이 울었던 날이었다. 행복한 만큼 그간 응어리졌던 눈물이 다 행복과 함께 씻겨 내려갔다.

"여기서 두 사람의 사랑을 확인 안 해 보면 섭섭하죠?"

"네에!"

"그럼 키스."

윤지는 빼지 않고 발끝을 세워 종우에게 입을 맞췄다. 그는 오히려 모든 사람 앞에서 키스를 한다니 굳어서 입을 꼭 모으고 있었다.

"여러분. 부부 생활에 가장 중요한 게 뭔지 아십니까?"

"네에에!"

"그건 바로…… 남자의 허벅지 힘과 허리입니다. 신부님, 신랑님의 허리를 확인하셨나요?"

"네?"

윤지는 당황해서 되묻자, 태훈이 짓궂게 웃었다.

"자, 여기서 확인해 보고 아니다 싶으면 결혼을 무르셔도 됩니다. 신랑, 동의합니까?"

"동의합니다! 문제없습니다!"

종우가 호텔 결혼식장을 울리도록 쩌렁쩌렁하게 외쳤다. 윤지는 주책이라며 종우의 손등을 찰싹 때렸다.

"그럼 신부를 안고 앉았다 일어났다 천 번!"

"……나를 죽일 셈이냐?"

종우의 솔직한 발언에 결혼식장은 더욱더 화기애애해졌다. 종우는 윤지를 번쩍 안아 올린 후 빙글빙글 도는 것으로 허릿심을 증명했다.

"이어서 부모님께 감사 인사드리는 시간을 갖도록 하겠습니다. 오늘 지금 이 순간이 있기까지 두 사람을 잘 키워 주신 은혜에 감사드린다는 마음으로 인사드리겠습니다. 신랑 측 부모님께는 묵념으로 대신합니다."

윤지는 종우와 함께 아빠 앞에 섰다.

"신랑, 신부 부모님께 인사! 박수 부탁드립니다."

인사가 끝난 후 두 사람은 내빈께도 인사를 했다. 와 주셔서 감사하다고.

"마지막으로 신랑 신부의 새 출발을 위해 힘찬 행진을 하겠습니다. 바쁘신 와중에 참석해 주셔서 진심으로 감사드립니다. 내빈 여러분께서는 조금 지루하고 불편하시더라도 모두 일어나서 두 사람을 축복해 주시기 바랍니다. 그럼, 오늘의 진짜 주인공인 신랑 신부 행진!"

"……잘 살아라!"

"우유 빛깔 정윤지!"

"휘유유~~~"

두 사람의 친구들은 제일 빨리 일어나 두 사람을 축복했다. 그 뒤로 종우의 후배들도, 윤지의 친구들도, 지인들도 다 일어나 손뼉을 쳤다. 12월 결혼식에 맞게 'All I want for Christmas is you' 노래가 장내에 울려 퍼졌다.

"모두 손에 든 스프레이를 두 사람에게 발사해 주시기 바랍니다! 지금입니다."

주변인들이 등 뒤에 숨겨 두고 있던 스프레이를 하나씩 꺼냈다. 저건 눈 스프레이였다. 윤지는 드레스에 묻을까 걱정돼 종우를 봤지만 그는 씩 웃었다.

"설마…… 눈?"

"응. 결혼식 때 눈 보고 싶다고 했잖아. 눈이 오면 좋았을 텐데, 그러지 못해 미안해."

"아니야. 종우야, 사랑해."

그녀는 눈 스프레이가 날리는 틈으로 종우와 함께 걸었다. 다음 타임의 신랑 신부는 생각하지 않기로 했다. 지금 이 순간 주인공은 자신과 종우, 두 사람이었으니까.

"잘 살자. 윤지야."

"응…… 나 다시 눈물이 날 거 같아."

버진 로드 끝에 선 윤지가 마지막으로 하객에게 인사를 건넸다. 그녀가 종우를 보며 말했다. 지금 너무 행복해서 눈물이 날 거 같다고.

"울지 마. 울면 너 검은 눈물 된다."

"……무드 없긴."

그러면서 종우는 그녀의 속눈썹을 검지로 올려 주고, 눈 밑에 묻은 눈물과 번진 화장을 쓱쓱 지웠다.

"오늘 네가 최고로 예뻐. 사랑해."

그의 말에 윤지는 울컥해서 다시 눈물을 흘렸다. 이번엔 그 울음이 길진 않았다. 빛나는 결혼이란 없다. 결혼도, 사랑도 빛이 날 거란 건 어린 그녀의 이상이었다. 보석이 달굼 질을 할수록 값어치가 높아가듯 사랑도, 사람도 마찬가지였다. 쉽게 되는 것이 없으니 더 노력했고, 종우와의 사랑이 쉽지 않으니 더 간절하고 애틋했다. 그래서 이 자리에 있는 그와 자신이 빛이 나는 거 같았다. 앞으로 살아가면서 더욱 험난한 여정이 될지라도 종우와 함께라면, 제 곁에 종우가 있다면 언제나 엔딩은 빛이 날 거라고 그녀는 확신했다.

'제 옆에 있는 사람과 아주 오랫동안 함께하게 해 주세요. 어떤 시련이 와도 다시는 헤어지지 않고, 아주 오랫동안 같이 늙어 가

게 해 주세요.'

윤지는 살아가고, 꿈을 꾸는 한 그 삶 곳곳에 종우가 함께하길 간절히 바랐다.

*　*　*

느지막한 시간까지 피로연 자리가 계속되었다. 결혼식을 찾은 하객들이 많다 보니 종우는 술을 많이 마셨고, 드림 카는 윤지가 운전했다. 신혼여행은 새벽 비행기라 그들은 시청역 인근 5성급 호텔을 예약하였고, 그녀는 헤드라이트를 켜고 종우의 차를 몰았다.

"윤지야"

"응? 왜? 나 운전 집중 중이야."

종우는 두 손으로 운전대를 잡고 상체를 최대한 앞으로 내밀어 밤길을 운전하는 윤지를 빤히 봤다. 아직도 결혼한 게 실감 나지 않아 그는 눈을 몇 번 감았다가 떴다. 윤지와 결혼을 두 번이나 했다. 그녀는 항상 예쁜데 그의 눈엔 화장을 적당히 지운 지금이 더 예뻐 보였다.

"윤지야."

"왜?"

"운전을 왜 그러고 해?"

운전대에 그러다 몸이 다 닿을 지경이었다. 한없이 몸이 운전대를 마중 나가는 모습을 보며 그가 쿡쿡 웃으며 물었다.

"밤길에 잘 안 보여."

"벌써?"

"나 노안 아니야. 야맹증. 그거야."

"난 노안이라고 안 했다."

미간을 좁히며 잘 보려고 인상을 쓰는 윤지를 보다가 그는 안경 하나를 꺼내서 윤지에게 줬다.

"이거 쓰면 좀 더 잘 보일 거야."

그녀는 그걸 받아 들고 안경을 썼다. 안경으로도 윤지의 외모는 가려지지 못했다. 잘 어울리니 더 예뻐서 종우는 헤 입을 벌리고 그녀를 봤다.

"오- 정말 잘 보이네?"

"너 줄까?"

"네 거가 내 거고, 내 거가 내 거지. 이제."

"그렇지."

종우는 고개를 끄덕였다. 그의 것이 윤지 거고, 윤지 거가 윤지…… 그녀의 말을 곱씹다 보니 제 몫의 할당량이 없었다.

"넌 내 거지."

"아니지. 도종우는 내 거, 나도 내 거."

"욕심쟁이."

"으아악! 택시 타고 올걸. 서울 시내 운전 진짜 욕 나오네."

윤지가 겨울임에도 창문을 내렸다. 그러더니 왼손 하나를 밖으로 쭉 뻗어 차선 변경을 하겠다고 손짓하였다. 운전을 하는 남자들은 그녀의 가녀린 손짓을 무시하였다. 그녀는 에라 모르겠다 하고 엑셀을 밟아 머리부터 들이밀었다.

빠아앙. 빠아앙!

아니나 다를까 뒤에서 클랙슨 소리가 세차게 울려 댔다. 그의 차

오른쪽 차선으로 넘어온 뒤차가 창문을 내렸다. 윤지가 종우 쪽 방향의 차 창문을 내렸다.

"운전 똑바로 좀 해요!"

결국, 상대에게서 한 소리를 들었다. 옆자리에 잠자코 있던 종우가 상체를 앞으로 빼 상대를 차갑게 노려보았다.

"차선 변경하겠다고 깜빡이 켰고, 손 내밀었습니다."

그가 나서니 상대는 깨갱깨갱하고 창문을 내리더니 앞으로 갔다.

"윤지야. 너 차 바꾸자."

"왜? 나 티코 좋은데~ 이거 고속도로에서 통통 튀겨서 더 재밌어. 스릴 있고, 좋아."

"결혼 선물로 차 사 줄게."

운전을 못 하면, 차라도 좋은 거 몰고 다녀야지. 안 그러면 밤길에 꽤 욕먹게 생겼다. 그는 윤지가 누군가에게 욕을 먹고 싸우는 게 싫었다. 누군가에게 쉽게 당할 여자는 아니지만, 세상엔 상종하지 말아야 할 사람들도 꽤 많았다. 일부러 위험을 자초할 필요는 없으니까.

"결혼식 끝나고 나니까. 평소랑 다 똑같아졌어."

"뭐가?"

"결혼식 전엔 너무 떨리고, 눈물도 나고, 괜히 감성적이었는데…… 피로연 끝나고 나니까 한 달 전, 저번 주, 그제, 어제…… 다 똑같은 느낌? 달라진 게 없어."

"난 달라졌는데."

종우의 말과 동시에 빨간불로 바뀌었다. 윤지는 차선 앞에 차를 멈추고 종우를 봤다.

"뭐가 달라졌어?"

"네가 더 예뻐 보이고, 사랑스러워 보이고, 안심도 되고. 이제 김석현 같은 애는 안 꼬일 거 아니야."

"반지가 주는 의미가 좀 큰가 봐?"

그는 고개를 끄덕였다. 윤지의 네 번째 손가락에 빛나는 반지가 예뻐서 계속 봤다. 예물 반지 대신 커플용으로 맞춘 반지를 그녀는 더 좋아했다. 예물 반지는 잘 간직할 거고, 끼고 다니는 건 커플링을 한다고 했다.

"윤지야, 사랑해."

"술 먹고 하는 고백은 무효야!"

윤지의 말에 종우는 피식 웃었다. 그러는 사이 차는 출발했고 금세 호텔 주차장에 도착했다. 먼저 내린 종우가 멀쩡한 걸음걸이로 스위트룸 키를 받아 왔다. 막상 엘리베이터에 타니 윤지의 표정이 미묘하게 변했다. 피로연이 끝나고 나니 평소와 달라진 게 하나도 없다는 말이 거짓말인 것처럼, 갑자기 온몸이 긴장되고 심장이 두근두근 뛰어 댔다. 윤지는 마른침을 삼키며 종우의 손을 슬며시 힘주어 잡았다.

스위트룸에 들어가자마자 종우는 욕실로 가서 이를 닦고 씻었다. 함께하자고 하려다 술 냄새가 날 듯하여 먼저 박박 씻었다. 이미 술이 깨서 정신과 몸은 멀쩡하게 돌아왔지만, 냄새까지 지우진 못할 것이다. 다 씻고 나오자 소파에 앉아 서울 시내를 보고 있는 윤지가 보였다. 그는 슬그머니 다가가 뒤에서 그녀를 안았다. 턱을 그녀의 머리에 올리고 함께 밖을 보았다. 그러자 윤지가 뒤꿈치를 꿈틀거려 그의 발 위에 올라왔다.

"윤지야, 왜 맨날 내 발등 위에 올라와?"

"내가? 어, 정말 그러네. 나 여기 왜 올라왔지?"

"키스할 땐 키 차이 때문에 올라오나 했는데, 매번 내 발등 위에 오더라고. 나이를 먹는 만큼 윤지 너 무게도…… 아악!"

윤지의 발꿈치에 발등을 찍힌 종우가 엄살을 부렸다. 사실 아프지도 않고, 무겁지 않았다. 언제든지 그녀 한 명 정도는 거뜬히 들수 있었다.

"몰라. 그냥 좋아. 나 도종우 발등 위에 올라갈래."

백허그 자세에선 발등 위에 올라가는 게 불편했는지, 올라가려다가 인상을 쓰더니 윤지가 도로 바닥에 발을 짚었다. 그러곤 두 손을 강화 유리에 붙여 창밖을 봤다.

"종우야! 종우야!"

"왜?"

"……눈 온다."

그녀가 신기한 듯 아이처럼 좋아하며 빙그르르 뒤를 돌아 그를 봤다. 그는 그대로 큰 손으로 윤지의 얼굴을 감싸 제게로 끌었다. 이를 닦아 알싸한 박하향이 그녀에게도 전해질 것이다. 그녀는 이번엔 제대로 그의 발등 위에 올라온 후 그의 허리를 안았다. 그는 크게 한입 그녀의 입술을 베어 물어 빨아들였다. 상체를 최대한 숙여그녀를 창문가로 밀어붙였다. 한 손을 뻗어 살며시 창문을 열자 찬바람이 쏟아졌다. 그는 그녀를 창턱에 올린 후 다리 사이로 자리 잡은 그가 윤지의 입술을 다시 머금었다. 거칠게 입술과 턱, 목을 움직여 다니며 그녀를 맛봤다.

"하아……종우야."

"응?"

"사랑해."

"……나도."

그는 그녀를 꽉 안았다. 키스하다 말고 잠시 숨을 몰아쉬며 호흡을 가다듬었다. 그러자 윤지가 창턱에서 내려와 다시 등을 돌렸다. 그는 그녀가 추울까 싶어 뒤에서 꼭 안아 주었다. 벌써 몸 전체가 후끈거렸다. 차가운 바람에도 그의 몸은 식을 줄을 몰랐다.

"눈이다, 눈……. 진짜 눈이 오네."

그녀는 창문가로 가서 손을 뻗어 눈을 만졌다. 그는 눈을 만져 차가운 그녀의 손을 왼손으로 꼭 잡아 데워 주었다. 그러고는 다른 손으로 창문을 닫고 리모컨 버튼을 눌러 블라인드를 내렸다. 방안은 온통 암흑으로 덮였지만, 그녀의 실루엣은 빛났다.

"나 겨울 신부가 되고 싶어."

"나 눈 안 오면 결혼 안 한다, 그럼?"

결혼 전 윤지가 했던 말이 떠올라 그는 피식 웃었다.

"왜 웃어? 내 정수리에 눈이 달려서 도종우 웃는 거 다 보여."

"……너 이제 코 꿰다. 내가 눈 오게 했으니까."

겨울 신부가 되고 싶다고, 결혼식 날 눈이 왔으면 좋겠다던 윤지의 소원이 이뤄졌다. 그는 잠시나마 신이 있다면, 신에게 감사했다. 제 소원을 들어주셔서 감사하다고. 그의 처음이자, 마지막인 정윤지. 제 곁에서 묵묵히 저를 응원해 주고 도망가지 않으며 그를 기다려 준 윤지는, 그의 삶 그 자체였다. 다시는 놓치고 싶지 않은 여자이자 평생 제 품에 담고 싶은 여자였다.

결혼식 때 몇몇 동기들이 철없는 농담을 해 왔었다. 너 한 여자만 만나서 어떡하냐고 불쌍하다고. 나중에 후회할지도 모른다고, 총각 파티라도 하지 그랬냐며. 우스갯소리였지만 종우는 입을 사리물며 그런 얘기 할 거면 그만 가라고 말했다. 그의 기분을 눈치챈 몇몇은 미안하다며 농담이었다고 사과하였다. 남자끼리 하는 농담임을 알지만, 그 농담 속에 윤지가 들어가면 그건 그에 대한 모욕이라 생각이 든다. 윤지가 얼마나 괜찮은 여잔데.

백 명의 여자를 갖다 놔도 그건 그저 윤지라는 보석을 찾기 위한 들러리밖에 되지 않을 것이다. 그에게 윤지는 가족보다 더한, 삶 그 자체였으니까. 비교 대상이 없어도 좋다. 어차피 비교해도 그는 윤지에게 돌아갈 것 같다. 서로의 힘든 시기를 같이 겪었고 서로를 가 ﹏ ﹏ ﹏ ﹏ ﹏ ﹏ ﹏ ﹏ ﹏ ﹏ ﹏ ﹏ ﹏ 따위 필요 없다. 또한 육체적으로 그를 미치게 하는 것도 정윤지뿐이었다.

"눈은 네가 내렸나, 하늘이 내렸지."

"내가 한 거야."

"……순 뻥쟁이."

그녀는 팔꿈치로 그의 배를 가격했다.

"오, 도종우. 복근 더 단단해졌는데?"

넓은 가슴과 단단한 흉곽, 복근을 참 좋아하는 윤지였다. 보기 좋은 떡이 먹기도 좋다며 그녀는 그의 몸이 나이가 들어도 계속 이 상태였으면 좋겠다고 말했다. 내 풀뿌리 식단의 원인은 정윤지 본인임을, 그녀는 절대 모를 것이다. 그는 그녀의 머리카락에 있는 실핀을 하나씩 뽑았다. 고불고불하게 내려온 머리카락이 등에서 찰랑거렸다. 그는 머리카락을 앞으로 넘겨주곤 빼곡하게 박힌 실핀을 뺐다.

"아악, 아파."

"아픈 김에 다 빼자."

그는 자비란 없다는 손길로 거침없이 실핀을 뽑았다. 머리카락 구석구석에서 실핀을 뺀 후 그는 그녀가 고개를 옆으로 틀게 했다. 그러자 목선이 그의 눈에 비쳤다. 어둠 속에서도 실루엣은 감추지 못했다. 피로연 때는 결혼식과 다르게 우아함을 강조한 드레스를 입었다. 치마 길이는 무릎 위이지만 몸의 실루엣이 강조된 피로연 드레스는 그녀의 여성스러움을 강조했다. 매번 털털한 그녀였지만 오늘만큼은 모든 남자의 시선을 잡아챘다. 그는 그게 못마땅했지만. 정윤지는 제 눈에만 예뻤으면 좋겠다. 그는 그대로 지퍼를 잡아 아래로 내렸다. 리본 모양으로 묶여 있는 오프 숄더 원피스의 끈을 잡아당겨 풀었다. 스르르 내려가는 원피스 앞섶을 그녀가 잡고 뒤를 돌았다. 어둠 속에서 눈이 마주치자 그가 다정하게 웃었다.

"잠깐만, 나 할 말 있어."

"뭔데?"

그는 그녀가 무슨 말을 할지 가늠이 안 됐다. 윤지를 다 안다고 생각했는데. 그는 침을 꼴깍 삼켰다. 역시 술을 많이 마셔서 술 냄새 난다는 건가.

"나 이제 오랫동안 오빠 옆에 있을 거야. 코는 도종우가 나한테 꿰인 거야."

그녀가 예쁘게 웃으며 곱게 눈을 접었다. 그는 손을 뻗어 그녀의 보드라운 볼을 만지며 손끝으로 입술을 매만졌다. 부드러운 크림 같은 입술이 폭신폭신 맛있게도 생겼다는 생각하며 그는 상체를 기울여 가까이 다가갔다.

"사랑해, 종우야."

그녀는 두 팔로 감아 그를 안았다.

"많이 사랑해. 오래오래 나와 함께해 줘."

그 말에 그는 조금 울컥해서 그녀를 와락 끌어안았다. 더는 맑은 눈을 보고 있을 수가 없었다. 그녀가 한 말들은 모두 제 마음과 같았다. 많이 사랑하고, 오래오래 그녀와 함께할 거란 거.

"다시 와 줘서 고맙고, 아프지 않아서 고맙고…… 우리 아빠한테 잘해서 고맙고, 다 고맙고 고마운데 가장 고마운 건, 오빠가 내 곁에 있다는 거야."

"윤지야."

"으응?"

"이리 와 그때에."

네가 그렇게 말하면 허리가 아작 나도록 널 사랑해 주고 싶어지잖아. 종우는 매번 1절만 하라던 윤지의 말을 기억하고 뒷말은 생략했다. 그대로 원피스 앞섶을 붙잡고 있던 윤지의 손목을 잡아챘다. 스르르, 원피스가 발등으로 떨어짐과 동시에 그는 가운을 벌려 그녀를 안았다.

"사랑해. 정윤지."

"……나도 사랑해."

침대로 눕는 동안에도 두 사람은 사랑한다고 속삭였다. 오늘 밤, 종우는 끊임없이 윤지의 귓가에 사랑을 속삭일 예정이었다.

"우리 내일 못 일어나면 어떡해?"

"알람 맞춰 놨어."

"아니, 오빠 말고 나."

"너 못 일어나면 업고라도 갈게, 걱정하지 마."

이불 속에서 꼼지락거리는 윤지를 몸으로 누르며, 그가 그녀의 입가 주변에 자잘한 입맞춤을 했다. 흘러내린 머리카락도 예쁘고, 반달보다 예쁘게 휘어지는 눈과 입술도 예쁘고, 모든 게 다 아름다운 것투성이였다. 다시는 윤지가 자신 때문에 상처받고 가슴 졸이도록 만들지 않을 것이다. 오늘 누구보다 빛났던 그녀의 모습 그대로, 시간이 지나도 제 앞에서 반짝일 수 있도록 그는 최선을 다해 그녀를 사랑해 줄 거다.

제 사랑을 먹고 무럭무럭 자라 아주 나중에 결혼 생활을 떠올리면, 힘들었지만 그래도 빛나는 결혼이었다고……. 꼭 그 말을 듣고 말 거라 다짐했다. 비록 눈을 만들어서 뿌려 주는 재주는 없어도…… 신이 되어 그녀의 불행을 먼저 없애 버리진 못해도 곳곳에 함께해 줄 거다. 어떤 일이 있어도 결국, 오빠여서 행복했다고 그런 생각을 하고 살아갈 수 있도록 평생 사랑해 줄 생각이다. ……이건 다짐이 아니라, 그의 진심이었다. 그는 윤지가 생각하는 것보다 더 많이 그녀를 사랑했다.

'윤지 옆에 오래 있을 수 있게 해 주세요.
무슨 일이 있어도 윤지 옆에서 늙어 가게 해 주세요.'

그는 오늘 밤 그녀를 취하며 간절한 소원을 빌었다. 앞으로 남은 생에 윤지의 곁에 있게 해 달라고, 그녀 옆에서 오래오래 함께 있을 수 있게 선처를 부탁한다고.

그는 그녀의 귓가에 사랑을 가득 속삭였다.

에필로그

　온종일 도서관에 앉아 있던 종우는 시각을 확인하고 의자에 등을 편안하게 기대었다. 창밖을 힐끔 보자 빗방울이 톡톡, 창문을 두드리고 있었다. 담배를 챙겨 들고 도서관 밖으로 나섰다. 이번 학기는 장학금을 받았지만, 다음 학기는 어떻게 하면 될지 몰라 항시 불안했다. 전액 장학금으로 입학하긴 했어도 매해 4.0의 학점을 넘지 못하면 전액 장학금이 취소되는 조항이 있었다. 기왕 줄 거 다 주지.

　그 외에도 의대는 들어가는 돈이 많아서 그가 감당하기엔 턱없이 힘들었다. 과외와 자잘한 아르바이트로 생활비를 대고 있지만, 여전히 돈은 부족했다. 과외를 잘하려면, 인기가 있으려면 학생들의 성적을 올려 줘야 한다. 그건 그의 시간표대로가 아닌, 학생들의 시간표대로 움직여야 한다는 것이다. 당장 다음 주가 시험 기간이라 하더라도……. 수험생인 그의 학생들이 더 중요했다. 그는 답답한 마음에 담배를 한 대 더 태우려다 눈앞을 왔다 갔다 하는 정수리를 보고 고개를 숙였다.

"안녕하세요, 오빠?"

"……누구? 아."

그는 턱을 내려 가볍게 고개를 끄덕여 인사를 받아 주었다.

"저도 시험 기간이라, 하하."

그녀가 뒤를 돌아 도서관을 손짓하며 말했다. 묻지도 않았는데. 신입생 환영회로 학교 안이나 밖이나 정신이 없었던 때, 우연히 지나가다 도와주었던 여학생이었다. 어쩌다 그게 소문이 나 버려 원치 않게 유명 인사가 된 종우는 최근에 아주 죽을 맛이었다.

"이거 드세요."

종우는 수줍은 듯 건네 오는 캔 커피를 내려다보고는 잠깐 머뭇거리다 이내 그것을 받아 들었다.

"고마워. 잘 마실게. 감사 인사는 이거면 됐어."

"정말요? 밥 사 드리고 싶었는데. 지금 딱 출출할 시간이잖아요."

그녀가 손목시계를 그의 눈앞까지 들이밀었다. 저녁 먹을 시간이긴 했다. 그러나 종우는 저녁을 생략해야 했다. 가르치는 학생 야간 자율 학습이 끝날 시간에 맞춰 얼른 가야 했기 때문이다.

"다음에."

"……다음, 저 그 말 안 믿어요."

그래서라는 표정으로 그는 그녀를 봤다. 적당히 거절하는 말이었는데, 그걸 안 믿는다니 뭐라 답변을 해야 할지 몰랐다.

"도종우. 나도 담배 한 대…… 누구?"

공부하다 나온 도형이 그의 담뱃갑을 가져가다 앞에 서 있는 여학생을 발견하고는 물었다. 고등학교 친구 중 유일하게 대학교가 같은 친구였다.

"안녕하세요."

종우에게 말할 때와 다르게 도형에게 인사를 건넬 때는 입이 굳어 있었다. 생각보다 싸늘한 표정에 도형이 머리를 긁적이며 괜히 비 냄새가 이렇다느니 저렇다느니 헛소리를 했다.

"저 우매껀 깨깨기고 싶어요,"

"……"

차마 피우지 못하고 손에 들고 있던 담배가 뚝 바닥으로 떨어졌다. 여전히 대리석을 때리는 빗소리는 거셌다. 도형은 눈치껏 자리를 피해 주었고, 두 사람만 남았다.

"고마워."

우선, 종우는 다정하게 웃어 보였다.

"커피 잘 마실게."

그는 커피를 흔들며 그 앞에서 뚜껑을 땄다. 한 입 커피를 마실 때쯤, 그녀가 입을 열었다.

"제 이름 모르시죠?"

"응."

"정윤지요, 윤지."

거절해도 웃던 윤지는 그 후에도 종종 도서관을 찾았다. 그가 담배 피우러 나올 때마다 자주 마주쳤다.

"오빠, 안녕하세요?"
"오늘은 일찍 가시네요."
"저녁, 오늘도 안 드세요?"
"……친해지고 싶다고요!"

　동기들은 종우에게 너무한다 했다. 좀 받아 주라고! 그러고 보니 그녀는 티셔츠에 청바지를 주로 입었는데, 워낙 몸매가 훌륭한 탓에 남자들의 시선을 끌었다. 그것만 해도 죽음인데 외모까지 흔하지 않게 예뻐서 여신 같다고 했다.

　'오빠' 소리 자기도 듣고 싶다며 너 안 가질 거면 소개해 달란 녀석들이 줄을 섰다. 그런데 정윤지는 그가 아닌, 다른 남자 선배들에겐 매정했다.
"밥 사 줄게."
"정말요? 저 그럼 짐 싸서 나올게요. 지금 사 주실 거죠?"
"응."

　마음이 없으면 받아 주지 말라는 주변의 이야기에 그는 이번엔 단호하게 거절을 해야겠다고 생각했다. 여자를 제 곁에 둘 시간이 없었다. 이 마음 그대로 상황을 설명하면, 그녀도 이해하겠지 생각이라며.

＊　＊　＊

"오빠, 저 우산이 없어요. 안 가져왔어요."

약속한 시각에 도서관 앞으로 나오자 거센 빗줄기가 두 사람을 맞이했다. 종우는 몸도 크고 키도 큰 탓에 장우산을 들고 있었다. 그 우산을 보는 눈이 너무 노골적이라 그는 고개를 절레절레 저으며 우산을 폈다. 그러자 그녀가 그 안으로 쏙 들어왔다.

"팔짱 끼는 거 좋아하세요?"

"아니."

"흔한 기회 아닌데."

뭐라 구시렁구시렁하더니 그의 옷깃만 슬쩍 잡는다. 그 모습이 안쓰러웠다.

"그냥 팔짱 껴, 꼐, 꼐."

"좋아. 아주 좋아요~!"

그녀는 그에게 팔짱을 꼈다. 흔한 기회 아니라던 그녀의 말이 진실이었다. 갑작스럽게 팔에 닿는 폭신한 감촉에 그는 아찔해졌다. 여러 여자에게 고백도 받고, 그를 유혹하던 순간도 더러 있었다. 특히 술에 취해서 적당히 저를 덮쳐 달라는 눈빛으로 보는 후배들. 그런데도 반응한 적 없던 곳이 반응하고 있었다. 종우는 침을 꼴깍 삼키며 티 내지 않으려 우산을 조금 더 그녀 쪽으로 기울였다. 학교 앞 밥집에 도착한 두 사람은 마주 보고 앉았다.

"오빠 저 거짓말한 거 있는데, 말해도 돼요?"

"뭔데?"

백반 두 개를 주문한 후, 종우는 컵에 물을 따르며 물었다.

"저 사실 우산 있었어요."

"알아."

"정말? 봤어요?"

"응."

먼저 도서관 앞에 나온 그녀가 그를 기다리며 우산을 쓰레기통 옆에 대충 던져두는 걸 봤다. 거기서 아는 척하기 민망해서 조금 기다렸다가 밖으로 나갔다.

"오빠랑 밥 먹기까지 한 달이 걸렸네요. 중간고사는 잘 봤어요?"

"응. 넌?"

"⋯⋯전 뭐, 하하. 적당히."

밥을 먹기 시작하자 잠시 침묵이 돌았다. 밥알을 깨작거리던 윤지가 물끄러미 그를 보았고, 종우는 밥을 다 비운 후에야 그녀를 봤다.

"왜 안 먹어?"

같이 식사하자고 몇 날 며칠을 조르더니. 정작 밥을 먹지 않는 윤지의 모습에 종우가 고개를 갸웃하며 물었다.

"오빠, 저 여자로 안 보이죠?"

"⋯⋯응."

아까 조금 여자로 보였다. 근데 그건 확실한 게 아니니, 말할 순 없었다.

"그럼 오빠 동생으로 지내는 거 어때요?"

"음."

"그냥 지내요. 지금처럼 밥 먹는 게 오빠 동생이지, 뭐. 별거 있나."

"너 은근히 말 놓는다?"

"⋯⋯친해지려면 말을 까야 한대요."

"그래. 네 맘대로 해."

그는 피식 웃었다. 혹시 제게 마음이 있는지 묻고 정중히 거절을 하려 했는데, 직설적으로 물어 오니 그럴 필요가 없어졌다. 오빠 동생 정도는 뭐, 부담스럽지 않다. 정윤지라는 여자는 불편하고 부담되고 그런 존재는 아니었다. 제게 좋은 호감이 있는 거 같은데. 딱 거기까지였다. 감정이 깊어 보이지 않았고 질척거리지도 않는다. 아니면 말고, 그 정도라 편한 것 같다. 그때의 그는 몰랐다. 이 감정이 정말 오래간다는 것을.

"그래. 도종우."

"……."

말을 놓으라는 의미를 잘못 해석한 모양이다. 종우가 눈썹을 찡그리며 그녀를 봤다. 근데 너무 해맑게 웃어서 화를 내지도 못했다.

"오빠 동생이니끼, 근데 왜 나송우나."

"도종우 오빠. 하하, 제 입이 왜 그랬을까."

그녀는 그 후에도 반말 속에 '도종우'를 섞었다. 나중엔 그 도종우가 이름을 부르는 게 아니라, 저를 별명으로 부르는 것처럼 느껴지기도 했었다. 도종우, 그리고 도종우. 윤지가 부르는 도종우는 조금 특별한 이름이었다.

* * *

윤지는 해인과 통화하기 위해 밥집 밖으로 나와 골목으로 들어갔다. 그녀가 사려고 했는데 종우가 괜찮다며 먼저 계산을 하고 있었다. 나가서 기다리라기에 얼른 골목으로 꺾어들어 해인의 전화를 받았다.

"왜, 중요한 순간인데."

-팔짱 꼈어? 네 매력 팡팡 보여 줬어?

"……차인 거 같은데?"

-아. 가슴에 무딘 남자라. 게이인가?

"게이는 아닌 거 같아. 남자 만나는 거 못 봤어."

-여자 만나는 건 봤냐?

해인의 말에 윤지는 '아니'라고 말했다. 도종우를 지켜본 결과 여자는 없었다. 공부, 공부, 또 공부. 그리고 집에 가고! 그가 만나고 대화하는 친구들도 대강 비슷비슷했다. 종종 모르는 여자들이 와서 그에게 선물을 주고 말을 걸긴 했지만, 그게 두 번 세 번 반복되는 여자는 없었다. 여자관계가 아주 깨끗해서 마음에 든다. 청소기가 지나간 자리 같은 남자이다. 아주 깨끗한.

"오빠 동생 하기로 했어."

-오빠에서 자기야 되는 거고, 그다음 여보이지. 너무 갔나?

"오빠에서 자기, 여보…… 여보오? 으아악, 소름 돋았어. 근데 말 되네."

말을 하는 동안 그녀는 발을 동동 굴렀다. 상상만 해도 이상한데, 조금 좋은 거 같기도 하다.

"내가 도종우랑 여보오~? 여보? 으악! 이상해."

-너무 갔다니까. 우리 나이에는 이런저런 남자 만나면서 때가 됐을 때 최고의 남자를 고르면 돼. 지금은 연습 단계라고. 연애 연습.

그게 뭐든 윤지의 귀엔 다른 건 들리지 않았다. 오빠, 자기, 여보. 3단계가 머릿속에 그려졌을 뿐이었다. 그 정도까지 생각해 보진 않았는데, 그냥 좋은 오빠, 좋은 사람, 애인으로 삼아도 나쁘지 않을 사람. 점점 감정이 커져 가고 있을 뿐이었다. 전화를 끊고 골목을 나가려는데, 이미 계산을 끝낸 도종우가 벽에 서서 그녀를 보고 있었다. 윤지의 얼굴이 토마토처럼 빨갛게 달아올랐다. 웬만해서 얼굴이 빨개지진 않는데, 어디 가서 걸크러시 소리 엄청 듣는데……. 완전 망했다.

"드, 드, 드, 드, 들었어?"

"오빠, 자기, 여보?"

"……으아악. 미안해요. 내가. 오빨 두고 한 얘긴 아니고."

"그럼?"

"있어. 아니, 아- 왜 엿듣고 그래요."

윤지는 말을 돌리며 그의 등을 팍 때렸다. 친밀한 스킨십이었다.

"미 소니까 우산 씌워 주려고 했지. 엿들으려고 한 거 아니었어."

"아하, 나 우산 버렸지."

그녀는 씩 웃으며 아까처럼 그와 팔짱을 꼈다. 우산 버리길 잘했다. 두 번이나 그의 우산을 쓰고. 킥킥 웃으며 걷는데, 도서관으로 돌아가는 길에는 그가 걸음을 맞춰 주었다. 여기로 올 땐 성큼성큼 걸어서 거의 달리다시피 걸었는데 말이다.

"잘 부탁해, 동생."

"나두. 도종우."

"……너보다 위라고."

"네. 종우 오빠."

인상을 쓴 모습이 멋있어서 몇 번이나 그의 옆얼굴을 힐끔거리며 윤지는 고분고분 말을 따랐다. 종우 오빠보다 도종우가 익숙해지게 길들이면 된다. 그녀는 그 길들이는 기간이 그렇게 길 줄은 몰랐다. 도종우의 마음을 열기까지, 정말 오랜 시간이 걸릴 줄은…….

그때는 몰랐다.

*　*　*

 신혼여행을 가야 하는 두 사람은 이불 속에서 서로를 꼭 안고 있었다. 알람 소리에 먼저 눈을 뜬 종우는 손등으로 눈을 비볐다. 옆에서 잘 자고 있는 윤지가 보여 그는 이마에 부드럽게 입을 맞췄다. 볼록한 이마에 다시 한번 입을 맞춘 후 그는 그녀를 흔들었다.
 "윤지야, 일어나."
 "……으음, 졸려. 도종우, 나 졸려."
 "지금 일어나야 비행기 탈 수 있어."
 "네가 나 안 재웠잖아. 으으…… 졸려 죽겠어."
 그녀는 눈도 못 뜨며 옆으로 몸을 돌리더니 이불을 꼬깃꼬깃 말아 안고 다시 잠이 들려 했다. 그는 뒤에서 그녀를 안아 목선과 어깨에 입을 맞췄다. 부드럽게 닿았다가 세게 빨아들였다. 그러곤 다시 가볍게 입을 맞추고. 그걸 반복하니 제게 길들어진 몸이 서서히 반응하는 게 보였다.
 "……하지 마."
 "일어나자, 정윤지."
 그녀는 상체만 벌떡 일으키더니 이불로 제 몸을 다 감쌌다. 얼굴만 동동 떠 있었다. 그는 그게 귀여워서 머리카락을 쭉쭉 잡아당겼다.
 "여보."
 "응? 도종우 뭐라고 했어?"

"갑자기 옛날 생각이 나서."

"어떤 거?"

"오빠가 자기 되고, 여보 된다고. 네가 그랬잖아."

"기억하고 있었어?"

그녀는 배시시 웃었다. 그는 예뻐서 그녀의 볼을 잡아당겼다.

"그때 도종우 완전 철벽이었지. 도종우를 도종우라고 부르지도 못하게 하고."

"네가 세 살이나 어리잖아."

"지금은 같이 늙어 가는 처지니까 뭐, 도종우나 나나 똑같지."

"……그래도 나는 오빠다."

오빠에 집착하는 게 이런데, 그게 오빠 하면서 웃으면 온몸이 간지럽고 좋다. 언제 들어도 좋다. 그녀보다 훨씬 젊은 친구들한테 오빠 소리 백 번 듣는 것보다 정윤지에게 한 번 듣는 게 더 좋다. 그는 그녀의 머리를 흩트렸다.

"내 말대로 다 이뤄졌으니까. 앞으로 도종우는 나를 어떻게 해야 겠어?"

"더 사랑해야지."

"아니지. 나를 신처럼 모셔야지."

"뭐라고, 이 여자야?"

"……절대 권력, 절대 충성."

그녀는 가운을 걸친 채로 일어나 침대 위에 발을 딛고 섰다. 기지 개를 켜며 위에서 그를 내려다보며 무릎으로 그를 툭툭 건드렸다.

"다 충성할 건데, 권력도 다 너 가져. 근데 안 되는 순간이 있어."

"그게 언젠데?"

"섹스할 때."

으아악, 몰라, 몰라.

윤지가 침대 위를 뛰어다니며 부끄러워했다. 그러더니 다시 돌아와 그의 앞에 서서 두 팔을 벌렸다. 그는 그대로 윤지를 안아서 침대 바닥으로 내려 주었다. 이제 정말 씻고 나가야 할 시간이었다.

"그때는 특별히 허락할게. 나도 종우가 해 주는 게 좋아."

"그랬어?"

"어. 난 여전히 오빠가 좋아."

그러면서 그녀는 그를 안았다. 아침부터 서로를 꼭 안은 두 사람은 모닝 키스를 하였다.

공항으로 들어선 두 사람은 입국 수속을 끝내고 나서야 한숨을 돌릴 수 있었다. 씻고 준비하다 또다시 불꽃이 튀는 바람에 하마터면 정말 비행기를 놓칠 뻔했다. 일등석에 눕다시피 한 윤지가 담요를 목 끝까지 덮었다. 그는 그녀의 눈에 안대를 씌워 준 후 상체를 기울여 귓가에 입술을 가져다 댔다.

"사랑해, 윤지야."

"으응, 나도."

"……잘 자. 도착해서 재밌게 놀자."

"으으응……."

이미 잠에 취한 그녀는 머리를 대자마자 잠에 빠졌다. 그는 담요를 꼼꼼히 여며 주며 그녀가 자는 모습을 한참 보다가 비행기가 안전 궤도에 올라선 후에 잠이 들었다. 도착해서는 내내 잠을 못 잘테니, 지금이라도 편히 자자…….

외전

잠에서 깬 윤지는 이불을 가슴 위로 끌어올리며 종우의 품으로 파고들었다. 12월에 결혼하고 한 달이 지났다. 해가 바뀌었지만 계절은 그대로라는 게 이상하고, 도종우가 옆에서 자고 있으니까 또 이상하다. 윤지는 밤새 종우와 함께하느라 아릿한 배를 손으로 만졌다. 몸을 엎드려 팔을 괴고 고개를 돌리자 눈을 감고 있는 종우가 보였다. 그녀는 손바닥으로 그의 맨살을 만졌다. 피부과 의사답게 보들보들하다. 이러니 병원에 환자가 끊이질 않지. 긴 눈매와 오똑한 코, 그녀도 모르는 곳곳을 다 입 맞추고 사랑을 속삭이는 입술. 탄탄한 어깨, 다정한 품.

"으음."

종우가 잠꼬대를 하며 인상을 쓰며 윤지를 끌어안았다. 죽부인을 안듯이 그녀를 안고 그녀의 정수리에 턱을 괴고 다시 잠이 들 모양이다. 그녀의 몸 위를 두드리는 단단한 손길이 느껴지자, 윤지는 몸을 꿈틀거렸다.

"깼어?"

"응. 아, 부드러워."

종우는 그녀의 볼에 자신을 비비며 포근해 했다. 그는 그녀를 안고 있다가 위로 올라탔다. 이불을 머리끝까지 덮어쓴 두 사람은 눈이 마주치자, 누가 먼저랄 것도 없이 입술을 부딪쳤다.

"으읍……."

종우는 그녀에게 키스하며 손은 점점 아래로 내렸다. 부드러운 여인의 곡선을 탐하듯 부드럽게 움직인 손길에 윤지는 몸을 움찔거리며 화답했다. 서로 떨어지기 싫다는 듯 꽉 껴안은 두 사람은 키득거리며 서로에게 입을 맞췄다. 종우는 그녀의 여린 목선에 입술을 박았다. 두 사람이 덮은 이불은 그들이 움직일 때마다 모양을 달리했다.

"하아……."

촉, 촉. 뿌연 입김이 두 사람 사이를 갈랐지만 금세 다시 입술이 닿았다. 종우는 윤지의 입술 전체를 빨아들이며 부드럽게 혀로 아침 인사를 건넸다. 한참을 서로 지분대던 두 사람은 모닝콜이 울리자 서서히 몸을 일으켰다. 윤지는 종우를 두고 이불로 몸 전체를 감고 욕실로 들어갔다. 출근 준비를 마친 두 사람은 부엌 테이블에 마주 보고 앉았다. 샌드위치와 커피가 담긴 머그컵 두 잔이 테이블에 놓였다.

"맛있어?"

"응. 누가 해준 건데."

"오늘 세미나 있다고 했지?"

"응. 대전에서 있는데……. 집에는 올 거야."

"정말? 피곤할 텐데 자고 오지."

"맘에도 없는 소리 하지 마."

종우는 킥킥 웃으며 샌드위치를 크게 한 입 베어 물었다.

"맘에도 없는 소리인 거 티 났어?"

"응. 그리고 니 네 옆에서 자야 해. 다른 데서 자기 싫어."

"큭큭. 괜히 뿌듯해지는데?"

집이 좋아서 매번 집밥 먹고 싶고, 집에 일찍 오고 싶고, 잠은 무조건 집에서 자려는 종우를 보니 괜히 윤지는 뿌듯해졌다.

"커피 더 줄까?"

"아니. 근데 윤지야. 이리 와 봐."

종우의 부름에 윤지는 커피를 내리다 말고 종우에게 다가갔다. 그가 상체를 숙이라며 손짓하자, 윤지는 상체를 숙여 가까이 갔다.

쪽.

갑작스러운 입맞춤에 윤지의 눈이 동그래졌다.

"예뻐서."

"……아."

"사랑해. 정윤지."

"샌드위치나 먹어."

윤지는 부끄러운 듯 볼을 붉히며 상체를 세워 똑바로 일어나려 했지만, 그가 그대로 허리를 낚아채자 결국 그의 허벅지 위에 앉게 되었다.

"아침부터 왜 이래."

"음. 이따 밤까지 못 보잖아. 보고 싶어서 어떻게 참지."

"결혼 전에는 우리 맨날 잘 참았거든!"

엉큼한 손이 허리에서 위로 올라오려 하자 윤지가 그의 손등을 손으로 덮었다. 꽉 쥐고 더는 올라가지 못하게 하자, 그의 긴 손가락이 꿈틀거렸다.

"손 더 올리지 마."

"왜?"

"……오빠가 만지면 나 지각할 거 같아."

"우리 윤지가 왜 지각할까?"

그가 씩 웃었다. 윤지는 제 등에 얼굴을 묻고 바스러뜨릴 것처럼 종우가 꽉 안자 작게 숨을 쉬었다. 갑작스러운 스킨십, 예고 없이 다가오는 애정표현은 가끔 그녀를 놀라게 한다. 지금처럼 말이다.

"오빠."

"응?"

"나도 사랑해."

"……하아."

사랑한다는 고백에 한숨이 되돌아왔다. 윤지가 고개를 갸웃하며 뒤로 고개를 돌리자, 종우가 그대로 그녀를 안은 채로 일어났다. 테이블에 윤지를 눕힌 후 발로 의자를 밀어버린 그가 그대로 손목을 압박하며 입을 맞춰왔다.

"읍!"

아침에 침대에서 나눴던 키스보다 강렬하고 섹시했다. 그가 그녀의 윗입술과 아랫입술을 모두 부드럽게 빨아 들었다.

"잠, 잠깐……읍!"

윤지는 손목을 비틀며 종우를 말렸다. 그는 그제야 손목을 놓아주며 그녀의 위로 상체를 숙이고, 거칠게 숨을 몰아쉬었다.

"아…… 또 못 참았네."

"이 도종우야!"

흐트러진 옷차림, 다 번진 입술, 사자처럼 뻗친 머리카락. 그에 반해 도종우는 입술 외엔 멀끔했다. 자신을 만져서 흐트러뜨리지 못하도록 그녀의 두 손을 압박한 것이다. 치밀한 놈. 윤지는 입을 삐죽거리며 일어났다.

"이 아래에 샌드위치 있었단 말이야."

덮칠 거면 샌드위치는 치웠어야지. 윤지가 울상을 지으며 등에서 느껴지는 이물감에 손을 뒤로 돌렸다.

"다시 씻어야겠다. 그렇지?"

종우가 슬금슬금 뒤로 물러났다. 윤지는 장난기 가득한 표정을 지으며 두 손에 샌드위치 소스를 묻힌 채로 종우에게 다가갔다.

"어흥. 나도 오빠 덮칠래."

윤지가 다가가자 종우는 거실까지 한달음에 도망갔다. 그녀는 자기만 씻을 수 없다는 표정으로 거실까지 따라갔다가 피식 웃으며 그 옆에 욕실로 들어갔다. 한참을 욕실에서 씻고 있는데 문을 두드리는 소리가 들렸다.

"왜?"

"내가 더럽혔으니까 씻겨 줄게."

"됐거든요!"

윤지는 종우가 들어오기 전에 냉큼 소리쳤다. 이러다 둘 다 지각할지도 모른다. 그녀의 거절에 종우는 더 조르지 않고 물러났다.

* * *

"요새 좋아 보인다? 결혼해서 좋나 봐."

종우는 세미나에서 만난 선배의 질문에 방긋 웃었다.

"윤지 씨 아주 예뻐졌더라."

"원래 예뻤죠!"

"네가 그런 말 하니까 이상하다. 그렇게 윤지 씨가 쫓아다녀도 꿈적도 안 하던 놈이."

윤지가 저를 좋아했던 건 선후배를 막론하고 다 알고 있었다. 예전엔 그게 듣기 거슬리지 않았는데 지금은 왠지 불쾌했다.

"지금은 오히려 제가 쫓아다닙니다. 예뻐 죽겠어요."

"어휴. 그만해라, 그만해. 부러워서 몸이 다 시리다."

"밤에 잠도 못 자겠다?"

"잠이 뭔가요. 먹는 건가요."

종우의 말에 세미나 테이블은 웃음바다가 되었다. 그러나 그게 현실이기도 했다. 사랑스러운 윤지를 옆에 두고 어떻게 잠을 잔단 말인가.

"나도 결혼하고 싶네. 사람이 저렇게 변한 거 보면."

"선배님. 원래 종우는 성격 능글능글했어요."

"아니야. 어, 세미나 시작한다."

세미나에 초청된 동문은 각기 모여 희소병에 대해 토론했다. 피부과와 내과가 협진할 때는 서로 지금까지 밝혀진 것들에 대해 보고하고 어떻게 협진을 하면 좋을지 논의했다. 그렇게 2시간이 금세 지나가고, 세미나에 초청된 모든 이들은 옆 건물의 술집으로 들어갔다.

"도종우 시계 뚫어지겠다."

"하하. 죄송합니다."

"신혼이라고 아주 티를 내는구나. 티를 내!"

뒤늦게 온 교수님이 종우에게 아는 척을 했다. 그는 오늘 윤지에게 집에 들어가서 잔다고 약속했기 때문에 무조건 집에 가야 했다. 마지막 KTX 시간을 확인했던지라 시간이 지날수록 걱정이 되었다. 술을 마실 것 같아서 차를 일부러 두고 왔다. 가져올 걸 그랬나.

"나도 저럴 때가 있었나 싶네. 기억이 하나도 안 나. 하하. 그래도 보기 좋네."

"교수님. 제가 한잔 따르겠습니다."

종우는 교수님께 깍듯하게 잔을 따른 후, 자리에 앉았다.

"후배들을 위해 수업할 때 학교에 한 번 와줄 수 있나?"

"말씀만 미리 해주시면, 가겠습니다."

"우리 과 통틀어서 꿰매는 거 하나는 일등이잖나. 왜 예전에 인턴 레지던트 할 때 찢어진 피부 봉합하는 거 보고 애덤 교수하고 제레미가 아트라고 했던 거 생각나네. 여자보다 더 섬세하다고."

"그래서 성형외과 교수님들께 예쁨 엄청나게 받았죠."

체력도 좋고, 힘도 좋고, 외모까지 끝내줘서 각 과에서 모두 종우를 원했었다. 그래도 피부과로 와서 직속 후배가 되어 줘서 그는 종우에게 항상 고마워하고 있었다. 대학병원에서 가장 약했던 분야를 엄청난 영업력과 실력으로 제2의 피부과 바람을 불어오게 한 장본인이었다. 종우는 결국 술자리를 마친 후 KTX 막차에 올라탔다.

* * *

윤지는 침대에 누워 굴러다녔다. 종우는 늦게 온다더니 정말 늦는 모양이다. 그래도 아직 문자가 없는 거 보면 자고 오는 건 아닌 거 같은데. 기다릴지 말지 고민하다가, 아직 안 자고 있는 해인에게 전화를 걸었다.

─정윤찌. 야밤에 전화 할 시간이 있어?

"아직 귀가 전."

─와우. 새신랑이 집엘 안 와?

"세미나 때문에 대전 갔어."

─아하~ 그래서 우리 윤지 심심했구나. 으아. 저리 가. 이놈아! 저리 가라고! 무거워!

옆에서 송준엽 씨가 해인이를 계속 건드리는 모양인지 해인이 후다다닥 일어나 방문을 닫고 나가는 소리가 들렸다.

─애 겨우 재웠는데 옆에 와서 놀아 달래. 아휴. 누가 애인지.

"그래도 보기 좋다."

─아. 젠장. 애 깼나 봐. 윤지야, 미안. 내가 다시 전화할게.

해인은 급하게 전화를 끊었다. 애가 예민해서 자주 깬다더니, 여전히 그런가 보다. 신생아 때부터 해인을 힘들게 하던 녀석인데 나중에 엄청 효도하려는 모양이다. 윤지는 입술을 오물거리다 카디건 하나를 걸치고 밖으로 나왔다. 맥주 한 캔을 살 겸 편의점으로 가는데, 집 주변에서 남학생의 말소리가 들렸다. 거기선 남학생 여럿이 한 명을 복날에 개 패듯 무지막지하게 때리고 있었다.

"야! 뭐 하는 거야!"

윤지는 담배를 태우고 있는 대장 격으로 보이는 녀석의 머리통을 후려쳤다. 그러곤 귀를 잡은 채로 그대로 끌어 올렸다. 귀에 있는 연골이 다 부서질 정도로 아귀에 힘을 주자, 남학생은 당황하여 담배를 그대로 떨어뜨렸다.

"동작 그만. 남의 집 앞에서 담배를 태워도 후드려 갈길 일인데, 다구리를 해?"

윤지는 귀를 미친 듯이 잡아당기며 무릎으로 장골을 까버렸다.

"불알 터뜨리려다 여기 친 거야. 고마운 줄 알아."

그녀의 등장에 남학생 셋은 당황하여 말을 잃었다가 그녀가 혼자인 걸 알고 피식거리며 비웃었다. 그중 제일 말라깽이 남학생이 확 윤지를 때릴 것처럼 손을 들었다.

"이게 확-!"

"확 뭐!"

빠르게 달려가 무릎으로 이번엔 정확히 가운데를 노렸다. 윽 하며 쓰러진 남학생을 보며 남은 두 남학생은 동시에 그녀에게 다가갔다.

"쌍 또라이 아니야, 이거?"

"이제 알았냐. 이 구역에 미친년이라고 생각해."

윤지는 눈싸움 한 번 지지 않으며 눈을 부라렸다. 배를 얻어맞아 바닥을 구르고 있는 학생을 불쌍한 눈으로 봐주며 '조금만 참아'라고 입 모양을 보여 주었다.

"누님, 너무 겁 없으신 거 아니에요?"

"와- 여기 지나가던 어른 중에 우리 보고 다 그냥 지나갔어요. 그게 왜 그런 줄 알아요?"

"왜?"

"겁 없이 개기다가 골로 가는 거예요."

"그건 너고."

윤지는 누구보다 반사신경이 빨랐다. 예를 들어 손이 제게 닿기 전에 그대로 반격을 해서 명치를 찍어주는 능력이랄까. 조폭하고 붙어본 적은 없지만, 그녀보다 덩치 큰 남자애들은 여럿 상대해봐서 무섭지 않았다. 윤지는 남자의 머리카락을 움켜쥐고 확 재꼈다. 우스꽝스러운 모습으로 뒤로 젖혀진 남자가 입에서 쌍욕을 하자, 그녀는 그의 입을 손바닥으로 세게 내리쳤다.

"아악!"

"예쁜 말. 예쁜 입."

"야, 이년 잡으라니까!"

불알을 맞았던 남학생은 윤지에게 다가오지 못했다. 윤지는 남자의 머리통을 더 꽉 쥐어 이번엔 하얀 이마에 손자국을 내주었다. 찰싹, 찰싹. 때릴 때마다 남학생의 입에선 욕설이 줄어들었다.

"윤지야."

"……어떤 새끼가 내 이름, 아……여보?"

뒤에서 팔짱을 낀 종우가 다가와 윤지의 손을 탈탈 털어 주었다.

"언제 왔어?"

"방금."

인상을 쓴 종우를 보며, 윤지는 애교 있는 말투와 표정으로 그를
불렀다.

"오빠아-!"

"내가 손 더럽히지 말랬지. 잠시만."

종우는 쓰러져 있는 학생에게 다가가 응급처치를 하고 바로 119
에 전화를 걸었다. 그러고는 스르륵 일어나 쭈뼛거리고 있는 남학
생들 앞에 갔다. 종우가 세 명의 남학생 앞에 서니, 학생들이 꼬꼬
마처럼 보였다. 그들도 여자인 저를 대할 때와는 다르게 바로 꼬리
를 내렸다. 종우는 다친 남학생 부모님께 연락을 취하고 나머지 셋
에겐 이 주변에서 담배 피우는 거 걸리면 가만두지 않을 거라고 경
고를 했다. 집으로 들어온 두 사람은 잠시 말이 없었다. 윤지는 그
~~이 넥타이를 만지기도 전에 미리 핼끔을 썼나.~~

"오빠~ 잠이 안 와서 오빠 기다렸어."

"기다리는 녀석이 거기 가서 애들을 잡고 있어?"

"으음…… 누가 맞고 있는데 어떡해."

"그러다 네가 맞았으면 어쩔 뻔!"

종우는 거칠게 넥타이를 끌다 저를 벽에다 밀치고 남은 단추를 풀
고 있는 윤지 때문에 더는 말을 잇지 못했다.

"봐봐. 내가 도종우도 제압하는데, 저런 애기들은 껌이지."

"……."

"걱정하지 마. 내 손으로 해결될 놈, 아닌 놈 보기만 하면 사이즈
나와. 아까 그 셋은 한 놈만 조지면 될 거 같더라고. 진정한 양아치
부류는 아니었어."

윤지의 말에 종우는 기가 차서 웃었다. 그러자 윤지가 그의 얼굴

을 붙잡고 발끝을 세워 쪽, 입을 맞췄다.

"웃었다? 웃었다?"

"내가 진짜 너 때문에 웃는다. 그래도 윤지야, 앞으로는 모른 척하고 살자."

"그게 안 돼. 흐잉."

"나 너무 걱정돼."

"……많이?"

"어. 아까 멀리서 보는데 심장이 무섭게 뛰더라고. 나 신싸 너 나치면 눈 돌아. 너 건드린 새끼 어떻게 하면 될지 몰라. 진짜, 윤지야. 제발."

종우가 눈을 아래로 숙여 저를 올려다보는 윤지를 보며 애원했다. 정의로운 건 좋은데 제발 주먹을 먼저 쓰진 말자고. 뒤에서 신고하는 방법도 있다고 설명을 해도 몸이 먼저 나선다.

"알겠어. 세 번 중에 한 번은 참을게."

"두 번 참아."

"……알겠어."

"다치지 말고, 아프지 말고."

"으응."

"너 아프면, 마음 아파. 걱정되고."

종우의 다정한 음성을 들으며 윤지는 다시 한번 그에게 입을 맞췄다. 종우는 셔츠 단추가 다 풀린 채로 벽에 기대섰다. 윤지는 그의 단단한 가슴을 쓰다듬으며 서서히 무릎을 꿇고 앉았다. 꽉 그를 조이고 있는 벨트를 풀어 바닥에 두고, 바지 버클에 손을 대자 종우가 그녀를 일으켜 세웠다. 그러곤 번쩍 안아 들었다.

"나 아직 안 씻었어."

"……뭐 어때."

"술도 마셨어."

"그럼 같이 씻고 할까?"

"오늘 왜 이렇게 적극적이야?"

"집에 안 오는 줄 알았다가 오니까 너무 좋아서. 도종우 너무 좋아서. 나 걱정해주니까 더 고맙고, 사랑스러워서."

누가 보면 윤지가 술 마신 줄 알겠다. 애정 표현을 듬뿍 주니 종우는 몸 둘 바를 몰랐다.

"다리 감아 봐."

종우의 말에 윤지는 그의 셔츠를 벗겨 내며 두 다리를 그의 허리에 삼았다. 번쩍 안아 든 종우는 그대로 침실로 가지 못하고 거실로 갔다. 러그 위에 그녀를 내려놓고 소파에 배를 기대도록 한 후, 그녀의 뒤에 섰다.

"일단 한 번 하고, 같이 씻자."

"으응……!"

윤지의 치마를 들치고 속옷에 손을 댔다. 그녀의 사랑스러운 모습에 종우는 그대로 그녀를 안고 옷 위를 한없이 입을 맞췄다. 옷을 벗길 시간도 아깝다는 듯 그녀를 배를 만지며 자세를 받친 후 뒤에서 그대로 안았다.

"……하!"

거친 신음이 난무하고, 종우의 등에서 땀이 서렸지만 그는 미칠듯한 쾌감에 정신을 차릴 수가 없었다. 옷을 입고 있어도 잘록한 허리와 한창 발달한 상체가 그의 시야를 어지럽혔다.

"윤지야."

"……으응."

"왜 이렇게 사랑스러운 거야. ……윽."

종우는 그녀의 몸을 와락 움켜쥐었다. 어젯밤과 아침에 충분히 그녀를 안았다고 생각했는데 하루 지나 밤에 보니 또 달랐다. 매번 봐도 섹시하고, 예쁘고, 사랑스러웠다. 저를 미치게 한다.

안달 난 종우는 윤지가 꺽꺽 숨을 제대로 쉬지 못할 정도로 몰아쳤다. 거실에서 별을 본 두 사람은 서로를 꼭 껴안았다.

"하아, 하아. 숨 차."

"……나도. 하아."

"콘돔 안 써서 좋지?"

"응."

결혼 전엔 꼭 써야 했는데 이제는 안 써도 돼서 너무 좋다. 그래서 더 그녀를 못살게 구나 보다.

"우리 만약에 처음 결혼했을 때 사랑했으면, 진짜 큰일 났겠다. 할머니 보시는데, 크큭, 크큭."

"그러게. 내가 널 두고 못 참았을 테니."

"그래도 할머니 계셨으면 더 좋았을 텐데."

"말 나온 김에 아버지 뵈러 갈까?"

"할머니가 아니고?"

"응. 살아계신 네 아버지한테 잘해야지. 적적하실 텐데 말이야."

윤지는 그를 안은 채로 고개를 끄덕였다. 종우가 저 대신 아빠에게 자식 노릇을 하고 있었다. 문자도 자주 드리고, 통화도 자주 하는 것 같다. 선물도 보내고. 아빠가 사위 잘 얻었다고 여기저기 자랑하고 다닌다는 말이 들리는 걸 보면 종우가 정말 잘하긴 하는 모양이었다.

"휴. 이렇게 안고 나니까 안심된다."

"나도. 근데 여보야."

"왜."

"집 앞에 학생이 담배 피우고 있으면 그냥 지나가야 해?"

"……그건 왜 물어."

"아니~ 몸에도 안 좋은 거 피우는데. 만약에 내가 임신을 하거나, 우리 애가 태어났는데 우리 집 앞에서 담배를 태우면 내가 어떻게 해야 할까 묻는 거지."

"저기 학생님들, 여기 말고 저쪽 가서 태우세요 라고 해."

"자존심 상해."

"그게 살아가는 법이야."

"오빠라면, 오빠는 그럴 거야? 비굴하게?"

윤지의 질문에 종우는 잠시 생각에 잠겼다.

"원래의 나라면 쌍욕을 했을 거고, 가정이 있는 나라면 비굴함을 택할래. 가족을 지킨다는 건 원래 비굴함도 감수해야 하는 거니까."

종우의 말에 윤지는 순간 와락 눈물이 고였다. 가족을 지킨다는 건……, 비굴함도 감수한다는 것. 그녀는 그런 생각을 해보지 못했다. 저는 지킬 사람이 없기 때문에 막무가내일 수 있었던 거다. 지금까지. 정의를 지킨다고 하긴 하지만 어쨌든 잃을 게 없단 생각을 항상 하고 있었기에 겁 없이 행동으로 옮길 수 있었다.

"……왜?"

"아니."

"울어?"

종우는 저를 꽉 안는 윤지를 잠시 떼어내고 눈물이 고인 그녀를 보고 당황했다.

"너무 세게 해서 그래?"

"……아니야!"

찰싹 손바닥이 그의 가슴 위에 손길을 남겼다. 종우는 그녀를 꾹 안아 머리를 쓰다듬었다.

"왜 울고 그래. 눈물 흘린 포인트가 어디야. 여기야?"

일부러 장난스럽게 다리를 훑으며 묻는 종우 때문에 윤지도 서서히 웃음을 되찾았다. 그녀는 순간 엄마와 아빠가 생각났다. 가정을 지킨다는 것. 회사에선 대표로 실장으로 자리를 차지할진 모르지만, 윤지를 돌보고 있는 가족들에겐 죄인이고 한없이 비굴해져야 했다. 그뿐만 아니라 거래처에도 부모님은 고개를 조아렸다. 생각해 보면 잠깐 함께할 틈에도 두 분은 번갈아 가며 핸드폰을 붙잡고 있었다. 갑의 위치에서 갑질하는 통화가 아닌, 을로서 갑에게 비위를 맞춰야 하는 것들. 그땐 어려서 그게 다 그저 '일을 하는 것'으로 정의 내렸는데 생각해 보니 그게 아니었다.

"엄마 생각해?"

"응. 갑자기 생각나네."

"아구. 우리 장모님, 자꾸 윤지 눈에 눈물 나게 하시네."

"그러게."

어릴 때도, 작년에도, 지금도, 앞으로도. 계속 생각하면 마음 한 구석이 아플 것 같다. 윤지는 제 눈물을 싹싹 닦아주는 따뜻한 손을 느끼며 눈을 감았다.

                              *   *   *

　다음 날 아침, 잠에서 깬 윤지는 기지개를 켜다가 우연히 달력을
보았다. 그러다 매번 일정했던 생리가 일정하지 않다는 것을 깨닫
고 벌떡 일어났다.

"으음, 어디 가."

　자신 때문에 깬 종우를 두고 핸드폰을 켜서 작년도 스케줄러를 보
다가 눈을 깜빡 깜빡였다. 잠시 멍해져 있는데 뒤늦게 나온 종우가
기지개를 켜며 뒤에서 그녀를 안았다. 그녀가 보고 있는 걸 뒤에서
같이 보던 그가 눈을 비볐다.

"뭐 보고 있는 거야? 오늘 스케줄 있어?"

"아니……오빠, 나."

"응."

"임신한 거 같아."

"응?"

　휙. 그녀를 돌린 그가 그녀와 마주한 채로 놀란 표정을 지었다.

"병원 같이 가자."

"아니. 일단 테스트기부터 해보고."

"언제 됐지?"

"……신혼여행? 허니문 베이비?"

"이렇게 일찍 아빠가 되리라곤 꿈에도 생각을 못 했는데. 근데 너
무 좋다."

"아직 확실한 거 아니라니까."

　종우는 그녀가 그러거나 말거나 번쩍 안았다.

빛나는 결혼　425

"사랑한다. 정윤지."

"아닐 수도 있다니까. 아아— 어지러워!"

공중에 떠 있으니 머리가 띵 했다. 윤지의 말에 종우는 그녀의 발이 땅에 닿도록 내렸다. 얼굴을 잡고 가볍게 입을 맞춘 그가 우렁찬 발걸음으로 욕실로 갔다. 윤지는 핸드폰을 켜고 임신 초기에 대해 검색하기 시작했다. 생리 하나는 끝내주게 규칙적이던 저가 두 달째 생리가 없는 거 보면, 거의 가능성이 90퍼센트 이상인 거 같았다.

도종우와 자신을 닮은 아이라니. 이렇게 빨리 임신할 생각은 아니었는데. 6개월 뒤쯤……. 막상 아이가 생겼다고 생각하니 그건 그거대로 좋았다. 저도 외동이고, 종우도 외동이라 언젠가 한 번 아이는 많이 낳고 싶다고 의견이 일치한 적이 있었다. 키우는 건 같이 하지만 낳는 건 윤지 혼자 해내야 할 몫이라, 종우는 그녀의 선택과 생각을 가장 중시할 거라 했었다. 여러 명 낳고 싶다가도 막상 한 명 낳고 나면 둘째는 꿈도 못 꾼다는 사람들도 더러 있다고. 아이 때문에 그녀가 스트레스를 받고 괴로워지는 순간이 있다면, 그는 언제든지 외동도 환영이라고 덧붙였었다.

"해인이는 둘째, 연주는 첫째. 거기다 나도 바로 갖고. ……아, 이것 참."

그녀는 고개를 절레절레 흔들었다. 어째 친구들끼리 임신하는 시기도 비슷하다.

아! 카페.

카페 조이 3호점은 물 건너갔네. 그녀는 자리 잡아 가는 2호점을 어찌해야 하나 생각하다가 부엌으로 가서 커피를 내렸다. 아침을 먹은 후 그는 약국에 가서 테스트기 2개를 사서 윤지의 카페로 같이 갔다. 화장실에 들어간 윤지를 기다리는 동안 얼마나 초조한지. 병원으로 같이 가자니까 오전 오픈조 아르바이트생이 오늘 휴무여서 안 된다고, 다음 주나 돼야 병원 갈 시간이 난단다. 애가 타지만 그는 그녀의 생각대로 움직여주었다. 여자 화장실 앞을 서성이다가 그는 그냥 안으로 들어갔다. 새벽 시간이라 다행히 화장실 주변엔 개미 새끼 한 마리 없었다.

똑똑.

종우는 문을 두드렸다.

"윤지야?"

똑똑. 다시 문을 두드리자 화장식 문이 열렸다

"오빠아-."

"왜? 어떻게 됐어?"

종우의 질문에 윤지는 테스트기를 내밀었다. 거기엔 정확히 두 줄이 그어져 있었다. 종우는 테스트기를 받고 몸이 굳었다. 너무 기쁘니까 말이 나오질 않았다. 몸이 굳어버린 그를 보고 윤지도 같은 느낌인지 병 쪄 있었다.

"하……임신 맞나 봐. 가늘게도 아니고, 두 줄이 엄청 진해."

"윤지야!"

종우는 테스트기를 세면대에 올려두고 웃고 있는 윤지를 와락 안았다. 머리를 쓰다듬어 주며 귓가에 사랑을 속삭였다.

"사랑해. ……나 안 믿겨. 임신이라니."

"나도."

"벅차서 말이 안 나오네."

종우는 한참을 말을 더듬다가 그녀를 공주 안기를 한 채로 카페로 데려갔다. 의자를 빼서 앉힌 후 눈대중으로 배운 대로 카페 오픈 준비를 하기 시작했다.

"아…… 오늘 펑크내고 싶다."

"안 돼. 환자와의 약속이잖아."

"너 혼자서 오픈하고, 오후 2시까지 일하는 거 걱정돼."

"걱정도 많아. 도종우 선생."

"당분간 정의는 쌈 싸 먹어야겠다. 정윤지 선생."

종우의 말에 윤지는 호탕하게 웃었다.

"알겠어. 세 번 중에 두 번 참기로 약속했는데 당분간은 세 번 참을게. 몸조심해야지."

"그래. 제발 부탁해."

종우는 샌드위치 재료들을 꺼내서 나열하다가 윤지가 쓰는 도마와 칼을 보다가 인상을 썼다. 아무리 봐도 위험해.

"윤지야. 이불 밖은 위험한 거 같아."

"……오빠."

"왜?"

"이불 속도 위험하거든!"

"이불 속이 왜 위험…… 설마 나 때문에?"

"응. 오빠도 이제 조심해."

"……이불 속도 위험하긴 하네. 그래도 똑같은 흉기라면, 난 좀 사랑스럽지 않냐."

"……."

"아이가 좋아할지도 몰라."

종우의 말에 윤지는 기가 차서 큭큭 웃었다. 사랑스러운 흉기라니. 거기다 아이가 좋아할 거라니. 종우식 농담에 그녀는 한참을 키득키득 웃었다.

"아버님 아시면 정말 좋아하시겠다."

"응."

"다음 주에 같이 꼭 병원 가자."

"알겠어. ……그리고 주말에 할머니도, 우리 엄마도 다 보고 오자. 직접 가서 말씀드릴래."

"그러자."

"아, 안 믿겨. 임신이 이렇게 쉽다니."

　요새 임신 안 되는 경우도 많다는데. 환경호르몬 영향으로 불임 ㅐㅑㅣ ㅄㅣㄱ ㄴ쎄ㅣ. 그린내 이렇세 빠느세 임신을 하나니. 성발 감사한 일이다. 얼마나 좋은 엄마가 될지, 아이를 얼마나 잘 키울지 모르겠지만……. 어쨌든 누구보다 잘 키우기 위해 노력할 자신은 있었다.

"오빠, 이제 출발하세요. 더 늦어지면 안 될 거 같아."

　윤지는 카운터 주변에서 어슬렁대는 종우에게 팔짱을 끼고 주차장으로 데려갔다. 손수 그의 바지 주머니에 손을 넣어 차 키를 뺀 그녀가 시동을 걸었다. 삐삑, 소리와 함께 잠금이 해제됐다.

"문도 열어 줘?"

"가기 싫어."

"……가야지."

"으음……, 앞으로 조심해야 한다고 생각하니까 여기 보닛 위에 눕혀놓고 못 한 게 아쉽. 아아! 왜 때려."

"매를 벌어요. 벌어."

윤지의 말에 종우는 큭큭 웃으며 운전석 문을 열고 안에 들어갔다. 창문을 내린 후 손을 뻗자 윤지가 그의 손바닥 위에 차 키를 올려두었다.

"안전 운전. 애기 아빠."

"고마워, 윤지야. ……사랑해. 오늘도 좋은 하루 보내고. 조금 이따 보자."

"응."

"데리러 올게."

종우의 말에 윤지는 고개를 끄덕였다. 그가 병원 진료 시간 마치고 퇴근해서 여기 오면 윤지가 딱 집에 갈 시간과 맞는다. 가끔 수술이 길어져서 늦게 끝날 때를 제외하곤 말이다.

"사랑해."

"……나도. 얼른 가."

가려고 차에 시동을 걸다가도 다시 끄고 사랑을 속삭이며 종우는 아쉬운 티를 팍팍 냈다. 어떻게 연애할 때보다 더 애가 탈 수 있는 건지. 결국 종우는 늦지 않기 위해 최대한의 속력으로 질주해야 했다.

* * *

"원장쌤, 오늘 예약 환자가……."

박 실장은 오늘 수술 환자와 예약 환자에 대해 브리핑하려다가 잠시 말을 멈췄다. 그녀의 말이 원장님의 귀를 통과해 반대편으로 나가고 있는 게 눈으로 보였기 때문이다.

"도 원장님?"

"미안해요. 박 실장. 어디까지 했죠?"

"오늘 수술 예약 환자에 관해 브리핑하고 있었습니다. 무슨 일 있으세요?"

오늘 도 원장은 집에 우환이 있는 표정은 아닌데 평소보다 들떠 있으신 거 같았다. 곰곰이 무언가를 생각하고 계신 거 같기도 하고 말이다.

"올해 겨울에 아빠 될 거 같습니다."

"네에?"

결혼하신 지 아직 얼마 되지도 않으셨는데! 박 실장은 잠시 눈을 그세 뜨고 노 원상님을 보다가 그러면 가능성이 있지 않을까 생각했다. 다른 여자와 어떤 모든 행위를 하지 않았다고 가정하면, 사모님께 그간의 모아두고 모아두었던 응집된 것을 미친 듯이 쏴주었다면 가능성이 있다. 얼마나 견고하게 응집된 것들이었을지.

"그러고 보면 박 실장님 오고 좋은 소식이 있네요. 감사해요."

"그렇게 말씀해주시니 저도 감사합니다. 그럼 이어서……"

박 실장은 말하면서도 다시 한번 정리해서 눈으로 보실 수 있게 프린트해서 갖다놔야겠다고 생각했다. 종우는 박 실장이 나간 후에도 실감이 나지 않아 일하는 내내 쉴 때마다 윤지에게 문자를 보냈다.

『안 믿겨. 이상해.』

손도, 몸도 가만두지 못하고 그는 초조해했다. 아빠가 된다는 것, 그리고 제 아이의 엄마가 윤지라는 것. 저를 따라다니던 윤지가 아직도 눈앞에 아른거리는데, 아이의 엄마라니. 너무 이상했다.

『나도. 이상해. 나 손님 없으면 계속 배를 만지고 있다? 진짜 이상해서.』

윤지에게 온 문자를 보니 그녀도 적응이 되지 않는 모양이었다.

"그럼, 시술 시작하겠습니다."

시술실로 들어온 종우는 장난기를 빼고 의사의 면모를 갖췄다. 미리 들어와 있던 간호사와 조무사가 바로 시술할 수 있게 미리 마취 크림을 발라둔 상태였다. 그는 마스크를 끼고 장갑을 낀 채로 누워 있는 환자에게 다가갔다.

"조금 따갑습니다. 움직이지 마시고요."

종우의 말에 환자는 긴장했는지 수술대를 꼭 쥐는 게 보였다. 그는 잠시 움직이는 둥근 의자를 뒤로 뺐다. 그러더니 샤프를 가져왔다.

"손 좀 줘보세요."

여자 환자는 부끄러운 듯 볼을 붉히며 팔을 위로 들어 종우에게 손을 내밀었다. 종우는 샤프의 둥근 부분으로 손바닥을 부드럽게 눌렀다.

"아파요?"

"아니요."

반대로 뒤집어서 뾰족한 부분으로 콕콕 찌르자, 인상을 찡그리는

게 보였다. 종우는 환자가 귀엽다는 듯 잔잔하게 웃자, 환자의 목까
지 빨개졌다.

"아프죠?"

"네. 아⋯⋯파요."

"참을 수 없는 정돈 아니고?"

"네."

"딱 이 정도 아픔이에요. 그래도 IPL쪽으로 자신 있으니, 믿고 맡
겨봐요."

종우는 환자의 긴장을 풀어주고 손을 옆으로 내밀었다. 기계가 그
의 손에 잡힌 순간 시술이 시작되었다. 따끔거릴 때마다 환자의 눈
썹이 위로 삐죽 올라갔다. 종우는 거침없이 행위를 이어나가면서도
환자가 아파할 때는 힘을 빼서 시술 시간을 조절했다. 또 못 참을
것처럼 아파하면 종종 말을 걸어 긴장을 풀어주고, 피부에 점을 빼
고 색소침착을 제거할 땐 진지하게 거침없이 행했다.

"수고하셨습니다."

"⋯⋯후우. 벌써 끝났어요?"

"네. 다음번에 실리프팅 예약되어 있네요."

종우는 차트를 보며 말을 건넸다. 그러다 의자를 끌어 가까이 가
서 엄지로 피부를 스윽 문질러 보았다. 그러곤 간호사와 함께 직접
시술한 부위에 재생 연고를 발라 주었다.

"그래도 참을 만했죠?"

"네. 항상 잘해주셔서 감사해요."

"하하- 그렇게 겁 많아서 실리프팅 하겠어요? 그래도 실리프팅 하
나는 자신 있으니 그때도 이렇게 잘 참아줘요."

종우가 말을 할 때마다 환자는 부끄러워했다.

"참, 원장님. 박 실장님께 들었어요. 사모님 임신하셨다면서요."

"……혁."

조무사의 질문에 환자는 상상도 못 했다는 표정을 지어 보였다.

"벌써 소식 들으셨어요?"

"네. 아침부터 힘이 넘치셔서 좋은 일 있다고 생각했는데, 그건 줄은 몰랐어요."

"원장선생님, 결혼하셨어요?"

환자의 질문에 종우는 고개를 끄덕였다. 시술할 땐 반지를 빼고 들어가기 때문에 미혼이라고 생각했던 모양이다.

"모르셨어요? 우리 원장 쌤 티 엄청나게 내고 다녀서 이 근방에서 유명하세요."

환자는 정말 몰랐다는 듯 속았다는 표정을 지어 보였다. 종우는 환자를 잃지 않기 위해 저도 모르게 입꼬리가 위로 올라갔다.

"만인의 연인이었으면 얼마나 좋았을까요. 그래도 뒤늦게 누군가의 남편이 되었으니 봐주세요."

"아-! 진짜. 원장쌤~ 진짜 말도 안 돼요. 으으, 친구들한테 소개 엄청나게 하려고 했는데."

"소개는 해줘야죠. 우리 사이에."

"우리 사이는 무슨! 에잇!"

"서윤 씨, 남자친구 있으시잖아요."

"그건 어떻게 아셨어요? 스토커인가."

"사랑하는 여자는 더 예뻐지려고 하더라고요."

"아- 정말! 사모님 자랑하시는 거죠."

자주 볼 땐 일주일에 한 번, 드문드문 볼 때도 이 주의 한번은 보다 보니 그런 환자와는 저도 모르게 친해지는 종우였다. 아무래도 성격인 것 같았다. 그의 말에 환자는 사모님 자랑한다며 눈을 흘겼다.

"그래도 사모님 부럽네요."

"부러워 마세요. 원래 남의 떡이 더 커 보이는 법이니까. 지금 서윤 씨도 충분히 사랑받고 계시잖아요."

"그래 보여요?"

"그럼요. 볼 때마다 예뻐지시니까?"

"……아, 정말. 놀리신다니까."

그녀는 종우의 말에 좋아하면서도 아닌 척 코웃음을 쳤다. 그러다 시술실을 나서는 종우를 보며 아까 본 예선에 현상 선생님의 퇴근 시간에 우연히 마주친 적이 있는데 정말 너무 멋있어서 한참을 보고 있었던 거 같다. 남자친구가 있든 없든 상관없이 조각상에 눈이 가는 건 본능이니, 그녀는 현재 남자친구에게 미안하진 않았다. 사근사근하고, 다정하고, 젠틀하고, 농담도 섹시하게 하고. 어디 하나 빠질 때 없는 원장 선생님이 솔로여서 제 주변에 솔로인 친구들도 이쪽 병원을 열심히 추천하려고 했는데! 결혼했더라니.

그래도 매번 볼 때마다 예뻐진다고 해주니, 립서비스가 좋아서 역시 그녀는 이곳을 계속 다녀야겠다고 생각했다. 비록 주변 피부과 중에 가장 비싸지만. 그래도 가끔 서비스로 점도 빼주시니. 기분 좋으면 제모도 해주시고.

"에잇. 이 피부과 아주 블랙홀이야. 바꾸질 못하겠어."

계산할 때까지도 툴툴거렸지만, 그녀는 다음 실리프팅과 필러 예약을 잡고 돌아갔다. 지인 추천으로 할인까지 받아 가며.

* * *

주말 오후, 윤지는 아빠를 보러 왔다. 그녀의 짐을 들고 따라 온 종우는 장인어른에게 깍듯이 인사했다.

"어서 와. 점심 먹었어?"

"아뇨. 아직입니다. 나가서 식사하시죠."

"아니야. 내가 매운탕 해놨어."

"아빠가 매운탕?"

윤지는 부엌으로 가서 냄비를 열고 안을 봤다. 정말 아주 먹음직스러워 보이는 매운탕이 있었다. 윤지는 뚜껑을 탁 덮고 뒤를 돌아 아빠를 째려보았다.

"아빠. 연애해?"

"……무슨 소리야. 요새 요리 배워. 혼자 살다 보니까 잘 먹고 살아야겠더라고."

"아니면 말고."

윤지는 가스레인지를 켜고 부엌으로 돌아왔다. 종우와 윤지가 앉고, 그 앞에 윤지의 부친이 앉았다. 종우는 입이 근질근질했다.

"장인어른."

"왜? 할 말 있어?"

"네! 저희 엄마 아빠 됩니다."

"……"

잠시 아빠의 입에선 말이 없었다. 말을 잃었다는 표현이 더 정확할 것이다. 윤지는 아빠의 콧등이 빨개졌다가 다음엔 눈가에 힘을 주는 걸 목격했다.

"축하한다. 두 사람, ……이제 정말 어른이 되었구나."

"애 낳으면 어른인가?"

"그건 아니지만. 그래도 아직 애라고 생각했는데. 엄마가 된다니 너무 신기하구나."

"나도 신기해. 아빠도 나 생겼을 때 신기했어?"

"그럼. 초음파 볼 때도 신기하고, 태어나서 외계인 같던 얼굴도 생각나고. 사람 되어 가는 것도 신기하고."

아빠는 옛날 일을 회상하는지 잠시 우수에 잠겼다. 윤지는 방긋 웃으며 일어나서 부엌 아짜으고 가서 밥은 꼈며. 쌀쌀 끓은 매운탕 나 ㄴㅔ릭으로 한입 먹어본 그녀는 눈이 휘둥그레졌다.

"진짜 맛있네."

아빠의 요리가 이렇게 맛있다니. 그녀는 몇 번 더 숟가락으로 국물을 떠먹은 후, 대접에 국을 펐다. 옆에 밥그릇과 국그릇을 놓으니 종우가 와서 쟁반에 담아서 가져간다. 테이블에 차곡차곡 세팅하는 종우를 보고 있으니 어쩐지 뿌듯한 기분이 들어 그녀는 씩 웃었다. 태어날 아이가 딱 종우의 인성을 닮았으면 좋겠다. 정의로워도 좋지만, 딱 도종우만큼만. 생긴 것도, 몸매도, 키도, 성격도, 근성도. 딱 종우만큼만.

"윤지는 밥 더 먹어야지."

아빠는 윤지의 밥그릇에 본인의 밥을 조금 더 퍼서 올려주었다.

"너무 많아."

"배 속에 아기도 있는데 두 배로 먹어. 든든하게."

"아직 그렇게 많이 먹을 때 아니야. 살쪄."

"우리 윤지는 좀 쪄도 돼. 그렇지 않나, 도 서방?"

"공감합니다. 아버님. 윤지는 더 쪄도 되죠."

아빠와 종우가 죽이 척척 맞아 윤지보고 더 잘 먹으라고 음식을 계속 그녀 쪽으로 밀어주었다. 반찬도, 국도, 밥도. 앞으로 매번 이렇게 배 터질 만큼 먹으면 살이 붙는 건 순식간일 거 같았다.

"와- 진짜 배불러. 아빠 요리 실력 많이 늘었다."

"자주 와. 밥해줄게."

"정말?"

"응. 아, 주말에만 와. 평일엔 안 돼."

"역시 아빠는 여전히 워커홀릭이구나. 그래도 주말엔 쉬어서 좋네. 예전엔 주말에도 안 쉬었잖아."

"응."

"엄마 보고 싶네."

"……나도."

임신하고 나니까 엄마가 더 보고 싶다. 그러다 윤지는 슬쩍 옆을 봤다. 커피포트에 물을 붓고 컵에 믹스를 넣으며 커피를 준비하고 있는 종우가 보였다. 엄마도, 아빠도 기억에 잘 없는 종우. 그걸 생각하니 괜히 마음이 쓰렸다.

"종우야."

"어허, 도 서방한테 종우야가 뭐야."

"자꾸 입에 붙어서 그래."

"도 서방, 윤지 혼 좀 내주고 그래. 도종우, 종우야. 이거 아니지 않나."

종우는 달달한 믹스 커피를 가져와 테이블 위에 내려놓았다.

"제가 편한 대로 부르라고 했습니다. 전 뭐든 다 애칭처럼 들려서 좋습니다."

"도 서방, 이렇게 물러터져서야."

윤지는 시원하게 웃음을 터뜨렸다. 물러터지긴! 종우는 뒤에서 아주 실속 있는 남자였다. 겉으로 그래 보이지만 병원도 주요 고객은 절대 놓치는 법이 없었다. 그뿐만 아니라 건물도 아주 알짜배기를 제대로 사 놓았고, 땅 투자도 제법 노른자 땅을 보는 눈이 있었다. 그런 도종우가 물러터졌기는. 사업을 했으면 여럿 다른 사업체 웃으면서 박살 냈을 게 분명하다. 아주 치밀하게. 그래서 저는 좋은 사람 으고 님을 수 있는…… 그런 무서운 놈이 노종우였다.

"왜 웃어?"

"아빠. 종우 오빠 물러터지지 않았어. 얼마나 치밀한데."

"그래?"

"응."

"……그래도 윤지 너한텐."

"그냥 다 져주는 척하는 거지."

윤지가 그렇지 않냐며 옆에 앉은 종우의 옆구리를 푹 찔렀다.

"사랑하면 뭔들 못하겠습니까. 전 윤지한테 져준다고 생각 안 해요. 아내니까, 내 사람이니까 행복했으면 싶어서 그런 거죠."

종우는 테이블 아래로 윤지의 손을 꼭 잡았다.

"살아 보니 빛날 필요도 없고, 남들한테 면 세울 필요도 없더라고요. 그냥 내 사람, 내가 잘 챙기고 살면 되니까."

윤지는 아빠가 고개를 끄덕이는 걸 보며 무언의 동의를 한다고 생각했다. 종우는 돌려서 말한 것이다. 자식을 위해, 가정을 지키기 위해, 잘 사는 걸 보여 주기 위해 살 필요는 없다고. 윤지가 꿈꿨던 빛나는 결혼도 다 필요 없다고. 그저 내 사람, 내 가정, 우리끼리 서로를 잘 이해하고, 행복하게 살면 그만이라고. 오늘 하루가 어제보다 조금 더 행복했고, 내일이 지금까지 살아온 날보다 더 기대되는 하루라면 그날은 행복한 거라고.

"그냥 옆에 있으면 행복해요. 내일은 더 행복할 거고. 저는 그냥 이렇게 살려고요. 우리 애 태어나도 좋은 아빠 되려는 노력보다는 그냥 행복하게 해주려고요. 하루, 하루 행복하게."

"나도 종우랑 살다 보니까 동화되네. 행복에 대해 고민 많이 했는데……. 그냥 오늘 하루가 행복하면 된 거였어. 흐흐. 비록 출산할 때 아프겠지만 그 걱정은 그때 가서 하고 오늘은 이 기분 즐길래."

종우는 윤지의 어깨를 감쌌다. 아직 배에 있는 아기가 티도 안 나지만, 앞으로 몇 개월 후면 배가 불러올 거고 또 몇 달이 지나면 아이가 태어날 것이다. 그 신비로운 과정을 거치다 보면 매일, 매일 행복하겠지. 윤지가 생각하는 결혼 생활을 이뤄주지 못할까 봐, 행복한 부부의 표본을 본 적이 없어서 몰랐던 그는 저만의 방식으로 행복을 찾아가며 윤지를 제게 길들이고 있었다. 윤지는 종우가 있어서 행복했고, 종우는 제 옆이 윤지라서 행복했다.